Reflections on the Magic of Writing

ファンタジーを書く

～ダイアナ・ウィン・ジョーンズの回想～

ダイアナ・ウィン・ジョーンズ

市田 泉・田中薫子・野口絵美 訳

Tokuma Shoten

【REFLECTIONS : ON THE MAGIC OF WRITING】
by Diana Wynne Jones
Published in Great Britain by David Fickling Books,
a division of Random House Children's Books,
a Random House Group Company.

First published as REFLECTIONS
by Random House Children's Pubishers, U.K.
Japanese translation rights arranged with Transworld Publishers,
a division of The Random House Group Limited, London
through Tuttle-Mori Agency, Inc., Tokyo.

ファンタジーを書く

〜ダイアナ・ウィン・ジョーンズの回想〜

Contents

II　ダイアナ・ウィン・ジョーンズを回想する

装画・カット――――佐竹美保
装丁――百足屋ユウコ
（ムシカゴグラフィクス）

序　文

ダイアナ・ウィン・ジョーンズがどれほど驚くべき知性の持ち主か、彼女が自分の仕事をどれほど深く完璧に理解しているか、本人と知り合いになると、つい忘れてしまいがちだった。

初対面の人はきっと、ダイアナのことを、感じがよくてユーモアがあり、大らかだが自分を曲げない女性だと感じたことだろう。彼女の本を読む目は実に鋭いものだったが（ミルフォード・ライターズ・ワークショップで、彼女と一週間ともに過ごし、さまざまな物語に関する意見を聞いたときは本当に楽しかった）、物語を技術的な面から論じることはめったになかった。むしろどんな本が好きか、どのくらい好きかをよく語ってくれた。嫌いな本のことも口にしたが、それについて長々と話したり、怒ったりして時間をむだにはしなかった。物語のことを話すときの彼女は、ちょうどワイン醸造家のようだった。ワインの味見をして、その味の感想を述べ、飲むとどんな気分になるかは語るが、醸造の過程についてはほとんど口にしない。だからといって、醸造の過程を理解していないわけではなく、細かな部分に至るまでしっかりと把握していた。

本書に収められたエッセイや考察、書くことに費やした半生の回想を読むのはとても楽しかった。彼女が自分の人生と、（比喩的な意味での）ワイン醸造の過程について語るのを見ることができたからだ。

この本の中で、ダイアナは自分の外見を語っていない。だからわたしが語るとしよう。彼女はカールした黒っぽい髪の持ち主で、いつ会っても微笑を浮かべていた。その微笑は、気楽で満ち足りた笑いのこともあれば、めくるめく喜びを表していることもあった――人生を大いに楽しんでいる人の笑顔だった。笑い声を上げることも多かった――世界とはおもしろいものでいっぱいの楽しい場所だと感じている人の、屈託のない笑い声だった。自分の経験したことを話すときもよく笑っていた――これから話すことが、おかしくてたまらないと思っている人の笑い方だった。煙草は吸いすぎだったが、最後まで楽しげに、実においしそうに吸っていた。愛煙家特有のしゃがれ声でくすくす笑うこともあった。えらそうな態度をとる俗物には手厳しかったが、賢い者も愚かな者も同様に愛し、人との交流を心から楽しんでいた。

堂々と無礼な態度をとることもあったが、そうでないときは礼儀正しく、むしろ普通の女性だったと思う――といっても、彼女のまわりで泡立ち、ぶつかり合う、あり得ない出来事の渦を無視することができればの話だが。そして――信じてほしい――渦は確かに存在したのだ。

ダイアナがよく口にした「旅行のジンクス」を、わたしは大げさに言ってるんだろうと思っていたが、同じ飛行機でアメリカへ行くことになって、考えを改めた。わたしたちが乗るはずだった飛行機は、ドアが脱落して飛行不能とされ、別の飛行機に乗れるまでには何時間もかかったのだ。ダイアナはこの出来事を、旅行につきもののありふれたことだととらえていた。飛行機のドアは脱落し、乗っている船の真下からは沈んでいた島がせりあがり、自動車はあっさりと原因不明の故障を起こす。ダイアナが乗った列車は、いまだかつて行ったことがなく、理論上行けるはずのない場所にたどり着く。

そう、ダイアナは魔女のようだった。その大鍋の中ではアイディアと物語がいつも渦を巻いていた。それでも彼女は常にこんな印象を与えた――物語は、彼女があんなに巧みに、あんなに頭を使って書きに書いた物語は、ひょいとそこに生まれてきたのであり、彼女はただペンを握るだけでよかった、というような。この本の中でわたしがいちばん気に入っているエッセイは、彼女が執筆の過程について述べたもので、それを読むと、それぞれの本に膨大な技巧が凝らされ、配慮が行き届いていることがわかる。

ダイアナは家庭を持っていた。家族がいなかったら書くことはなかっただろう。彼女は深く愛されていたし、愛されるにふさわしい女性だった。

この本が見せてくれるのは、人生を、仕事を、作家になるために用いた素材を回想する、卓越した職人の姿だ。これらの回想の中で読者が出会う女性は、きわめて特殊な子ども時代を送り（だが、特殊でない子ども時代があるだろうか？　たぶんないだろう。子ども時代とはいずれもユニークで、本当とは思えないものだが、ダイアナのは、ことのほか本当とは思えないのだ）、やがて並外れた知性と、言語と物語に対する理解と、政治（個人間の、家庭や組織内の、国家間のといった、さまざまなレベルの）に関する優れた把握力を手に入れ、一部は自力で、一部は（本書に出てくるように）C・S・ルイスやJ・R・R・トールキンの講義によって、教養を身につけていったのだ――たとえトールキンが何を言っているか、彼女にはよく聞こえなかったとしても。そして、こうしたすべてのもので武装し、彼女はあっさりと、子どもたちにとって最高の作家となっていったのである。

ダイアナが当然受けるべき賞やメダルを受けていないのは、納得のいかない話だ。まず、カーネギー賞（訳注　英国で年間に出版された児童文学の中で最高と認められたものに与えられる）を受賞していない（次点になったことが二回あるが〔訳注　実際はカーネギー賞推薦を受けたことが三回ある〕）。今までに英国で出版された子ども向けの物語のうち、もっとも重要な作品のいくつかは、彼女がある十年間に書いたものだ。『七人の魔法使い』、『星空から来た犬』、『九年目の魔法』〈大魔法使いクレストマンシー〉シリーズ……これらの革新的な作品は、世に出ると同時に周囲から認められるべきだったが、そうはならなかった。読者はその価値を知っていたが、ほとんどの読者は子どもだったからだ。

　ダイアナが賞をとれなかった理由は三つあると、わたしは思っている。

　まず、彼女の作品は、一見無造作に書かれていた。楽々と書かれた印象があまりに強かった。最高のジャグラーや綱渡りの芸人の技のように、あくまで自然に見えたため、読み手は執筆の際の彼女の努力を想像できず、印象通りのシンプルで自然な書き方をしているものと思いこんでしまった。ダイアナの作品は思考も努力もなしに書かれたか、あるいは美しい石のように、人の手で作られたのではなく、発見されたものだと思われてしまったのだ。

　第二に、彼女は流行に乗っていなかった。この本の文章のうち何篇かは、一九七〇年代から九〇年代にかけて流行していた模範的な本、特に教師や、児童書の出版社や、子どものために本を買う大人に好まれた本について述べている。それを読めば、彼女がどのくらい流行から外れていたかわかるだろう。そうした流行の本の中では、主人公の状況はなるべく読者のそれに近づけられ、ためになると見なされた物語がくり広げられていた。ヴィクトリア朝の人々なら、その手の本を「教育的小説」と呼んだかもしれない。

　ダイアナの書く物語は、決して教育的ではなかった。仮に教育的効果があったとしても、それはヴィクトリア朝の人々も、八〇年代の編集者も認めない形の効果だった。彼女の本は、物事を変わった角度からとらえていた。ダイアナのヒーローやヒロインが戦うドラゴンや悪魔は、読者が実際に戦っている悪魔とはちがうものかもしれない。けれども、彼女の本は間違いなく現実的だった——子どもが愛情のない保護者になじめなかったり、なんとかいっしょにやっていったりする姿を通して、家族の一員でいるとは、あるいは一員になれないとはどういうことかを、考えていたからだ。

ダイアナにとって不利だった三つめの事情は、彼女の本が難解だということだ。だからといって楽しめないわけではない。しかしダイアナの本を読むときは、頭を働かせる必要がある。大人になってから彼女の本に出会ったわたしは、どの作品を読むときも、最後まで行ったら大部分を読み返す覚悟を決めていた——すっかり混乱し、眉間にしわを寄せ、（こんな話、どうやって書いたんだ？）（ちょっと待てよ、ぼくはてっきり……）などという思いでいっぱいになって。そうやって読み返してから、頭の中であれこれ考え合わせ、ようやく彼女がやってのけたことを理解する、というわけだ。ダイアナに向かって、あなたの本は難しすぎる、と言ったこともあるのだが、彼女の返答は、子どもは大人より注意深く本を読むから、難しいと感じることはめったにない、というものだった。そして実際、ダイアナの本をわたしの娘のマディに読み聞かせるようになると、彼女の本は決して不可解なわけではなく、それどころか、難しくもないことがわかってきた。あらゆるピースは読者の目の前にある。読者はただ、彼女が書くことすべてに注意を払い、ある言葉が書かれているなら、それには理由がある、と理解するだけでよいのだ。

賞をとれなかったことを、ダイアナが気にしていたとは思わない。ダイアナは自分が優れた書き手だと知っていたし、何世代もの読者が彼女の作品を愛読しながら大人になっていった。彼女の作品は読まれ、彼女は愛されていた。年月がたつにつれ、幼いころ彼女を発見した読者は成長し、彼女について書き、語り、彼女の影響を受けた物語を書くようになり、子ども向けの魔法の物語は以前ほどめずらしくなくなり、彼女の本も次第に売れるようになった——だからダイアナは、自分の作品が成果を上げ、読者を獲得してきたことを知っていた。結局のところ、大切なのはそれだけだった。

わたしは少しだけ早く生まれすぎたため、子どものころダイアナの本と出会うことはできなかった。子どものうちに読めればよかったと思う――彼女はきっと、わたしのものの見方、世界に対する考え方、受け止め方を形成する人々の一人になったことだろう。それはかなわなかったが、成長後に彼女の本を読んだときには、懐かしい気持ちになった。二十代のころには、手に入るかぎりのダイアナの本を読みあさり、故郷に帰ったような気分を味わったものだ。

読者がわたしのように、ダイアナの物語を愛していて、もっと彼女のことを――彼女がどんな人で、どんなふうに考えていたかを知りたいなら、この本はきっと、さまざまなことを教えてくれるだろう。同時に、この本はそれ以上のものも与えてくれるはずだ。こうして一巻にまとめられたダイアナの文章に目を通せば、彼女が文学とその存在意義について、世界の中で児童文学が置かれている位置について、自分の人格を、自己認識を、仕事観を形成した環境について、どう考えていたかを知ることができる。

この本は非常に知的で、驚くほど読みやすく、ダイアナ・ウィン・ジョーンズの多くの作品と同様、文章の一つ一つ、世界がこのようである理由の説明一つ一つが、いかにもさりげない調子で書かれているのだ。

ニール・ゲイマン（作家）

（市田泉　訳）

『ファンタジーを書く――ダイアナ・ウィン・ジョーンズの回想』を回想する

初めてダイアナ・ウィン・ジョーンズを読んだとき、わたしはすでに大人だった――が、それは重要なことではない。彼女の読者の多くが、大人になってからその作品と出会うのだし、子どものころ出会った読者は、大人になっても読むのをやめないのだから。これこそ彼女の特徴の一つである――ダイアナの作品は読者とともに変化し、成長していくのだ。

ダイアナが読者に強い印象を与えるという証拠に、きわめて多くの読者が「いかにしてダイアナ・ウィン・ジョーンズと出会ったか」というエピソードを語っている。わたしのエピソードは特にドラマチックではないが、ふり返ってみれば、彼女の本との出会いは天の配剤だったという気もする。

若き講師だったころ、わたしは毎週一時間、大学内のわかりにくい隅っこにあるオフィスに座って、講座に関する助言を求めてやってくる学生の相手をする、という仕事を担当していた。やってくる学生は一人もいなかったので、わたしは本を読んで時間をつぶした。ある週、たまたま本を持っていなかったため、室内にたくさんあった戸棚をあさって（その部屋の実体は倉庫であり、オフィスとはほど遠かった）、ダイアナ・ウィン・ジョーンズなる作者の『魔女と暮らせば』という本を発見した。作者の名前に聞き覚えはあったが、どういう作家かは全然知らなかった。かくして、一時間近く暇をつぶさねばならなかったわたしは、腰を下ろして読み始めた。

それがわたしのダイアナ・ウィン・ジョーンズとの出会いだったが、本を開いてすぐ——一ページめから惹きつけられた。そのページには、エドワード朝に似ているが微妙に異なる不思議な世界と、外輪船の事故のこと（ダールの『おばけ桃が行く』に出てくる、怒り狂ったサイのエピソードと似てはいないが、その衝撃と、はらはらするほどの容赦なさは同じだった）が描かれていた。わたしを惹きつけたのは、二転三転するストーリー、ウィット、あふれる想像力、情の通《かよ》った叡智だった。やがてジョーンズ本人に会い、その物語について論評するようになるが、それよりずっと前から、わたしは彼女の作品の中にこうした特徴を認めていた。そしてじきに、その他の特徴も高く評価するようになった。それらは順に挙げていく価値があるかもしれない。

まず、幅広い作風。ダイアナは幼児向け、年長の子ども向け、大人向けの本を書き、絵本、幼年童話、長篇小説、詩、戯曲、ノンフィクションを手がけた。ファンタジー、SF、ロマンス、笑劇《ファルス》、風刺文学を書き、一般的なジャンル分けをひらりとかわすような作品も発表した。とっぴな喜劇も書けたが、まったく方向を変えて、欲望、悲しみ、孤独、幸福、愛の微妙な陰影を巧みに描くこともあった。その際には決して、技巧を凝らした文章で読者の目を引こうとはしなかった。彼女はまた——この本が証明するように——その気になれば、きわめて優れた学術論文を書くこともできた。

作風の幅広さに匹敵するのが、彼女の活力の豊かさだ。あれほど長い期間にわたって、あれほど多数の本を生み出した（亡くなるまでの四十一年間に四十冊以上）というだけでなく——他の作家の中には、「必勝パターン」をくり返すことで冊数を稼ぐ者もいるが——自分の芸術をあれほど新鮮な状態に保っていたということが、彼女の旺盛な活力をよく表している。彼女の本は一冊たりとも、前作の単なる焼き直しではない。ときにはジャンルそのものを生み出したり、再生させたりもしている。イーディス・ネズビットは都会的なファンタジーを書いたが、『七人の魔法使い』のようなものは書かなかった。C・S・ルイスは異世界のことを書いたが、それは〈大魔法使いクレストマンシー〉シリーズのようなものではなかった。J・R・R・トールキンは深遠でねばり強い想像力の持ち主だったが、奇妙なループ構造を持った『魔空の森　ヘックスウッド』のような話や、『バビロンまでは何マイル』や、〈デイルマーク王国史〉を思いつくことはなかったにちがいない。

　ダイアナ・ウィン・ジョーンズは、けた外れにクリエイティブな作家だった。それは生み出した本の数と幅広さだけでなく、「どんなすきまも鉱石で満たしてしまう」（訳注　詩人キーツが友人のシェリーに与えた助言より）能力についても言えることだ。彼女の作品の中には、平凡な状況や日常的な言葉を新たな角度からながめ、引き伸ばして、内に潜んでいた馬鹿馬鹿しさをあばくようなものもある。また別の作品では、たった一行の内に、豊かなアイディアが一見無造作に盛りこまれている。

　たとえば『花の魔法、白のドラゴン』に、エルフとの短い会話が登場する。ちなみにダイアナの生み出したエルフにはさまざまなタイプがあり、それぞれが異なる道徳観を持っているが、このエルフはわりあい親切なほうである。それでも彼は、エルフ語を理解できるハーブを持っていたロディ・ハイドを相手に、熱心な外国人旅行者よろしく片言の英語を練習しようとして、彼女をいらいらさせる。「でも私、あなたがたの言葉、勉強しないと！」（訳注『花の魔法、白のドラゴン』田中薫子訳より）この場面はひどくおかしいが、何より記憶に残るのは、エルフが丘の地面に出たり入ったりする方法が、なにげない言葉で説明されているところかもしれない。「〈小さき民《たみ》〉にとって、空間はたたんだりのばしたりできる、びょうぶのようなもの」（訳注　同前）このフレーズは、非常に多くのことを暗示しており、これに基づいて長篇を一本書きたくなる作家も大勢いるだろう。しかし、詳しいことはほとんど明かされないため、そのフレーズは心の中に、すでにピンを抜かれた手榴弾のようにとどまってしまう――わけがわからないせいで、ますます力が強くなるフレーズなのである。空間が「びょうぶのよう」であるとは、いったいどういう意味なのだろうか――。ダイアナはアイディアにあふれる作家で、王国や島々は銀貨のように彼女の懐《ふところ》からこぼれ落ちた（訳注　シェイクスピア『アントニーとクレオパトラ』第五幕第二場の台詞をもじっている）。しかし彼女はまた、自分の仕事をよく理解しており、多作であるとは、ときとして、語るべきでない場合をわきまえていることだと心得ていた。

それから、彼女の魔法がある。ダイアナ・ウィン・ジョーンズのように魔法を用いる者は、一人もいない。さまざまな作品の中で、彼女はありとあらゆる種類の魔法を用いており、おそるべき量の専門知識を持っていたのは明らかである。ダイアナは、トーテムに関わる魔法、社会的な魔法、変身の魔法といった種々の魔法がいかに働くか、ということに対する確かな勘に恵まれていた。彼女が描く魔術の中には、仰々しく、形式を踏んで行われるものもある――『花の魔法、白のドラゴン』のクライマックスのように。また、無造作に実行されるものもある――『魔法使いハウルと火の悪魔』のソフィーが、飾りつけ中の帽子に「なんて、謎《なぞ》めいた魅力《みりょく》がおありでしょう」（訳注　『魔法使いハウルと火の悪魔』西村醇子訳より）と話しかけるだけで、知らず知らず呪文をかけてしまうように。ときには、『九年目の魔法』のように、そもそも魔法が働いたのかどうか、読者に絶えず考えさせる場合もある。そうかと思えば、いかにも魔法らしい魔法で読者を驚かせ、ショックを与えることもある。『マライアおばさん』に出てくる、タイトルにもなっている悪人が、ある場面で甥の息子を狼に変えてしまったときのように――彼女はそのときまでは、ほのめかしと人心操作の魔力を使うことが多かったのだが。

言うまでもなく、ダイアナのユーモアは至るところに見受けられる。彼女の作品はウィットに富んだ言葉にあふれているが、ほかにも彼女が楽しげに描写しているのが、滑稽なしぐさや、いたって良識的な行動のつもりで馬鹿なことをしている人々のありさまである。ダイアナはそんな行動を笑いものにしつつ、人間にはそういう面があるのだと認めていた。どんな読者にも、彼女の作品の中にお気に入りの場面があることだろう。魔法使いハウルがかんしゃくを起こして緑のねばねばに覆われる場面、『魔法泥棒』で、魔女たちと異世界の魔導士たちがコンガを踊る場面、「見えないドラゴンに聞け」（訳注　『魔法がいっぱい』所収）で、クレストマンシーが神々に流感をうつす場面、『うちの一階には鬼がいる！』で、意識を持った巨大タフィーたちが温水式暖房機《ラジエーター》にだらりとかかっている場面、いくつかの作品の最終章で、「まじめが肝心」（訳注　オスカー・ワイルドの喜劇）風に、キャラクターの素性や関係が次々に明らかになる場面――。それから、ダイアナの作品には風刺も効いている。彼女の風刺を手軽に堪能できる一冊が『ダイアナ・ウィン・ジョーンズのファンタジーランド観光ガイド』だ。この本から引用せずにすませるなど、とうていできそうにない（が、本書の中の二篇の文章で、ダイアナ自身がこの本から引用しているため、ここでは遠慮しておこう）。

「この世界だけでは充分じゃない」ダイアナはかつてそう語ったが、彼女にとってはまさにその通りだった。彼女の想像力は複数の宇宙をトランプのようにシャッフルしたり、折り紙のようにたたんだりした。並行世界を創造するだけでは飽き足りず、いくつもの多元宇宙を創造した――〈クレストマンシー〉シリーズの、『バウンダーズ　この世で最も邪悪なゲーム』の、『バビロンまでは何マイル』と『花の魔法、白のドラゴン』の、〈デイルマーク王国史〉の、『魔法泥棒』の、『ダークホルムの闇の君』と『グリフィンの年』の、『銀のらせんをたどれば』の多元宇宙である。一つ一つの世界が特有の地理と生態系、特有の政治と風俗、物理法則、魔法を備えており、いくつかは、過去にわたしたちの世界から切り離されたという設定により、この世界と結びついている。別の形でわたしたちと結びついている世界もあるが、全然関係がない世界もある。ダイアナは余計なことを説明しようとしないが、彼女の作るさまざまな世界は矛盾がなく、いかにも本当らしくて、それぞれの姿がありありと伝わってくる。それについて、かつてダイアナはこう語っている。

一つの世界についてよく知り、前景に見えている事柄が背景をも感じさせるようにするべきです。辻褄《つじつま》の合わない点がないよう、頭の中で世界をしっかり構築しなくてはなりません。野獣が潜んでいるのにふさわしい舞台さえあれば、森に野獣がいると述べる必要はないのです。

ダイアナの世界はいずれも、彼女が考え抜き、肌で感じた性質を持っている。同じことがキャラクターにも言える。本書に収録された文章の中で、ダイアナが作家志望の人々に与えている助言は、彼女が本当に大切に思っていることだ。キャラクターについて作中に何を書くとしても、作家はやはり、その人物について——外見、過去、服や音楽の好みについて、書くことの何倍も多くを知っていなくてはならない、という助言である。そうしたことをこまごまと記す必要はないが、場所と同様、人物についても、作家が自分の語ることをよく知っていれば、その知識は自然と読者に伝わるものだ、とダイアナは固く信じていた。ヴァージニア・ウルフが『ダロウェイ夫人』で用いた手法について語ったことは、ダイアナにもぴったりあてはまる。

私の人物たちの背後にどのように美しい洞窟を掘っているか、ということ。それはまさに私の欲するものを与えると思う。人間性、ユーモア、深み。私のアイディアとは、それらの洞窟をつながらせて、その一つ一つが現在の瞬間にあかるみに出てくる、というしくみなのだ。（原注1）

とはいっても、ダイアナの作品を読むのは、ヴァージニア・ウルフの作品を読むのとは、さまざまな点で異なっている。その一つは、ダイアナが読み進むための道しるべを読者に与えているということだ——最小限の言葉でキャラクターを呼び出すホメロス的形容語句《エピセット》を。たとえば、『九年目の魔法』の読者の中に、ポーリィの祖母の家にビスケットの匂いが漂っていること、それが祖母自身の、家庭的で、信頼できて、優しく人を育んでくれる人柄を象徴することを忘れられる者がいるだろうか。クレストマンシーの派手なガウンは実に優れたシンボルであり、自由奔放だがどこか怠惰な性格をよく表している。『バウンダーズ　この世で最も邪悪なゲーム』のヨリスのような頼りになる人物が、しょっちゅう胴着《ジャーキン》に手を突っこみ、期待通りの品を「ああ、そのことなら」（訳注『バウンダーズ　この世で最も邪悪なゲーム』和泉裕子訳より）と言いながら出してくるのは、本当に目障りなものだ。しかしこれらは一つとして、戯画でもなければ、単なる決まり文句の寄せ集めでもない。目に見える部分の背後で、美しい洞窟が複雑にからみ合っていることが、読者にはよくわかるのである。

ダイアナの作品は、多くの題材を扱い、多くのはっきりしたテーマを持っている。言語、想像力、ストーリーテリング、自分の中に眠る才能に気づくこと、一見明白な事柄の奥を見通す能力。だが、すべてのテーマを要約する一語があるとしたら（ダイアナがその言葉を気に入ったかどうかはわからないが）、それは「力を与えること《エンパワーメント》」ではないだろうか。ダイアナは確かに、人のよさにつけこまれる役人や、日々の責任に押し流される大人にもある種の愛情を注いでおり、尊敬されたい、せめて笑いものにされていないと感じたいという彼らの願いを、同情をこめて描き出している。そうした人物の例としては、『時の町の伝説』の、悩める「とこしえのきみ」ウォーカー、『バビロンまでは何マイル』の、仕事熱心なルパート・ヴェナブルズ、『グリフィンの年』でたいへんな目に遭う魔法使いコーコランなどが挙げられる。

けれども、ダイアナはだれの味方かという質問が寄せられたなら、答えは決まっている――彼女は無力な人々、決定権を奪われ、他人の決定を押しつけられる人々の味方である。要するに、彼女はたいていの場合、子どもたちの味方だということだ。かつて当人が語ったように、ダイアナは「子どもたちがリラックスできて、問題をいろいろな角度から考え、『ママはバカなガミガミ屋よ。ママの言いなりになることはないんだわ』と思いつける場所を提供」しようとしている。ダイアナ・ウィン・ジョーンズの作品では、どんなに正当とされる説も、どんなに権力のある者も、必ず疑いの目を向けられる。彼女はニヒリストではない。むしろ、児童文学者の果たすべき責任については確固たる考えを持っている――が、それでも、現代の作家の中ではとりわけ、慣習に反発する存在である。

これらすべての特質――豊かな想像力、幅広い作風、活力、他者への多大な同情と理解、巧みなプロット作り、作家としての技能を駆使する力、そして人生と人間に対する抑えがたい好奇心――のおかげで、ダイアナは児童文学やSFやファンタジーの分野だけでなく、現代文学全体の中で唯一無二の地位に就いている。

ダイアナは、書き方自体に注意を引くような作品は書かなかった。彼女が興味を持っていたのはむしろ、語りたいと思った物語のほうだ。それでも、ダイアナに会ったり、彼女の話を聞いたりした人々は、彼女の作品の中に現れるそうした特徴とは裏腹に、彼女が書くことに関しても鋭い考えを持っていると気づいたはずだ。『ダイアナ・ウィン・ジョーンズのファンタジーランド観光ガイド』は、ガイドブックの体裁をとった文芸批評だし、彼女の小説は、言葉の持つ力と、言葉を慎重に扱うことの大切さに関する洞察に貫かれている。『九年目の魔法』は他人からの影響と独創性について重大なメッセージを伝えているし、「キャロル・オニールの百番目の夢」（訳注『魔法がいっぱい』所収）と『七人の魔法使い』は、作家のスランプについて説得力のある意見を述べている。だが、こうした遠まわしな発言のほかにも、彼女は膨大な文章や記事を書き、ファン大会や学校や学会で講演を行った。この本はそうした原稿の数々を集めたものだ。大学教師の妻であり、母であり、姉でありながら、ダイアナは文芸批評の専門用語には複雑な思いを抱いていたが、この本が示すように、彼女自身も、自作や他の作家の作品、創作の過程に対する優れた洞察力を持った、才能ある批評家だった。

　本書に収められたダイアナの文章や講演録は、一九七八年から二〇〇八年にかけて書かれた中から、ダイアナ自身が選び出し、このような順序に並べたものだ。並べ方は厳密には年代順になっていないが、順序通りに読むと彼女の考え方の深まりが伝わってくる。

「著者前書き」でダイアナが指摘しているように、このような選集では、いくつかのエピソードや経験が重複して語られるのはやむを得ないことだ。なにしろ彼女は多くの記事や講演の中で、さまざまな人を相手にそれを語ったのだから。くり返し出てくる話題は、ダイアナの子ども時代である――彼女が人間の行動の奇妙さと、権力者の身勝手さを学んだ時期であり、（二人の妹とともに、育児放棄《ネグレクト》と精神的虐待を受けながら暮らす中で）自分と妹たちのために、想像の世界を創り始めた時期でもある。彼女はまた、この時期に早くもファンタジーの性質と目的について考え始めている。それは両親の管理する二つの庭に象徴されていた。一つは退屈で平凡、もう一つはハチが飼われ、魔法に満ち、しっかり鍵が掛かっていた。これらの経験と象徴は、本書の全体を通じて何度も登場する。同様に、幼いころのファンタジーへの愛を示す格好の例として、空想的すぎるという理由で母から読むのを禁止された、『たのしい川べ』の中の「あかつきのパン笛《ぶえ》」（訳注　この章タイトルは石井桃子訳による）の章への愛着もくり返し語られる。本書に収めた文章が、さまざまな場で発表されたことを考慮して、編者は最小限しか手を加えず、そうした題材の重複も、語られたときのまま残すようにした。その結果、ダイアナの頭の中でこうした考えや経験が果たしていた役割の重要さが、よりよく伝わるものと期待している。

ここに収められた文章は、自伝的内容も含んでいるが、主に「書くこと」をテーマとしている。何篇かは一般的な創作の技術について述べており、ダイアナ自身の執筆生活の記録や、作家志望者への実践的アドバイスが含まれている。そうした文章は、「森の中の子どもたち」、「ガーディアン賞をもらったとき」、「ルールは必要か?」、「質問に答えて」、「オーストラリア駆け足旅行」、「書くためのヒント――作家の卵へのアドバイス1」、「キャラクター作り――作家の卵へのアドバイス2」、そして、やや遠まわしな形ながら「隠れた才能」である。他の二篇、「ハロウィーンのミミズ」と「学校訪問日」は、児童文学者が本業につきものの学校訪問のような仕事をこなす際に遭遇する、冒険と災難を描いている（訳注 実際には「ハロウィーンのミミズ」は、学校訪問についての文章ではない）。ダイアナの場合、悪名高い「旅行のジンクス」のせいで、そうした訪問は常に危険をはらんでいた。

ダイアナ自身の作品に目を向けている文章も何篇かある。作品全般に関するもの（「『経験』を差し出す」、「古英語を学ぶ意義」、「流行に縛られずに書く自由」）もあれば、「『花の魔法、白のドラゴン』の物語が生まれるまで」や「『チェンジオーバー』が生まれたきっかけ」のように、特定の作品にまつわるものもある。「大人の文学、子どもの文学?」では、ダイアナが『魔法泥棒』で大人向けの作品を書き始めた事情が説明され、子どもの読者と大人の読者のちがいに関する驚くべき考えが述べられている。「ヒーローの理想――個人的オデュッセイア」は、彼女が書いた中で最長の分析的な自作批評であり、『九年目の魔法』執筆に用いた素材について、興味深い記述が展開される。この一文のあとには、「作家はどうやって書いているか」を読むことをお勧めする。ダイアナは「作家はどうやって書いているか」で、「ヒーローの理想」の内容を部分的に覆しており、アイディアはどこから湧いてくるのかという永遠の問いに対し、学術的というより作家としての視点から、新たな考え方を提示している。

書評を除けば、ダイアナは他の作家の作品に関する評論をあまり書いていないが、書く場合に主に関心を寄せたのは、物語を構成し、それを語る技術に対してだった。「〈指輪物語〉の物語の形」はトールキン作品の鋭い分析であり、一九五〇年代に、学生として彼のプロット作りの講義に出席した経験も一つのきっかけとなって書かれたものだ。一方、もう一人の恩師は「C・S・ルイスの〈ナルニア国ものがたり〉を読む」で論じられている。「中世の創造」では、彼女を虜《とりこ》にした中世の作家のストーリーテリング術が解説されている——多くの中世作家が、その作品を通じて彼女自身の書く物語に影響を与えてきたのだ。ダイアナが書評家として残した文の中からは、マーヴィン・ピークの「闇の中の少年」（訳注『死の舞踏』所収）の書評を収録した。

この本には、ダイアナが死のわずか数週間前にわたしの質問に答えたインタビューも収められている。ダイアナはそのときもなお、本書の中でとりあげられているような、さまざまな問題に大いに興味を持ち、それに答える新たな方法を発見していた。内容もさることながら、ダイアナ・ウィン・ジョーンズと向かい合って会話するのがどんなに楽しいか、このインタビューから少しでも伝わればよいと思う。

最後に、この本はダイアナの息子たちのうち、二人の言葉を収録している。葬儀での挨拶とラジオ番組でのトークだ。二人とも、魔法に満ちた彼女の作品が家族のあいだに浸透し、絆を強めていたと語っている。

本書に収められた文章を残らず読めば、魔法のガラスのさまざまな色合いを透かしてダイアナの精神をながめ、鋭敏な思考と明晰な表現、まじめさとユーモア、世界との安定したつながりと果てしない想像力の類いまれな組み合わせを楽しむことができる。これらの文章は、それ自体価値があるだけでなく、ダイアナ・ウィン・ジョーンズの短篇や長篇を読みたいと——あるいは再読したいと——思う読者にとって、必携のガイドとなることだろう。

ジョーンズを読むことは、出かける価値のある旅なのだ。

チャーリー・バトラー（作家・研究者）

（市田泉　訳）

（原注1）ヴァージニア・ウルフ『ある作家の日記』（訳注　神谷美恵子訳　みすず書房刊）より。

著者前書き

二〇〇九年にガンの宣告を受け、二〇一〇年には余命数カ月だと告げられました。最初の子ども向けの本を出版して以来、ずっとわたしのエージェントを務めてくれたローラ・セシルは、いっしょにわたしの手書き原稿を残らず分類整理して、「セブン・ストーリーズ」（訳注　英国のニューカッスルにある、児童書の原画や原稿を展示・公開している施設）に寄付しましょう、と言いました。わたしの手書きの第一稿はたいてい、活字になったものとは大幅にちがっているため、手書き原稿をまとめておけば、わたしの執筆方法が明らかになり、将来の研究者にとっても興味深いだろう、とローラは考えたのです。

そこで、わたしたちは仕事にかかりました（二人とも、開かずの引き出しに最長三十年間しまわれていた紙に積もったほこりの量には驚きました）。たくさんの手書き原稿が発見され、ひどくおかしなものもまざっていましたが、その中に、一九七八年から二〇〇八年にかけてわたしが書いた、さまざまな講演の原稿、雑誌や新聞の記事、書評の束がありました。これらは、まったくの偶然ですが、おおむね年代順に保管されていて、目を通すうちに、子どもたちのために書くことや、創作や、ファンタジー全般についてのわたしの意見と信念の深まりを、かなりよく伝えるものだとわかりました。これらの原稿はトールキンの物語の作り方に関して考察し、わたし自身の創作のねらいと方法をふり返り、次いで創作の過程そのものを描写し、記録しようと努めています。わたしは何篇かを再読しながら笑ってしまい、読者もこの一連の原稿を楽しんでくれるのでは、と考えました。それからふと思いついたのです——これを本にしたら、学生も楽しみ、おもしろがってくれるかもしれない。創作を教える教師や、今ではたくさんある、大学の児童文学とファンタジーの講座を受け持つ講師にも役立つかもしれない、と。

おかしなことに、ここに収めた文章のほとんどは自発的に書いたものではありません。例外は若いころに書いた、子どもの欲求と習慣に関する考察、「森の中の子どもたち」だけで、残りはすべて、アメリカ、オーストラリア、スコットランド、アイルランド、イングランドの諸団体から頼まれて執筆したものです。ほとんどの依頼者が求めていたのは、主旨はまじめだけれど、厳粛な学会の雰囲気を軽くするようなおもしろいものでした。たとえば「中世の創造」は、ノッティンガム大学で行われた学会用にまとめた文章です。この学会では、さまざまな地方のめずらしい方言、ヴァイキングの影響、中世詩の韻律といったテーマについて参加者が発表を行いました。それらとはまったくちがう観点から中世にアプローチしてほしい、と主催者から頼まれ、わたしはそれに応えようと精いっぱい努力したのです。

このような論集の性質上、いくつかの事実やアイディアがくり返し登場するのはしかたのないことですが、あまり頻繁でなければよいと思っています。わたしはどの講演や記事においても、一冊の本を書くときと同様、従来とは異なるものを提示しようと努めてきましたし、そうするうちに、自分の考えの幅も広がっていくのがわかりました。

短めの文章の一部は、子ども向けの雑誌から依頼を受けて書いたものです。「ガーディアン賞をもらったとき」はロッチデールの子どもたちの団体のために執筆した一文で、「ハロウィーンのミミズ」も同じだったと思います。「書くためのヒント――作家の卵へのアドバイス1」と「キャラクター作り――作家の卵へのアドバイス2」はいずれも、ＢＢＣの教育に関するウェブサイト用に依頼された文章です。大学で古英語を学ぶ意義についての手紙を収録したのは、多くの高名な作家が中世前期の言語と文学の学習からインスピレーションを得たということを、いまだにほとんどの人が信じていないからです。そして、書評はたくさん見つかりましたが、一篇だけを収録しました。マーヴィン・ピークの「闇の中の少年」について論じたものです。これを収録すべきだと思ったのは、このうえなく風変わりなファンタジーでさえ、ときには日常生活とじかに結びつくことを説明しているからです。

この本にはさまざまな糸が織りこまれていますが、何よりも丈夫な糸は、さまざまな側面を持つファンタジー、子どもと大人両方にとって価値のあるファンタジーの必要性を説いた糸です。ここに収めた文章のうち、一部なりともみなさんのお役に立てば幸いです。

二〇一〇年十一月　　ダイアナ・ウィン・ジョーンズ

（市田泉　訳）

I

ダイアナ・ウィン・ジョーンズが回想する

森の中の子どもたち

これは一九八一年ごろ、発表を目的とせずに書かれた、物語作りに関する短い文章である。ダイアナの前書きによれば、依頼を受けずに書いた数少ない文章の一つであり、「心の中をのぞきこんだ」一篇とのことである。

わたしの部屋の窓からは森の急斜面が見える——といってもそれは、大型のテラスハウスの庭だ。もう五年もその庭をながめているが、そこには正気とは思えない子どもたちがひしめいている。

何人かの女の子がよたよたと斜面を下りてくる。めいめいが母親のスカートをはき、手作りの冠を頭に載せて押さえており、しょっちゅうそろって立ち止まっては握手を交わしている。もっと遠くでは、別の女の子たちが茂みのあいだをうろついている。いくつかの茂みは怖いものらしく、互いにしがみついては悲鳴を上げることもある。ところが、銃で武装した三人の男の子が潜んでいるかたわらの茂みは無視していて、一人の男の子が両腕をふりあげて死んでも、目もくれない。王冠をかぶった女の子たちも同様で、なだらかな坂を苦労しながら匍匐《ほふく》前進してくる四人の男の子には気づかないようだ。四人の男の子はすでに疲れはてているらしく、一人が女の子たちとすれちがいざまに命を落とし、ほかの三人も坂をころがり落ちていく。森のほかの部分も、似たような子どもたちでいっぱいだ。彼らは来る日も来る日も、飽きもせず、森の中で狂気じみたことをくり広げている。

もちろん、それぞれのグループが異なる「ごっこ遊び」をしているのは、すぐにわかる。しかしこの森や、ここでなくても子どもたちの遊び場を観察していれば、じきにもっと多くのことがわかってくるはずだ——いずれも、子どもの本を書くことに興味のある人には、きわめて重要な事実だと思われる。

真っ先に挙げられるのは、子どもたちが四六時中この手の遊びをしている、ということだ。まるで、する必要があるかのように。いや、する必要があるのだろう、あんなに楽しそうなのだから。二つめのグループの女の子たちも、怖がるふりをしているにすぎず、喧嘩したり、泣いたりしているグループは一つもない——ただ悲鳴を上げたり、死んだり、互いを無視したりしているだけだ。

次に重要な事実は、子どもたちがみなグループで遊んでいる、ということだ。この森を見つめ続けた五年間、こうした遊びを一人きりでやっているとはっきりわかる子どもは、ほとんどいなかった。孤独な子どもは馬鹿げた真似はしないものだ。そういう子は、空想しながら森をさまよっているかもしれないが、それは外から見ただけではわからない。

どうやら「ごっこ遊び」をするのは、社会的な行為と言えそうだ。この推測を裏づけるのが、どのごっこ遊びも実に性差別的だという事実である。森の中の子どもたちは一人として、ウーマンリブという言葉など聞いたことがなさそうに見える。女の子たちは「みんなで女王様になったふりをしよう」と言い、男の子たちは「兵隊になったふりをしよう」と言う――別の女の子たちが茂みを見て悲鳴を上げていた理由はわからないが、茂みにいた男の子たちと遊んでいたわけではない。「ごっこ遊び」はまさしく、子どもの目から見た「女性」や「男性」になるための、子どもたちなりの練習であり、グループ内での振る舞い方の学習でもあるのだと思う。

喧嘩が勃発《ぼっぱつ》するときの様子を見ると、この考え方が正しかったとわかる。森の中で喧嘩が起こるのは――一人が涙を流し、ほかの子が「もう遊ばない！」と泣き声を上げるのは――子どもたちがかくれんぼのような遊びをしたり、ツリーハウスを作ったりしているときに限られる。そうした遊びには「ごっこ」が含まれず、男の子も女の子も参加することができる――すると、ひどいことになる。十三歳くらいより下の子どもたちは、力を合わせて何かすることが大の苦手なのだ。子どもたちは怒り狂い、ほかの子とうまくやる方法など少しも考えず、めいめいがその場にいるただ一人の子どものように走りまわる。

子どもたちが結びつくためには、やはり「ごっこ遊び」的なものが必要なのではないだろうか。そして、子どもたちの心を一つにすると思われる要素こそ、傍観者にとって遊びが狂気じみて見える原因なのである。子どもたちは瞬く間に一種の魔法の輪の中へ入りこみ、その中でうまく遊び始め、外にあるものにはいっさい関心を払わなくなるのだから。

さて、本というのは、また別の形の魔法の輪である。リアルな物語であれファンタジーであれ、すべての本は読者がうまく楽しめる自己充足的な世界なのだ（作家がしている遊びを気に入らないなら、読者はすぐに読むのをやめられる）。わたしの見たところ、子どもたちがいちばん多くを得ている本は、子どもの遊びと似たような働きをする本

――言葉を変えれば「ごっこ遊び」の働きを持つ本である。

ファンタジーが子どもの遊びの猿真似をすべきだと言うつもりはないが、いくつかの重要な点において、どこかこの遊びに似ているべきだとわたしは強く感じている。ファンタジーは何より、森の中の遊びと同様に心を弾ませ、魅了するものでなくてはならない。わたしの本は、むろん読者に楽しんでもらいたいが、自分でも同じくらい楽しんで書きたいと思っている。執筆中はいつも、これから何が起こるのだろうと考えていて、次に起こったことが退屈なら書くのをやめてしまう。しかし、本にはそれ以上の長所がある――真実のように感じられるということだ。あることが真実だと作中で言えば、その本の中でそれは真実なのである。これはすばらしいことだが、ときには罠にもなり得る。遊んでいる子どもたちの様子を常に心にとめて、自分が書くファンタジーをコントロールしなくてはならないと、わたしは肝に銘じている。

たとえば、森の中の子どもたちが、たいへん賢明なことに、ごっこ遊びに最初からたくさんの設定を盛りこまない点に注目してほしい。子どもたちはまず「みんなで女王様になろう」とか「みんなで探検家になろう」とか言う。次にやるべきことは、それになるためには何が必要かを考えることだ。物語を作る際も同じで、まずは一つのことだけを想定すると、いちばんうまくいくようである。たとえば、幽霊になったふりをする、化学実験セットが魔法を起こすふりをする、ある犬が天狼星《シリウス》であるふりをする――。次いで、この想定が何を意味するかを探っていくのだが、その結果わかることには、しょっちゅう驚いてしまう。

わたしがもう一つ念頭に置いているのは、ごっこ遊びはグループで行うともっとも有意義だ、ということだ。子どもはごっこ遊びによって、互いにうまくやる方法を学ぶことができる。本を書くときは、男の子も女の子も楽しめるように、登場人物のグループに男女両方を入れるとよいように思えるが、森の中のごっこ遊びでは男女が明確に分かれている、という点を完全に無視することはできない。その結果、おかしな話だが、男らしくも女らしくもない中性的なキャラクターを登場させたいときは、男の子を使うことになってしまう。中性的な女の子を書くと、ほとんどの女の子の読者は、おてんば娘だと受け止めてしまうからだ。

この一点を除けば、当然ながら、ファンタジー内のあらゆるキャラクターは、とことんリアルで、はっきりした個性を持ち、深く影響し合わなくてはならない。現実にいそうな多様な人々が、現実の人間と同じように行動するべきなのだ。たとえば、『わたしが幽霊だった時』で、幽霊が最初に観察する三人の少女は変わり者ばかりだが、すべて実在のモデルがいる。一人はわたしだ。

わたしが心にとめていることの三つめは、森をうろつく子どもたちの幸福の基準が風変わりだ、ということだ。子どもたちは互いに殺し合い、脅かし合い、(女王になったときは)お互いもまわりの子たちも見下している。それが楽しくてたまらないのだ。多くの子どもに見られる、この性悪《しょうわる》さと幸福感の混在は、作家にすばらしいヒントを与えてくれる。作家が書く物語は、暴力的で、深刻で、同時に滑稽でかまわない――むしろそうあるべきだと思う。この三つの性質が強ければ強いほど好ましい。ファンタジーは死と悪意と暴力を、森の中の子どもたちと同じ方法で扱うことができる。作家はそれが「ごっこ」であることを明らかにし、だれにもあてはまらないと示すことで、だれにでもあてはまると教えるのだ。あらゆるおとぎ話は、そのような働きを持っている。

しかし、結局のところ、ファンタジーには説明を拒否する側面がある。森の中の子どもたちは大人になり、そこで遊んだことを思い出すだろう。何をして遊んだか、だれが何のふりをしたかは覚えていないだろうが、森とそれを取り巻く大きな町のことは、特別なものとして鮮明に思い出すにちがいない。ファンタジーには独特な作用がある。読者を日常の平凡な事柄の外まで引き伸ばして、特殊なエネルギーで満たし、名状しがたい形で豊かにするのだ。少なくとも、わたしはそういうファンタジーを理想としており、常に書こうと努めている。

(市田泉　訳)

〈指輪物語〉の物語の形

初出はロバート・ギディングズ編『J・R・R・トールキン　このはるかな国（*J. R. R. Tolkien: This Far Land*）』。この文章は、一九九五年にNESFAプレス（訳注　ニューイングランドSF協会出版局）から出版されたダイアナの作品集『*Everard's Ride*』にも再録された。

「物語《ナラティブ》」といっても、単なるプロットのことではない。わたしははるかに多くのことを語りたいと思っている。J・R・R・トールキンその人が、プロットとその形――物語の骨組み、アウトライン――に興味を持っていたことはわたしも知っている。学部生のころ出席したトールキンの連続講義が、そういうテーマだったからだ――いや、たぶんそういうテーマだったと思う。なにしろトールキンの声はほとんど聞こえなかったのだ（原注1）。

　彼がいやいや講義をしていたのは明白で、おそらく自分の考えを人に漏らすのも大嫌いだったにちがいない。二週間もすると、大勢いた聴講生の大半は、彼の態度のせいで来なくなってしまい、残るはわたしを含めて五人だけになった。トールキンはさらに嫌われようと努力したが、それでもわたしたちは出席し続けた。彼のやり方は徹底していた。わたしたちに自分の声が聞こえているようだとわかると、きまって背を向けて黒板に向かって話し始めるのだ。おかげで彼の言わんとするところは、ぼんやりとしか伝わってこなかったが、それでも聞き逃すには惜しいほど魅力的だった。

　その講義は、ある男（王子か樵《きこり》だった）が旅に出るという、これ以上ないくらい単純な物語の出だしから始まった。トールキンは次いで旅に目的を与え、わたしたちは単純な悪漢小説《ピカレスク》風プロットが探求物語に発展したことに気がついた。それから何が起きたのか、わたしにはよくわからないが、一連の講義が終わるころには、トールキンは、チョーサーの「赦罪状《しゃざいじょう》売りの話」（訳注　『カンタベリ物語』所収）に出てくる探求物語（訳注　三人の道楽者が死神退治に出かけるが、見つけた金貨をめぐって殺し合い、三人とも死んでしまうという内容）を変わった形に翻案したものについて語っていた。

　おわかりのように、トールキンはその講義で、プロットについてさえ知識の半分も漏らさなかったし、ましてや「物語《ナラティブ》」のことはひと言も話していないはずだ。それでも、彼が「物語」について熟知していたことは、〈指輪物語〉を見れば明らかである。

〈指輪物語〉のプロットは表面上、トールキンが連続講義で語ったと思《おぼ》しき単純なプロットとまったく同じである。すなわち、目的を得ることで、ある種の探求に発展していく旅の話だ。しかし、プロット――物語の骨組み――とは、どんな作家にとっても、いわば交響曲のメインテーマにすぎず、ほかのテーマを加え、全体をオーケストラ用に編曲して、物語に仕立てあげなくてはならない。物語を形作るには、さまざまな事件を順々に投入し、その性質をうまく整えて、意味、類似、予兆、期待を生み出す必要がある。こうして完成したストーリーは、単純なあらすじとはまったく別物である。

この「編曲」の作業が、トールキンは抜群にうまかった。物語を語る際のさまざまな妙技によって、彼は通常の探求物語の流れをほとんど逆転させてしまっている――あるいは、少なくとも、探求物語を隅々まで翻案して、あの連続講義の終わりに述べたものと同じくらい独特なものにしてしまっている。ところが、だれ一人そのことに気づいていない。わたしもいまだに目を欺《あざむ》かれているが、トールキンの意図を理解することはできると思う。

〈指輪物語〉は、交響曲と同様、いくつかの楽章で構成されているが、交響曲とは次のようなちがいがある。それぞれの楽章の終わりに延長部分――終結部《コーダ》があって、たった今終わったばかりの楽章をふり返ると同時に、これから起こることをほのめかしているのだ。こうした終結部は、トールキンの語り口の大きな特徴となっており、物語が進むにつれて次第に重要さを増していく。終結部で起こることには、常に気をつけておかねばならない。とはいえ、終結部やそれに先立つ楽章がストーリーの流れを――引き続き描写されていく出来事を邪魔することはない。ストーリーは着実に前へ進んでいき、このうえなく鮮明に、整然と展開していくように見える。

こうした明確な記述は、トールキンの文章の美点の中でも特に優れた部分である。ほかのいろいろな点にも気を配って書いていることを思えば、なおさらすばらしい。ただし、彼が留意していないことが一つある。すべてを優雅な言葉で書き記そうと努めることだ。彼の文体は常に冗長で、いささか陳腐である。彼が心がけているのは、その場にふさわしい言葉を使おうとすることくらいだ。ホビットを語るときは饒舌《じょうぜつ》で、少々ふざけた調子になる。「もしフロドが本当に本を書くつもりで、おまけに耳がたくさんあれば、数分間のうちに六、七章分の材料を集めることができたでしょう」(『旅の仲間』上2)(訳注 J・R・R・トールキン『新版指輪物語』瀬田貞二・田中明子訳。以下、引用は同書より）もっと重々しい場面では、使い古された高尚な文体を用いている。「そこでかれの怒りは焼き尽くす焔《ほのお》となって燃えましたが、一方恐怖が息をもつまらせるもうもうたる黒煙のように高まってきました」（『王の帰還』下）。「suddenly（突然、ふいに）」という言葉を乱発するのは病気のようなものだろう。適当に例を拾ってみると――「不意にかれはかれらが立ち止まるように……」（『旅の仲間』上2）、「突然光は消え失せました」（『二つの塔』上2）、「突然それまでの静けさが破られ」（『王の帰還』上）――。わたし自身、身に覚えがあるが、「suddenly」はこの手の物語では避けるのが難しい単語である。なにしろ、D・S・ブルーア（訳注　英国のチョーサー研究者。一九二三―二〇〇八）が指摘しているように、トールキンは古い意味でのロマンス――騎士物語を書いていたのだから（原注2）。ロマンスは小説とは異なり、文体に注意を引くことを意図していない。トールキンは文体よりも物語の内容のほうにはるかに関心があり、言語に関する紛れもない才能をもっぱら名前の――特に地名の創造に使っただけだった。このこともまた、まさしくロマンスの伝統にかなっている。数多いトールキンの模倣者たちが、彼の用いる言葉が比較的平凡であることに気づき、自作を似たような言葉で書こうと思わなければよいのだが、とわたしは常に願っている。

物語の第一楽章は、ブリー村からの逃走の場面まで続く。この楽章では、饒舌な文体のせいもあって、読者はおとぎ話や童謡の世界からそう隔たっていない、居心地のよいホビットの世界にいる。ホビットは、ある種の童話によく登場する、ずんぐりした体つきの小人だ。気持ちよいほど食いしん坊で、何より気性が穏やかである。しかし、第一楽章にはそれ以上のものがある。トールキンはこの楽章全体で、先人たるルイス・キャロルに倣《なら》い、自分の住むオックスフォード周辺の風景を大いに描写しているのだ。ちょうど（わたしはそう確信しているのだが）ホワイトホース・ヒルから見た、三つの州のチェス盤風のながめが『鏡の国のアリス』のヒントになったように、その風景はホビット庄が生まれるきっかけにもなったにちがいない。

　トールキンはまた、ウィリアム・モリスの作品『世界のはての泉』からも影響を受けており、アッパー・テムズ・ヴァレー全体の風景も利用している。そこには柳がひしめく風通しの悪い平野があり、ウィッチウッドの森があり、ウィンドラッシュやイヴンロードといった川があり、ロールライト・ストーンズ（訳注　ストーンサークルなどの立石の遺跡）があり、ウェイランズ・スミシーと呼ばれる細長い塚があり、ディドコット周辺の耕地や果樹園があり、七つの古墳《セブン・バロウズ》があり、テムズが氾濫するおかげで肥えた牧野があり、石灰質の丘陵の陰鬱な風景がある。トールキンはこれらを余さず作中にとり入れている。バック郷《ランド》という名前の場所さえ現実に存在するのだ。

トールキンがこの楽章では用いていないが、これ以降の物語できわめて重要となるものが三つある。まずはテムズ川そのものだ。次にリッジウェイと呼ばれる先史時代の道——おそらくブリテン島最古の道で、（灰色港に至る道のように）東から西へ通じており、一部は荷馬車道で、一部は高速道路のように広く、別の箇所では谷の中へ消えている。最後に、オックスフォードに特有の奇妙な現象——町の通りがときおり何時間も続けて、はるかな場所で咲く花の匂いに満たされる、というもので、天国の香りがなぜか漂ってきたかのように感じられる。

こうしたことが指摘できるのは、ある意味、わたしがトールキンと同類だからである。わたし自身も長年オックスフォードで暮らし、この地のこういう特徴を利用することが多いのだ。しかし、モデルとなった風景を知ることは重要ではない。わたしが風景について指摘してみせたのは、彼の物語の語り方における一つめの妙技を説明したかったからである。慣れ親しんだものを書くことにより、トールキンは故郷にいるような安心感をうまく読者に与えているのだ。

しかしトールキンはこれから、キャロルやモリスよりはるかに複雑なものを書こうとしている。始まりはパーティの場面——花火が上がり、楽しい雰囲気だ。トールキンは早くもここへ、三つの主要なテーマを密かに導入している。一つめは——全篇を通じて何より重要になるテーマだが——物語が始まるずっと以前に起きた出来事の圧力だ。のちにこの圧力は、はるか昔の英雄の時代から来ることがわかるが、ここでは巧妙にも控えめに語られ、単に、ビルボが以前に出かけた無鉄砲な旅の余波としか思えない。言うまでもなく、その旅によって「一つの指輪」がビルボのものになったのだ。ほかのさまざまな性質はさておき、「一つの指輪」は常に、悲劇的な過去を現在にもたらすものである。しかしこの段階では、ガンダルフが、家庭的な雰囲気に合った先生のような調子でビルボに命令し、指輪をフロドに譲らせ、ビルボ自身を過去の中へ退かせる。

けれども、この雰囲気に欺かれてはいけない。中世ロマンスの英雄的行為と騎士道という目立たぬ音色もまた、残り二つのテーマの中にしっかりと導入されているのだ。二つのテーマのうち、一つは探求そのものである。ホビット庄の偽りののどかさと、この楽章を描くトールキンの文体のせいで、読者は油断し、探求をおとぎ話的なものと考えてしまう。おとぎ話の主人公は何かと対決するために旅に出て、道中で超自然的な存在の助けを借り、最終的にはもちろん勝ちを収めるのだ。それでも、この話がパーティで始まったことは、騎士道を描くロマンスの中でも特に有名なアーサー王の物語群を連想させる。アーサー王の騎士の探求物語は、必ずと言ってよいほどキャメロットでの王の祝宴から始まり、そこへ乙女か農夫が何かを頼みにくる。この場合、何かを頼むのはガンダルフで、フロドの探求の旅は先延ばしにされるが、パターンはちゃんと守られている。ここで思い出してほしいのは、アーサー王の騎士、ガレス卿の例のように、探求の結果、主人公が優れた男だと証明されることも多いが、たいていの場合は（ガウェイン卿による緑の騎士の探索や、聖杯探求のように）、そのような結果にはならないということだ。さらに言うなら、マロリーによるもっとも有名なアーサー王ロマンス集のタイトルは、『アーサー王の死』である。つまり、読者は警告を受けているのだ——当面はわずかに不安を感じるだけでよいのだが。

　トールキンは三つめのテーマもロマンスから引いてきている。『サー・ガウェインと緑の騎士』の作者は、アーサー王を sumquat childgered ——つまり、いささか子どもっぽいと評している。フロワサール（訳注　十四世紀フランスの年代記作家）もまた、子どもっぽさを真の騎士のもっとも騎士道的な側面だと言っている（のちにキプリングも同じことを述べている）。円卓の騎士、パーシヴァル卿は伝統的に、幼稚なまでに世間知らずとされている。旅に出かけるホビットたちもまったく同じだ。読者はこの三つめのテーマによって、楽章を支配するおとぎ話的雰囲気を確認すると同時に、それと矛盾する気配も感じ取ることになる。この楽章は親しみやすいが、同時に英雄的なものをほのめかしているのだ。

　こうした指摘は妥当なものだと思う——なにしろ、トールキンがロマンスを熟知していたのは間違いないのだから。驚かされるのは、トールキンがオックスフォードの風景と同じように、ロマンスも自在に利用することができ、おかげで読者はその種の文学をよく知らなくてもメッセージを受け取れる、ということだ。このメッセージこそ四つめのテーマであり、これもまた非常に伝統的なものである。以前に挙げた三つのテーマを合わせると浮かびあがってくる四つめのテーマとは——英雄の時代以来、人間は衰退してきており、今や全力を尽くして問題に対処せねばならないのは普通の人々だ、というものだ。

　かくして、ビルボは悪ふざけを披露し、姿を消す。フロドは出発を先延ばしにする——ガンダルフが再び現れ、遠い過去の重い音色を初めて深刻に響かせたあとでさえも。いかにもこの楽章らしく、歴史はホビットの視点から語られ、サウロンやイシルドゥアと同じくらい、ゴクリも話題にされる。フロドは、読者には強烈な皮肉ととれるはずの言葉で、ゴクリなんて自分とは関係ない、と言い放つ。出発を先に延ばしたことで、フロドと仲間たちが旅立つころには秋が近づいており、それはさまざまなことを暗示している。一地方の季節の変化が世界の様子を映していることに、読者は気がつくべきなのだが、ここではむしろ、ホビットたちが旅する故郷の日常的な風景に目を引かれてしまう。この風景には確かな説得力があるため、トールキンは指輪の幽鬼をごくさりげない筆致で導入することができる。ほんの数語を費やすだけで、読者の背筋を凍らすことができるのだ。主人公の匂いを探る黒い影。これだけで、子ども時代の悪夢、物事の秩序の裂け目が立ち現れる。

　ここで新たな調べが登場する。エルフたちが超然とした態度で現れ、ホビットたちを救ってくれるのだ。エルフの歌は過ぎし日の栄光を歌っているが、その栄光はいまだ絶大な影響力を持っているらしい。これもまた、過去の歴史というテーマと言えるが、木管の音色のような強いノスタルジーを含んで奏でられる。それにより、来《きた》るべき秋が、一年の中の一つの季節であるだけでなく、中つ国全体を覆う季節であることが、かすかに暗示され始める。けれども舞台はいまだ、確かな存在感を持つ一地方であるため、この段階で読者が感じ取るのは、過去への、そして未来の船出への憧れだけである。「現在」はエルフとは切り離されている。物語は時間的にも、空間的にも少しだけ広がり始めたのだ。

　いずれにせよ、茸にまつわる思い出や、川を渡る際の冒険物語的な興奮や、高垣をくぐっての脱出によって、読者はきびきびと日常的な世界に戻っていく。ホビットたちはどうにかこうにか進んでいくが、やがて不吉な森のせいで本当に困ったはめに陥る。この森もまた、現実の森とほんの少ししかちがわないために、かえって途方もない恐怖をかき立てる。「柳じじい」さえ、現実の柳の木なのだ。ここでもまた、ホビットたちには救出者が必要となる――今回の救い主はトム・ボンバディルだ。今のところ、超自然的な力の介入によって、旅人が自分の犯した過ちから救われるというおとぎ話のパターンは続いているようである。

　個人的には、トム・ボンバディルには非常にいらいらさせられる。トムがいわば、ホビットの目から見た地下世界の神のようなものであることはよくわかるし、ここで彼が現れること――ホビットたちが初めて出ていった外界で、天と地のあいだにしっかり立っていることが重要なのもわかっている。けれどもエルロンドの会議で、トムに助けを求めてもしかたない、という結論が出ると、わたしはいつもほっとするのだ。ヤールワイン・ベン＝アダール、フォルン、オラルドといった仰々《ぎょうぎょう》しい別名とともに、トムが遠ざけられているほうが安心できる。ボンバディルとして登場する彼は、不可解な変わり者であり、変な方向に進んでしまうおとぎ話を象徴する存在である。まさにここから、ホビットたちのおとぎ話も、思いがけない方向へ進み始めるのだ。トールキンが彼を登場させたのはきわめて正しいが、させなければよかったのにとわたしは思う。

トールキンが正しいというのは、次のような理由からである。塚に死人の幽霊が出るこの地方では（塚も、トールキンにはなじみ深い風景のうちだが、読者にとってはそうでもないかもしれない）、虚しくついえたヒロイズムとあとに残る悪、という死せる歴史が、文字通り近づいてきてホビットたちをつかまえてしまう。もっとも、塚人《つかびと》たちは厳密にいえば、死せる歴史の化身というより悪意ある幽霊にすぎないが、それでもトールキンはここで、読者につかのま彼の物語のスケールをかいま見させているのだ。トムは永遠に近い存在であり、塚の骨はあまりに古く、その行いは忘れ去られている。「現在」は、明らかに高貴でも有能でもないホビットによって象徴されている。ホビットたちの周囲で風景はまず開け、次に閉じて、彼らを死に続く扉へと導いていき、彼らはのちに重要となる短剣を死者たちから手に入れる。これは注目すべき予兆を含んだ場面であり、トムによる救出で終わる。

このようにして彼らが助けられるのは、実はこれが最後である。安心できるこのパターンも、楽章自体も、ブリー村でのホビットたちの行いとともに終わりを告げる。ブリー村の住民の半分が人間、半分がホビットだという事実には、かなり深い意味がある。今や人間が構図の中に入ってこようとしているのだ。宿屋の場面は心地よく昔話めいているが、おとぎ話はここで終了となる。そして――この場面は、よそから引いてきたテーマを目立たないように用いるトールキンの能力を示すよい例だが――フロドは、アダムとイブほか、あらゆるおとぎ話の失敗にあるとおり、指輪を身につけるなという禁止を受けて村を訪れたにもかかわらず、それを破ってしまうことになる。童謡を歌っている最中に指輪をはめてしまうという事実は、童謡的なものが今や物語にそぐわないということを強調している。こうして楽章は、その始まりと同じ、ホビットが指輪をはめるエピソードで幕を閉じる。

この楽章の終結部はごく短いが、この先のストーリーの予兆に満ちている。頂上に火の燃える丘をめざし、荒涼たる風景を越えていくつらい旅。単にストーリーを先へ進めると見せかけながら、この部分でトールキンはさまざまなことを行っている。物語をここで空間的にも時間的にも大幅に広げているのだ。過去が二つの形で再び現れる。一つは、ビルボの冒険をまざまざと蘇らせる石になったトロルであり、もう一つははるかに印象の強い、黒の乗手だ。今や指輪の幽鬼は単に恐ろしいだけでなく、生者に害を与え得ることが明らかになる――幽鬼たちのほうが勝つかもしれないのだ。ここで思い出すべきなのは、ビルボがトロルに勝ったのは、ほとんど幸運の賜物《たまもの》だったということだ。一方、フロドは不運と言ってもよいくらいである。一行が浅瀬に向かって走る場面で、エルフの殿にさえ限られた力しかないことがわかると、読者の疑いは深まるが、それでも、楽章内で超自然の力による救出がくり返されたせいで、ここでもそれが訪れるだろうという期待は捨てきれない。

救出は、浅瀬での混乱の中でかろうじて訪れる。トールキンがほかの場面では風景や出来事をきわめて明瞭に描き出していることを思えば、ここでの混乱は意図的なものにちがいない。それによって、はっきりとは意味のわからない出来事がこれから無数に起こることが予告されているのだ。この工夫は、個人的にはまったく成功していないと思うが、この浅瀬の場面が、次の楽章の秩序ある平和と、落ち着いた話し合いの前のすばらしい入祭唱《イントロイトゥス》になっているのは確かである。

裂け谷のエルロンドの館は、『ホビットの冒険』では「最後の憩《いこい》」館と呼ばれていた。しかし、当然ながら、そこはもうそのような場所ではなく、モルドールの脅威にさらされている。読者はそのことに気がつき、不安な気持ちでここまでの流れをふり返って、安全で憩いを与えてくれそうな人物や場所を探そうとする。ブリー村？　トム・ボンバディル？　いや、トム・ボンバディルでもだめだ。そして、指輪の幽鬼はホビット庄にさえも入りこんでいた。話し合いが始まる前から、唯一の防御策は、何らかの形で攻撃することだと読者は気づいてしまう。しかし、それはフロドの決めることではない。彼はここまでと決めていた目的地にたどり着いたのだ。物語の流れはふいに中断し、話し合いという形で再開する。

トールキンはここで、いくつかの優れた語りの技を見せている。一つはむろん、ここに至るまで読者が抱いていた、安全の幻想に対して投げかけられる疑いの念だ。だが、わたしがいちばん驚かされるのは、話し合いの場面でまったく退屈しないという事実である。この場面は退屈であってもおかしくない――ミルトンが描いた同様の場面は、退屈と言ってもいいくらいなのだから。しかし、この場面に至るまでに、答えの必要な疑問がたくさん生じており、新しいキャラクターが大勢登場するため――ギムリ、レゴラス、ボロミア、アラゴルンという新たな役割を演じることになる馳夫《はせお》、実は半エルフとわかったエルロンド、今までにない威厳をまとったガンダルフ、そしてゴクリ逃走の知らせ――わたしはすっかり引きつけられてしまう。ここで初めて、主要なテーマの数々が、カモフラージュされることなく登場し、読者は過去の歴史の深さだけでなく、過去に影響される土地の膨大な広がりにも気づかされる。一つの王国が分裂し、今やいくつかの前哨地しか残っていないこと、それらが再び脅威にさらされ、今回は滅亡するかもしれないことが語られる。エルフ、ドワーフ、人間、ホビットもすべて、ともに滅びるかもしれない。そして解決策が提唱される――「一つの指輪」を滅ぼすのだ。

これもまた、驚くべき語りの技である。読者はこんなに早く、この先何が起こるかを正確に知らされるのだ。だが読者はこの時点では、うまくいくのだろうかと疑っている。「旅の仲間」の一人一人が自分の意図を明確に語るが、読者には、彼らがその言葉を守れるとは信じられない。わたしは再読するたびに、旅の仲間がのちにばらばらになる場面でショックを受け、心を痛める。同様に、何度読んでも、「一つの指輪」は滅ぼされるのだろうか、滅ぼされたとしても何の意味があるのだろうか、と疑ってしまう。トールキンがどうやってこんなことを成しとげたのか、説明が必要だろう。

主な答えとなるのは、この第二楽章の中で彼が呼び出す、歴史の深みと多様性ではないだろうか。歴史や伝説を挿入するというアイディアを、トールキンが古英語詩『ベーオウルフ』から受け継いだというのは、おそらく言い古された説だろう。『ベーオウルフ』では、挿入された歴史の一つ一つが、詩の中の現在の出来事とかすかに呼応しており、それぞれの出来事が次第に運命の重みを負わされてゆく。しかし、トールキンが自分自身の目的のためにそのアイディアをどこまで発展させたか、気づいている人はいるだろうか？　『ベーオウルフ』は歴史や伝説を、もっぱら雰囲気作りのために利用している。トールキンも中つ国の歴史を同じ目的のために用いているが、それは二次的な用途でしかない。彼の第一の目的は、歴史を「動機づけ」として用いることだ。つまり、現在のキャラクターにある行動を起こさせ、未来を切り開かせるための動機づけである。

トールキンは読者に三層の歴史を提示する。まずエルフの歴史――大半が歌やほのめかしによるが、計り知れないほど古く、彼らが滅びゆく種族だと伝えている。次に人間とドワーフの歴史――両者はいずれも、一度ならず大いに栄えたことがあり、のちにサウロンの力の前に衰退したのだ。そしてホビットの歴史――彼らは歴史があるというより、今ここに存在しているだけだ。ホビットを除くすべての民が、力ある数々の指輪を所有することで結びつき、「一つの指輪」に対抗するためにさらに結びついている。エルフのおかげで、はるか昔からの出来事が語られ、以前から衰退が続いていることが明らかになる。エルロンドはこう語る。「わたしは西方世界の三つの時代を見てきた。多くの敗北と、多くの空《むな》しい勝利を見てきた」（『旅の仲間』下1）この言葉と、平凡な人々だけが残され、問題に対処せねばならないという第一楽章の暗示があいまって、結成された旅の仲間はひどく弱々しいものに見える。一団の規模はきわめて小さく、それは時間の流れの中の現在の小ささと同様である。過去から続く衰退の重みに対抗するには、仲間たちが結束する以外に望みがなさそうに思える。

このように、旅の仲間の印象によって、「現在は小さく平凡だ」という、以前ホビット庄でほのめかされた事実が思い出され、強調されるが、今や完全に明らかになった探求の性質もまた、このほのめかしを強調する。この探求はネガティブなもの——敵の深奥部の防御を崩す急襲となるしかない。とるに足らない存在でなければ達成できないため、成功の見込みはきわめて薄い。その目的は破壊であるため、再生についてては暗示されない。いや、暗示されているのだろうか——？

〈指輪物語〉が単純な善対悪の物語だと決めつける批判は、今までに何度も聞いたことがある。仮にその批判が正しいとしても、〈指輪物語〉は言うまでもなく、きわめて現代的な善対悪の物語だ。ロマンスにも、おとぎ話にも、『ベーオウルフ』にさえ、われわれが直面するような——サウロンのような悪玉は登場しない。いや、今やトールキンの技量と真意が明らかになった以上、〈指輪物語〉は現代的というより独創的と呼ぶべきだろう。この物語が描いているのは、実は、時間の中の人の姿なのだから。物語は現在を描写しているが、その現在は過去を強く意識している——というより、過去によって傷つけられており、いまだ形なき未来を築くために前へ進んでいく。むろん過去と未来に比べれば、現在などごく小さなもの、一瞬のことにすぎない。トールキンは、旅の仲間を冬のさなかに旅立たせることにより、暗い結末も充分あり得ると、はっきり述べこそしないが、ほのめかしている。冬は不吉な予感と、伝統的ヒロイズムの季節なのだ。しかしそのあとに春が来るため、希望の季節でもある。そしてトールキンは、これ以後の物語を巧妙に組み立てることにより、この旅の成否に関する疑いをずっと持続させている——ちょうど未来が常に不確かであるように。

第二楽章の終結部は、いかにも橋渡しの部分らしい、旅の始まりの場面である。仲間たちはトールキンが細部に至るまでていねいに描写した大地を、さらに遠くまで進んでいく旅に出発する。読者はこの旅こそ物語の本筋であり、何より肝心なのだと強く感じることになる。風景は今や厳しく見慣れぬものとなり、旅の目的はしかるべき探求であるのだから。だが実のところ――ここが肝心なのだが――その感覚は半分しかあたっていない。

この終結部は、主に次の楽章への橋渡しをするものだが、新たな第三楽章は二部構成になっており、読者を過酷にも二種類の試練に向き合わせることになる。

まずはモリアへ入ることにより、ドワーフの偉業が伝えられる。モリアの坑道へ入る門の発見と開放は、純粋な魔法によって行われる。自分がこの場面を書きたかったと思うくらいだ。しかし一行が中へ入ってしまうと、わたしは思ったほどの感銘を覚えない。読者は確かに、ドワーフの職人技のすばらしい証拠、彼らの伝説が少なくとも嘘ではなかったという証拠を目にする（それにより、ここまでに語られたほかの歴史も嘘ではないと暗黙のうちに示される）。こうしたものを見た以上、かつてそこで死んだドワーフたちの運命を知る場面では、近い過去に起きた英雄たちの死の証に接し、かけ値なしの衝撃を受けてもおかしくはない。ところが、わたしは一度もそのように感じたことがないのだ。わたしが感じるのはただ、知らない人物が亡くなったと聞かされたときのような、軽い追悼の気持ちだけである。

おそらくトールキンはここで、善対悪という冒険物語モードに入っていたのだろう。旅の仲間の前に現れるオークたちもまだ、第二部『二つの塔』で登場するときのような個性はなく、単なる敵にすぎない。そして唐突に、かつショッキングなことに、ガンダルフが命を落とす。その唐突さは、トールキンの意図したことにちがいない。トールキンはたぶん、予期せぬ災厄が常に待ち受けていることを読者に印象づけると同時に、シェロブの棲処《すみか》と死者の道の不吉な予兆も与えたかったのだ。それでもなお、この部分がうまく書けているとは思えない。そもそも、いきなり登場したバルログとは何者なのか。ひょいと飛び出してきて、ガンダルフを道連れにまた地下に落ちていってしまったが――。とはいえ、一行の抱く喪失感はやはり本物で、この楽章の第二部、ロリアンでの滞在へと見事につながっていく。

ああよかった、と読者は思う。とうとうエルフの謎が解き明かされるぞ！　しばらく前からレゴラスが一行の中にいて、エルフの謎についてほのめかしてはいるが、なにしろ彼は仲間の一人であるため、読者はエルフも人間的で近づきやすいように思わされてしまう――しかしそれは勘ちがいだ。トールキンはこの部分で多くを見せてくれるが、ロスロリアンを見たからといって、エルフが異質で謎めいた存在であることに変わりはない。彼らは人間とはまったく異なっている。助力してくれるときですら、エルフの関心は別のところにあり、その原因は、彼らが常に抱いている深い憂愁だと思われる。ホビット庄でフロドが出会ったエルフたちにより提示され、次いで、もっとはっきりしない形ではあるが、エルロンドによって提示されたノスタルジーは、ここで壮大な木管楽器の調べへと膨れあがる。読者はエルフが衰退しつつあることを知らされる。ドワーフが悪を目覚めさせ、多くのエルフを海の彼方へ追いやったのだ――これだけでエルフの衰退の充分な説明と言えそうだが、実はそうではない。本当の理由はそれとなく語られ、読者はその暗示の大半を無意識のうちに受け取っている。

つまり、エルフたちは不死であるらしく、そのせいで歴史に置き去りにされているのだ。彼らが海の彼方へ戻っていくのは自分たちで決めたことであり、決意を促したものは、想像を絶するほど長い時間を生きた記憶にすぎない。トールキンは読者に注目を強いることなく、不死であることの途方もない重荷を静かに伝えている。彼がそのために用いているのは女性たちだ――ルシアン・ティヌヴィエル、宵の明星アルウェン、そしてガラドリエルその人。こうした女性の用い方は、ウーマンリブによって辛辣《しんらつ》に批判されそうだが、あえて言うなら、ロマンスではきわめて適切である。ロマンスにおいては、女性は伝統的にミステリアスで、いささか受け身なものなのだ。トールキンは、死すべき定めの人間の男を愛したさまざまなエルフの女性のエピソードを描いて、その結果起こり得ることを暗示している――愛する男が死ぬと、不死の女性は永遠に悲しむのだ。女性は一般に、配偶者に先立たれることが多いが、その状況は、すべてのエルフと歴史上の出来事の関係にもあてはまる。エルフが歴史の一時的な動乱に加われば、代償として動乱の恐怖を永遠に味わわねばならない。そこでエルフたちはたいてい、黄色い木々のあいだに引きこもっていることになる――死ぬこともなく、完全に成熟することもないままに。黄色い木々は彼らの状態を鮮やかに示している。マルローン樹の黄色は春の色だろうか、秋の色だろうか？その両方だが、夏や冬の色ではない。わたしにはその木の色が途方もなく悲しいものに思える。

エルフの知恵は、彼らの悲運の埋め合わせとして当然のものと言えるが、埋め合わせになるのと同じくらい重荷になることもある。ガラドリエルは持ち前の超然とした態度で歴史に介入するが、その際には、自分が世界の第三紀の終わりを早めていることを完全に自覚しつつ行動せねばならない。読者は二つの秘められた知識とともにロスロリアンをあとにする――この時代の終わりが近いということと、あらゆる賜物は代償を――ときに恐ろしい代償を求めるということだ。

読者はここまでに、指輪をはめると代償を求められると、はっきり気づいているはずだ。この楽章の終結部を終わらせるのは、フロドが指輪をはめるという事件である――ちょうど同じ出来事が第一楽章の終結部を終わらせたように。もはやそれが一つのパターンとなっているのだ。旅は新たな段階に入り、一行は今や大河アンドゥインを下っているが、この行程も、フロドが指輪をはめる場面で終わりを告げる。今までのパターンのせいで、読者は今回も最後の瞬間に救いが訪れるものと、なかば期待してしまう。そのため、救いが訪れず、旅の仲間が分裂したときには、本当にショックを受ける。読者はロスロリアンに少々欺かれていたのだ。ロスロリアンはボロミアを畏れさせ、おとなしくさせたように見えた――本当にそうだとはひと言も書かれていないのだが。そして大河もまた、読者に偽りの予感を抱かせる。旅の仲間は団結したまま、一つの目的地に向かって流れを下っていくように思えるのだ。

しかし、水を描くときのトールキンには常に気をつけねばならない。彼が何の意味もなく水を用いることはないのだ。池や湖は星々を映し、水の中に何かを隠している。大河アンドゥインは、対照的な両岸を持ち、そのうえ歴史の匂いを感じさせる。ある意味、アンドゥインは歴史そのものであり、旅の仲間はその流れに乗って進み、ラウロスの大瀑布《だいばくふ》での混乱のうちに解散する。この点は指摘する価値があると思うが、アラゴルンがのちに船で旅するときは、その川をさかのぼっていく。避けがたいと思われる出来事の流れを変化させるために、水の流れに逆らって進むのだ。

もう一つ描かれる水は、言うまでもなく海である。ここまでの物語を通して、海の音はずっと読者の耳にかすかに響いていたが、ロスロリアンに至り、その音は轟くばかりになる。海は喪失と、出立と、死を暗示しているのだろうか。そのとおりだ。けれどもトールキンにとって水が常に命を意味する以上、それは同時に永遠をも暗示するはずだ。忘れてはならないことだが、永遠とはそもそも、すべての時間であり、同時に時間が存在しないことでもある。トールキンの離れ業によって内陸に海が呼びこまれ、結果としてこの楽章は、二つの象徴で幕を閉じる――海を背景にして次々に現れる、帆船や白い砦《とりで》といったイメージと、それと対峙するサウロンの火に縁取られた目だ。その目もまたロスロリアンで初めて表に出てくるのだが、悪の表現としてぞっとするほど効果的である。敵の姿が目しか見えないから、なおさら恐ろしいのだ。この目にはさまざまな意味があるが、台風の目、それだけで完結した「今、ここ」と見ることもできる。現在は未来へ向かうとき、この台風の目を通り抜けていかねばならない。

第二部『二つの塔』では、壮大な合唱曲とでも呼べそうな楽章が幕を開ける。風景は途方もなく広がり、敵の数も味方の数もいきなり数百人単位で増加する。トールキンが控えめな語り口で読者に思いこませていた物語のスケールは、今やとんでもなく大きいとわかる。しかもそれは、恐ろしく難しい二重、三重の語りを含んでいるのだ。わたし自身、苦い経験から知っているが、物語が二つ以上に分かれ、それぞれのパートが同時に動き始めると、どちらのパートをいつ語るか決めるのは非常に難しい。そしてトールキンの語り方では、それがさらに難しくなっている。なにしろ物語中のフロドのパートは、メリーとピピンのパートに逆行する形をとっているのだ。二人のパートが広がっていくのに対して、フロドのパートはせばまっていき、いわば出来事の本流から外れて山道を登っていく。その結果、フロドたちの探求は失敗するように思えるばかりか、これは物語が本当に伝えたいことなのかと、読者は疑問を抱くようになる。

仮にトールキンがこの部分の書き方について悩んだとしても、それは表面に現れていない。彼は例のごとく「パターン」を導入することで、この問題を解決している。ポジティブな場面を先に語り、ネガティブな場面を次に語るのだ。こうしてトールキンは、見たところ無造作に、だが抜け目なく、広大な舞台のあちこちで、物語に二重三重の大きなひねりを加えることに成功している。むろんいつものように、読者の目を多少欺いてもいる。トールキンは一貫して、「一つの指輪」を破壊することが真に重大な使命だと述べているが、実は、それは重大なことの半分にすぎない。破壊行為は創造行為を伴わなくてはならない――この場合は、味方をミナス・ティリスへ集め、新たなゴンドールを築くことだ。しかしトールキンはそれを、悲壮な防戦のように描いている。実をいうと、そうした死に物狂いの防御こそ無意識の再生行為であるというのが、彼の伝えたいことの一部なのだ。もっとも、物語の半分をそれに割いているという単純な事実により、トールキンはこの抵抗が重要だという考えを漏らしてしまっている。

けれどもトールキンは、ミナス・ティリスを描く前に、エントと、ローハンの騎士たちと、サルマンの描写に専念している。エントとサルマンについては、物語の最初のほうにはっきりした前触れがあったため、読者はその両者を、ほとんど見覚えがあるもののように受け止める――オーケストラが以前に奏でた調べか、実現した予言のように。ローハンも以前に言及されていたが、こちらはまったく新しい調べのように思える――そうでなくてはならない。この三者に対するモルドールの力は、真の巨大な悪としてゆっくりと描き出されていく。モルドールを強烈に印象づけるのに、これ以上うまいやり方があるだろうか。モルドールの主《ぬし》サウロンは実際に描かれることはないが、周囲を探る「目」の中に常に潜んでいるのだ。

一方、モルドールとアイゼンガルドを象徴するオークたちは数も多く、確かな実体を持ち、ゆるぎない存在感がある。「痛む頭は……けがらわしい顎や、もじゃもじゃ毛の生えた耳にこすられました。かれのすぐ前には弓を負った背中がいくつも続き、ずんぐりした頑丈な脚が上に下に、上に下にと、まるで針金と角《つの》でできているかのように休みなく上下し……」（『二つの塔』上1）オークにあたるエルフ語を「イルフ（yrch）」としたのは天才的な発想だと思う。まるで嫌悪の声そのもののようではないか。このオークたちには二つの役割がある。モルドールとアイゼンガルドの力を示すことと、メリーとピピンをファンゴルンへ運ぶことだ。自分に与えられた役割をきちんと果たす存在は、わたしには実に好ましく思える。

そしてここで、エントが登場する。『二つの塔』が出版されたばかりのころ、エントは受け容れがたいという書評を読んだことがある。歩く木だなんて！　トールキンは子ども向けの話をまじめな文学と偽って読者に押しつけようとしていると、書評家は怒りもあらわに結論づけていた。ある意味、彼の言葉はそう間違ってはいない。トールキンはファンゴルンの場面で、ホビット庄のすぐ外のおとぎ話的な古森を再現しているからだ。同時に、第一楽章の子どもっぽい純粋さも、変化をつけつつ意図的に再現している。「木の髭」と仲間たちは、純粋な存在だ。トールキンがこの純粋さをごくあっさりと、完璧に表現しているのには、いつも感心させられる。サウロンと同様、木の髭には目があり……

……この二つの深い目は今や二人をゆっくりしかつめらしくしかし見透かすように眺め回していました。色は茶色で、見ようによっては緑の光を湛えていました。後になってピピンはこの目から受けた第一印象を語るのにしばしばこのようにいったものです。
「まるでその目の後ろにはとてつもなく大きな井戸があってね、そこには大昔からの記憶と悠長で不動の考えがいっぱいつまってるって、感じなんだ。だけどその表面には現在がきらめいている……」（『二つの塔』

上1）

先に述べたように、トールキンが水について語るときは注意しなくてはならない。過去の井戸は真実を抱いているが、それは現在までしか映すことがない。この点で、エントはホビット庄のホビットたちに似ており、エルフには似ていない（エルフの池は星々を映している）。けれどもエントは、現実的で成長の余地があるホビットとはちがって、すでに成長しきっており、そのままで完全である。彼らを未来へ向けて動かそうとするのは難しい。エントが説得され、動き出したこと自体、状況の深刻さを表しているが、そのときですら、彼らはただサルマンという小さな悪に向かっていくにすぎない。エントは新たな時代に長くは生き残れないものの一つだ。読者はトールキンの意図通り、そのことに寂しさを感じてしまう。エントは第三紀の成熟した純粋さを体現している。しかし、本当の助けはローハンの騎士たちに期待せねばならない。比較的新しい存在、まだ歴史を作っていない者たちに。

ローハンとその草原も、ある意味、塚山丘陵の場面で予兆が与えられていた。そのため、ローハンという新たな調べは、初めて奏でられたときから完全に全体と調和しているように思える。しかしここでは、草と空のあいだに立つトム・ボンバディルの代わりに、ガンダルフが似たような力を帯びて唐突に再登場する。これもまた、予告されていなかったわけではない――ガラドリエルの鏡と、ここまでの物語のパターンによって。ガンダルフが姿を消す、その後、遅かれ早かれ指輪が使用される、さらにその後、遅かれ早かれガンダルフが再登場する――モルドールにとっての指輪の幽鬼と同じように、味方の先頭に立つ存在として。ガンダルフがローハンに現れたことにより、読者はフロドがモルドールで再び指輪をはめると確信するはずである。

ロヒアリム（訳注　ローハンの人々）はどう見てもアングロサクソン人である。トールキンはもっぱら、アングロサクソン人の言葉である古英語を研究した経験から、ロヒアリムを生み出したのだ。その馬たちさえ、おそらくブリテン島に最初にやってきた伝説のサクソン人、ヘンギストとホルサの兄弟（訳注　それぞれの名は古英語で「種馬」と「馬」という意味）から来ているにちがいない。ロヒアリムの文化は完全に古英語的な英雄文化である。トールキンはここで、彼らとアラゴルンを区別するというデリケートな作業を行っている。アラゴルンは、はるかに古い文化の末裔であるため、ロヒアリムより荒々しいと同時に、より洗練されている。なにしろ先に述べたとおり、ロヒアリムは未来をもたらしてくれるはずの、過去を持たない人々なのだ。ロヒアリムが未来をもたらすことを疑うなら、エルフの女性たちの受動的な役割と、ローハンの姫君エオウィンの役割、および、彼女が命令に背いてまでとる能動的な行動を比べてみるといい。

しかし騎士たちは事にあたる前に、身内のごたごたを片づけねばならない。セオデン王はよこしまな相談役と、年齢の重みをふり払ったのち、ヘルム峡谷で戦う必要がある――この場面では行ったり来たりがめまぐるしいため、いつ読んでも飛蔭《とびかげ》のスタミナが信じられないと思ってしまう。さらには――おそらく作者の意図したとおり――ローハンの人々は高潔だが、頼りになるのかという疑いも抱いてしまう。わたしはウェールズ人のような気分になり、このあとミナス・ティリスの人々が「ローハンは来ないだろう」と嘆くとき、いっしょにかぶりを振って、「不実なアルビオン」（訳注　アルビオンはイングランドの古名。十七、八世紀の列強が、当時狡猾な外交を行っていた英国を揶揄してこう呼んだ）がどうの、とつぶやくことになる。トールキンはウェールズ語の学者として、このような反応も念頭に置いていたのかもしれない。

ローハンの事情を描く際、彼はまたしても物語を展開する妙技を確かに披露している。というのも、彼の心の奥にあったのは、サクソン王ハロルド二世が一〇六六年に、真の脅威であるノルマン人と戦うべく南へ急ぐ前に、ある侵略軍と戦うためにまず北へ向かわねばならなかった、という故事にちがいないからだ。ここでもまた、読者はそのようなことを知っている必要はない。ロヒアリムが現在、自国の差し迫った事態にとらわれ、抜け出しかねていることは、きわめてはっきりと伝わってくる。ごく早い段階から読者は疑問を抱くようになる――彼らは間に合うように自分たちの問題を片づけ、未来の役に立てるのだろうか?

ともあれ、時間的にはこれと平行して、フロドとサムと不愉快なゴクリはモルドールめざしてのろのろと進んでいる。これは第一楽章の終結部に予兆のあった場面だが、風景はそれよりはるかに忌まわしく、陰鬱である。彼らの探求のネガティブな性質と見事に調和しているのが、水底に死人の顔が見える沼地だ。ここでもやはり、水を描くトールキンには注意を払わねばならない。死者たちにとっては、もはや歴史など何の意味もないのだ――。同様に、フロドとサムが発揮し得る唯一の美徳もネガティブなもの――忍耐と、ゴクリの存在を我慢することである。二人の勇敢さにもかかわらず、何もかも不毛でしかない。トールキンはここから二人のヒロイズムを語り始める。それは二人のあいだのポジティブな愛情と同じく、確かに存在するが、ネガティブなものの力があまりに強いせいで、読者は失敗が近づいていると感じてしまう。

そのため、彼らがファラミアとその部下たちに出会うとき、読者は驚きとともに安心を覚え、まるで陽射しの中へ出たような気分になる。トールキンはこの直前、実に巧妙に読者に予感を抱かせている。風景は細部にいたるまで南方風で、冬だから羊歯《しだ》は茶色いが、サムが料理に用いるハーブはみな常緑であり、火を熾《おこ》すのに用いるのも常緑の杉なのだ。これは意図的な工夫にちがいない。同じころ、ほかの仲間は未来のないエントと過去のないロヒアリムに出会っている。フロドとサムが出会う相手は、長い過去を持ちつつ、明らかに未来への可能性をも秘めた人々だ。

ここで注意すべきなのは、トールキンが例のごとく水によって言いたいことを強調している、という点である。フロドとファラミアが池にいるゴクリの命を救ってやることにするとき、二人のほうは滝の裏側にいるのだ。けれども読者はさしあたり、そのヒントを見過ごしてしまい、ただ、ここに希望がある、善の側の強い力があると気がつくにすぎない。モルドールはいまだ、イシリアン全体に広がってはいないことも明らかになる。

それはさておき、ほかの仲間がアイゼンガルド襲撃に成功するころ、フロドとサムもまた、シェロブの棲むキリス・ウンゴルを通って、もう一つの塔に到達する。この場面もまた、無益なヒロイズムを象徴する二つの場所、塚山とモリアの坑道で重苦しく暗示されていた。暗示の重みが、ただでさえ恐ろしいこの場面を、よけい恐ろしく見せている。そしてサムの優柔不断さが事態をさらに悪化させる。しまいに、ほかのホビットたちがアイゼンガルドで勝利を収めるころ、つらぬき丸の力とガラドリエルの助力にもかかわらず、フロドは囚われの身となってしまう。この楽章の冒頭におけるそれぞれの立場が、ちょうど逆転するのだ。この逆転は、楽章全体の意図的な対比構造の一環である。

その後、読者はすばらしい都市ミナス・ティリスに目を向ける。最後から二つめの長い楽章を編みあげてきた素材も、これでほぼ出つくしたことになる。ファラミアのおかげで、読者はすでにこの都市を賞賛するようになっている。ファラミアの短いエピソードにより、トールキンはボロミアが残した印象をまんまとぬぐい去ったのだ。ミナス・ティリスの人々が結局のところ、退廃的でも冷笑的でもなかったために、この街に対する驚嘆の念はいっそう強められる。この都市はエルロンドの会議以来、何らかの形で常に読者の目の前にあった。そのため、とうとうたどり着いたときには、驚きと同時に、懐かしさも感じられる——他のあらゆる調べと関連する隠された調べが、ついにオーケストラによって奏でられたかのように。

ミナス・ティリスの様子は、ホビット庄に一人残った「でぶちゃん」ボルジャーが黒の乗手を引きつけ、ホビットたちが角笛で警報を鳴らすエピソードにも暗示されていた。角笛は、「山頂の火のように夜空をつんざきました。おきろ《アウェイク》（訳注 ルビは本稿の訳者による）！」（『旅の仲間』上2）と。そして『二つの塔』でも、オークを取り囲むローハンの篝火《かがりび》がミナス・ティリスの予兆となっていた。今や、ピピンがガンダルフとともに馬で近づいていくと、ミナス・ティリスのまわりにいきなり烽火《のろし》が灯される。その烽火には、この都市からキリスト教を連想させる効果がある――トールキンが西洋の伝統をことごとく用いている以上、キリスト教を利用するのも当然ではないだろうか――なにしろ、読者はただちに讃美歌「キリスト教徒よ、目覚めよ《アウェイク》！」（訳注 邦訳は「目覚めよ、高く歌え」日本基督教団出版局『讃美歌21』二五七番）および、別の讃美歌の一節「夜を徹して灯る汝の篝火のきらめきよ」を思い浮かべるはずだからだ。この連想は、ミナス・ティリスの偉大な印象を強めるばかりか、これから見ていくように、フロドとサムにも多少のキリスト教的性質を与えるのである。

しかし、ミナス・ティリスを勇敢に悪と立ち向かうエルサレムだと考えるのは、愚の骨頂だろう。滅亡する定めのアトランティスの都のほうが、ずっと重要なモデルとなっているからだ。この点でトールキンは、またしても語りの妙技をくり出している。アトランティスはきわめて古く、すばらしい文明を持ち、テラス状の輪を重ねた形に築かれた都市だったが、歴史の夜明け以前に海に呑まれてしまった。アトランティスをモデルとして巧みに利用し、それを自覚することで、トールキンはここでもまた、知識のない読者もメッセージを確かに受け取れるようにしている――ミナス・ティリスは滅びる定めであると。モルドールの軍勢が迫っているだけに、たとえローハン軍が到着したとしても、大したちがいはないだろうと読者は考えてしまう。

ローハンは駆けつける準備をしている。アラゴルンも同様だ。塚山で、モリアで、またシェロブの棲処《すみか》でも暗示があったとおり、アラゴルンは灰色の一行とともに死者の道を抜ける旅に出発する。言うまでもなく、アラゴルンは北方の王たちの末裔として、そこに巣食う不誠実な死者たちを召集し、彼らについに誓約を果たさせる確かな資格がある。このエピソードは不気味だが、何度も予告された場面をくり返す形になるため、ほとんど寓話のような重みを感じさせる――人は過去の過ちを生かし（ちょうどトールキンがここまでに西洋文学の伝統の大半を生かしてきたように）、少なくとも未来の役に立てることができる、という寓話だ。トールキンはこの説を否定するだろう。彼は〈指輪物語〉第二版の序文で、いらだちをこめてこう述べている。「わたしには、『適応性』と『寓意』とを混合しているむきが多いように思われるのだが……」（『王の帰還』下著者ことわりがき）。ことによると、彼の言うとおりかもしれない。

　それはさておき、次の点に注意してほしい。この部分全体に、未来を見通し、死を予見する印象的な言葉がちりばめられているのだ。アラゴルンその人はこう言っている。「セオデン王が安心して再びメドゥセルドに坐られるのはまだまだ先のことになるのではあるまいか」（『王の帰還』上）おぼろ林でハルバラドはこう語る。「いまわしい入口だな……そしてこの先にはわたしの死がある」（『王の帰還』上）そして戦いのさなか、黒の総大将自身がこう述べる。「生き身の人間の男にはおれの邪魔立てはできぬわ！」（『王の帰還』上）この手の言葉もやはり、モリアに入ろうとするガンダルフにアラゴルンが反対し、警告する場面に先触れがあった。そのため、読者はこうした言葉をやすやすと信じてしまうが、これらの暗示が一つとして言葉通りには実現しないことに気をつけてほしい。セオデン王は殺され、再びメドゥセルドに座ることはない。ハルバラドは死者の道では死なず、その道を出て、ずっと先へ行ったところで殺される。そして黒の総大将はホビットに邪魔立てされ、女性によって殺される。未来の実現こそ、この楽章の主眼であるため、読者はことごとく外れる予言に不安を感じるはずである。

　なにしろ、ミナス・ティリスの戦いは、善の側が持てる力のすべてをモルドールにぶつける最後の戦いであるはずだが、ご承知のとおり、実はそういうものではないのだ。確かに壮大な戦いではある。トールキンの天分の一つが、この最大の見せ場で存分に発揮されている。わたしは再読するたびに、ローハンは来てくれるだろうかと息を殺して待ち、彼らがやってきて歌いながら敵を殺すと、いっしょに歌声を上げてしまう。しかし戦いが終わっても、敵はいまだデネソールを操っており（訳注　ジョーンズの勘ちがい。デネソールは戦いが終わる前に死亡する）、モルドールは壊滅していない。かくして、今やおなじみのパターンを踏襲し、この長い楽章でも終結部が奏でられる。今までのところ、こうした終結部は「そのあと」を明確に描き出し、未来に目を向けていた。この楽章の終結部では、ファラミアとエオウィンは癒しと愛を見出し、ほかの主要キャラクターたちはエルロンドの会議を再現したような話し合いを開く。そして、前回の会議の際と同様、攻撃を決意する。フロドのための陽動作戦としてモルドールを攻撃するのだ。つまり、この楽章全体が大いなる陽動だったと考えるべきだろうか。

　ここでようやく、トールキンはフロドとサムの物語を再開する。これはいわばテンポの遅い楽章であり、陰鬱で、ネガティブで、苦難に満ちている。ポジティブな側の行動が殺戮《さつりく》と政治で成り立っており、ネガティブな側の行動が愛と忍耐と勇気で成り立っているとは奇妙なことだが、そのようにしか見えない。トールキンは、後者がなければ前者は無意味だと主張しているのだ。とりわけ奇妙なのは、先に述べたとおり、ミナス・ティリスに与えられたかすかなキリスト教的色合いが、フロドにも確実に反映されており、フロドが今やキリスト教的な美徳ともとれる気質を発揮し始めていること、そしてまた、この楽章の大半が前楽章のアンチテーゼとなるよう注意深く組み立てられ、少なくともわたしの頭にはクラフ（訳注　十九世紀英国の詩人、アーサー・ヒュー・クラフ）の詩の題が絶えず浮かんでくるということだ――「苦闘を無駄と呼んではならぬ」（訳注　平井正穂編『イギリス名詩選』所収）と。この詩が力強いのは、人がおのれの場所で成功を収めなくても、だれかがどこかで成功する、と詠《うた》っているからである。

いずれにせよ、仲間たちが壮麗なミナス・ティリスに入るころ、フロドとサムはミナス・ティリスのアンチテーゼであるモルドールに潜入する。二人とともに、いわばアンチ・ホビットと言えるゴクリも。この高貴とは言えない三人こそ、成功の見込みのある唯一の者たちだ。だが、彼らは失敗する。勘ちがいしてはいけない。フロドとサムの勇気と、互いへの本当にすばらしい愛情、フロドの変身と呼べるほどの変化にもかかわらず、彼らの行動は実はネガティブなものなのだ。最後の瞬間に、フロドは指輪を滅びの罅裂《きれつ》に投げこむことを拒否し、かわりに指にはめてしまう。二人のホビットがほぼ偶然に成功するのは、過去におけるそれぞれのネガティブな行いのおかげだ。フロドは特に情をかけるわけでもなくゴクリの命を助け、サムは岩場でゴクリの孤独に気づかず彼を脅し、生まれかけていた友情を憎しみに変えた。こうしてゴクリはフロドの指を食いちぎり、指と指輪とともに滅びの罅裂へと落ちていくのである。

さて、この場面をどう解釈したらよいだろう。むろん、わたしはトールキンよりはるかに単純に話をまとめているが、ここまでの文章の中に、手がかりはちりばめておいた。おそらくその答えは、最終巻の半分近くを占める、全篇の非常に長い終結部で示されている。たいていの作家なら、モルドールの壊滅で満足して筆をおくか、せいぜいモルドールの敗北に続く喜びと、九本指のフロドへの賞賛を描いた短めの終結部を加えて終わりにするだろう。しかしトールキンは、実に彼らしいことに、さらにまるまる一楽章を用意している。まさしく「そしてそのあと……」の話である。

その意味を考えようとする前に、トールキンの語りの技術の別の側面に目を向けてもらいたい。彼は物語のあらゆる段階を主要人物のだれかが目撃、あるいは経験するよう常に気を配っているのだ。そのために主要人物たちをばらばらにする必要があったのだが、おかげで物語はきわめて力強いものとなり、彼の模倣者の中に、その力強さを再現できる者はめったにいない。大きな出来事はそれぞれ、安定した視点から、確かな現実感を持って語られる。物事は目に浮かぶように描かれ、ホビットたちがその場にいる以上、飲み食いも行われる。その結果、全篇にわたって、大事件は小さな事件から成り立っていること、最初に示唆されているとおり、普通の人々が歴史そのものに駆り立てられて歴史を作り得ることが提示される。しかし、物語終盤のこの段階では、同じ考えが異なる形で示されている——どんなに小さく、高潔とはほど遠い行動も、計り知れない成果を生むかもしれないと。まさにゴクリがいて幸いだった。

　確かにそのとおりだ。しかし忘れないでほしいのだが、ゴクリがフロドに対して果たした役割は、死者たちがアラゴルンに対して果たした役割と同じものでしかないのだ。そしてこの終結部の終結部《コーダ・オブ・コーダ》の大半は、ホビット庄へ戻り、再び物語のスケールを縮めることを主眼としている。ホビット庄では、今や戦いにより鍛えられたホビットたちが、サルマンを追い払って自分たち自身の歴史に少しだけ貢献し、住民は満足げなため息とともに再び落ち着き、歴史が進んでいく道からそっと身を引く。トールキンが一貫してさりげなく指摘してきたように、こうした人々がいなければ、英雄的な行為など、いったい何の意味があるというのだろう。

　しかし、読者はまたしても油断させられている。読者は海のことを忘れてはならない。世界の一時代が終わりかけているという明確な言葉を忘れてはならない。トールキンはこの点をごまかしはしなかった——一つの時代がやはり過ぎ去ったことは、明白である——が、次の時代については、サウロンの時代かもしれないとほのめかすにとどめている。ほかのキャラクターとはちがって、サウロンが読者の前に、はっきりとは姿を現さなかったことを思い出してほしい。読者の心構えができないうちに、木管楽器によるノスタルジーの調べが再び大きくなり、ほかのすべてを呑みこんでしまう。サムはホビットたちがフロドの偉業を知らないことを寂しく思う。マルローン樹がホビット庄でも育っている。フロドは体調を崩し、回想録を書き終える。そしてついに、この紀の終わりとともに、エルフの指輪も去っていかねばならないことが明らかになる。ガラドリエルも、名前の中にその本質がずっと秘められていたガンダルフも（訳注　ガンダルフは古北欧語で「魔法を使うエルフ」という意味）、それからフロドもだ。フロドは文字通りエルフのような者となってしまった——

どんなに英雄的であったにせよ、行動しなかったことにより、彼はエルフたちと同じように、歴史に置き去りにされてしまったのだ。そして今、エルフたち同様、海の彼方へ去らなくてはならないのである。

トールキンはここで最後の語りの手腕を見せている。彼は明らかにここで、ゲルマン人の船葬――死せる王が船に乗せられ、海へ送り出されるという習慣を意識している。海を渡ることは、悲しみに満ちたこととして表現され、船大工のキアダンは司祭のような特徴を多く与えられている。反面、フロドの海を渡る旅は、単に永遠の航海として語られるにすぎない。かくして物語の結末は曖昧なものとなり、読者の心は千々に乱れてしまう。フロドが永遠の中へ、あるいは歴史の中へ入っていったとも――そうでないとも考えることができる。ネガティブな面の正当化とも――そうでないとも解釈することができる。

実のところ、読者が目にしているのは、最初から伏線としてあったロマンスの正当な形なのである。ロマンスを遺した人々の価値観は、われわれの価値観とはいささか異なっていたようだ。勝利と敗北が同じところに帰着するような、この手の曖昧な結末（アーサー王は死んで丘に眠り、賜物はその代償を求める）こそ、最初から予想してしかるべきだった。読者は警告を受けていたではないか。おまけに、読者は人生が決してハッピーエンドにたどり着いて終わりではないと知っている。物語はそのあとも必ず続くのだ。そのことは作中でも常に提示されているのだが、〈指輪物語〉はきわめて巧みに語られているため、読者はパターンに気づかないまま最後まで読んでしまうことになる。

そう、物語の語り方についてトールキンが知らないことなど、まさに一つもなかったのである。

（原注1）一九二五年、トールキンはオックスフォード大学のローリンソン・ボズワース古英語教授職に就いた。一九四五年には同大学マートン学寮の英語学・英文学教授となり、一九五九年に退官するまでその地位にあった。

（原注2）D・S・ブルーア「ロマンスとしての〈指輪物語〉（"*The Lord of the Rings* as Romance"）」メアリー・サリュ、ロバート・T・ファレル編『追悼　J・R・R・トールキン　学者にしてストーリーテラー（*J. R. R. Tolkien, Scholar and Storyteller: Essays in Memoriam*）』（Cornell University Press 1979）二四九―六四ページ。

（市田泉　訳）

大人の文学、子どもの文学？

アメリカのファンタジー作家エマ・ブルが、一九九〇年代に、「メデューサ――ジョイス前派の会報（*The Medusa:The Journal of the pre-Joycean Fellowship*）」というタイトルの文芸同人誌を発行していた。この一文は、同誌の第一号（一九九〇年）に掲載されたものだ。この号の中でダイアナは「多くの優れた本の書き手。どの作品も、目の肥えた大人が電車内で堂々と熱中し、たまに声を上げて笑いながら読むにふさわしい」と紹介されている。

ごくわずかに手を加えたものが、英国のSF雑誌「ネクサス（*Nexus*）」の第一号（一九九一年四月号）にも掲載された。

わたしはSFやファンタジーと呼ばれることの多い作品を書いている。たいていは子ども向けの作品だが、最近、完全に大人向けの小説も手がけた（原注1）。ずっとそうしたいと思っていたのだ。そのきっかけは、子どもに劣らずたくさんの大人がわたしの本を読んでいると知ったこと、また、何人かの大人の男性からこう打ち明けられたことである――図書館や本屋で児童文学の棚をあさるのは少しも恥ずかしくないが、「ティーン向けフィクション」と銘打たれた本を電車の中で読むときは、ものすごく照れくさい気持ちになる、と。なぜだろう、とわたしは思った。彼らの照れくささの根底にある前提とは、児童文学を読んでいるところを見られても研究のためだと思ってもらえるが、ティーン向けのフィクションは大人向けフィクションに近すぎるせいで、読んでいると幼稚だと思われてしまう、というものではないだろうか。いずれの場合も、本そのものを素直に楽しんでいるとは思ってもらえない、という。

これはくだらないことのようだが、大人の男性にはさぞかしつらいだろう、とわたしは思った。そこで、大人向けの小説を書いてみないか、と持ちかけられたときには、二つ返事で引き受けた。だが、実に驚いたことに、大人向けの小説を書き、その後、編集者からのコメントを聞いていると、大人向けと子ども向け、二種類の文学に関する隠された前提が、ほかにも次々と明らかになってきたのだ。その大半は、ティーン向けフィクションを読んでいるところを見られると恥ずかしい、という大人の男性の気持ちと同じくらい、納得のいかないものだった。さらに、そうした前提はどこにでもはびこり、物語の長さから文体や題材に至るまで、多くのものを左右していた。そして、それらの前提のほぼすべてが――ここがいちばん困るところだが――わたしが子ども向けの作品を書く際に味わう自由を奪う方向に働いていた。そのうえ、こうした前提について深く考えたところ、二種類の文学どちらにも悪い影響を与えていることがわかってきた。

最初に、いちばんはっきりした例を引こう。大人向けの作品を書いている最中、自分がこう考えていることに気がついた。（かわいそうに、大人たちにはこんな内容、理解できないに決まってる。もう二回説明して、さらにそのあと、ちがう言い方で思い出させてやらなくちゃ）若い読者向けに書いているときは、こんなことを考える必要はない。子どもたちは理解しようと努めることに慣れているからだ。学校に行けば毎日毎時間、そうした姿勢を求められるため、進んで努力することはないかもしれないが、少なくとも努力はするものだと思っている。そのうえ、九歳から十五歳までの子は、ほぼ全員、パズルを解いたり複雑なプロットをたどったりするのが驚くほど得意である――何時間もコンピューターゲームをやったり、テレビを見たりしているおかげだ。わたしはその力をあてにすることができる。子ども向けのプロットは思う存分複雑にできるし、それでも子どもに対しては一回（せいぜい二回）説明すれば充分だ。ところが、十五歳以上の読者に向けて本を書いていたとき、わたしはこう考えていたのだった――たとえば『九年目の魔法』を去年読んでくれた読者は、今では頭を使うことをやめてしまったにちがいない、と。

これは一見、普通の人の考え方とは正反対だが、この問題はもっと根が深いということがわかっている。わたしは最初のうち、これは個人的な経験に基づいた自分だけの思いこみだと信じていた。たとえばある日のこと、サイン会の会場に、一人の母親が九歳の息子を連れてきて、『バウンダーズ　この世で最も邪悪なゲーム』は難しすぎる、とわたしに文句をつけた。そこでわたしは息子のほうに向き直り、どこがわからなかったの、と訊いてみた。すると息子は「ああ、母さんの言うことは気にしないで」と答えた。「ぼくは全部わかったよ。わからなかったのは母さんのほう」わたしもこの少年も、ちゃんと気がついていた――哀れな母親が、本を読むときに頭を使うことをやめてしまっているのだと。

同様に、ある雑誌のためにわたしにインタビューすることになっていた校長は、『魔女と暮らせば』を読もうとしたがひと言も理解できなかった、要するにあれは子どもたちには難しすぎる、と述べ立てて、インタビューをキャンセルした。その校長は一見、子どもが易しいものを求めているると思いこんでいるようだった。しかしわたしは、『魔女と暮らせば』を理解できないと言う子どもには一度も会ったことがなかったため、あることに思いあたった——校長は実は、自分自身の読む本はわかりやすくて当然だと思いこんでいるのだ、と。それは隠された思いこみだが、大人向けのものを書くにあたって、わたしには、あらゆる大人がこうした前提を持っていると察しがついた。おかげで、大人の呑みこみの悪さに対して優しい気持ちを持つようになり、作中では説明をくり返した。

こうした前提のせいで、馬鹿げた状況が生まれている。こちらに子ども向けの本の山がある。大人たちはどの本も幼稚で易しすぎると片づけるが、決してそんなことはない。そちらには、もっとハイレベルで難しいものを読みたがるはずの大人向けの本があるが、作家は読者の頭が悪いと思って書かなくてはならない。

少々意外なこの前提についてよく考えてみれば、それが少なくとももう一つの思いこみとからみ合っているのがわかるだろう——大人向けの本のほうが長いはずだ、という思いこみである。だれもがそれを信じているようだ。世間には、三部作の五作めに関するジョークなどというものが存在する（訳注　たとえばダグラス・アダムス作〈銀河ヒッチハイク・ガイド〉シリーズは、当初三部作とされていたが、のちに四作めと五作めが書かれたとき、ふざけて「三部作の四作め、五作め」という呼び方をされた）——「長い」とは「冊数が多い」という意味でもあるからだ。わたしの本棚から適当に取り出した、ごくありふれた子ども向けの本は（それはたまたまジリアン・エイブリーの『姉さんをおとなしくさせるには（*To Tame a Sister*）』だが）、きわめて小さな活字が二六〇ページも続き、T・H・ホワイトの『石に刺さった剣』はそれより数ページ短いだけで、アーサー・ランサムの十三冊のシリーズ（訳注　『ツバメ号とアマゾン号』から始まる十二冊と、未完の遺稿を指すと思われる）は平均ページ数が三五〇ページだと知ったら、たいていの大人はおそらく仰天するだろう（ちなみに、『石に刺さった剣』は四部作の一冊めだ（訳注　のちにこの四部作が『永遠の王』のタイトルで一巻にまとめられた））。そのことを知っていたくせに、わたしは大人向けの本に取り組むとき、ふと気づくと長いものを書くつもりでいた。これにはわれながら腹が立った。実際に完成した本は、『九年目の魔法』より少し短かったが、思いこみにとらわれないよう精いっぱい努力したにもかかわらず、この隠された前提の影響が至るところに見受けられる。

長い本は当然、少しずつ読まれることになる。そのため、たとえ読者が頭を使ったとしても、作家はしょっちゅう読者にいろいろなことを思い出させる必要がある。大人向けの本の作者の中には、読者をほとんど信じていない人もいて、たとえば火星から来た青い目の主人公が出てくる場合、主人公について語るたびに、「火星から来た男」と呼び、たまに「火星から来た青い目の男」という呼び方を織り交ぜ、ときには「青い目の男」と呼んだりもする。そんな真似は絶対にしないとわたしは心に誓ったが、ついそんなふうに書きそうになり、必死にそれを避けるはめになった。

もう一つ、なかなか捨て去れなかったのが、「これは三部作の一冊めにしなくちゃ」（シリーズものにすると、さらに読書が細切れになるのだが）という考えだった。おかげで、このまま行くと結末がはっきりしすぎてしまう、とか、第二部以降で利用できるように異世界の設定をうんと細かくしなくては、とかいう心配が頭から離れなかった。正気に返って、こうした前提についてよく考えてみると、なぜそんなことが不安だったのかと不思議でならない。一冊の本は満足のいく終わり方をするべきで、結末を次巻へ持ち越すのはひねくれたやり方だ（読者だっていらいらする）。異世界を細かく作りこむという点についても、自分があまり続きを書きたがっていないと気づいたとき、馬鹿馬鹿しいと感じ始めた。わたしが第二部を考えるのをためらっていたのは、大人が読者の場合、第二部のあちこちで第一部のプロットや出来事を思い出させなくてはいけない、という思いこみがあったせいだ——第二部で使えそうないアイディアがたくさん浮かんでいたが、この点がどうしても億劫《おっくう》だった。

だが、かつて〈デイルマーク王国史〉の第二部『聖なる島々へ』を書いたときには、『詩人《うたびと》たちの旅』をふり返る必要など感じなかった。そもそもふり返っても意味はなかったはずだ。わたしは児童文学作家の普通のやり方に従って作品を書き、読者には読み進めながら状況を把握していく知力があると信じていた。ならばなぜ、大人にはそれがないと思いこまねばならないのだろう。

これが答えではないだろうか——出版社がそう思いこんでいるから。「長さ」の問題をきっかけに、わたしは自分自身だけでなく、原稿を見てくれた編集者の思いこみにも反発し始めた。「長い」本には当然ながら、各種の水増し要素が詰めこまれている。先ほど挙げたようなことを別とすると、いちばんはっきりした水増しは情景描写だ。回転する宇宙船の表面から見た銀河の中心の様子だの、探求の旅の途中で通りすぎる風景だの——。残念ながら、子どもたちは描写のところで読むのをやめてしまう——何かが物語の重要な一部として描写されている場合は別だが。わたしも子どもたちのやり方に賛成だ。かなり以前に気づいたのだが、ある場面の様子が作者に細かくわかっていれば、それを描写する必要などないのだ。それは書かれたものを通じて——型通りの描写によってではなく、言葉の端々を通じて、読者に伝わるのだから。しかし、大人に関しては別の前提があるのはわかっていた。わたしはふだん通りの手法を用いながらも、できるだけあちこちに描写をつけ加えた。それでも、編集者は文句をつけてきた。「これでは短すぎますし、『センス・オブ・ワンダー』があまり感じられませんね」などと言うのだ！　わたしはこう反論したいのをぐっとこらえた。「立ち止まって想像力を働かせれば、センス・オブ・ワンダーを感じるはずよ！」確かに大人は子どもとはちがっている。何もかも、こちらにやってもらおうとするのだ。いや、「何もかも」ではなく、子どもとはちがう種類のことを求めているだけかもしれないが――。

　わたしが子どもの本を書き始めたころは、わずかな例外を除けば、児童文学というのは無意味でくだらないものばかりだった。あまりに無意味だったため、うちの夫は子どもが寝る前に読み聞かせをするたびに、せいぜい文を三つ読んだところで、自分のほうが眠ってしまったものだ。その結果子どもたちが上げる抗議の声に、わたしは確信した――自分のほうがうまく書ける。読み聞かせをせねばならない大人のためにも、早く意味のある児童文学を書かなくては、と。以来、わたしはいつもそう心がけている。だから、改めて大人向けの本を書こうとしたとき、自分が大人をちがう生き物のように考えていると気づいたのは驚きだった。ただし――このことは強調しておきたいのだが――わたしは子ども向けの本を書くとき、ある点で、大人向けの本とはちがうやり方をしている。それは、声に出して読めるようにする、ということだ。これは本の題材とは関係がなく、純粋に文のリズムの問題である。ある文を音読するとひっかかるようなら、そこは書き直さなくてはならない。大人向けの小説を書き始めたとき、わたしはこう思った。（あら、すてき。リズムのことを考えなくていいんだ。なんて自由なの！）

　おかしな話だが、このことから別の隠された前提も明らかになった。大人はより「文学的な」言いまわしを期待しているのだ。必ずしも長い単語を求めているわけではなく――単語を愛する者として、ここぞとばかりにそうした言葉も使わせてもらったが――話し言葉の再現とはちがう種類の文を期待している。つまり、長めの文、倒置法や文頭の従属節が用いられる文だ――そしてここに恐ろしい発見があった。こうした「文学的な」言いまわしには、話し言葉にはあまり出てこない陳腐《クリシェ》な決まり文句が数多く潜んでいたのだ。ほかの作家が多用する決まり文句を使わないために、わたしは大人向けの作品もまた、声に出して読まれると仮定して書くはめになった。

だが、仰々しい文章の大波を避けながらも、わたしは相変わらず、大人のために書くほうが自由なのだと信じこんでいた。たとえば、大人向けのほうが語り方が自由なはずだった。登場人物をばらばらに動かし、視点を次々に変えていくこともできるのだ。地球に追放されてとまどっているトッドの短い章を書き、異世界の観測衛星で神経衰弱を起こしたフランについてもっと長く語り、次いでジーラの話に飛んでケンタウロスといっしょに異世界へ赴いてもかまわない。児童文学に関わる人ならだれでも、子どもはこの手の叙述方法についていけないと思いこんでいるため、ふだんはこんな書き方は許されていない。そこでわたしは上機嫌で作業にかかった。けれどもじきに、この自由もやはり幻想だったことに気がついた。大人はこういう視点の変化を期待しているかもしれないが、これは『ドクター・フー』（訳注　六〇年代から放映されている英国ＢＢＣのＳＦテレビドラマシリーズ）の物語の語り方と同じなので、『ドクター・フー』が理解できる読者ならだれでも、寝ていたってこの話についてこられるはずなのだ。

　しかしそれでも、大人のために書くときには、確かにより大きな自由がある――そう主張する人がいるかもしれない。たとえば物語の内容だが――セックス、暴力、政治、科学や魔術のからむ怪しげな不正行為、どんな題材でも扱うことができるじゃないか、と。そう、そのすべてを『呪われた首環の物語』に盛りこんでおきながら、わたしは大人向けの作品を書く際に、新たな自由が手に入ったと思いこんでいた。本気でそう思っていたのだ。その「自由」がどの程度のものだったかは、書き進むにつれて不安が増したときの、わたしのひとり言に表れていた――「大人向けのこういう空想小説、読んだことがないわ！」例の編集者もまったく同じことをうさんくさそうにくり返し、ついでにこう難癖《なんくせ》をつけた。「それに、ＳＦとファンタジーがごっちゃになってるみたいですね」

　これには当惑してしまった。子どもの本を書く際には、そんなことは問題にならない。児童文学においては、従来とは異なるものが歓迎される。多くの教師や司書が、イーニッド・ブライトンのような作家に書棚のスペースを割きたがらないのは、そういう作家がいつも同じようなものばかり書くからだ。そして、ジャンルの混合という点について言えば――子どものための物語の場合、ジャンルは一つしかない。「児童文学」である。子ども向けの本なら、魔女でいっぱいのおんぼろ宇宙船を、近接する別の宇宙の修道院的な場所に送りこんだとしても、だれもが平然と受け止めてくれる。しかし大人たちは、どのジャンルには何が出てくる、という頑固な思いこみによるハンディを抱えている。わたしの作品がファンタジーと見なされた場合、作中の好戦的な魔女たちは、剣と呪文だけを武器に、徒歩か馬で探求に出かけなくてはいけない。わたしの作品がＳＦということになった場合、宇宙船に乗っている者は一人も魔法を使ってはならず、超光速飛行能力のような、まだ完全には実証されていない科学的手段だけに頼らなくてはいけない。

　言葉にはされないこうした思いこみを、だれもくだらないとは思わないのだろうか？　さらにもう一つ、問題となる点がある――セックスだ。たいていの人の考えとは裏腹に、児童文学は率直に、かつ頻繁にセックスについて語っている。主な理由は二つある。まず、子どもたちはしばしば誘拐され、レイプされている。次に、子どもたちは両親の性生活を考えることに多くの時間を割かねばならない――とりわけ、両親が離婚しかけている場合には。確かに、大人同士の性行為をあけすけに描いた場面などは、子どもには何の役にも立たず――たまたま急ぎの用事がある冷静な人に、通りの向こうの酔っ払いが与える程度の影響を及ぼすくらいで――ほとんどの子どもは、早く大人になって、それを試してみたいと思うだけだろう。それでも、そうした場面が物語の重要な一部である場合には、どんな作家もその場面を差しはさむことをためらわない。セックスに関する場面はまた、歓喜や、悲哀や、おかしさや、もっと微妙な思いなどを描き、人間のあらゆる感情をカバーすることができる。大人向けの作品を書くことになったとき、わたしはそれと同じような自由が、いや、それ以上の自由があるものと思いこんでいた。しかし、こうした安直な思いこみは、原稿を見てもらうが早いか、編集者の中にあった別の基本的な思いこみと衝突してしまった。

　わたしの魔女たちは、礼儀正しく純真な修道士風の人々でいっぱいの場所を襲撃しようとしている。現実の女性の一人一人に個性があるように、彼女たちも、全員が魔女だということを除けば、それぞれにちがった性格を持っている。そこでいつものように、わたしは腰を下ろしてつらつらと考えた。（この場合、こうした現実味のある《リアルな》女性たちには、何が起こるのが現実的だろう。こっちにいるリアルな男性たちには？）答えは男女双方にとってさまざまだった。たくさんの罪、女性グループの内外からの多くの圧力、充分な数の人々が充分にリラックスしたときの、すさまじい乱痴気《らんちき》騒ぎ。その過程で三分の二が命を落とし、二人がひどい目に遭い、一人が鬱状態になり、一人が脅迫され、だれの判断もうまくいかず、一人の女性が逃亡し、幼いわが子を殺されそうになる――。

　これを読んだ編集者の反応の中に、わたしが見落としていたもう一つの思いこみが現れた――「明るすぎますね」。

わたしは訊いた。「どういうこと？」すると返事はこうだった。「たいていの作家はこういう場面を利用して、悲惨で悲劇的な状況を描くものなんですが――あなたはひと組のカップルまで誕生させています」確かに誕生させていた。その二人は、わたしには恋人同士になるように思えたし、実際、わたしの助けなどなくても恋に落ちたのだ。（いったいどうなってるの？）と、わたしは思った。わたしが書くものは周囲からファンタジーと見なされていて、その作品がこんな批判を受けている――つまり、ファンタジーの中のセックスは、大人が主要人物の場合、悲劇的で哀切な調子で書くしかないということらしい。人間らしく振る舞うことをキャラクターたちは許されていない。なんということだろう。これは一人の編集者の異常な思いこみなのでは――？　いや、そうではなさそうだ。

この手の思いこみのせいで、大人のために書く際に感じられたはずの自由は制限され、わたしはあやうく閉所恐怖症に陥るところだった。さらに言うなら、わたしが最初から大人のためには書けないとあきらめ、考えにも入れなかったような物語も存在するのだ。二つ例を挙げると、ヴィヴィアン・アルコックの『怪物の庭（*The Monster Garden*）』や、フィリパ・ピアスの『トムは真夜中の庭で』のような物語を大人のために書いてはいけないと、わたしにはわかっていた。『怪物の庭』は要するに『フランケンシュタイン』の焼き直しで、フランキー（！）と呼ばれる現代の少女が、父親の研究室で見つけた原形質を偶然怪物に育ててしまうというストーリーだ。子ども向けの作品の例に漏れず、何一つ読者の期待通りに事は運ばないのだが（子ども向けの本のすばらしい自由の一例だ）、このプロットは、前例があることをだれもが知っているという理由で、大人向けのフィクションにすることはできないだろう。大人はそういう点で目が肥えているとされている。しかしそれなら、だれか教えてくれないだろうか――なぜ大人向けの作家たちは、冒頭に地図が載っていて、女戦士が主人公であるような物語を飽きもせず書き続けているのだろう？　なぜ『フランケンシュタイン』はいけないのに、〈指輪物語〉はだれもが自由に再利用してよいのだろう？　こうした思いこみの根本的な理由は、わたしにはわからない。

『トムは真夜中の庭で』は、タイムトラベルものの支流に属する作品で（ディケンズの『クリスマス・キャロル』と少し似た点もある）、過去の少女が孤独な少年を誘って、少年の祖母の時代の屋敷や田園地帯をいっしょに探検するという内容だ。とてもエレガントに、非の打ちどころなく書かれていて、まさしく児童文学の古典と呼べる作品である。けれどもディケンズの小説を除けば、どこの大人がこんなプロットを受け容れてくれるだろう――。このことを突きつめていくと、タイムトラベルに関する大きな疑問が生じてくるのだが、その件はいずれ別のところで検討するとして、今は隠された前提らしきものを指摘するにとどめよう――大人の読者が許容できるタイムトラベルは、かなりスケールの大きなものに限られる、ということだ。たった三十年ばかり未来や過去へ向かうタイムトラベルが許されるのは、子作りを目的とする場合だけである（相手は自分の母親だったり姪だったりする）。それ以外の場合、主人公はたとえばローマ時代へ行ったり、人類の起源まではるばるさかのぼったりしなくてはならない――しかも考古学的な注意事項を山ほど叩きこまれたうえで。わたしはもっとささやかなタイムトリップのほうが好みなので、これは残念な傾向だと思う。

実際、何もかもが残念だ。わたしが見つけた「大人の本はこうあるべき」という隠された前提はいずれも、法律や規則のようなものと、あるいは大人の本と子どもの本の絶対的なちがいと見なされているようだが、わたしにはとてもそのようなものとは思えない。こうした前提は、大人向けのSFやファンタジーに枷《かせ》をはめ、子ども向けのSFやファンタジーにも悪い影響を与えている。というのも、隠された究極の思いこみは、おそらくこういうものだからだ。

「大人向けに書かれるフィクションがここまで幼稚だとすれば、子ども向けに書かれるフィクションはそれに輪をかけて幼稚なものにちがいない」

そんな考えは誤りだとわたしは知っている。しかし、大人向けの作品に関するこうした隠された思いこみの数々が存在しないとは、だれにも言わせるつもりはない。それは間違いなく存在するのだから――。大人向けの本を書こうとしていたとき、わたしにはその一つ一つが、自分を縛る鉄球つきの鎖のように感じられた。こうした古い鉄の重みに押さえつけられている優れた物語という財産を解放するためにも、そろそろこれらの前提について考え直すころ合いではないだろうか。結局のところ、両方の文学にとって大切なのは、優れた物語を語ること、それをうまく語ることだけなのだから。

（原注1）初めて世に出たダイアナの小説『チェンジオーバー（*Changeover*）』は大人向けだったが、ファンタジーではなかった。ここで彼女が述べているのは、一九九二年に出版された最初の大人向けファンタジー・SF小説『魔法泥棒』のことである。

（市田泉　訳）

ガーディアン賞をもらったとき

ダイアナ・ウィン・ジョーンズは一九七八年、『魔女と暮らせば』で栄《は》えあるガーディアン児童文学賞（当時は単にガーディアン賞として知られていた）を受賞した。
ガーディアン紙は一九六七年以来毎年、英国または英連邦の著者によって執筆され、前年に英国で出版された児童文学のうち、もっとも優れた作品に賞を与えてきた。受賞作を決定するのは、作家による審査委員会と、ガーディアン紙の児童書部門の書評担当者である。

『魔女と暮らせば』でガーディアン賞をもらったとき（一九七八年だったと思います）、わたしは腰を抜かすほど驚き——同時にたいへん嬉しく思いました。そんなに驚いたり、喜んだりしたのは、この賞の審査員が全員作家だからです。自分と同じ職業の人々に、自分の本を好きだと言ってもらえるほど嬉しいことはありません。なにしろ作家というのは、ごまかすのがいちばん難しく、楽しませるのもいちばん難しい読者に決まっているのですから。作家はどうやって書いたらよいかを知っています。作家にうまく書いたと言ってもらえれば、確かにうまく書けているにちがいありません。

そんなふうに感じたのは正しかったと、今ではよくわかります。当時のわたしが今のわたしと同じことを知っていたら、もっと驚き、嬉しく思ったことでしょう。というのも、この賞をとった作家には必ず、翌年の審査委員会に入るよう依頼が来るのです。わたしはその仕事をずっと続けています。

受賞したあと、ロッチデールのブックフェアから帰宅するが早いか、本の包みが山ほど届き始めました。一日にほぼふた山ずつです。クリスマスより豪勢で、家族はわたし宛の小包に羨ましそうな目を向けてきました。でもそれは、中身が本だとわかるまででした。本の山を目にすると、家族は「お金をもらってもそんなの読まないよ！」などと言って、そっぽを向いたのです。

そんなこと言うのはちょっとひどいんじゃない？　とわたしは思いました。なにしろ、わたし自身よく知っていることですが、一冊の本を書くにはたくさんの時間と、途方もない努力が必要なのです。ある本を嫌いだと決めつけるにしろ、その前にちゃんと読み終えるくらいの礼儀は示すべきでしょう。そこでわたしは届いた本をせっせと読みました――幸い速く読むのは得意です――一日に三冊以上というペースでした。読んでいて印象に残ったのは、作家たちが本当にたくさんの時間と、途方もない努力を自分の本に注いでいる、ということです。どの本をとっても、無情に嫌ったりすることなどできません。わたしは一冊一冊について長い長いメモを作り、その作品のすばらしい点を挙げていきました。

さて、こうした好意的なメモのずっしりした束を抱えて、わたしはロンドンへ赴き、審査委員会に所属するほかの作家たちと顔を合わせました。ついに審査の始まりです。

「さあ、この本はどうでしょう」と議長が言いました。「セリーナ・スライムの『足元にいる庭の妖精』」

そのとたん、地獄のような騒ぎが始まりました。作家たちが叫びます。

「ぞっとする！　ひどい出来だ！　耐えられん！」

「まだこんなものを書いているとは。零点！」

「ではこちらの、美しい歴史ロマンスは？」と議長。「『クルーソーの人食い人種に囚われて』」

「おぞましい！」作家たちがわめきます。「人は人を食ったりしないぞ」

「ならば」と議長がやけくそな調子で続けます。「この優れた作品はどうでしょう。ひどい学校に通う子どもの気持ちを描いたものです――シルヴェスター・グラム作『スラムの英雄』」

このころにはもう、自分が本当の気持ちをごまかして、あの好意的なメモを書いたのだということが、わたしにもよくわかっていました。そこでわたしは、まわりの作家といっしょに叫び始めました。

「不愉快そのもの！　このグラムって人、だれをだまそうとしてるの!?」

「つまらなくてためになる本ってやつだ！」ほかの作家が怒鳴ります。

「では、このすばらしく詩的な――」議長が口を開きました。

「だめだ、だめだ」わたしたちは絶叫します。「ごみ箱行き！」

ひと言で言うと、わたしたちはとことん無情で、ひどくやかましく、どこまでも正しかったのです。けれどもついに、わたしたち全員がひときわ声を張りあげて「それだ！」と叫ぶ本が出てきました。わたしたちはその本のあちこちを朗読し、大声で笑い、どの箇所がいちばんいいか、お互いの言葉をさえぎって主張し合いました。つまり、それはすばらしくよい本だったのです。

ですが、家に帰ろうと電車に乗ったとき、わたしはこう思いました。(やれやれ！　あの人たち、わたしの本にはどんなことを叫んだんだろう)

(市田泉　訳)

C・S・ルイスの〈ナルニア国ものがたり〉を読む

〈ナルニア国ものがたり〉に対するこの論評は、最初、C・S・ルイスをテーマとした会議の席で発表され、その後アメリカのamazonのサイトに「ナルニアの魔法("The magic of Narnia")」として掲載されている。

大学に入る前、C・S・ルイスの名前は、『悪魔の手紙』の著者として知っているだけでした。学校の朝礼で、その本が朗読されていたからです。悪魔の声を借りて語ることで、キリスト教信仰を読者に伝えようとする作品でしたが、なんとも妙で、読者を馬鹿にしているように思えました――アイディアとしてはとてもいいと認めるしかありませんでしたが。

オックスフォード大学へ進学し、この悪魔の代弁者が洋梨体型の小柄な男性で、轟くような力強い声と、実に恐るべき教養の持ち主だと知ったときのわたしの驚きを想像してみてください。彼の講義は『中世論序説』という題でした――だれも聞きたがりそうにない名称だと思われるでしょう。ところが、ルイスの講義はたいそう人気があり、毎週いちばん大きな講堂から人があふれそうになっていました。ルイスは中世の底流をなす思想について、メモなどに頼らず、洞察力豊かに、ユーモアを交じえ、きわめてわかりやすく語ったため、聞き手は興奮して、歓声を浴びせんばかりでした。

その後まもなく、わたしは自分の子どもたちといっしょにルイスの〈ナルニア国ものがたり〉全七巻に出会うという、すばらしい体験をしました。このシリーズはルイスの講義と同じくらいわかりやすく、教養を感じさせ、興奮をかき立てるものでした。『悪魔の手紙』でおなじみの妙な調子もいくらか感じられましたが、〈ナルニア国ものがたり〉では、その妙な調子がちゃんと効果を発揮していました。わたしと子どもたちをともに虜《とりこ》にした、あふれんばかりのイマジネーションと組み合わされていたからです。

七冊の物語はいずれも意外なほどの短さですが、どの巻でも膨大な数の出来事がゆったりと進んでいきます。どれほど多くの事件がひしめいていても、何が起きているのか読者が見失うことはありません。起きていることはすべて目に見えるようで、おかげで驚くほど幼い子も（うちの末っ子はたった二歳でした)、あらゆる出来事を理解することができます——ルイスは彼自身の豊かな教養から素材を引き出してきているというのに。ルイスは神学、ルネッサンス時代の地理、神話、おとぎ話、中世文学だけでなく、彼に先立って書かれたさまざまな子どもの本まで利用して物語を書き、その中で、信仰に直面した人間の微妙な心の動きを見事に表現しています。わたしはそのことに驚嘆し、そこから学ばせてもらいました。

ルイスの言葉によれば、『ライオンと魔女』が生まれたきっかけは、雪の中、古風な街灯のそばを歩いていくフォーンの姿が頭に浮かんだことだそうです。物語はいささか硬い感じで幕を開けます(この硬さは、主人公の子どもたちに最後までつきまとっています)。なぜなら、ルイスは手探りで進んでいて、ライオンのアスランの到来で初めて調子をつかむからです。ルイスはアスランのおかげで、より大きな悲劇と勝利を表現できると気づいたのです。わたしには、これこそルイスが発見したことの中でもっとも重大な事実だと思えます——ただ一つの単純ではっきりした場面から始めることで、作家は人間のあらゆる思考と感情を描き出せる、ということこそ。

しかしルイス本人は、自分が本当に夢中になったのはものいう動物たちだと語り、『カスピアン王子のつのぶえ』では、そうした動物たちを存分に活躍させています(原注1)。ルイスはこの本では完全に自信をつけており、物語のテンポと広がりは息を呑むくらいです。さまざまな神話が混ざり合い、異世界同士が接触し、読者は歴史がもたらす変化の感覚を深く味わうことになります。

うちの子たちは『カスピアン王子』もお気に入りでしたが、何より好きだったのは『朝びらき丸　東の海へ』でした(原注2)。ルイスはこの巻で、中世とルネッサンス期の旅行譚の形を借り、この世の果ての永遠の国へ向かうカスピアンの旅を、いくつかのエピソードを重ねて、くっきりと描き出しています。子どもたちがいちばん好きな場面は、ユースチスが竜に変えられるところでした。ユースチスが当然の報いを受けるからです。

これこそ、〈ナルニア国〉シリーズの重要なテーマと言えます——人はそれぞれにふさわしい運命をたどるのです。罪のない者が災いに苦しむことがあっても、そうした災いは、彼方からの助けにより克服することができます。『銀のいす』は、全篇を通じてこのことを伝えています。うちの子たちがこの巻で唯一気に入っていたのは、陰気な泥足《どろあし》にがえもんでした。子どもたちにとって、魔女による露骨なまでの性的誘惑の描写は読むのが恥ずかしく、ルイスがもう一つ主張したかったことは理解しづらかったのです。

その主張とは、道徳的、肉体的危機について、たとえ警告を受けていたとしても、実際にその危機と出くわしたときすぐにそれと見分けられるとは限らない、というものです。

わたしがいちばん好きな巻は『魔術師のおい』です。これは、前日譚の書き方の見本のような作品です。ルイスがE・ネズビットのアイディアをあつかましく借用し――しかも彼女より巧みに用いて――ナルニアに一本だけ立っている街灯に説明をつけた手腕は、見事としか言いようがありません。「世界と世界のあいだの林」には完全に圧倒されますし、主人公の子どもたちが元の世界に通じる池にしるしをつけるのを忘れそうになる場面では、本当にはらはらさせられます。そしてタフィの木のような、まさしく魔法そのものという存在も登場します。それらはあくまで、魔法の設定を論理的に追求するうちに生まれたもので、魔法とはいかに働くべきかについて、わたしに多くを教えてくれました。

『馬と少年』はいわば、物語の真横から続篇を組みこむ方法を教えてくれます。この本の事件は『ライオンと魔女』の時代に起こりますが、別の国（カロールメン）で始まって、ナルニアに戻ってくるのです。

けれどもわたしは、『さいごの戦い』だけは楽しく読めたためしがありません。大人になってから読んだため、反キリストと黙示録のモチーフが目につきましたし、全員が死んでいると簡単にわかってしまったのです。けれども甥は、この本がいちばん好きだと言います。その理由は――甥は長々と語ってくれたのですが――とってもわくわくするし、みんな死んじゃったと思ったら、また生き返るから、だそうです。ううん、天国で生き返るんじゃないよ、と甥は言いはりました。本当に生き返るんだよ。

そう、これこそ〈ナルニア国ものがたり〉が読者に及ぼす魔法なのでしょう。

（原注1）『カスピアン王子のつのぶえ』は英国では一九五一年に、〈ナルニア国ものがたり〉の二冊めとして出版された。

（原注2）ダイアナの息子マイケルは、実は『カスピアン王子のつのぶえ』と『銀のいす』のほうが好きだったと述べている。

（市田泉　訳）

「経験」を差し出す

児童文学に関するこの文章は、一九七五年七月十一日の「タイムズ文芸付録（*Times Literary Supplement*）」に掲載された。当初ダイアナは「経験」というシンプルなタイトルをつけていた。

子ども向けの本の執筆を始めるとき、わたしは自分に言い聞かせる――これから書くのは、子どもたちが楽しんで受け容れられる「経験」なのだ。もしかしたらその作品には、子どもたちの助けになることや、参考になることが含まれているかもしれないが、それはわたしと受け手が互いを理解していなければ役に立たない。わたしが差し出すのは、何よりもまず、経験としての一冊の本なのだ。

こう言い聞かせたあと、「経験を生み出す」作業にとりかかる。その作業はいつも、ちょっとした実験のようだ。この作業ができる範囲はきわめて広いので、同じことを二回やりたいとは思わず、むしろ新しい可能性を試してみたくなる。

経験というのは、出来事と、それを引き起こす人間の思考や感情が結びついたものだと思う。ここでとりあげる「経験」は、一冊の本のことなので、出来事には少なくとも三組の思考（または感情）が関わることになる。まず、作中のキャラクターが出来事についてどう考えているか、次に、作者であるわたしがどう考えるか、三つめに、読者はどう受け止めるか――。思考を出来事と結びつける際には、さまざまな興味深いやり方がある。たとえば、W・E・ジョンズが大成功を収めた手法に倣《なら》って、自分の思考を完全に省いてしまってもいい。〈ビグルス（*Biggles*）〉（訳注　パイロットにして冒険家のJ・ビグルスワースを主人公にした英国の作家W・E・ジョンズ作の冒険小説のシリーズ）のキャラクターたちは大人の男性だが、読者は彼らに深く感情移入することができる。スパイや飛行機がめまぐるしく登場するジョンズの物語では、そうしたキャラクターとの一体感が常に保たれ、おかげで読者はきわめて鮮明な経験をすることになる。

けれども、『ウィルキンズの歯と呪いの魔法』（原注1）のように、普通の子どもたちが普通のことをする話を書きたい場合、〈ビグルス〉のような書き方をするのは間違いだろう。わたしはもう子どもではないから、ひょっとすると、平凡な子ども時代を愛情こめて再現するのも楽しいかもしれない（いや、本当に楽しいかどうかはわからないが）。しかし子どもにとっては、そんな本は経験でも何でもない、つまらないものだろう。「こんなこと全部知ってるよ。何にも起こらないじゃないか」と子どもは叫ぶはずだ。その子は単に波乱万丈のプロットを求めているわけではなく、作者の書き方を批判しているのだ。平凡な出来事を語るときには、わたしは頭の中で一度立ち止まって、出来事と自分の思考を結びつけ、「経験」として完成させなくてはならない。

『ウィルキンズの歯と呪いの魔法』でわたしが描こうとした状況は、ありふれたもの——子どもたちが、まるで校庭にいるときか休暇の最中のように、自分たちだけでやっていかねばならない、というものだ。彼らが身を守る唯一の手段は、「不公平だよ」（訳注　『ウィルキンズの歯と呪いの魔法』原島文世訳。以下、引用は同書より）と絶え間なく叫ぶことである。子どもの世界は大人の世界の内側にあると同時に、外側のはるか遠いところにあり、その中で叫んでも返ってくるのは木霊《こだま》ばかりだ——ちょうどビディの呪文を打ち破ったあと、主人公たちが入りこむ魔法の虚空のように。子どもの世界からは、いくら大人に訴えかけても効きめがない。ジェスはあるとき「たすけて！」と叫ぶが、大人は「なんだって？」としか答えてくれない。子どもの世界に入ってくる大人もいるが、それは大人の世界に収まりきれない変人くらいだ。

さて、こうした状況と向き合うはめになったら、読者はきっとうんざりするだろう。しかもこの状況は、たいていの子どもにはおなじみのものなのだ。さらにわたしは、「不公平だよ」と叫ぶだけでは充分ではない、とほのめかして、子どもたちの支えを外したいと思っていた。そこで、子どもたちが実際にしているのと同じやり方で、状況を受け容れやすくすることにした——つまり、その状況を笑いの種にしてしまったのだ。子どもたちはいつも笑い声を上げ、何かをひやかし、冗談を言っている。子どもにとって笑いは、物事を片づける手段ではない。彼らは笑いによって学習するのだ。笑いは不安や恐怖や当惑を払いのけ、子どもたちが事実と正面から向き合うのを助けてくれる。『ウィルキンズの歯と呪いの魔法』でも、事実をそんなふうに扱えば、正義という概念を使ってファンタジーを生み出すことができるだろうと思った。「不公平だよ」という叫びは「歯には歯を」につながり、「歯には歯を」は魔女の秘密の技の不快さにつながり——やがて主人公たちは少しずつ思いやりを覚えていくかもしれない。

そして、さらなる可能性も開けてくる。子どもたちがするように物事を滑稽なものとしてしまえば、ファンタジーにつながる既製の架け橋が手に入るのだ。子どもたちはよくひどい駄洒落を口にするが、その一つ一つが小さなファンタジーだ。「問い　海底に横たわって震えているものは何？」「答え　神経をやられた難破船（訳注　原文のA nervous wreckは神経過敏な人を指す表現）」なんとまあ気の毒な――。さて、作者であるわたしが、自分のユーモラスな思考を出来事と結びつけるなら、この手のファンタジーを利用して、作中のキャラクターの思考を同じように出来事と結びつけてもいいのではないだろうか。

これを心底楽しんでやったのが、『うちの一階には鬼がいる！』である。この本では、子どもたちの考えることが魔法として現れる。魔法が思考のメタファーとなっているのだ。この本の基になったアイディアは冗談のようなものだった――どんな錬金術なら、再婚によってしかたなく結びついた人々に、互いを好きにならせることができるだろう？　錬金術を魔法の作用する化学だと考えたところ、物語が生まれてきた。この本の魔法によって実現するのはおなじみのことばかりだ。空が飛べるようになるとか、体が小さくなるとか、だれにも姿が見えなくなるとか。というのも、こうしたおなじみの魔法は、わたしが必要としていた、夢の中の象徴めいた性質を持っているからだ。この本には夢と同じ働きをさせたかった。読者は憎しみと怒りでいっぱいの暴力的な出来事に飛びこんでいくが、ジョニーが血をまきちらし、「鬼」を掃除機で攻撃しようとするときには、おのずと恐怖を覚えるはずだ。本を読むときは、夢を見るときと同様、何かを経験することもできれば、経験を拒絶することもできるのである。

わたしが作中の出来事に空想的で滑稽な光をあてれば、読者はその分たやすく状況を受け容れることができる――それは確かだが、この物語でわたしが扱っていたのは、基本的に『ウィルキンズの歯と呪いの魔法』よりもひどい状況、真剣なことを語らねばならない状況だった。そして魔法というメタファーが、ここではとても効果的だとわかった。タフィーやほこり玉が子どもたちの思考とかけ離れているように、メタファーは比喩の対象からかけ離れていてもかまわない。しかしそれはまた、表面に現れ、現実の中へ入りこむほど近くにあってもかまわないのだ。わたしはメタファーを二回表面に出した。言いたいことがとても重要なので、気づいてもらうのを待つだけでは充分ではないと思ったときだ。一度めはキャスパーがマルコムと入れ替わり、文字通りマルコムの立場に立ったときである。二度めは「透明化」の場面（原注2）であり、ここではっきりさせたのは、透明人間になるという状態がその人間の思考を象徴するということだった。ジョニーは思考――荒々しい思考そのものと化す。思考は目には見えないが、実際にはほとんどの出来事のきっかけとなる。

　児童文学のすばらしいところは、荒々しい思考を容認し、一つの激しい感情が別の激しい感情へとたやすくつながることも受け容れる点である。陽気に騒いでいる子どもの一団を見て、（じきに泣き出すぞ）と思ったことのある人ならだれでも、激しい感情が形を変えやすいことを知っているだろう。楽しさはいずれ悲劇に変わり、悲劇は子どもたちにしょっちゅう襲いかかってくる。そして悲劇は恐れを伴う。児童文学は「恐ろしいもの」を大量に、かつきわめて巧みに描き出し、子どもたちはその恐ろしさを愛している。おそらく子どもたちが愛しているのは、ファンタジーによって和《やわ》らげられ、笑いによって痛みを取り除かれた小さな悲劇なのだろう。大人ならそういうものに接すれば感傷を覚えるところだが、子どもたちは感傷に流されたりせず、感情をありのままに受け容れる。

『ぼくとルークの一週間と一日』では、悲劇的な経験を笑えるものにして、読者をその経験に近づけるという実験をした。主人公のデイヴィッドは、最悪としか思えない状況にいる――彼に興味がないくせに、彼の感謝を要求して育児放棄《ネグレクト》を正当化する親戚と暮らしているのだ。わたしは親戚を滑稽な人々として描いたが、状況そのものは滑稽とは言えない。だれにも愛されないデイヴィッドは自分しか頼るものがなく、彼がいらだちのあまりとった行動は、ルークを呼び出してしまう。

　ルークはロキ（原注3）であり、魔術的なメタファーだが、ここではデイヴィッドの思考を表すだけでなく、恐れの対象を呼びこむ働きもする。日常的な目で見れば、ルークは道徳心のない乱暴者だが、デイヴィッドのように、彼をありのままの存在として受け容れる者は、いやおうなく、さらに恐るべき存在に見出されることになる。こうしてその人間は何かを学ぶことができるのだ。おぞましい親戚たちはルークの性質を誤解し、怒り以外の何も学ぶことができない。作中で親戚たちのもとへやってくるのは、ミスター・チュウである（原注4）。一方、デイヴィッドはすべての神々と出会ってヴァルハラに至り、その後、真の同情に目覚めることになる。

　子どもたちが読者の場合、作品の下敷きとなる本をすでに読んでくれていると期待することはできないため、この作品で利用した北欧神話は、独自の描き方をして意味を際立たせることにした。物語の後半では、出来事を一連のイメージに分解し、読者を恐るべき存在と向き合わせた。「世界樹」のそばまで来たデイヴィッドは、恐るべき相手から知識を得ることによって、運命を好転させる。その際には、頭の鈍い少女たちが手を貸してくれる。ウォールジーでは親戚のロナルドが、ちんぴらの一団とスロットマシンを見かける。これは矮小化《わいしょうか》された喜劇的な光景だ。読者はもはや、意味のある光景をそんなに必要とはしていない。ヴァルハラ、つまり偉大な死者たちの殿堂がありふれた遊園地と地続きであることに、デイヴィッドはうっすらと気づいているからだ。わたしが言いたかったのは、日常生活と畏怖すべきものはつながっていて、二つのあいだは行き来可能だということである。神々自身も、通常の出来事の中に現れる偉大な思考の主であって、曜日であると同時に（言うまでもなく、これらの神々は文字通り曜日なのだ）経験の一部でもある。

　このあとに書いた作品では、またちがう試みとして、作中の出来事を日常生活から切り離し、その結果を見てみることができた。先ほど述べたように、可能性は無限に広がっているのだ。

（原注1）アメリカでは『魔女の仕事（*Witch's Business*）』というタイトルで一九七四年に出版された。

（原注2）ジョニーが魔法の化学実験セットを使って姿を消す方法を発見するが、副作用で「怒りくるった幽霊みたい」（訳注　『うちの一階には鬼がいる！』原島文世訳より）になってしまう場面。

（原注3）一九八八年のグリーンウィロー版『ぼくとルークの一週間と一日』の著者あとがきで、物語に出てきた北欧の伝説と神々のことが解説されている。ロキは北欧神話の主要な神々の一人で、さかんに悪ふざけやいたずらをする者として、また火の神としても知られている。

（原注4）このキャラクターの元になったのは、北欧のいさかいと戦争の神テュールである。チューズデイ（火曜日）という言葉はテュールから来ている。

（市田泉　訳）

子ども向けのファンタジー

ファンタジーの長く残る影響について述べた短い文章。「グッド・ブック・ガイド（*The Good Book Guide*）」誌の依頼によって、「年間児童書セレクション一九九一・二年版　フィクションおよびファンタジー部門」の序文として執筆された。

「グッド・ブック・ガイド」は、英国で出版される本を知り、買いたいと思う人のための、予約購読のみの雑誌である。豊富な情報の中から、独自に選んだ良書を紹介する雑誌として一九七七年に創刊された。

子ども向けのファンタジーを書く作家には、重い責任がある。その作品は、五十年先まで多大な影響を持つかもしれないのだ。「子どものころ読んだ本の中で、いちばんよく覚えている作品は何ですか」と十人の大人に訊いてみれば、わたしがこう言う理由がはっきりするだろう——十人中九人はファンタジーのタイトルを挙げるにちがいない。

さらに質問を続ければ、その九人の大人はこう認めるだろう——自分が生きる指針としているルールの大半は、深い感銘を受けたその本から得たものだ、と。それは必ずしも道徳的なルールのことではなく——そういう場合もあるが——もっと幅広いルールのことだ。賢い振る舞いと愚かな振る舞いの区別、自分を裏切る人間の見分け方、災厄と向き合うときの心構え、ときには人生全般のとらえ方——。たとえばわたしは、北欧の伝説を語り直した古くさい本でブリュンヒルト（原注1）を発見し、彼女が戦士だと知ったとき、途方もない興奮を覚えた。もう女の子に生まれたことを気にしなくていいとわかったからだ。

九人の大人たちが、忘れがたい本からそれぞれ何を受け取ったかはさておき、わたしと似たような興奮は全員が味わったと述べるはずだ。その本は想像力の根幹に触れる形で語りかけることにより、ほかの方法では手に入らない経験を彼らに与えたのだ。大人たちはまた、その本に笑わされたとか、泣かされたとか、笑いながら泣かされた、とか語ることだろう。これはすばらしいことだ。感情はとても大切なもので、だれもがなるべく早い時期にその力に気づかなくてはならない。それこそが、残りの人生をまっすぐに進んでいく唯一の方法なのだ。

こうして見ると、わたしたちの責任は重大である。わたしの見たところ、すべてのファンタジー作家はそのことを知っているが、だからといって悩んだりはしていない。作家たちはひたすら、子どもたちに経験を与えることをめざして作品を書いているのだ。

（原注1）『ぼくとルークの一週間と一日』の著者あとがきによれば、ブリュンヒルトは女戦士ヴァルキューレの一人で、神々の長オーディンの娘である。彼女はオーディンの命に逆らったため、罰として炎の輪の中で眠らされてしまう。英雄ジークフリートが炎をくぐり抜け、ブリュンヒルトにキスして目覚めさせ、彼女を救出する。だが、ジークフリートがグドルーン（彼女の母親がジークフリートに呪いをかけ、ブリュンヒルトを忘れさせる）と結婚してブリュンヒルトを裏切ったため、彼女は炎の輪の中に戻っていく。その前にジークフリートを殺したという伝説もあるが、彼女がジークフリートに復讐を果たし、そのことがのちにラグナロク、すなわち神々の最終戦争を引き起こすという説もある。

（市田泉　訳）

古英語を学ぶ意義

一九九一年八月三十日、「タイムズ文芸付録」は古英語の未来に関する紙上討論を掲載した。批評家のヴァレンタイン・カニンガム（オックスフォード大学英語学・英文学教授）は、もはやオックスフォードの英語課程で古英語を必修とするには及ばないと主張した。一方、反論を寄せたのが中世学者のＪ・Ａ・バロウ――ダイアナ・ウィン・ジョーンズの夫である。

同日、ダイアナは「タイムズ文芸付録」の編集長にこの手紙を書いた。その後三号続けて、この問題に関する投書が載ったが（おおむね古英語教育を擁護するものだった）、ダイアナの手紙は掲載されなかった。

拝啓

古英語を学ぶことがすべての作家にとってまったくの無駄であるというヴァル・カニンガムのほのめかしに、わたしは一作家として憤りを覚えます。英語学の学位をとるために古英語を強制的に学ばされることの大切さを、作家の立場から述べてみたいと思います。

それはまさに強制でした。わたしは古英語など進んで学びたいとは思っておらず、最初は好きになれませんでした。語形変化を覚えようとしていて、図書館のブロッター（訳注　ペンで書いた文字に吸取紙を押しつけて、余分なインクをとるための道具）の上に突っぷして寝てしまったこともたびたびあります。そのうえ、わたしがオックスフォードの学部生だったころ、古英語のテクストは文学としてではなく、翻訳演習の素材や「十字架」と呼ばれる難問の源として教えられていました。あらゆる教師がそのようにして、古英語で記された内容という炎を消そうとしてきたのに、その炎が燃え続けてきたのは、テクスト自体がすばらしかったからなのです。

たとえば『ベーオウルフ』――学習者が取り組む長大な詩です。学生は苦労の末に、これから叙事詩を語るのだ、という作者の意図を読み取ります。作者はその約束を違《たが》えず、流れるような響きのよい言葉で、多くのエピソードの連なりを語ってくれます。エピソードの一部は英雄の姿を細やかに描き、一部は歴史の流れへと視野を広げています。自分が学んでいるのが、今までだれからも聞いたことのない傑作だと悟るより早く、わたしは作家としてそのテクストから学んでいることに気がつきました。この作者不明の詩は、のちの時代のどんな作家よりも、物語を形作り、まとめあげる方法をわたしに教えてくれたと言っても過言ではありません。ここでわたしが述べているのは、「小説的な」技巧、つまり、話を実際に組み立てる方法のことです――いつ細やかに描写し、いつあっさり片づけるか、どのように声を張りあげ、どのように抑制するか、どこでそれを行うか、そしてむろん、物語をどうやって歴史とかみ合わせ、関連づけるか。これほど昔の人が、そのすべてをきちんと心得ていたと知ったことは、わたしにとって、特別な恩恵のように思われました。

仮にこの物語を現代英語の翻訳で読んだとしたら、こうした特別な気分は味わえないと思います。悲しいことに、もっと短い詩は、たいていの人の目にとまることすらありません。たとえば曖昧で象徴的な「十字架の夢」――戦いを語る従来の叙事詩の言葉が、キリスト教的に用いられているのが特徴の一つです。あるいは、暗示とほのめかしに満ちた「ウィドシース」と「女の嘆き」。そして、どちらが現代の学習者にとって「定番」の教材となっているのかは忘れてしまいましたが、「さすらい人」と「海ゆく人」。わたしはいずれも貪欲に読み、こうした詩の中にボーダー・バラッド（訳注　イングランドとスコットランドの国境付近に伝わるバラッド）の風変わりで遠まわしな物語の語り方の原型があると気がつき――やはり、いろいろなことを学んだものです。

おかしな話ですが、わたしが学んだことの中でいちばん印象深かったのは、古英語が（バラッド同様）現代人にもきわめてなじみやすい、ということでした。それはあらゆる点で英語だからです。たとえば「モールドンの戦い」では、太守のビュルフトノスが、史上初めてコイン投げをして勝ったり、対戦相手を打席に立たせて完璧なピッチングをしたりしています――。冗談はさておき、エルフリック（訳注　十世紀ごろの英国の修道院長）とウルフスタン（訳注　同時代の英国の聖職者）の散文を例として見てみましょう。単語の多くは現代英語とは別物ですが、基本的な文とパラグラフ、筋肉とその動かし方はまったく変わりません。古英語では語彙の数が多くないため、こうした散文の作者が限られた単語で多くのことを成しとげているのがわかります。彼らは使えるかぎりの修辞技法《レトリック》を駆使しており（ヴァル・カニンガムは、それがルネッサンスあたりに発明されたと思っているようですが）、そうしたレトリックは言うまでもなく、現代でも作家たちの常套手段となっているのです。わたしは、エルフリックとウルフスタンを原語でゆっくりと読み進めていたとき、たとえばパラグラフの組み立て方について、『トリストラム・シャンディ』（訳注　十八世紀英国の作家ロレンス・スターンによる奇抜な小説）の気取った文章を読んだとき以上の知識を得ることができました。

これらはすべて個人的な経験ですが、つけ加えておきたいのは、古英語学習を強要されたおかげでインスピレーションを得た作家は、決してわたし一人ではないということです。わたしのような作家はまる一世代分存在しましたし、あとに続く人々も存在します。

未来の作家たちが、執筆に役立つこの体験を人生の中で与えられないとしたら、それは不当な話だと思います。

敬具

ダイアナ・ウィン・ジョーンズ

（市田泉　訳）

ハロウィーンのミミズ

このユーモラスな一文には、とことん過酷な状況にも笑いの種を見出すダイアナ・ウィン・ジョーンズの姿勢と、作品に書いた出来事がきまって自身の身に降りかかってくるという彼女のジンクスが描かれている。

これは本の中から出てきたことですが、れっきとした実話です。というのも、不気味なことに、わたしが本に書いた話や、頭の中でこしらえたはずのことは現実になるのです。

最初にそのことに気づいたのは、『うちの一階には鬼がいる！』の内容が現実になったときでした。この本の執筆中、わたしたち一家が住んでいたのは、屋根が平らで、階段などほとんどない新築の家でした。その家の屋根は雨で溶けることがわかり、トイレにはしょっちゅう煮えたぎるお湯が流れ、居間には電気の火花が噴水のように飛び散っていました。施工業者が電気ケーブルと暖房用温水パイプをごっちゃにしてしまったせいです。わたしはその家にうんざりしていたので、『うちの一階には鬼がいる！』にはまったくちがうタイプの家を登場させました――階段がいくつもある、縦に細長い家です。

今、わたしは階段がいくつもある、縦に細長い家に住んでいます。わざとそうした家を選んだわけではありません。とてつもなく急いで家を決めたとき、偶然そういうことになったのです。ともあれこの家は、わたしがあの本に書いた家とそっくりです。

その後、ほかの本に書いたことも実現するようになり、たいへん怖い思いもしました。今までに生み出した（あるいは自分が生み出したと思った）中で、いちばん邪悪な男と出会ってしまい、本の中で自分が言わせたのとまったく同じ台詞《せりふ》をその男が吐くのを聞いたとしたら、どんな気分になると思いますか？　そういうことが実際に起こったのです。わたしはほかの作家たちに、そんな目に遭ったことがある？　と尋ねてみました。「あるとも」というのが答えでした。「気味悪いよね」ええ、まったく――。そこでわたしは決心しました。次に書く本には、現実の物事をたくさんとり入れよう、そうすれば、もう起こったことなんだから、改めて実現することはないはずだわ、ハッハッ！

自分の学生時代のことを書けばいいじゃない。

その本は『魔法使いはだれだ』というタイトルで、ハロウィーンの時期に、ひどく旧式な学校で起こる出来事を描いています。ちなみに、本を書くということは、作家がどんなつもりでいようと、その本が一ページめから独自の生命を持つということです。書き始めたとたん、この本の中の学校は、赤レンガでできたディズニーランドのお城のような建物になり、女校長はモンスターじみた人物になってしまいました。

けれどもわたしは断固として、自分が通っていた学校のしきたりを一つ、作品にとり入れました。毎日の昼食の時間に、指名された生徒が主賓席の校長の横に座らされ、行儀のよい会話をさせられる、というしきたりです。その生徒は校長が食べ始めるまで待っていて、いざ食べ始めたら、校長と同じ順番でナイフやフォークを使わなくてはなりません。校長はいつも——何を食べるときでも、フォークを使いました。そこで生徒は、どろどろのライスプディングをフォークで食べるはめになりました。まるで中世の拷問です。わたしはフォークで食べるのが大の苦手で、行儀のよい会話も大の苦手でした。なにしろ、毎回出てくるひどい料理を見ると、それを声に出して描写したくなってしまうのです。「にかわの中の魚の目玉」——気がつくといつもそんなことを口走っていました。「枯れた水仙とすりつぶしたいも虫」

作中ではこの経験をそのまま使いました。この本に出てくる女の子は、女校長のとなりに座っているとき、料理を描写するのを止められなくなります。けれども——本とはそういうものですが——何かが物語を勝手に進めてしまい、彼女の昼食はわたしの思い出とは少々ちがうものになりました。大事な客人が訪れたので、主賓席にはまず前菜が出されます。女の子はそれを見て、（カスタードをかけたミミズみたい）と思います。もちろん、本当はシーフードカクテルです。その先の物語は、わたしの学生時代からどんどんかけ離れていき、ハロウィーン直前の夜には、登場人物があちこちで大騒ぎしていました。ほうきに乗って飛ぶ者、夜中に怪しい音を立てる者——浴室でも奇妙なことが起きていました。

その本が出版されてまもなく、わたしは昔の知人との再会《リユニオン》の集いに招待されました。学校の同窓会ではありません（同窓会だったら、警戒して出席しなかったでしょう）。わたしが子どものころ、両親が経営していた研修施設《コンフェレンス・センター》に来ていた人々との再会の集いです。開催日はハロウィーンの週末でした。学期の中休みで、みんな時間がとりやすいからです（訳注　英国の学校は学期のなかばに一週間ほど休みがあり、親も同時に休暇をとったりする）。そこで、わたしたちも出席する、と返事をしました。

会場は田舎にあり、見つけるのがとにかくたいへんでした。わたしたちは車でぐるぐる走りまわって、暗くなるころようやく、めざす建物に通じる私道を見つけました。とても長い私道です。これから訪れる場所について、最初にいやな予感がしたのは、薄闇の中にぼんやり浮かぶひと組の白いゴールポストを見たときでした。やがて車が黒い木々のかたまりを迂回《うかい》すると、前方に大きくて黒っぽい建物の群れが見えました。狭間胸壁があって、塔がそびえています。お城かしら？　いえ、そうじゃないみたい――。日没間際の陽光が建物の一つの向こうから射していて、その建物には、教会風のてっぺんの尖った窓があるとわかりました。大きな窓です。なら、これは修道院の廃墟かしら――？

建物はいずれも真っ暗で静まり返っていましたが、低いところにある窓の一つから、ぼんやりしたオレンジ色の明かりが漏れていました。わたしたちは窓の脇に車を止めて、てっぺんの尖ったドアから首を突っこんでみました。人影は見あたらず、ただ石造りのアーチ状の廊下が暗闇の中へと延びていきます。それでも、ちょっと臭いを嗅いだだけで、この建物の正体がわかりました。学校です。どうして学校というのは、いつも間違えようのない臭いがするのでしょう？　そしてこの臭いの出所は何なのでしょう――古い靴下とチョーク？　テストと時間割？　そのへんはさっぱりわかりませんが、建物が新しくても古くても、きまって同じ臭いがするのです。

ともあれ、この玄関には人っ子一人いませんでした。場所を間違えたかもしれないので、無断で入りこむ気にはなれません。そこでわたしたちは、だれかを見つけて訊いてみようと、巨大な教会風の建物の外をぐるりと一周してみました。フクロウがホウホウと鳴き、薄れかけた茶色い夕陽を背に、コウモリが羽ばたいています。読んだこともないくらい不気味な怪談の始まりのようです。だれとも出会わなかったので、わたしたちはもう一周してから、ぼんやりしたオレンジ色の明かりのそばへ戻ってきました。

するといきなり、二、三人の人影が現れました。あんまり突然だったので、魔法で呼び出されたのかと思ったほどです。それはみな、少なくとも二十年は会っていなかった人たちで、実に不気味なことに、どの人もちっとも変わっていませんでした。ただ、髪に粉をはたき、顔にしわを描き、白髭を貼りつけて年寄りに見せかけている、という感じなのです。それでもみんな愛想がよく、じきにわたしたちは豪勢なディナーの席へ連れていってもらいました。そこは学校の大食堂でしたが、見たこともないほど巨大な聖堂のようでした。てっぺんの尖ったアーチが暗闇の中へ延々と続いています。ディナーに出席するのはごく少数だとわかり、主賓席に着いたのは十人ばかりでしたが、そのテーブルはものすごく大きかったので、となりの人と話すときも声を張りあげるはめになりました。大食堂の影の中から風が吹きつけて、死んだ男子生徒の臭いのような学校の香りが勢いよくぶつかってきます。学期の中休みなので、生徒たちは家に帰っているのだそうです。

そして、この時期はハロウィーンの直前でもあり——当然ながら最初に出てきたのは、ボウルいっぱいの黄色いものに、小さくてピンクで曲がりくねったものが浮かんでいる料理でした。ロウソクの明かりの中、料理をのぞきこみながら、わたしは思いました。カスタードをかけたミミズ！「シーフードカクテル！」と、左に座った人が声を上げます。「おいしいわ！」

わたしはなんとかミミズのことを口に出さずにすませましたが、その料理はなかなか喉を通りませんでした。そのあとに出てきたのは「水仙の蕾と靴底」で、「小さな黄色い植木鉢」はヨークシャープディングだと説明されました。そのあいだずっと風は吹き続け、男子生徒の幽霊を暗い食堂の外へと運んでいきます。いかにも真夜中に怪しい音が聞こえてきそうな場所だわ、とわたしは不安になりました。今晩泊まることにしなければよかった——。

わたしたちにあてがわれた寝室は、廊下を進んでいき、板がむき出しのささくれた階段を上り、さらに廊下を進み、浴槽が二列に並んだ細長い部屋を通り抜け、小さな洗面台が二列に並んだ別の細長い部屋を通り抜け——ここではそれぞれの洗面台の横に、ちゃんと四角くたたんだ男子生徒のタオルが掛けてあり、タオルからきっちり四インチ離れたところにめいめいの洗面用具入れが下げてありました（どうやら生徒たちは、休暇で家に帰っているあいだは歯を磨かないようです）——またもや廊下を進み、おそろしくきちんとした書斎を抜け、しまいに十四フィートの梯子を登った先の屋根裏部屋のようなところで、ベッドが三つ据えられていました。どうして学校がベッドの面倒まで見てくれたのかはわかりません。そのベッドは床と同じくらい硬く、ハリエニシダの枝でも詰めたような、ちくちくする肌ざわりのパッドが敷いてあり、寝返りを打つたびにあざができました。わたしは何度も寝返りを打ちました。なにしろ真夜中を過ぎると、あのミミズ——いえ、シーフード——が体に合わなかったことがはっきりしてきたのです。午前二時には、吐いてしまうとわかっていました。

わたしは吐くのを先に延ばそうとがんばりました。どこで吐いたらいいかわかりませんでしたし、どこへ向かうにしても、暗闇の中、十四フィートの梯子を下りなくてはならないのです。けれども、吐くのを先へ延ばすのは、やっぱり無理な相談でした。わたしはしかたなく起きあがり、なんとか床の穴を見つけて、ころがるように梯子を下りました。さて、どこで吐いたらいいかしら——？　今いる書斎は、きちんとしすぎています。うろうろと書斎を出て、廊下に沿って走ると、突きあたりに記憶にないドアがありました。やたらと開けづらいドアでしたが、少し後ろへ下がって、雄牛のように体あたりすると、ようやく開きました。ころがりこんだ先は、洗面台の並んでいる部屋でした。わたしはかなりせっぱつまっていましたが、きれいにたたまれたタオルを汚すわけにはいかないし、ここで吐いたら、後始末は男子生徒たちがさせられることになる、と思って我慢しました。次の部屋には、薄暗い中に浴槽が並んでいました——いいえ、浴槽も吐いていい場所とは思えません。わたしは口を手で押さえて先へと進みました。シャワー室。だめだわ。だれか助けて！

と、そのとき、別のドアが目に入りました。やはり開けにくかったので、頭から突っこむと、その先にとうとう〈上級生男子専用〉という札がうっすら見分けられる、トイレのドアが見つかったのです。もはや気分は最悪とあって、札を気にしてはいられず、わたしはそのドアから飛びこみました。トイレ内の様子はよくわかりませんでしたが——真っ暗だったのです——中へ入るが早いか、床に水がたまり始めたのが感じられました。用がすんだころには、水は足首あたりまで来ていました。

そこを出たあとは、あちこちにぶつかりながら梯子へ引き返し、屋根裏部屋へ戻らねばなりませんでした。そしてもう二度と動きたくない気分で、ハリエニシダの上に横になりました。ところが横になったとたん、また吐きそうだとわかったのです。わたしは飛び起きて梯子を下り、書斎を通り、廊下を抜け、なかなか開かないドアをくぐり、洗面台の列を通りすぎ、浴槽を通りすぎ……あと八回、それをくり返しました。あれはやっぱりミミズか、あるいは男子生徒の指だったのです。吐きにいくたびに、見つかるのは〈上級生男子専用〉のトイレだけで、中へ入るたびに、床には水がたまり始めます。行ったり来たりしているうちに、明るくなってきました。なおも往復していると、ほかの八人の宿泊客が目を覚まし、この小さな洗面台で顔を洗ってもいいのかしら、とぶつぶつ言い出しました。

「どうして走るの？」わたしがよろよろとそばを走っていくと、一人がいらいらした声で叫びました。「だれかがひと晩じゅう走ったり、うるさい音を立てたりしてたのよ」

「それ、わたしです！」しわがれた声で答えて、〈上級生

のです。

（市田泉　訳）

男子専用〉のトイレに入るとすぐ、またしても床に水がたまり始めました。このときはもう明るかったので、トイレが浸水するわけではないとわかりました。水は足元のリノリウムの端から噴き出していました——たぶんわたし一人を困らせるために。男子生徒の幽霊たちは——みんな少なくとも一本の指が欠けているはずです——お腹を抱えて笑っていたことでしょう。

朝食を食べる気分にはなれませんでした。そのころにはもう、教会風の窓と洗面台の列から逃げ出したくてたまらなかったのです。わたしはできるだけ急いで学校を去り、階段がたくさんある、縦に細長いわが家に帰り着いたときには、ようやくほっとしました。家には洗面台は一つしかありませんし、タオルはいいかげんに掛かっています。窓は四角いし、夜中に怪しい音を立てるものも……

そのとき、玄関のドアを激しくノックする音がしました。ドアを開けると、老人風のメイクをした人が大勢立っていました。髪に粉をまぶし、あごに白髪交じりの髭を貼りつけ、顔にしわを描きこんでいます。一人は魔女、一人は高僧、一人は悪魔、残りはゴブリンたちでしょう。そして、わたしがドアを開けると同時に、全員が声をそろえて叫びました。「トリック・オア・トリート！」

うっかりしていましたが、その日はハロウィーンだった

学校訪問日

この一文は、ダイアナの百回近い学校訪問の経験を基にして書かれたもので、文中の出来事はいずれも、その身にくり返し起きたことである。彼女が強調したかったのは、作家の生活は見てのとおり、必ずしも楽しいことばかりではない、ということだ。

この文章の縮約版が、「もう半分」というタイトルで「ホーン・ブック・マガジン（*Horn Book Magazine*）」二〇〇八年九・十月号に掲載された。タイトルの意味は、こうした学校訪問ではダイアナは常に、ここに書かれていない半分を好んだ、ということである。子どもたちの相手をする時間には、問題はまったく起きなかったのだ。

「ホーン・ブック」は、子ども向けの良書を育てるために、合衆国で一九二四年に創刊された雑誌である。

〈午前〉

わたしは十時半には必ず学校に到着して、一クラスの生徒と昼まで過ごすように言われている。八十マイル車を運転して、町じゅうを探しまわったあと、十時二十九分に学校に到着する。校舎は建て直しの最中で、ドアは見あたらず、入口はどこかと訊ける人もいない。わたしが足場の下を無理やりくぐって、壁の穴から中に入ると、眼鏡をかけた女性が怖い顔で廊下を走ってくる。「そこから入っちゃいけませんよ！」

わたしが事情を話すと、女性は学校の事務員だと名乗り、あなたの訪問のことなど聞いていません、と告げる。「職員室でお待ちください。校長は十一時まで全校生徒に歌のレッスンをさせてるんです。コーヒーをお出ししたいんですけど、ちょうど断水中なものですから」

職員室は空港のラウンジに似ている。三十分ほど座っていると、女教師がハアハアいいながら駆けこんでくる。「二十分したら始めてください。学校じゅうを回るのに一時間弱しかありませんが――」

わたしは反論する。「でも、訪問するのは一クラスだけというお約束でした」

教師は言う。「ええ、でも、せっかくいらっしゃったんですから……かまいませんよね。もう準備はできてるんです」

そのあとは教室から教室へと、息を切らして駆けまわるはめになる。生徒たちは割りあてられた数秒のあいだに、押し合いへし合いしながら質問をして、自分の書いたものをわたしに見せようとする。どの子もサインを二つねだる。一つは保存用、一つは交換用。教師は目を丸くして言う。「生徒たちがこんなに興味を持つとは思いませんでした。ジョーンズさんの本って、どこで売ってるんですか?」

〈**食事**〉

調理室のおばさんたちは、わたしがマイワシとレタスを好きだと思いこんでいる。その料理は午前中ずっと保温庫にしまわれていた――冷めるとまずいフライドポテトがつけ合わせだったからだ。おばさんたちが取り出してみると、料理は生ぬるく、しんなりしていて、ポテトはたきつけの束みたいになっている。そこでおばさんたちは、大きなおたま一杯のグレービーを全体にかけて見栄えをよくしようとする。「さあどうぞ!」と自信満々だ。

〈**午後**〉

わたしは一時に学校に到着して、六十人の生徒と午後を過ごすように言われている。どしゃ降りの中、学校に到着するが、あたりにいるのは調理のおばさん一人きりだ。おばさんはどうにか生徒を一人見つけて、わたしを職員室に連れていかせる。職員室で会った校長は、骨がボキボキいうほどの力でこちらの手を握り、「むろん、あなたの本は一冊も読んでいませんが」と言い放つ。「あそこの壁際の椅子で静かにしていてください――職員会議中ですからな」

職員会議のあいだ、わたしは静かにしている。一時半に、解散する職員の中から一人の女教師が飛び出してきて「すてきなお知らせがあるんです!」と叫ぶ。「これから全校生徒に会っていただくことになりました」

「でも、六十人と聞いていますが」とわたしは言う。

すると教師は答える。「あら、だって問題ありませんでしょ。準備はできていますから」わたしは女教師に雨の中へ送り出され、講堂のドアが開くまで外で待たされる。

準備はできていない。講堂にいたのは、一クラスの半数の生徒だけで、ぶすっとした顔でこっちを見ながら、「あれだれ? なんでおれたちここにいるの?」と言い合っている。ほかのクラスには知らせが届いていない。だれかが残りの生徒を呼びにいっているあいだに、さっきの女教師がわたしに声をかける。「講堂の椅子はお好きなように並べてください。わたしは慣れていませんから」わたしは三十分かけて椅子を引きずってまわる。

とうとう数百人の生徒が、わめきちらす教師に引率されて講堂になだれこんでくる。生徒が席に着くと、教師たちはひとかたまりになって背を向け、講堂を出ていこうとする。一人きりで全校生徒の面倒を見るのは法律違反でしょ、と思い、わたしは呼び止める。「どちらへいらっしゃるんです？」教師たちは、職員室へ戻って机に脚を乗せてのんびりするのだとは認めず、「ここにいてもお邪魔でしょう」などと言う。

「邪魔なものですか」とわたしは答える。「わたしの話、お聞きになりたいんじゃないかしら？」教師たちはその言葉に困惑し、ふくれっ面で椅子を探してくる。一人が立ちあがり、わたしへの腹いせに、元気のない声で紹介する。「この方は魔法について何でもご存じです」生徒たちの半数がうんざりした顔になり、残りはわたしのまわりをきょろきょろ見て手品道具を探す。

わたしは立って前置きを述べ、残りわずかな時間で精いっぱい子どもたちに話しかける。生徒たちは、ここに集まった理由がわかると、すばらしい熱意を見せ、質問したいのにあててもらえない子は泣き出しそうになる。おかげで教師たちはわたしへの恨みを募らせる。最後にはこう言いながら敷地の外へ放り出す。「コーヒーをお出ししたいんですが、ちょうど断水していましてね」


〈最悪の学校訪問〉


わたしは州立児童図書館の司書とともに学校に到着した。校庭で出会った教師はこう言った。「帰ってください。採用面接は中止ですから」わたしたちが事情を話し、玄関までたどり着くと、副校長が現れてこう告げた。「帰りなさい。今日は臨時教師に用はない」わたしたちが再度事情を話し、ようやく教室まで来てみると、あいた机がずらりと並んだ中に、暗い顔の生徒が六人、ぽつんぽつんと座っていた。「残りの生徒はラテン語の授業に行きました」と教師が説明する。「問題ありませんよね。ラテン語の授業を逃すとたいへんですから」

わたしは歯を食いしばり、慇懃《いんぎん》な微笑を浮かべて、六人の暗い生徒たちを元気づけようと話し始めた。ところが、たった二つの文を言い終えたところで、副校長が再び現れて言った。「みんな、すぐに外へ出なさい。教師たちはストライキに入ります」

ちなみに、その学校へは三百マイル旅して行ったのだった。


（市田泉　訳）

子どもの本を書く――責任ある仕事

この文章から、自分の作品の読者はまだ子どもで影響を受けやすいのだから、読者に対する責任を自覚しなくては、というダイアナの認識が、次第に大きくなってきたことがわかる。

わたしが読み終えたばかりの本は、作者のあとがきによれば、彼が子どものころ『たのしい川べ』の「あかつきのパン笛」の章を読む機会がなければ、書かれることはなかったそうだ。『たのしい川べ』を読んだことがない人も、章のタイトルを聞けば、その章では何か不思議なことが――かすかに聞こえ、かすかに見える魔法が、起こるのだと推測できるだろう。わたしが読んだ本の作者は大人であり、大人向けの作品を書いているが、「あかつきのパン笛」の章からずっと影響を受けてきたのだ。

この種のことは、成人して作家になった人にだけでなく、多くの人の身に起こっている。むしろたいていの大人は、質問してみれば、八歳か十歳か、あるいは十五歳のときにすばらしい本を読み、それ以来その本が心の中に生きている、と認めることだろう。それはローズマリー・サトクリフの本かもしれないし、ジョーン・エイキンやイーニッド・ブライトンの本、人によってはアーサー・ランサムの本かもしれない。ここで重要なのは、読者の考えが形成されつつある時期に、ある本が意識の中に入ってきて、「センス・オブ・ワンダー」を目覚めさせ、考えを新たな方向に向けさせ――まさに想像力を拡大したということ、加えて、その後ずっと心の中に残ったという単純な事実によって、人格全体に影響を与えてきたということである。しかも、生涯にわたる影響を。

児童文学の作家ならだれでも、自分の本のどれかが読者にこうした影響を与えるかもしれない、と心にとめておくべきだ。その責任は非常に重大だといえる。この一文では、そうした作家の責任について、とりわけ、その責任の果たし方を誤ってしまう場合について語りたいと思う。

わたしが質問した大人の一人は、こう話してくれた。ジョン・メイスフィールドの『喜びの箱』こそ、自分にとって永遠の名作になったはずだった――あの本のことを考えるたびに、何もかもただの夢だったというラストを思い出しさえしなければ、と。まさにこの人物の言うとおりで、あのラストはいかさまである。メイスフィールドは片方の手で想像力を大盤振る舞いしながら、もう片方の手でそれを奪い取っているのだから。まるで話の終わりへ来て気力を失ってしまい、「こんなこと信じなくていいんだよ」と述べているかのようだ。そう宣言することでメイスフィールドは、それまで語ってきた不思議な出来事が何の意味も持たない堅苦しい現実の世界に、読者の頭をいきなり突っこみ、自分が負っていた責任の果たし方を誤ったのである。

物語の中の不思議な出来事が生涯読者の心に残るとしたら、なぜそれが意味を持たないなどと言えるのだろう。多くの作家がこの問いに、「なぜなら、読者はいつか大人になるから」という、いたって寂しい答えを返すが、それでは責任の果たし方が間違っている。

この過ちのいちばん有名な例は、C・S・ルイスの〈ナルニア国ものがたり〉だろう。このシリーズでは、年かさの二人の子ども、ピーターとスーザンが、成長し、性について考え始める年になると、魔法の国ナルニアに入ることができなくなる。また、ナルニアに足を踏み入れた四人の大人のうち、二人は根っからの悪人、二人は無学な労働者だった。ほかの大人は、死なないかぎりナルニアにたどり着けないのだ。ナルニアはキリスト教的な色彩を持っているが、何よりもまず、鮮やかな想像力の世界である。そして、ルイスの他の作品から判断するに、犯罪者と幼い子どもと無教養な労働者階級だけが想像力を働かせることを許される、と彼が言いたかったとは思えない。むしろルイスは、このジャンルのルールと彼が信じていたものに従っただけではないだろうか？　ところが現実には、〈ナルニア〉にはそのような暗示が含まれる結果となり、絶大な影響力を持つ傑作の大きな欠点となってしまった。おかげで作家たちは、現在に至るまで、それこそ児童文学のルールだという思いこみを抱き続けている。

実際、わたしが児童文学を書き始めたころは、だれもがそれを守るべきルールだと固く信じていた。わたしの作品の中では、大人たちが魔法の出来事に気づくばかりか、自分たちもその出来事に関わっているが、それを読んだ出版社やエージェントは警戒をあらわにしたものだ。さらに、登場する子どもの年齢が記されていないのも、彼らには気になるようだった——その子たちが思春期を過ぎていて、空想的な物語に登場する資格がないかもしれない、ということがおそらく不安だったのだろう。

わたしがこういう言い方をしたのは、当時の状況の馬鹿馬鹿しさを強調したかったからだ。子どもがいずれ成長し、世の中でそれまでとちがう役割を果たす資格を得ることは、だれもが（それを待ちきれない子どもも含めて）知っている。けれども、これほど多くの人々が、成長したら想像力を働かせるのをやめねばならない、と信じているのは、奇妙なことに思える。

ここで少し、想像力について考えてみよう。精神は想像力によって成長する、という説に反対する人はほとんどいないだろう。つまり想像力を働かせることで、精神は一般通念を超えて広がり、未来の新たな形を検証し、思い描けるはずなのだ。未来の新たな形はよく、ファンタジーの形で提示される――理由は単純で、未来はいまだ存在しないからだ。具体的な例をいくつか挙げてみると――飛行機はダイダロス（訳注　ギリシャ神話の登場人物。迷宮に閉じこめられたが、自作の羽を背中につけて脱出した）の物語以来、ずっと人々の頭の中にあった。魔法瓶はいくつかのケルトの物語に、ブリテンの宝の一つとして登場している（原注1）。蒸気機関はやかんの湯が沸くのを見ただれかの空想から生まれた。マイクロチップを思いついたのは二十世紀のSF作家たちである。もっと曖昧な例は何千とあって、道徳、政治、建築ほか大半の分野に変化を起こしてきたし、充分な数の大人が想像力を働かせ続けるなら、そうしたことはこの先も起こり続けるだろう。だからこそ、肉体が成長を止めると同時に精神も成長を止めねばならない、という考えを子どもたちに広めるのは、実に馬鹿げたことだと思うのだ。

このように責任の果たし方を誤る人々は、並外れて考えが浅いのかもしれない。だが最近、ウィットブレッド賞（原注2）の児童文学部門の候補作を読んでいたところ、五冊もの本が、明らかに有害な形で責任の果たし方を間違えていた。どの本でも、子どもが何かしら陰鬱な状況にあり――学校がつらい、両親と不仲である、まわりと肌の色がちがう、などなど――やがてよりよい、またはより刺激的な人生を鮮やかに想像し始める。ところがその子はやがて、そうした想像の結果として、どちらの人生が現実で、どちらが心の中にあるものかわからなくなる。言葉を変えれば、その子は想像によって気が狂うのだ。

こんな脅しを子どもに向かってふりかざすとは、ぞっとするほど無責任なことだ。こういう作家たちは（たいていは、ファンタジー系テレビゲーム中毒の生徒に悩む教師や、ファンタジーと麻薬中毒を混同している人々だが）、自分が何をしでかしているか、ちゃんとわかっていないのかもしれない。けれども実際のところ、彼らは影響を受けやすい若い読者に対し、想像力を働かせると気が狂うぞ、と脅しをかけることで、読者が正気に至るための本道《メインルート》を閉ざしてしまっているのだ。そんな真似をする理由は、人の頭の中にあるものなど、日常生活には存在しないから、ということらしい。

　しかし言うまでもなく、人の頭の中には現実の九割以上が存在する。あらゆるものが脳に送られ、選別されている。五感により受け止めたもの、数字の足し算や掛け算、メモの書き方、スミスの態度をどうにかしなくちゃという気持ち——こうしたものがまとめて押し寄せるうえに、ニュースで聞いた大事件も加わるため、たいていの人間の頭の中には、世界の大半があると言ってよさそうである。そうやって入ってくる無数のものに対処するために、人の頭脳はこう問いかける能力を必要とする。「もしもわたしがこうしたらどうなる？」それで問題は解決するだろうか？

　ありがたいことに、頭脳はその能力を持っている。つまり「生存価がある（訳注　生存のために役に立つの意）」ということだ。頭脳は低いレベルではこう問いかける。「このお粗末な蛇口をこっちにひねったらどうなる？　水が出るだろうか？」そしてこの能力が、思索のきわめて高いレベルまで上りつめたものが想像力なのである。ともあれ、生存価という観点から見れば、この能力を楽しんで、希望を持って用いたなら、途方もない助けになることはおわかりだろう。「もしも……ならばどうなる？」と楽しく問いかけていれば、人の思考は生き生きと発展し、問題は幸せな形で解決できるはずだ。幸い、こうしたことも実際に起きている。想像力の行使には常に、はっきりした遊びの要素が含まれている——あるいは、含まれているべきだと思う。人は考えを選別するために、考えで遊ぶ。そして解決策がひらめくときは、往々にして、驚きと喜びを伴うのである。

われ発見《エウレカ》せり！

　想像力によって気が狂うと主張する作家たちは、二重に無責任である。第一に、彼らは「もしも……ならばどうなる？」というプロセスを、蛇口をひねるレベルあたりで断ち切りたいと思っている。第二に、彼らはそのプロセスを、ほとんど喜びをもたらさないものにしたがっている——子どもとは何よりもまず、遊ぶ人々、とりわけ考えで遊ぶ人々なのに。考えてもみてほしい。思索を恐れ、さらに喜びと興奮を恐れるのはどんな人々だろう？　よくてぞっとするほど心の狭い人間であり、最悪の場合（なにしろこの能力はだれにでもあり、はけ口を求めるのだから）、「おれがこの女をレイプしたら？　この子どもを殺したら？　この民族全体をガス室へ送ったら？」という考えから興奮を得るような人間にちがいない。

　責任を自覚している作家による優れた児童文学は、頭脳が正しく働いているときのパターンをたどっていこうとする。ごく早い段階で「もしも……ならばどうなる？」という問いかけを行い、そこから生まれる可能性を、楽しみと驚きをもって検討していくのだ。物語は奇想天外な展開になるかもしれないし、ときには一部しか語られない話題や、暗示されるだけの話題も出てくるだろう。なにしろ人の頭脳には、謎に対してわくわくする傾向が組みこまれているのだから。

「もしも……ならばどうなる?」は、往々にして(常にというわけではないが)ファンタジーを伴うが、想像力によって気が狂うと主張する作家のみならず、多くの作家が、ファンタジーという要素について間違った考えを抱いている。彼らの考えによれば、ある出来事が「作り事」なら、それはリアルでもなければ、真実でもないのだ(とことん現実に即した伝記以外、あらゆる種類の物語は「作り事」だという事実は、ここでは無視される)。彼らは子どもがおとぎ話を読んでいるのを見て、あるいは自分なりのファンタジーを描いているのを見て、早合点してしまう——この子は憂鬱な状況の中で慰めを得るために、ごっこ遊びの世界へ退行しているのだと。

ファンタジーは確かに慰めを与えてくれる——そして、ちょっとした慰めが差し出されるなら、それを受け取る資格はだれもが持っている。慰めとは、それを必要とする人にとって、精神の理想的な安全弁なのだ。けれども、たとえばおとぎ話を読んでいる子どもは、ただ慰めを得るだけでなく、はるかに多くのことを行っている。たいていのおとぎ話は、頭脳の働きのパターンと一致する物語の申し分ない実例である。おとぎ話は最初から、「もしも……ならばどうなる?」という形で問題を提示する。「もしも邪悪なおじさんがいたら? 魔法の力を持った悪い継母がいたら? 忌まわしい怪物がいたら?」このように語られることで、問題(親? いじめっ子?)は無数の人々に向けて提示されるが、同時に、読者の一人一人がさまざまな角度から善悪を検討できるようにもなっている。こうしたおじさんや、魔女や、怪物は、邪悪な振る舞いをするよこしまな存在だが、その種の存在はきまって現実の人間(親、兄弟、クラスメイト)と重なって見えるため、子どもは物語によって社会の見取り図を得ることができる。物語を読むことで、読者は心の中に善悪の、そしてあるべき人生の地図を、大胆な色使いで、あるいは飾り気のないモノトーンで描いていくのだ。現実の親やクラスメイトと向き合うときは、善悪がとかく曖昧になりがちだが、今やこの子は導きとなる心の地図を持っている。

こうした心の地図において重要なのは、物語は普通、ハッピーエンドで——少なくとも、悪党も主人公も、それぞれにふさわしい結末にたどり着く形で——終わるべきだということだ。これもまた、あるべき人生に欠かせないことである。先ほど述べたように、人の頭脳は解決をめざして、楽しみながら問題にぶつかっていくようにプログラムされている。けれども物語の結末で、問題を抱えた人間に可能なのは陰鬱で中途半端な解決だけだと暗示されてしまうと（こうした結末が書かれるのは、作家がそのほうが「リアル」だと信じているからだが）、読者の子どもたちもまた、そうした中途半端な解決をめざすようになってしまう。そして、人が目標を完全に達成することはめったにないのだから、こうした子どもたちは実際には、さらに陰鬱でさらに中途半端な解決か、それ以下のものにしかたどり着けないことになる。だからこそ、人生の見取り図は子どもたちに、なるべく高いところをめざすことを示さなくてはならないのだ。

作品を書くときに、こうした責任を胸に刻んでいれば、読者が見取り図を現実の世界ととりちがえるのでは、などと恐れる必要はない。子どもたちは、見ることさえ許されるなら、想像力の正しい働きを見分けることができるし、そうした物語を生涯にわたり、喜びや感謝とともに忘れずにいるにちがいない。

（原注1）古代ブリテンの神話では、神々と英雄が、体を透明にするマントから、乗り手を魔法の力で望みの場所へ運んでくれる戦車まで、計十三個の宝を所有していた。こうした宝の中に、望み通りの飲み物を出してくれる角杯という、魔法瓶の原型のようなものがあった。伝説によれば、これらの宝は、再び必要となるときまで、魔法使いマーリンとともに洞窟に眠っているという。

（原注2）二〇〇五年、ウィットブレッド賞は、スポンサーがコスタコーヒーに変わり、コスタ賞と名前を変えた。

（市田泉　訳）

ヒーローの理想――個人的オデュッセイア

ニューイングランド児童文学協会は、「子どもの生活における文学の重要性への認識を高める」ことを目的に一九八七年に創設され、毎年夏に、教師、司書、批評家、作家にとって興味深いテーマを選んで研修会を開催している。マサチューセッツ工科大学で開かれた一九八八年の研修会のテーマは「子どもの本におけるヒーローの理想――伝統と展望」であり、ダイアナ・ウィン・ジョーンズも招待されて「ヒーローの理想」というテーマに基づいて自作を語った。

ここに収録する講演は、研修会ののち、雑誌「ライオンとユニコーン（*The Lion and the Unicorn*）」第一三巻第一号（ジョンズ・ホプキンズ大学出版局　一九八九年六月）に収められた。

こんばんは。お招きいただき、ありがとうございます。ご依頼を受けてたいへん光栄に思いました。それに実際、ここに来られたのはとても幸運だと思います。わたしにはジンクスがあり、旅行となるときまって何かがうまくいかないのです。今回は早い時期にそれが現れて、予約していたチケットがなぜかキャンセルされていました……。

この講演のサブタイトルは「個人的オデュッセイア」としました。陳腐なタイトルかもしれませんが、最後までお聞きいただくころには、このサブタイトルがいくつもの点でテーマと関連していることがおわかりになるでしょう。この講演をそう名づけたいちばんの理由は、ヒーローやヒーローの性質を考えるとき、どうしてもある程度個人的なとらえ方をしてしまうからです――とりわけ今回は、わたしの本、『九年目の魔法』と関連づけて、このテーマを語ってくれと言われたものですから。

言うまでもなく、まずはヒーローと、ヒーローにおける理想について、基本的な定義をしておくべきでしょう。定義をしたのち、それが児童文学一般にあてはまることにも軽く触れ、それから『九年目の魔法』について詳しくとりあげることにします。

子どものころ、わたしはヒーローに関する専門家と言えました。両親は変わった人たちで、家には学術書や二人が教えるのに使う教科書以外の本が、ほとんどありませんでした。それでもわたしは本が大好きだったので、十歳になる前に、ホーソンの『タングルウッド物語』を含む無数のギリシャ神話集を読み、縮約版でない『アーサー王の死』も読みました。『アーサー王の死』は二段組の活字の小さな本で、わたしはそれを読みながら、ラーンスロットはグウィネヴィアの部屋で何をしていたんだろう、とひどく不思議に思ったものです。けれども、それだけではなく、頭の中で円卓の騎士の順位表を作りあげました。ガラハッドは気取っているから意地悪なケイよりも順位が低いくらいで、いちばんのお気に入りはガウェイン卿でした。それから『天路歴程』（訳注　十七世紀英国の宗教作家ジョン・バニヤンの寓意物語）も読みましたし、グリムの昔話の全話を含め、世界じゅうの数えきれないおとぎ話も読みました――ハンス・アンデルセンもだいぶ読みましたが、アンデルセンの話は空想的すぎるとされていたため、両親は限られた作品しか家に置いてくれませんでした。その後わたしは『オデュッセイア』に進み、『イリアス』より気に入りました。

　いちばん上の子で、しかも女の子だったわたしは、自分がヒーローになれる可能性はまったくないと知ってがっかりしたものです――でも、本当に可能性はないのでしょうか？　わたしは長いこと、ヘーローとレアンドロスの物語（原注1）を不思議に思っていました。ヘーローは自分では何もせずに、恋人に長い距離を泳がせています。どう見ても意気地なしなのに、そんな名前で呼ばれているのです（訳注　ヘーローの綴りはHeroで、英語では「ヒーロー」と発音する）――。やがてわたしは九歳になり、両親にさんざんねだって、「軽薄な」本を手に入れました。不適切な箇所の削除された『千一夜物語』です。嬉しいことに、語り手のシャハラザードは姉娘でした。彼女は（文字通り命をかけて）お話を語るだけですが、まだ女の子にも希望はあるのかもしれません。その本を読み進めると、確かに希望が見つかりました。スルターンの妃の嫉妬深い姉たちが、スルターンに向かって、あなたの妃は仔犬と仔猫と木片を産みました、と告げる話（訳注　「薔薇の微笑のファリザード」という物語）では、木片と呼ばれたのは女の子で、きわめて英雄らしく、物事を正しい状態に戻すのです。よかった、女の子もヒーローになれるんだ、とわたしは思いました。

　わたしはこのころすでに、ヒーローとは何かをしっかり把握していました。まず、ヒーローとは、読者が物語の中で感情移入する存在です（これはヒロイズムの本質には含まれませんが、常にヒロイズムの定義に働きかけ、あらゆる点から定義に影響を与えている事実なのです。のちに『失楽園』を読んだとき、わたしはすぐ、ミルトンがこの点を無視するという過ちを犯したことに気がつきました）。そしてまた、ヒーローとは勇敢で、強い肉体を持ち、陰険さや悪意とはほど遠い人物です。高潔な規範を胸に抱いていて、その規範に従い、だれも手を差し伸べない弱き者、無力な者、虐げられた者を救いに駆けつけます。加えて、たいていのヒーローは神々やその他の超自然的な存在と血のつながりがあるか、彼らから助言を与えられます。神々は〈運命〉という形でしか現れない場合でも）、二つの理由でヒロイズムにとって重要です。第一に、神々がもたらす数多くの次元を通じて、ヒーローは宇宙全体と関わりを持ち、その行動は人類すべてにとって重要なものになります。第二に、神や神々が見守っているからこそ、ヒーローはその高潔な規範にずっと従うのです。たまたま陰険な行動をとったり悪事を行ったりした場合——ついでに言うと、その物語の世界で守るべき別の規範に反した場合も——ヒーローはただちに罰を受け、矯正されます。

　ですが、何よりもまず、ヒーローは自分に不利なときでも行動する存在です。彼らは分《ぶ》が悪いと知っていても行動に出ます。殺されると知っていることも多いのです。そのため、ほかの人々にはできない形で、非情な世界に感銘を与えます。ヒーローが死ぬとき、その死はほかの死よりはるかに輝かしく、悲しいものです。

　さて、このような説明はたぶん、トロイのヘクトルやヘラクレスの性質をうまく言いあてているでしょうし、アーサー王にも確かにあてはまります（アーサー王はマーリンとキリスト教の神の両方に導かれているため、二つの超自然的次元と関わっています）。けれども、イアソン（訳注　ギリシャ神話の英雄。アルゴ号でコルキスの黄金の羊の毛皮をとりに出かける）のような人物には、これがうまくあてはまらないことに、わたしは気づいていました。ある島でアリアドネを冷淡に見捨てたテセウス（訳注　ギリシャ神話に登場するアテナイの王）にも、無数のおとぎ話の主人公にもあてはまりません。たとえば、「勇ましいちびの仕立て屋」（訳注　グリム童話より）のような主人公は、ヒーローとしての人生をひどいいかさまで始めるのですから——。

　とりわけ、この説明はオデュッセウスにはあてはまりません。オデュッセウスは正真正銘のヒーローだと言われていますが、アドリア海じゅうで人をだまし、策略を用い、甘言を弄《ろう》して道を切り開いていきます。それを読んだとき、わたしはひどく不安になりました。といっても、ちゃんとわかってはいました。オデュッセウスは第二のタイプのヒーローなのです——狡猾で策略に長《た》けたヒーロー、頭のよいヒーロー——でも、だとすれば、そもそも彼をヒーローと呼んでいいのでしょうか？　長いこと、その件に関してはホメロスの書いたことがすべてだと思っていました——オデュッセウスは、読者が物語中で感情移入する存在という意味での「主人公《ヒーロー》」にすぎないのだと。

けれどもその後、だんだんとわかってきました。オデュッセウスの果たしたもっとも英雄的な行為について、自分が持っている翻訳版の『オデュッセイア』ではきちんと説明されていないのだ（いや、そもそもホメロスが説明していないのかもしれない）と。その行為とは、自分自身を耳栓なしでマストに縛らせ、水夫たちには耳栓をさせてセイレーンたちのただ中をこいでいかせた、というものです。わたしの持っていた翻訳版には、オデュッセウスがこんな行動をとったのは、セイレーンの歌に興味が湧き、実際に聞いてみたいと思ったからだ、というようなことが書かれていました。けれども、このエピソードを「魔法のルール」という観点から見れば、彼の行動が、セイレーンの魔力を破るために計算されたものであるとただちにわかります。セイレーンの歌う抵抗しがたい歌を男が聞き、なおかつ抵抗してみせれば、彼女たちの魔力が永遠に打ち破られるのは明らかです。それがわかったとたん、わたしはオデュッセウスが本当に英雄なのだと理解しました。

　このころ祖母が、自分が六歳のとき日曜学校でご褒美としてもらった本（タイトルが華やかで意味不明だったから選んだのだ、と祖母は打ち明けました）をわたしに譲ってくれました。タイトルは『中世の叙事詩とロマンス（*Epics and Romances of the Middle Ages*）』といいます。その本は、アーサー王伝説群に含まれない北ヨーロッパの英雄伝説をほぼ網羅していました。収録されていたのは、シャルルマーニュの伝説群、ベルンのディートリッヒ（訳注　『ニーベルンゲンの歌』などに登場する人物。モデルは東ゴート王テオドリック）に関する物語、ニーベルンゲン伝説群のすべて（ワグナーが用いなかったエピソードも含みます）、ベーオウルフやウェイランド・スミス（訳注　ゲルマン人の伝承に登場する優れた鍛冶師）の物語——ほかにもいろいろありました。すばらしい木版画の挿絵がついてはいましたが、それ以外の点で子ども向けに直されてはいませんでした。わたしはそれを本がばらばらになるまで読みました。大半は筆舌に尽くしがたいほど悲壮な物語でした。とりわけ、神々が介入する物語は——。あまりにその傾向が強かったため、のちに「神々に愛された者は早死にする」ということわざを聞いたときには、それは実に不公平だけど、たぶん紛れもない真実だろう、と思ったものです。

　こうした本を読んだことで、当時のわたしはすでに、基本的なヒーロー物語のパターンを熟知していました。

　平均的なヒーローの人生は、出生時の事故や、いわくつきの家系、肉体的なハンディから始まります。そのせいでヒーローは他者とは区別され、むしろ軽蔑されることも多いのです。一見普通の人物と思われる場合でも、ヒーローはある時点で自身の肉体的性質と戦わねばなりません（ベーオウルフが老人になってからドラゴンと戦ったように。または、オデュッセウスがセイレーンの歌を聞いたように）。それでもヒーローは、だれもやろうとは思わないか、あるいは成功しなかった課題に取り組みます。彼にそうした行動をとらせる「ヒーローの高潔な規範」が、物語の中で語られることはめったにありません。規範がはっきり読み取れるようになるのは、彼が旅に出たあとです——ヒーローは高潔さや、勇気や、単なる気立てのよさのおかげで何者かと友だちになり、その友だちがのちに強力な助けとなってくれるのです（ここは、ヒーローであることが「物語中で読者が感情移入できる人物である」ことだと言える箇所の一つです。ヒーローはやはり善玉だと確認できるのですから）。

その後、ヒーローは何かぞっとするような失敗を犯すはずです。クリスチャン（訳注　『天路歴程』の主人公。「滅亡の市」を出て、さまざまな苦難の末に「天の都」にたどり着く）がまっすぐな狭い道からさまよい出てしまうように、ジークフリートがブリュンヒルトを忘れてしまうように——そのせいでヒーローはたいへんなトラブルに見舞われ、そのまま悲劇的な最後を遂げる場合もあります。あるいは、以前に友だちになった強力な存在に借りを返してもらい、なんとかうまくやる場合もあります。

男性のヒーローについてはこんなところでしょう。けれども女性は、ひどいものでした。世界じゅうの女性ヒーローは、メデイア（訳注　ギリシャ神話に登場するコルキスの王女。自分を捨てたイアソンに復讐した）や祖母の本に出てきたブリュンヒルトのように復讐へと駆り立てられているか、ヘーローやアンドロメダ（訳注　ギリシャ神話に登場する王女。ペルセウスによって怪物から救われ、彼の妻になる）やクリスチアーナ（訳注　『天路歴程』のクリスチャンの妻）のように受動的なのです。かつてこの件で話を聞かせてもらった中世学者は、こんな考えを述べていました——キリスト教信仰が、忍耐と辛抱強さ、自身の肉体的本能に対する孤独で個人的な戦いという概念を、とりわけ女性について導入し、ヒーローの理想像に決定的な影響を与えたのだと。けれども、すでに挙げたような物語を見てみれば、こうした特徴はすべて、キリスト教以前のヒーロー物語にも現れていることがおわかりでしょう。善良な女性は辛抱強いと決まっているが、やがて彼女は刺激を受けて悪に変わってしまう、という動かしがたい通念が昔からあったようです。『オデュッセイア』のペネロペが善良な女でいられるのは、ひたすらのらりくらりと受動的に抵抗するからであり、それでは求婚者たちを追い払うことはできません。けれど少なくとも、彼女は頭を使っています——夫と同じように。

このころには、わたしは幼少期の読書に加えて、新たな教養を身につけ始めており、その中にはチョーサーの『カンタベリ物語』を読んだことも含まれていました。この本によって、わたしはオデュッセウスよりもっと頭のよい男性作家を発見したのです。チョーサーは、わたしがそれまで楽しんできたような物語を使って遊んでいました。それらをさまざまな文体で語り、典型的なヒーローを見事に矮小化し、洗練された手法で物語のバランスを変化させていました（そのよい例が、いくつかの物語にぴったりの語り手を選んでいることです。たとえば、「学僧の話」〔訳注　領主が妻の忠誠を試そうと、次々にひどい試練に遭わせるという内容。ペトラルカの作品を基にしている〕の語り手は、なよなよした、女々しい人物なのです）。何より皮肉で気がきいていると思ったのは、チョーサーが正真正銘のヒーロー物語――「サー・トーパス物語」――を、自分自身が語っているという形にして、完全なジョーク、まったくのパロディにしてしまっていることです。あたかもスーパー・オデュッセウスが目の前を通りすぎながら、よく聞こえる鋭い耳で、わたしが子どものころ読んだヒーロー物語というセイレーンの歌を聞きつつも、その魔力を完全に打ち砕いたかのようでした。当時のわたしには、そのことがはっきりわかっていませんでしたが、ヒーローの理想とはおそろしく陳腐で、未熟で、単純なものだという落ち着かない感じは確かに残りました。

　オックスフォードに入学したとき、チョーサーがヒーロー物語に始末をつけて以来、だれもがヒーロー物語をそんなふうに感じるようになったのだとわかりました。何世紀も前から、ちゃんとした作家は単純なヒーロー物語を書く気になれなくなっているようでした。書きたいと思うなら、その物語には英雄的ではない目的があると示さねばならないのです。カンディード〔訳注　十八世紀フランスの思想家ヴォルテールの小説『カンディード』の主人公〕やトム・ジョウンズ〔訳注　十八世紀イギリスの小説家フィールディングの代表作『トム・ジョウンズ』の主人公〕のような未熟なヒーローから幻想を奪い去るとか（『トム・ジョウンズ』はおもしろいことに、『オデュッセウス』を下敷きとしているようです）、ディケンズのように、物語を語るだけでなく道徳的・社会的主張を述べるとか――。加えて、ヒーローが打ち負かすべき悪は、たとえば政府のような、現実味のある日常的な標的にせねばなりません。かくして二十世紀には、当然ながら、ヒロイズム的要素や素朴なストーリーに依然としてこだわる作家は、オデュッセウスのような抜け目ないヒーローを選ぶようになっていました（レイモンド・チャンドラーのマーロウ〔訳注　『大いなる眠り』などに登場する私立探偵〕がその典型です）。そしてこうしたすべてが、ジェイムズ・ジョイスによる、非ヒーロー・非ストーリー的作品によって頂点を極めたのです――そのタイトルは、なんともふさわしいことに、『ユリシーズ』〔訳注　オデュッセウスの英語名〕でした。

　このような流れのただ中にあって、エドマンド・スペンサーという作家に出会えたことを、わたしは心からありがたく思っています。スペンサーはこうした混沌の中から、少なくとも六人の純粋なヒーローを救い出し、『妖精の女王』という物語に組みこんだのです。この物語は寓話です。チューダー朝においても、素直に描かれたヒーロー物語は、真剣な作品だと思ってもらうことはできませんでした（思い出してもらいたいのですが、シェイクスピアは自分の戯曲を真剣な作品とは考えていませんでした。彼が真剣に書いた作品は長篇詩「ヴィーナスとアドゥニス」で、装飾過多のせいで物語がほとんど見えなくなっています）。

喜ばしいことに、スペンサーのヒーローの一人は女性でした。ブリトマートといいます。わたしがスペンサーから学んだことを——複雑な物語をどうまとめるか、彼方にある超自然的なものを「今、ここ」に埋めこむにはどうしたらよいか、といったことも含め——詳しく語る余裕はありませんが、しばらく足を止めて、ブリトマートがわたしにとってどれほど大きな発見だったかということをお話ししましょう。ブリトマートは女性であり、正しいヒーローです（そういう女性は今では普通かもしれませんが、五〇年代には決して普通ではありませんでした）。彼女がまた、純潔の象徴であり、男のように鎧を着こんでいるのは確かですが、わたしにとって重要だったのは、彼女が未来の恋人のヴィジョンを見て、ヒーローにふさわしく、その恋人を自力で探し出そうと旅に出ることでした。未来の恋人のヴィジョンというのは、言うまでもなく、おとぎ話によくある要素です。けれども『妖精の女王』では、そのヴィジョンが高い理想、苦労してめざすべきものとされ、同時に、わかりやすい普通の言葉で言うなら、愛でもあるのです。

ここに至って、キリスト教信仰が英雄の伝統に実は何を加えたのか、わたしにもわかり始めました。キリスト教信仰は、一つには、英雄の伝統の「高い理想」という側面を強化しました——なぜなら、神とは愛なのですから。しかし、高い理想ならヒーローは以前から持っていました——たとえ物語の冒頭では自覚していないとしても。従って、それ以上に重要なのは、ヒーローが神や神々によって導かれるという伝統が、キリスト教信仰によって形を変えたということです。なにしろキリスト教の神はあらゆる人々を見守っているのですから。ブリトマートとスペンサーのおかげで、今やわたしには、どこにでもいる平凡な男女もヒーローになり得るとわかったのです。

けれども、ヒーローの理想像はだめになってしまった、とわたしは思っていました。子どもたちが生まれ、彼らのおかげで、自分が子どものころには読む機会のなかった児童文学を読むようになってようやく、この分野にだけは理想的な英雄が生き残っている、と気がつきました。子どもたちは物語のない本などあまり読もうとしませんから、理想的なヒーローは物語の中で活躍しており、おかげでわたしは、その二つが深く関わり合っているのでは、と推測するようになりました（理想的ヒーローと物語らしい物語はその後、大人向けのファンタジーで再びさかんに描かれるようになりましたが、そういう作品は、わたしが述べている時期にはまだほとんど生まれていませんでした。トールキンの〈指輪物語〉が途中までしか出版されていなかったころです）。

理想のヒーローが児童文学の中へ、いわば退いていった理由は、子どもがその性質と、立場と、本能において、大人よりヒーロー的に生きているからでしょう。子どもたちは、とことん素朴で単純な方法で事にあたるのが普通です。彼らはどこの遊び場でも本物の巨人を見つけてやっつけようとしますし、道徳的問題も日ごろから、たとえば政治家よりも明瞭に意識しています。

わたしが作家として話をするため、ある学校を訪れたとき、学校じゅうがふいに大騒ぎになるという忘れがたい出来事がありました。その学校のおてんば娘——本当にすばらしいブリトマート的な女の子でした——が、いじめっ子を殴り倒したのです。教師たちが対応を話し合うあいだ、職員室では何もかもがストップしました。教師たちはおてんば娘に褒美を与えたいくらいでしたが、その子といじめっ子の両方に罰を与えたほうがいいと、しぶしぶ決定しました。教師たちは知っていたのです、子どものころ、いじめっ子を殴る勇気を奮い起こせるとしたら、それは真のヒロイズムの現れであると——老人となったベーオウルフの行為と同じくらい偉大であると。わたしはおてんば娘の前を通ったときのことを覚えています。いじめっ子の向かいの懲罰用の席に座って、まるで本当に神に触れられたように、自分の行いに顔を輝かせていました。それを見て、わたしは自分の理論が裏づけられたと思いました。彼女のような子どもは、わたしが作品にとり入れたいと思う英雄神話を受け容れてくれるでしょう。そういう子はおとぎ話の世界とつながりが深いため、魔法の、あるいは神聖な力の介入を、自分の身に起きたことのように感じるはずです。

一方、子どもたちが、本の中にどうしても魔法が出てこないといやだ、と思っているわけではないことも、わたしにはわかっています。子どもたちも大人と同様、一人一人がちがった好みを持っています。けれども、読みつがれる児童文学はすべて何らかのファンタジーだということは事実です。ファンタジーは心の深いところに訴えかけるようです。

いずれにせよ、こうした発見に基づいて、まさに何かを書き始めようとしていた七〇年代のわたしをご想像ください。しかし、そこには思わぬ障害がありました。一九七〇年には、女の子が主人公の本を読んだりする男の子など一人もいなかったのです。当時の子どもたちは——今もその傾向はありますが——ヒーローが男性で、女性は意気地なしか悪女である、というヒーロー物語の伝統にどっぷりつかっていました。女の子は男性ヒーローの物語を読み、（もの足りない気持ちで）主人公に自分を重ねますが、その逆は、少なくとも一九七〇年にはありませんでした。わたしはそのことをむしろ、挑みがいのある課題と受け止めました。難題に挑むのは大好きなのです。

たとえば、『ぼくとルークの一週間と一日』のデイヴィッドは男の子ですが、親戚との関係は男の子も女の子も共感できるものにしました。『呪われた首環の物語』のゲイアには、見たところ自分より才能のある姉がいますし、それは『詩人《うたびと》たちの旅』のモリルも同じです。そして『星空から来た犬』では、犬の視点から物語を語ることで、女の子のヒーローをさりげなく導入しました。けれども、本物の女性ヒーローを書きたいという思いはわたしの中で高まっていきました。すべての女の子が、ひいてはあらゆる人々が共感できるようなヒーローを書きたかったのです——いわばエヴリウーマンといったところでしょうか（訳注　英語のeverymanが「普通の人」という意味であるのをふまえている）。そこで、とうとう『九年目の魔法』を書き始めたとき、主人公の名前はポーリィにしました。ギリシャ語のpoly（ポリ）は、「二つ以上の、多くの」という意味であり、そのことは——これから見ていきますが——この作品にとっていくつもの重要な意味を含んでいるのです。

もう一つ、わたしがずっと前からやりたかったことは、子どもたちに、彼らが本当はどれほど古い理想的英雄になじんでいるのか、わかってもらうことでした。『ぼくとルークの一週間と一日』でも、それに挑戦してみました——曜日と、その名の由来になった北欧の神々を用いて、偉大な出来事、感動的な事件——ヒーローの理想——もまた、火曜日、水曜日、木曜日、金曜日と同様、現代の日常生活の一部であると示したのです。けれども、自分が本当にやりたいのは、現代の生活とヒーロー的・神話的出来事が限りなく接近し、ほとんど分離不能であるような作品を書くことだとわかっていました。わたしはまた、バラッド「タム・リン」（原注2）を基にしたものを書きたいと願っていました。そのバラッドには、おとぎ話にはあまり出てこないブリトマート的ヒーローが出てくるからです。

その間《かん》に、フェミニズムが台頭し、ゆっくりと一般の意見を変化させていきました。ある日わたしは、自分が所有する「火と毒草」〔訳注 Fire and Hemlock『九年目の魔法』の原題〕という写真をながめていました。それはとても奇妙な写真で、中に人がいるように見えることもあれば、いないように見えることもあるのです。そのとき、自分がまさに『九年目の魔法』を書き始めようとしていると気がつきました。この話を思いつくきっかけがあったとすれば、それは「神々に愛された者は早死にする」ということわざでしょう（わたしの作品は、格言やことわざを基にしていることが多いのです。いちばん馬鹿馬鹿しい例が『七人の魔法使い』で、「都会《アーバン》のゴリラ」〔訳注 アーバンゲリラ（都会でゲリラ活動をする人）という言葉にかけた洒落か？〕というひどい駄洒落を基にしています〔原注3〕）。

　けれどもここで一つ、考えなくてはいけないことがありました。「タム・リン」のヒーローであるジャネットは、一貫して女らしく振る舞い、擬似男性のような真似はしません。わたしの物語の構造も、単に女性が男性の役割を果たすだけのものにはしたくありませんでした――そして奇妙なことに、わたしが思いついたのはほかでもない、大好きだった『オデュッセイア』の構造でした。少なくともその理由の一部は、先ほど述べたように、ペネロペが彼女なりの形で、夫と同じくらい抜け目がないということでしょう。彼女には明らかに頭脳《マインド》があります。そしてオデュッセウスは考えるヒーローです。わたしの書く物語がある程度、精神《マインド》の旅になることはわかっていました。ポーリィにとっても、トムにとっても。

　ここでわかっていただきたいのは、『九年目の魔法』を書き始めたとき、念頭にあったのは『オデュッセイア』だけではなかったということです。わたしの頭の中には神話や伝説が何百となくあふれていて、そのすべてが『九年目の魔法』の役に立ちましたが、主要な土台となったものは三つあります。いちばん明らかなのは言うまでもなく、「タム・リン」と「詩人トーマス」のバラッドで（この二つは、一つの話の二つの面と見なすことができます）、これは物語に感情的な側面を与えています。すなわち、愛する人を救うために、想像力によって創られた超自然世界へ攻めこむという部分です（そしてこの愛は、ブリトマートの愛と同じものと考えられます。ヒーローにとっての理想なのですから）。

　二つめと三つめの土台についてですが、三つめは講演の終盤まで明かさないことをお許しください。けれど、二つめはむろん『オデュッセイア』です。『オデュッセイア』のおかげで、ストーリーの輪郭が決まり、その大半を回想として語らねばならないことも決まりました。というのも、ホメロスの『オデュッセイア』は、現在イタキ島と呼ばれている場所で始まり、オデュッセウス自身は少し遅れて登場するのですが、彼の物語のおよそ半分は回想なのです。彼は独占欲の強いニンフ、カリュプソと別れて、次に会った人々、ナウシカとその家族に、自らの物語を話して聞かせます。わたしはこのことから、いくつかの要素を受け取りました。まず、シャハラザードの影響もあり、ポーリィがストーリーを語ることがはっきりしました。トムが最近ローレルと離婚したことも――。さらに、魔女キルケがオデュッセウスを逃がす場面では、彼女は最初にハデス（訳注　冥界の神）を訪ねるように彼に伝えます。これは彼女なりの「あなたを手放すくらいなら、地獄にいる姿を見たほうがまし！」という意思表示だったのかもしれませんが、彼女は半神であるため、それは文字通りの真実となり、「あなたはまず、死をくぐり抜けねばなりません」という意味になりました。このエピソードは、「タム・リン」で妖精族が納めねばならない「地獄への貢ぎ物」と見事に結びつき、作品の結末を作りあげてくれました。もう一つわたしが受け取ったのは、ローレルに関する重大な事実です――彼女は自分の目的に合わせて事実をねじ曲げる方法を知っているのです。このことを、妖精の女王が詩人トーマスに与える、嘘をつけない舌と合わせると、ローレルがトムに与える能力ができあがりました――トムが想像することはすべて現実になるのです。これは超自然的存在の女性からの忌まわしい贈り物であるばかりか、とりわけ恐ろしいタイプの女性（だれもが一人くらい、そうした女性を知っているはずです）のしるしでもあります。そうした女性は自分の目的のために、事実と絵空事を区別なく混ぜ合わせてしまうのです。なにしろローレルは、キルケでもあるのですから。

作品の冒頭では、トムだけでなくポーリィも、ローレルに支配されています。彼女の支配を打ち破るために、ポーリィは誠実に、苦労を重ねて記憶をたどる必要があります。このポーリィの行為自体は、オデュッセウスによるセイレーンとの対決と同種の英雄的な行いとして描いたつもりです。けれどもポーリィは女性なので、読者はペネロペの役割を期待するでしょう――確かに彼女はほぼペネロペと言ってもよさそうです。なにしろトムは世界じゅうをさまよい、ポーリィは家にとどまっているのですから。ですが『オデュッセイア』には、もう一人のヒーローがいます。オデュッセウスの息子、若く純真なテレマコスです。ポーリィは初めてトムに会うとき、自分をヒーロー（ヘーロー）と呼ぶことで、テレマコスの役割を引き受けます。これは、ポーリィとトムが延々と選び続けることになる、一連のヒーロー的役割の最初の一つなのです。ポーリィはこのとき十歳ですが、そのことをうっすらと自覚しています。なぜなら、ローレルが壊せない自分とトムのつながりは、想像力のつながりだけだと本能的にわかっているからです。十歳くらいの子どもは、そういうことを嗅ぎ取るのが得意なのです。

ポーリィは最初のうち、タン・クールと仲間たちと英雄の助手役の自分が出てくる素朴な作り話で、このことを表現します。けれども成長して人生の複雑さを学ぶにつれ、素朴な作り話は次第に重要ではなくなり、彼女は新しい形の理想を求めて、一連のヒーロー的役割を引き受けることになります。ポーリィは「雪の女王」のゲルダ、白雪姫、ブリトマート、聖ジョージ(訳注　ドラゴンを退治したイングランドの守護聖人)、ピエロ、パンドラ(訳注　ギリシャ神話に登場する人類最初の女性。禁断の箱を開けて、世の中に災いを解き放つ)、アンドロメダ、「タム・リン」のジャネットほか大勢が、重なり合いながら連なったものなのです。

一方トムは、オデュッセウスの役割にしがみついているように見えます。スーパーマーケットの巨人に関する手紙で、自らその役割を引き受けたのですから。この部分を注意深く読んだ人なら、スーパーマーケットの巨人は、一つ目の巨人ポリュペモスと同様、一つしか目がないことに気づいたかもしれません。ですがトムは実際には、雑貨店で分身の存在を知ったころ、オデュッセウスの役割をポーリィに引き渡し、今度はレアンドロス、雪の女王にさらわれるカイ、銀月の騎士(訳注　ドン・キホーテと戦って打ち破り、故郷へ帰す騎士。実は彼の身を案じる故郷の村人)、アーティガル(訳注　『妖精の女王』に登場する正義の騎士)、ベレロポン(訳注　ペガサスに乗ってキマイラを倒したギリシャ神話の英雄)、プロメテウス(訳注　ギリシャ神話に出てくるティタン神族の一人。人間に火をもたらした)とエピメテウス(訳注　プロメテウスの弟、パンドラの夫)、ハーレクイン(訳注　イタリアの即興喜劇、コメディア・デラルテ内のトリックスター)、ペルセウス(訳注　ギリシャ神話の英雄。ゴルゴン退治で有名)、オルフェウス(訳注　ギリシャ神話の詩人。死んだ妻を捜して冥界へ赴いた)、そしてもちろん、タム・リンとなるのです。彼とポーリィは動的な役割と静的な役割を絶えず交換し、オデュッセウスの役割を分かち合っています。

わたしがとったこの方法もまた、スペンサーから学んだものです。スペンサーの寓話には、大規模ではっきりした擬人化(高慢がプライドという名の女性の姿で、汚い裏庭のある宮殿に住んでいる、といった)もあれば、寓話と呼ぶには曖昧すぎる関係も見られます。また別の場合には、寓話的な役割を多くのキャラクターが分かち合い、一人一人が寓意の一側面となっていたりもします。ポーリィとトムをヒーロー的に造形する際、わたしはこれと同じことをやろうとしました。そして二人にヒーロー的な行動をさせる際も、スペンサーのやり方をお手本にしました。ポーリィとトムは、あらゆるヒーローの人生に訪れる魔術や神の導きを得ようとして、その方法を探るのですが、彼らの行動は明らかに超自然的な場合もあれば、だれもがやっている日常的な行為と区別がつかないくらい平凡で現実的な場合もあります。そして、その中間という場合もあるのです。

こうした構造をまとめあげていたとき、わたしは物語が螺旋《らせん》状に進んでいくことを発見しました。各段階が先行する段階の木霊を響かせ、先行する段階に支えられているのです。最終稿では、それぞれの木霊が単なるくり返しにならないように非常に気を遣いました。なにしろそれと並行して、この螺旋の中に隠されているべき、もうひと組の響きを組み立てる作業もしていたからです。こちらは、神々と超自然にじかに関わる響きです。わたしはすべての女性キャラクターを三人組で配置しました。ポーリィが常に真ん中です。ニーナ（愚者）、ポーリィ（常に学んでいる）、フィオーナ（賢明）という三人組もあれば、お祖母ちゃん（老人）、ポーリィ（若者）、アイビー（中年）という三人組もあります。最初の三人組はあまり重要に思えないかもしれませんが、二つめの三人組と合わせてみれば、三つの面を持つ女神——ディーヴァ・トリフォルマを暗示するように思えないでしょうか？　物語の終盤、お祖母ちゃんは実にあからさまに、〈運命〉と〈知恵〉の役割を引き受け、魚をさばきながら、「タム・リン」のバラッドの謎について説明します。

ローレルもむろん、この女神の一側面です。結果として、いちばん重要な三人組は、ローレル、ポーリィ、アイビーとなります。アイビーは、ローレルを平凡で寄生的にした人物で、きわめて嫉妬深く、しつこい性格です。ローレルが郊外のローレライになったようなもの、と思ってもかまいません。そしてポーリィも——間違えないでくださいね——ローレルの一側面として描いたつもりです。ヴィーナスとしての、妖精の女王としてのローレルです。ただしポーリィは、「タム・リン」ではなく「詩人トーマス」に出てくるローレルの一側面です。トーマスが最初、聖母マリアと勘ちがいし、その後服従するようになる、善良で愛される女王です。ポーリィとトムがともに行う冒険には、この第二のバラッドをごく注意深く木霊させています。わたしがそんなことをしたのは、ひねくれた意図からではなく、ブリトマートを生み出したスペンサーのおかげで、理想的なヒーローに対するキリスト教信仰の影響を学んだからです——神はあらゆる人のものだということを。神はわたしたちすべてとともにあるだけでなく、わたしたちすべての中にもあるのです。従って、ヒーローの探求の主要部分は、自己の内側のそうした神を突きとめ、その規範に従って生きることだと言えます。そしてもしも、ヒーローが女性ならば、神もまた女性なのではないでしょうか（男性キャラクターについて疑問に思う方がいらっしゃるなら、そう――彼らも密かに同じように配置してあります）。

ここまでの話をお聞きになって、わたしが実に多様な素材と複雑な構造をコントロールせねばならなかったとお思いでしょう。まさにそのとおりです。そしてまた、先ほど触れた三つめの土台となる神話とは何か、とお考えかもしれません。けれども、その神話について語る前に、もう一つの要素をお話しせねばなりません。

『九年目の魔法』には、構成のための表層部を意識して導入する必要がありました。今までの説明でおわかりでしょうが、外側を覆う皮がなければ、物語をコントロールできなくなる恐れがあったのです。そして、大量の神話やおとぎ話は、放っておいても物語の中に押し寄せてきましたが、表層部はそれとはちがって、わたしが意図的にコントロールせねばなりませんでした。

わたしが選んだ構成のための表層部とは、T・S・エリオットの『四つの四重奏』です。この詩のおかげで、弦楽四重奏団が登場する四部に分かれた物語、という目に見える形式が固まりました。それはまた、ハンズドン館でポーリィが飛びこんでしまう葬儀の状況と雰囲気も与えてくれたのです。

跫音《あしおと》は追憶の中に木霊《こだま》し
わたしたちの通らなかった廊下を
わたしたちの開かなかった扉の方へと向かい
薔薇園《ばらぞの》に抜ける。
（中略）
疾《はや》く、と鳥が言った、見つけなさい、疾く、
その角を曲がって、と。初めの門を抜けて
初めの世界まで蹤いて行こうか、
鶫《つぐみ》の声にのせられて、わたしたちの初めの世界まで。
（中略）
そんなふうに、わたしたちも進んだ、（中略）
誰もいない小道を抜け、黄楊《つげ》の樹《き》の輪の中へ入り、
涸《か》れた池を見下ろした。
乾いた池、乾いたコンクリート、褐色の縁《ふち》。
やがて陽《ひ》の光は水になって池に漲《みなぎ》り
蓮《はす》が、静かに、静かに、伸びた。（原注4）（訳注　T・S・エリオット『四つの四重奏』岩崎宗治訳。以下、引用は同書より）

第二章は「バーント・ノートン」からの木霊に満ちています。花瓶はここから来ました。

この詩を選んだのは、静かな瞑想と動きを比類ない形で結びつけることにより、精神の死という虚無（わたしの作

品では毒草）を離れて、想像力と救いである火（わたしの作品では「どこでもないところ」）へと向かう心の探求行になっているからです。ポーリィの旅は、虚無から「どこでもないところ」へ向かうヒーロー的な旅なのです。

　わたしはエリオットの詩を表層として使っていることを常に意識していましたが、いわばその詩の音量を上げるのは、限られたときだけでした。この最初のフォルテのあとは、ブリストルの場面まで音量は下げたままです。ポーリィが――今や白雪姫、エウリュディケ（訳注　オルフェウスの妻）、ブリトマートの役割を引き受けています――父の家を出されて、途方に暮れてエイヴォン川を見下ろす場面です。

（前略）だが、わたしの考えでは
河は強い褐色の神――
（中略）
真夜中と夜明けのあいだ、過去がすべて偽りであり
未来がまったく見通せぬときに、朝の見張りのまえ、
時が止まり、しかも終わりにはならないときに
過去と未来の縒《よ》りを戻し、桛《かせ》をほどき、縺《もつ》れを解き、
また一つに繋《つな》ごうと骨折っている女たち――
（中略）
声なき嘆きはいつ果てるのか、（原注5）

その後再び、エリオットの音量は下げたままにしました。やがてポーリィが、自分が何をしでかしてトムを失い、二人ともローレルに支配されたのか思い出す場面まで――。ここで、すべてのヒーローは恐ろしい過ちを一つ犯すものだという、わたしの幼少期の発見を思い出してください。人間のレベルでは、ポーリィの過ちは、まるで自分の母のように振る舞い、独占的な好奇心に駆られてトムをのぞき見したことです。神話のレベルでは、物語はポーリィのその行為によって、冒頭で言及されたヘーローとレアンドロスの悲劇と過ちに引き戻されます。ヒーローにパートナーをのぞき見させる、この罪深い好奇心は、何十というおとぎ話に登場するモチーフです。たとえば、『九年目の魔法』の中でも名前が出てくる「太陽の東　月の西」は、そうしたおとぎ話の一つで、若い妻が夜中に真の姿になった夫を見て彼を失う、という内容です。今、あらすじをお聞きになったみなさんは、これよりはるかに有名な物語を思い出されたことでしょう――実はそれこそが、『九年目の魔法』の三つめの土台となっている神話なのです。そう、キューピッドとプシケーの物語です。

　C・S・ルイスよりずっと前から（訳注　ルイスがこの神話を下敷きにして『顔を持つまで』という小説を書いたことを指す）、これは愛おしい理想を求める人間の魂の

神話でした。トムは今やポーリィにとって、そうした理想となっています。気がつく人はほとんどいないようですが、トムは実はキューピッドの特徴をも備えているのです。英国の出版社の担当者も、このことがわからないようだったので、わたしは彼女に単純な質問をしました。「まわりがほとんど見えていなくて、弓を携えて仕事に行くのはだれ?」すると彼女は「ああ、わかったわ!」と答えました。

それはさておき、ここで人間のレベル、つまり、ポーリィがトムを失ういきさつに戻るとすれば、人は思春期や青年期にしばしば理想を見失うものです――人生をひどく複雑なものと感じ、不快なものや退屈なものだけが真実で価値があると思ってしまうのです。キューピッドとプシケーの神話は、間違いなくこのことを語っています。あるいはエリオットが言うように、「人間は/あまり多くの真実には耐えられないのです。」(原注6)。そして身を守るために、想像したものなど現実ではないと否定せねばなりません。けれども『九年目の魔法』の中では、キューピッドとプシケーの物語にはあえて触れませんでした。なぜならキューピッドもプシケーもそれぞれの形で神であり、ヒーローではないからです――そしていずれにしろ、この神話のような力のある物語は、ほのめかすだけのほうがうまく役割を果たしてくれるものだと、わたしは常々思っているからです。

トムを失ったことを知り、ポーリィの探求はさらに切実なものになります。物語はそこで、ちょうど『オデュッセイア』のように現在に戻り、伝統的なヒーロー物語の形をとります。ポーリィは、かつて助けた相手に救いを求めることができると気づくのです。そうした相手の一人は、あまりに近くにいたため見落としそうになります――フィオーナです。こうした見落としは伝統的なモチーフかもしれませんが、現実の人生でも起こっています。善かれ悪しかれ、近くにいる人のことはよくわからないものです。ポーリィは同じように、相手のことがよくわからないまま、セブを受け入れました。それでもついに、周囲から借りを返してもらい、記憶をたどるというヒーロー的行為を成しとげ、過ちを改めるための行動に出ます。

ここでわたしは、「タム・リン」のジャネットが体現する伝統を離れねばならないと気がつきました。なぜなら、ポーリィがトムを失ったのは、まさしく心の中でトムにしがみつき、好奇心を持ちすぎたせいだからです。そもそも、彼女はしがみつくという行為を、子どものころすでにしています。わたしははっきりと理解していました――ポーリィにできる唯一の償いは、独占欲を裏返すこと、完全なる気前のよさ、完全すぎて拒絶に至るほどの気前のよさを示すことなのだと。彼女はトムを愛するがゆえに手放し、彼を傷つけねばなりません。この方法によってのみ、ポーリィはトムの生来の心の強さを生かすことができ、トムは傷ついたときようやく、火の力を完全に呼び起こすことができます。火の力とは、ある程度は肉体的な情熱ですが、その大部分は、ポーリィとトムがともに築いた、想像力によるヒーロー世界の真の強さです。けれどもトムはそれを一人きりでやらねばなりません。今までポーリィに頼りすぎていましたから。

ここで再び、わたしは『四つの四重奏』の音量を上げました。ポーリィは、T・S・エリオットが彼自身の探求において述べているのと同じ道を行かねばなりません。

（前略）そこに達するために、
きみのいるところに、きみのいぬところから達するために、
　きみは歓喜のない道を行かねばならぬ。
きみの知らぬものに到達するために
　きみは無知の道なる道を行かねばならぬ。
きみのもたぬものをもつために
　きみは無所有の道を行かねばならぬ。
きみでないものに達するために
　きみはきみの存在しない道を行かねばならぬ。
きみの知らぬものが、きみの知る唯一のもの。
きみのもつものが、きみのもたぬもの。
きみのいるところが、きみのいぬところ。（原注7）

わたしが語ったのはエリオットと同様、日常生活に関わることです。わたしはまた、『オデュッセイア』の筋書きもたどっています。オデュッセウスがとうとう故郷に帰り、妻と再会し、二人の関係を取り戻す場面です。わたしが手短にでも示したかったのはこういうことです――ポーリィとトムは親密な関係を結ぶことができましたが、そうした関係は、双方が小さな英雄的行為を絶えずくり返すことでしか、維持できないのではないでしょうか？　これこそ、わたしがコーダで伝えようとしたことです――そこでは『オデュッセイア』の構造が、エリオットの言葉をすばらしい形で木霊させています。

われらが初めと呼ぶものはしばしば終わりであり、
終えるということは始めるということ。
終わりとはわれらの歩み出るところ。（後略）（原注8）

ありがとうございました。

（原注1）ギリシャ神話によると、巫女のヘーローは、ダーダネルス海峡（かつてはヘレスポントスと呼ばれていた）のそば、現在のトルコ領内にある塔に住んでいた。彼女は毎晩、塔の部屋にランプを灯し、海峡の反対側から泳いでくる恋人のレアンドロスの目印にした。夏にはそのやり方でうまくいったが、冬の嵐の日、ヘーローのランプは風に吹き消され、レアンドロスも風に流されて方向を誤り、溺れてしまった。ヘーローは塔から身を投げて命を絶った。

（原注2）スコットランド国境で生まれたバラッド「タム・リン」によれば、乙女ジャネットは恋人のタム・リンを妖精たちから救い出した。妖精は彼を次々に危険な動物に変えたが、ジャネットは彼にしがみついて放さなかったのだ。

（原注3）『七人の魔法使い』に登場するゴロツキはゴリラのように大きくて危険であり、そのうえ、町の一部を「仕切って」、つまり支配している謎の人物アーチャーによって送りこまれた取り立て屋だと思われている。

（原注4）T・S・エリオット『四つの四重奏』「バーント・ノートン」一一行―三六行

（原注5）T・S・エリオット『四つの四重奏』「ドライ・サルヴェイジズ」一行―四九行

（原注6）T・S・エリオット『四つの四重奏』「バーント・ノートン」四二行―四三行

（原注7）T・S・エリオット『四つの四重奏』「イースト・コウカー」一三五行―一四六行

（原注8）T・S・エリオット『四つの四重奏』「リトル・ギディング」二一四行―二一六行

（市田泉　訳）

ルールは必要か？

ダイアナ・ウィン・ジョーンズのスピーチは、ＳＦやファンタジーのイベントで人気があった。一九九五年、彼女はボスコン――アメリカのマサチューセッツ州ボストンで、ニューイングランドＳＦ協会（ＮＥＳＦＡ）により毎年開かれているコンベンション――に特別ゲストとして招待された。

ダイアナの一九九五年の作品集『*Everard's Ride*』がＮＥＳＦＡプレスから出版されたのは、特別ゲストに敬意を表するためでもあった。以下の文章は、一九九五年のボスコンにおける特別ゲストとしてのスピーチである。

ボスコンにお招きいただき、たいへんうれしく思います。実をいうと、参加できないかもと思っていました。まず、体調が悪くて病院通いが続いていました。近々、医者というものに対するわたしの率直な意見をまとめて、本が出せそうなくらいです――医者に対して好意的な本ではありませんが。

それから、飛行機のチケットの問題がありました。当然ながら、わたしのチケットにはダイアナ・ウィン・ジョーンズと名前が記され、クリスのチケットにはクリス・ベルと書かれていました（原注1）。けれどもわたしたちのパスポートに書かれている名前はどちらも結婚後のもので、チケットの名前とはちがっていました。わたしは一度、同じ経験をしたことがあったので、クリスに向かって、航空会社に行って交渉しましょう、とのんきに提案しました。パスポートとチケットの名前がちがっていると飛行機に乗せてもらえないから、チケットのほうの名前を変えてもらうのよ――。こうしてわたしたちは、ある日の午前中、ジョン・クルートの『ファンタジー百科事典（*The Encyclopaedia of Fantasy*）』（原注2）の仕事を休み、航空会社に行って「チケットの名前を変更してほしい」と頼みました。

「できません」というのが答えでした。何言ってるのよ、とわたしたちは言い返し、理屈を並べ、説得しようと三十分もねばり続けました。それでも名前は変更してもらえません。わたしたちの手元にあったのは、規則《ルール》により変更が禁止されている種類のチケットだったのです。三十分後、どうしても要求が通らなかったので、わたしたちはあきらめて家に戻りました。ですがクリスは、黙って引き下がるわけにはいかないと、別の方向から攻めることにしました。旅券局に電話して、パスポートの名前を変更できないかと訊いたのです。すると、「できますよ、簡単です」という答えが返ってきました。

　実際は簡単ではありませんでした。新しいパスポートを申請することになり、名義変更とは関係のない何枚もの書類を提出しなければならなかったのです。申請は無事にすませましたが、わたしはその間《かん》ずっと、この馬鹿馬鹿しい状況にひどく腹を立てていました——飛行機のチケットよりもパスポートを変更するほうが簡単だなんて！　まったく、ルールってものは——！

　ルールにまつわるあらゆることに対して、怒りは募る一方でした。なぜなら『百科事典』の仕事をしているあいだも、なくてもかまわない「ファンタジーのルール」をしょっちゅう発見していたからです。どっちを見ても、ラクダが針の孔を通り抜けようとしていました（訳注　無理なことをするという意味の比喩表現）。あるいは、通るのに失敗したり、途中で針の孔につかえたりしていました。あまりにもたくさんのことが、やってはいけないとされていたからです。そこで、わたしが感じた怒りをきっかけに、文学のさまざまな分野で主張されているルールについて、少々お話ししようと思った次第です。

　ルールはたくさんあり、絶えず変化しています。だれが変化させるのかはわかりません——だれもがほかの人のしわざだと思っています。出版社、司書、教師、書評家、作家自身、読者。けれども小説を書く場合、とりわけ、ファンタジーと名のつくものを書く場合、ルールの存在はどうしても避けて通れない事実です。ルールは存在し、人々が——どこかのだれかが——それを絶えず変化させ、ゴールポストを移動させています。そしてゴールポストは、その時代の人々の考えに合った位置まで来ると、まるで二度と動かせないように見えるのです。

　わたしが作家としてスタートした（つまり、出版を意図した作品を書き始めた）一九六〇年代の終わりごろ、ゴールポストは固定され、絶対に動かすことができないように見えました。あらゆることにルールがあり、その大半はわたしの子ども時代から変わっていませんでした。

　まず、ルールによれば、ファンタジーは子どもだけのものでした。大人向けのファンタジーとして知られていた唯一の作品は〈指輪物語〉です。自分は正常な大人だと思っている書評家たちが、五〇年代にあの作品を批評することになった際の困惑を想像してみてください！　ある男性の書評家は、主流文学《メインストリーム》と呼ばれている本（新しく創設された大学に通う、「怒れる若者たち」を描いたような本です）をとりあげたかったのに、トールキンを批評するはめになったようでした。彼は〈指輪物語〉の第一巻『旅の仲間』を辛抱強く、たいへん辛抱強く読み、ホビットやエルフやドワーフが「一つの指輪」を破壊するために、冬のさなかに徒歩で旅に出かける――そんなこともあるかもしれない、と受け容れました。そして、確信は持てないながら、この話は寓話だろうと考え、おかげでずっと気が楽になったようでした。この本は実はホビットの話じゃなくて、何か全然別のものを描いているんだ――そう、たぶん、新しく創設された大学に通う怒れる若者じゃないかな？　それから彼は第二巻『二つの塔』に進みました。エントが登場します。歩きまわる木々――これはもう、彼の理解を超えていました！　この書評家が最終巻『王の帰還』をどんなふうに批評したのかは知りません。批評しなかったのかもしれませんし、書評の仕事をやめてしまったのかもしれません。本来なら子ども向けのものを読めと言われるなんて、大人にとってはあまりにひどい仕打ちですから。

さて、公平を期して言うなら、ファンタジーは子どもだけのもの、というこのルールは、わたしの母の時代のルールよりは、はるかにましになっていました。一九〇八、九年ごろ、まだ幼かった母はおとぎ話に夢中でした。「むかしむかし」で始まり、王子様やお姫様や魔法の出てくるような物語です。その当時、こうした物語はたいへん軽く見られており、せいぜい安い紙に印刷された小冊子が、新聞売店のごたごたした隅っこで、一冊一ペニーで売られているくらいでした。幼いころの母は小銭を貯め、ひと月に一冊ずつそれを買い、むさぼるように読み、何度でも読み返していました。ところがある日、読んでいるところを父親に見つかってしまったのです。父親はかんかんになり、母は罰を受けました。おまけに父親は、小冊子を残らず没収し、燃やしてしまったばかりか、こういう本には「本当ではないこと」が書かれているから精神に悪い影響を与える、と決めつけ、二度と読んではならないと言い渡しました。母はその命令に従いました。父親はまもなく亡くなり、おかげで彼の命令は、いわば母の心に刻みこまれてしまったのです。

わたしは祖父に会ったことがありません――会わなくてよかったと思います。うまが合ったとは思えませんから。しょっちゅう考えるのですが、この祖父の態度と、親の禁止におとなしく従った母の世代の態度は、この二つの世代が二度の世界大戦に責任があることと無関係ではないはずです。

それはさておき、わたしの子ども時代には、状況はいくらか緩和されていました。Ｅ・ネズビットの偉大な功績もあって、ファンタジーは子どもの読み物として世間に定着していたのです。ですが母は子どものころ、ネズビットから注意深く引き離され、大人になってからも、娘のわたしが彼女の作品に近づかないよう気をつけていました。そのせいで、わたしがネズビットを読んだのは成人してからのことでした。それでも、ゴールポストは確かに移動しており、わたしの世代の子どもはファンタジーを――魔法の出てくる話でさえも、読むことを許されていました。もっともそこには、明らかにあり得ないものならば、という条件がついていました。要するに、無害で陽気な状況における、ものいう動物たちのお話、『クマのプーさん』のような物語なら読んでもいい、ということです。

ただし、『プー横丁にたった家』の最終章はいけませんでした。なぜならこの章は、愛や記憶やファンタジーの価値といった、深刻な事柄を扱い始めるからです。それを禁じるルールは、だれもが知っていました。ファンタジーは子どものもので、それゆえ深刻であってはならず、読者の子どもにいかなる形でも影響を与えてはならない、というルールです。わたしはその最終章を読んではいけないと言われました。読んではいけない、だけでなく、この章はあまりよくないし、馬鹿馬鹿しくて、退屈で、おまえには理解できないだろう、とも言われました。ルールとは、えてしてこのようにでしゃばってくるものです。同様に、わたしは『たのしい川べ』を与えられましたが、「あかつきのパン笛」という章や、海ネズミの出てくる章は読むことを禁じられていました。こうした章は、あろうことか、精霊や神秘や詩について語っており、はなはだ好ましくなかったからです。むろん、わたしはこっそりとそれらの章を読み、後ろめたさととまどいを同時に味わいました。

そしてわたしは、〈ナルニア国ものがたり〉はまったく読ませてもらえませんでした。わたしが十五、六歳のころ、このシリーズは次々に出版されていましたが、やはり「内容がよくない」という理由で、読むことを許されなかったのです。なにしろ〈ナルニア〉は、あるものを扱っていて――シーッ！　そのあるものとは、神なのですから。

実を言うと、「あるもの」に関する本のことなら、わたしはよく知っていました。わたしたち――わたしと妹たちが持っていた数少ない本のうち九割は、うわべこそ物語風でしたが、実は子どもに道徳を教えることを主眼としていたからです。わたしたちはすぐにその正体を見抜いてしまい、そんなやり口を心から軽蔑しました。そういう本は、部屋の本棚のいちばん長い棚に収めてあり、そこにはわたしの字で大きく〈かみさまのほん〉と書いたラベルが貼ってありました。三人とも、そこにある本は一度きりしか読もうとしませんでした。ですから、C・S・ルイスを与えられなかったことには、感謝するべきかもしれません。なにしろ、〈ナルニア〉はまっすぐにその棚行きになったでしょうし、彼の本にはそれ以上の価値があるのですから。けれどもわたしは感謝なんかしていません。これっぽっちも。

　このことから、当時のもう一つの大事なルールがわかります――ファンタジーは読者に道徳を教える場合にのみ用いるべきである、というルールです。子どもが本を素直に楽しむのが正しいことだとは、だれも思っていませんでした。本は楽しみを与えると同時に、何かを教えなくてはならなかったのです。わたしが本を（つまり、出版を意図した本を）書き始めようとしていたころ、世間の人々は神に少々疑いを抱くようになっていました。神の存在は重すぎる、と思われ始めていたのかもしれません。たいていの本が、人間として向上する方法など語ろうとせず、社会に貢献する方法ばかり説いていました。そしてまた、多くの本が「成長」について述べていました。ご承知の通り、「成長」とは、ゲームや、楽しみや、何より「ごっこ遊び」の類いを手放し、今までより頑固で退屈な人間として「現実の世界」へ出ていくことなのです。

　わたしの息子たちがその手の本をどんなに嫌ったか、とても想像できないでしょう――いえ、できるかもしれませんね、お説教されるのが好きな人はいませんから。息子たちの感想は実に率直なものでした。わたし自身や妹たちよりはるかに辛辣《しんらつ》だったくらいです。「どうして本がおもしろくちゃいけないの？」と息子たちは訊きました。けれども当時、子どもの本、特にファンタジーは滑稽ではいけない、というルールがあったのです。滑稽な本はごくわずかで、「ユーモア本」と呼ばれていました――ユーモアと書いて「変わり種」と読む、です。あのころユーモラスな本といえば、その手の本しか手に入りませんでした。

　このルール――ファンタジーは楽しくてはならず、道徳を教えなくてはいけない――は、ファンタジーそのものを禁じていた祖父の世代のルールを破る後ろめたさを感じていた人々が、ファンタジーを書く言いわけとして作りあげたのではないでしょうか。このルールによって、作家はファンタジーを書いてもかまわなくなったのです。

　やがて、だれかが（正体は不明ですが）もっとよいルールを思いつきました。どんな児童文学も、「問題」を扱わねばならない、というルールです。社会的な問題――両親の離婚、男好きの母親、酒飲みやゲイ（あるいはその両方）の父親、ヤク中の兄、手足が不自由だったり、いじめに遭ったりする主人公、家族の中の知的障害者、てんかん、貧困（ただしこれは、作家が問題を思いつかずに困っている場合に限られます。貧困という問題は生ぬるすぎますから）——をとりあげ、そうした問題について、飾り気のない悲壮な言葉で語れ、というのです。その後、同じ問題を抱えた子どもにその本を与えて読ませる、というのもルールのうちでした。その子は自分の状況をわかってもらったことに感激し、両親（や、兄や、体の障害）を「喜ばしい課題」と見なすだろう、と思われていたのです。

　このルールはいまだに力を持っています。だれもが心からそのルールを信じているのです。ジル・ペイトン・ウォルシュ（訳注　英国の児童文学作家。一九三七―）がかつて、わかりやすい疑問を述べたというのに——あなたが離婚するところだとして、『アンナ・カレーニナ』を無理やり読ませようとする人がいたらどう思う？　と。もっとも当時のわたしは、このルールにはさほど悩まされませんでした。それまでずっと、ルールを破っているとは気づかれずに、すべてのルールを破る方法を探していたのですが、「問題」にまつわるこのルールのおかげで、こっそりとやってのける手口がわかったからです。わたしは腰を下ろして、『ぼくとルークの一週間と一日』を書きあげました（実をいうとこの作品は、先に活字になったわたしの別の作品より、およそ一年早く執筆したのです）。

　作中の少年、デイヴィッドは問題を抱えています。ルールの基準に照らすと、あまり深刻なものではありませんが、まあ、「問題」として通用するでしょう。その問題がリアルであることもわかっていました。なにしろデイヴィッドの親戚は、わたしがある長い長い一学期のあいだ、いっしょに暮らすはめになった、現実に存在する人々なのですから。わたしはずっとその人たちを、おぞましいと同時に滑稽なキャラクターとして描きたくてうずうずしていたのです。

　ところが、見つけたばかりのエージェントが『ルーク』の原稿をオックスフォード大学出版局に送ってくれたところ、その原稿は、子どもはマッチを擦ってはいけない（原注3）という理由で、すぐさま送り返されてきました。

　しまった！　わたしはほかの小さなルールのことをすっかり忘れていたのです。そのルールとは——

1　本の中の子どもは、十九世紀の子どもが許されていなかったことを、したり考えたりしてはいけない。

2　児童文学に出てくる大人は悪いことをしてはいけない。悪玉なら別だが、その場合、ルールを守る作家は、その人物を話の終わりで殺さねばならない。たとえその悪玉の犯した罪が、銀のスプーンを盗んだ程度のことであっても。

3 大人には個性があってはいけない。一冊につき一人の道化役は許されるが、道化役は方言を話し、主役の子どもをぼっちゃまとか、嬢ちゃまと呼ばなくてはならない。

（ちなみに、わたしは方言が嫌いです。読むときに邪魔になりますから。方言が必要な場合には、話し方のリズムをうまくとらえれば、ごく簡単にそれらしくすることができます。この方法なら、妙なつづりで方言を表すまでもありません。）

4 どんなに遠まわしにでも、セックスなどという汚らわしい話題を持ち出してはいけない。

（オックスフォード大学出版局の気の荒い年配の女編集者は、わたしの原稿から、アストリッドがトールと浮気しているというショッキングな事実を読み取って、わたしのエージェントを厳しく問いつめ、さらに、主人公のデイヴィッドはゲイなのかと尋ねました。このルールは驚くほど息が長く、七〇年代の後半に、『ウォーターシップダウンのウサギたち』の作者が、わたしのいる場所で聞こえよがしにこう言ったこともありました。「児童文学」という言葉と「セックス」という言葉を一つの文に入れるようなやつは、外へ引きずり出して顔にパンチを叩きこんでやれ、と。）

5 何よりも、作中の魔法は決してシリアスなものであってはならない。魔法は主人公の子どもの人生に影響を与えたり、人生を変えたりしてはならない。

（実におかしなことに、この最後のルールのおかげで『ぼくとルークの一週間と一日』を出版するのは至難の業でした。やっと見つけた出版社も、作品の内容が悪魔崇拝だと批判されるのを恐れて、出版を二年も延期しました。そのうえ、いよいよ出版というときには、おそろしくどぎつい表紙をつけたのです——物議を醸《かも》す本だと思ったからでしょう。）

こうした状況は、六〇年代後半から七〇年代前半まで続きました。しかし、わたしにとって幸いなことに、このころ周囲には、わたしと同様にルールを破ったり、少なくともルールをとことん拡大解釈したりする作家がひしめいていました。何人かはしばらく前から活動していました——ジョーン・エイキン、レオン・ガーフィールド、スーザン・クーパー、ピーター・ディキンスン、ジョン・クリストファーなどです。何人かはわたしと同時期に作品を発表し始めました――ロバート・ウェストール、アン・ロレンス、ペネロピ・ファーマー、ペネロピ・ライヴリー、タニス・リーなどです。ほかにも同様の作家は大勢いました。それだけの数を相手にしては、ルールは持ちこたえられなかったらしく、しばらくのあいだ、あっさりと姿を消しました。

子ども向けファンタジーに成熟の時期が訪れたのは、おそらくこうした作家たちのおかげでしょう。でも、それがすべてだとは思いません。別の方向から来た肥沃化もあったからです。もう長いあいだ、別種のファンタジーが、たいていはアメリカで、ルールにとらわれずに成長し、花開いていていました。それはＳＦ（サイエンス・フィクション）と呼ばれる小説群です。「サイエンス」とついているのは、そうした作品が、証明された科学的事実を基にファンタジーを語っていたからです。たとえば、火星や金星には人類の居住が可能だとか、銀河帝国は存在し得るとか、超光速飛行はすぐにも可能になりそうだとか、そういう事実です。

わたし自身、何年もむさぼるようにＳＦを読んできたため、自分の作品にある程度ＳＦの影響が見られることは断言できます。ＳＦはアイディアに――すてきな新しいアイディアに満ちあふれています（そのすべてが、証明ずみの科学的な事実とは限りません）。そのうえ、ＳＦの中でも上質の作品は、このうえなく見事に書かれています。賭けてもいいくらいですが、タイムトリップして未来へ行き、二十世紀文学を研究している場所に赴いたなら、教授たちはきっと、いわゆる主流小説など無視して、サイエンス・フィクションが描き出した不思議な世界に注目しているにちがいありません。けれども、ＳＦに関するもっとも重要で心が軽くなる事実は、ルールが実にさまざまだったということでしょう。なにしろＳＦの初期――一九四〇年代においては、ルールが週に一度の割合で変わっていたため、そもそもルールなどないのでは、と思えるくらいだったのです。

ゴールポストをずっと向こうへ下げ、大人もルール違反を気にせずに楽しめる、長くて独創的なファンタジーを世間に認めさせるには、そうしたものの助けが必要でした。このような流れを加速させる映画やテレビシリーズも現れました（『スター・トレック』や『ドクター・フー』です）。その結果、ファンタジーの分野全体でルールが緩和され、アダルト・ファンタジーも突如として人気に火がついたのです。わたしは大喜びで、やはりむさぼるように読みました。

わたしの願いは、かつてはさかんだった異分野間の交流に対し、人々が心を閉ざしてしまわないことです。子ども向けの物語の分野はときに隔離地区《ゲットー》と呼ばれ、独特の流儀を持っていますが、そこは書き手が何をやってもよい場所なのです――いえ、八〇年代初頭にはそうでした。このゲットーには当時、わたしがお話ししてきた三種類の作品すべてを読んだり、書いたりする大人がいて、彼らはそのうちにホラーも手がけるようになりました。ゲットーの子どもたちは新たな児童文学を読んで育ち、十代になると大人向けのものにも手を出し、やがて自分も種類を問わずに読んだり書いたりし始めました。だれもが楽しげに、ある種の作品から別種の作品へと飛びまわっていたものです。

わたしはといえば、子どもにマッチを擦らせるような恐ろしい真似を自分がしているのでは――と心配する必要が突然なくなりました。当時は本当に、どんなことでもできましたし、しないとすれば、ただ時間がなかったからでした。わたしが書いた本の一冊一冊が新種の実験でしたが、だれも気にしませんでした。守らねばならない原則はほんの少しあるだけでした。原則であって、ルールではありません。一つめは、当時も今も同じで――責任を持たねばならない、ということです。でもそれは、作中の子どもにマッチを擦らせるな、という意味ではありません。要するに、いつか、どこかで、ある子どもがある作家の作品を読めば、タイミング次第では、その内容が生涯心に残る――そのことを自覚すべきだ、ということです。作家は自分の作品を、そこまで長く鮮明に覚えておかれる価値があるようなものにしなくてはなりません。作品の内容を一つの「経験」にしなければならないのです。それが第一の原則です。

第二の原則は、作品を、人間の脳が本来の機能を果たしているときの自然な働きになるべく近づけねばならない、ということです。これは簡単ではありません。執筆中の物語というのは、とかく勝手に先へ進んでいくものだからです。ともあれ、脳が自然な働きをするとは、すなわち、大いに楽しみながら問題を解決していくということです。脳は問題解決の過程で感情を必要とし、それを利用します。脳は「もしも……ならばどうなる？」と自問し、仮にこうなった場合、何が起こるだろう、と（一種の）空想をすることで、物事を解決していくのを好みます。そして解決に至るために、困難を克服しようと努め――困難には、知力が問われるものもあれば、恐怖や悲しみも、それ以外のものもあります――さらに、「ああ！　こうすればいいんだ！」というアイディアを思いつこうとします。もっともそれは、単にハッピーエンドを求めている、ということではありません。脳は常に「できればちがった角度から考えてみよう。驚きを感じようじゃないか！」と言いたがっている、ということです。わたし自身も驚くのが大好きで、しょっちゅう驚いています。

あと一つか二つ、小さな原則があります。たとえば、滑稽であると同時にシリアスであることは可能だし、そのほうが望ましい、というのも原則です。脳は笑うのが大好きです。ジョークの大半は小粒のファンタジーだと気づいたことはありませんか？　黄色くて危険なものは何？　答え――サメが入ってるカスタード。

それから、作家が用いる言葉は大切だ、という原則もあります。どんなこともシンプルな言葉で表現できなくてはいけない、とわたしは思っています。さらに言うなら、作家は、自分が伝えようとすることを、手垢のついた言い方に頼らずに表現しなくてはなりません。

こうしたものがわたしの原則です。これ以外にも、物語とは関係のない長々しい描写は不要、といった原則がいくつかあるのですが、これについては今は述べません。ともかく、当時のわたしはひたすら書き、実験して、すばらしい時間を過ごしていた（ただ、毎日が短すぎると感じていた）と思ってください。

その後、ゴールポストがまたこちらへ迫ってきました。

人間にはルールを求めたくなる性質があると見えます。脳には、あまり多くのことが可能だと怯えてしまう、というおかしな癖があるのかもしれません。いずれにしろ、ゴールポストの群れにのしかかられていないと、人は広場恐怖症になってしまうようです。自分の行動に関するルールが見あたらないと、自分のいる位置がつかめないのです。

一度、ある図書館で話をしたとき、格好の例と出会いました。聴衆の中に学者風の風貌で、髭をたくわえ、健康そうで、姿勢のよい中年男性がいて、あなたの本はどのくらいの長さですか、と慇懃《いんぎん》な調子で訊いてきたのです。「長さですか？」わたしは少しとまどって訊き返しました。「ページ数です」と男性は助け舟を出しました。「ああ、そんなに長くはありません。ほとんどの場合、二百ページを超えることはないですね」「でしたら――」男性は残念そうに言いました。「わたしはあなたの本を読めません。百二十ページ以上ある本は読まない、というのが、わたしのルールなのです」わたしは当然ながら、なぜですか？　と尋ねました。すると男性は答えられず、青ざめて軽く身震いしました。個人的なゴールポストを超える、八十ページという広々としたスペースのことを考えただけで、この人は心底不安になったようでした。

八〇年代なかば、人はこんなふうに不安になり始めました。そしてジャンルという見地から、新たなゴールポストを作ったのです。

ジャンルというのは、それまでも長いこと便利な概念として存在していました。わたしの友人は学術書を書き、その中で、ジャンルとは実に実に古い起源を持つ、緻密で美しいものだと主張しました。しかしわたしの考えでは、ジャンルとは主として一九二〇年代に広まった概念で、出版社や書評家が、読者の目をいちばん読みたい種類の本に向けさせるための方便だったにすぎません。それは本の内容にラベルをつける便利なシステムで、世の中の本は探偵小説、スリラー、児童文学、ゴーストストーリー、ホラーなどに分類されるようになりました。当然の流れとして、SFやファンタジーのような新しい種類の作品も、同様にジャンル分けされました。その昔、そう、七〇年代には、だれもがみな、ジャンルとは何かを知っていました。SFというのは、宇宙船に乗って旅するファンタジーでした。ファンタジーというのは、空飛ぶ絨毯に乗って旅するSFでした。そしてホラーは、デーモンの鉤爪に囚われたその両方でした。だれもジャンルなどというものについて、あまり深くは考えていませんでした。けれどもやがて、作家たち自身がジャンルを信奉し始め、ジャンルが新たなルールとなってしまったのです。

　このルールによれば、各ジャンルには絶対的な境界があって、それを越えてはならないとされています。もしも境界を越えたなら、その作品は「ホラーからも、SFからもはみ出した正体不明のもの」と呼ばれ、だれもそれが何だか知りたいとは思わないだろう、というのです。

　結果として――これは一時的なことだと思いたいのですが――あらゆる種類の文学、とりわけ、わたしがこれまで述べてきたような文学に、深刻な災厄が降りかかっています。各ジャンルは、その境界だと自分で信じるものの内側にうずくまり、そうした境界の中で、ジャンルに収まるためのルールがさらに増殖し、厳しさを増したため、独創的なものを書ける人はほとんどいなくなってしまいました。けれどもルールによれば、しょっちゅう同じものを書いていれば問題ないのです。それで大丈夫、それこそがジャンルなのですから。

　ホラーというジャンルは明らかに、こうした状況の下でいちばん栄えているようです。なにしろホラーのルールは最初からもっとも明瞭でしたから――できるだけ恐ろしく、どこまでも超自然的に、です。しかしホラーのルールは、このジャンルをやたらと大切に守りたがり、ある種の題材はホラーでしか扱ってはならない、と主張しています。クリスとわたしは、『ファンタジー百科事典』の仕事をしていたとき、いやになるくらいしょっちゅう、こう言い合わなくてはなりませんでした。「ああ、これはホラーの項目だわ。『ホラー百科事典』のためにとっておかなくちゃ」

「デーモン」という項目すら、もはやファンタジーのものではないと考えられているため、載せられないところでした。『マライアおばさん』（原注4）を出したあと、わたしは、本来ならホラーに属する題材を用いたというので、大人向けの本の書評家からひどく叩かれました。その作品が、多感な年ごろの子どもを怖がらせるかもしれないとか、そういう理由ではありません。そう、わたしはジャンルの境界を越えてしまい、ルールを破っていたのです。なんてひどい作家でしょう！

児童文学はある意味、これよりはまともな状況です。というのも、内部にさまざまなジャンルをどうにか抱え続けてきたからです。けれどもこの領域で作品を書くときにも、それぞれのジャンルはしっかり区別せねばなりません。さもないと、たいへんなことになります。そしてここでもまた、いちばん外側の境界線はきっちりと引かれ、大切に守られています。一つの作品が「子ども向けとは言い切れないはみ出しもの」という烙印を押されるのは、よくあることです。ルールは再び数も厳しさも増しており、そうしたチェックは確実に行われています。子どもに何かを教えなくてはいけない、というルールはいったんとりさげられて刷新され、今では「エコロジー」を教えなくては、というルールに変わっています。作家は樹木とか、オゾンとかいったものについて、あれこれ述べなくてはなりません。それは確かに重要なテーマですが、ヘンゼルとグレーテルの父親が貧しい樵《きこり》で、せっせと森の木を切り倒していたことはどうなるのでしょう？　ヘンゼルとグレーテルの物語は、もはや「はみ出しもの」なのでしょうか？　それとも、二人の父親は木を切っても、金を稼いではいないから許されるのでしょうか？　まじめな話、エコロジーに関するルールは、かつての教育やお行儀に関するルールよりはるかに重視されており、ほかの点では立派な人物が、たまたま木を切り倒したせいで悪党と呼ばれるような本も見つかるくらいです。その人物は――そう、今では殺されず（なぜなら殺しも「はみ出しもの」と思われていますから）――刑務所行きかもしれません。実は刑務所も「はみ出しもの」になりかけているので、そういう気の毒な人間が今後どうなるのか、わたしにはよくわからないのですが――。

ともあれ、問題はおわかりいただけたでしょう。そして最近、さらなる重要なルールが発明されました。十六歳以下の子どもの頭に負担をかけてはいけない、というルールです。十六歳以下の子どもの集中力は五分弱しか持続しないと、だれかが、どこかで、何らかの理由と手段により決めつけたのです。二つ以上のことが同時に起こっている場合は、持続時間はもっと短くなります。ですから、悪党に二本以上の木を切らせてはいけません。読者にかかる負担が大きくなりすぎますから。

　ところが奇妙なことに、五年足らず前には、『ドクター・フー』のプロットについていける子なら、どんなストーリーにでもついていける、というのが広く認められた説だったのです。もっとも、この説は少々逆方向に偏りすぎだったかもしれませんが――。いずれにせよ、当時からたいていの大人は、子どもよりむしろ自分たちの方が易しい本を好きなのだと認めていました。

　そして今や、大人は本を易しいものにしてしまいました。これも、ルールがきちんと働いたおかげです。ＳＦは――かつては想像力と奇妙な哲学、ファンタジーとホラーというスパイスが効いていたものですが――今では、科学的にあり得るアイディアだけを扱うものとされています。大事なのは事実、事実、事実なのです、グラッドグラインドさん（原注5）、そして事実の枠組みとなる「物語」は最小限にしなくてはなりません。まだちゃんと証明されていない事実の中で、ほぼ唯一、ＳＦのルールに認められているのは、人類があと四百年は滅亡せず、憂鬱な生活を送り続ける、ということくらいです。憂鬱は科学的だ、というルールもあるのかもしれません。

　もちろん作家はもっとすばらしい未来予想、明るい予言をしてみせることもできます――けれどもそうした作品は「スペース・オペラ」と呼ばれる、きっちり囲いこまれたサブジャンルに属することになるのです。ＳＦとスペース・オペラのあいだのハッチは、完全に閉ざされています。こうした一般的な傾向を知ったうえで、何かほかのことをしたいと思ったら――ありがたいことに、やっている人も何人かいますが――「はみ出しもの」の烙印を押され、自作を「スペキュレイティブ・フィクション」（訳注　思弁的、哲学的なＳＦやファンタジー）と呼ばなくてはなりません（けれど、「スペキュレイティブ・フィクション」も次第に一つのジャンルとなり、独自のルールを持ち始めているようです）。

　アダルト・ファンタジーについていえば、ルールがやたらと細かく、揺るぎないものになってしまったため、同じ内容の本がまさに何度も何度もくり返し書かれています。この分野のルールによれば、ファンタジーにはたった二種類しかありません。ユーモア・ファンタジーとハイ・ファンタジーです。うれしいことに、ユーモア・ファンタジーのルールはいまだちゃんと整理されていませんが、ハイ・ファンタジーのほうへ迷いこんではいけない、というルールは確かに存在します。そしてハイ・ファンタジーはといえば――まず、たいていの本に大きくて無意味な地図がついています。ルールによれば、ハイ・ファンタジーには地図が不可欠なのです。主人公はこの地図上のあらゆる場所へ旅をしては——といっても、地図に記された大都市の大半は、なぜか除外されます——沼人《ぬまびと》、砂漠の遊牧民、アングロサクソンの騎馬戦士といった陳腐な人々を訪ね、途中でしょっちゅう魔法のがらくたを集め、必要な期間、ある場所で奴隷として過ごします。この遍歴の終わりに、主人公はどこかの入口をくぐって平凡な世界に戻ってくるか、あるいは君主として戴冠されるか——どちらかふさわしいほうの結末を迎えます。むろん、これだけのことが起こるのには本が三冊必要です。

この分野にも目立った例外はありますが、それらは今では当然ながら「はみ出しもの」とされ、スペキュレイティブ・フィクションと合流する気配を見せています。おいおいこれらの本についても、ルールができていくでしょう。

さて、みなさんにお尋ねしたいのですが、どうしてだれもが自分を縛るような真似をしているのでしょう。わたしはそれが本当に知りたいのです。飲み物をおごってくれながら聞かせてくださってもかまいません。みなさんの中には、おまえの考え方は間違っている、とおっしゃりたい方もあるかもしれません。ですがわたしは自分の経験から、こうしたルール制度が存在する、とお話ししているのです。それは理由もなく存在しています。いえ、それどころか——周囲をだめにしています。ルールのせいで、異種交配はどんどん少なくなり、作家が斬新な作品のアイディアを思いつく可能性はどんどん減っています。想像力？　そんなもの、忘れてしまいなさい。わたしたちにはルールがあるんだから。ジャンルがあるんだから——。

最後に指摘したいのは、この事態が本末転倒だということです。ルールとジャンルは、今では絶対的存在のように思われていますが、実は絶対的ではないのです。それは目の前にあるものを理解し、秩序づけようとする人間の方便にすぎません。そもそもの初めに存在するのは、だれかの目の前にある、いくらかややこしい場面です。その人は（ひどく不安を感じるなら）こうした場面を規定するように思えるルールを発見したり、発明したりすることができます。けれども最初に存在するのは、目の前にあるものなのです。その人の前にあるのは、豊かな想像力から生まれた、概念、アイディア、大雑把《おおざっぱ》な仮説、新たな洞察、奇妙な行動、風変わりな冒険などの、めまぐるしく、すばらしい混乱状態のはずです。この混乱を包む枠こそが物語であり、特定の混乱を支配するルールとして本当に必要なものは、ただ一つ、物語以外にありません。物語こそが重要なものなのです。ところがわたしたちは今や、本末転倒なことをしています。というのも、従来の物語の中に見出したものを、未来の物語の内容を制限するために使っているのですから。これは本当におかしなことです。

最後に、『バウンダーズ　この世で最も邪悪なゲーム』の中でプロメテウスが語る言葉を引いておきましょう。彼の言葉は今でも、この問題についての真理のように思えるのです。ジェイミーがプロメテウスにルールを教えてくれと頼むと、鎖で岩につながれたプロメテウスは、ジェイミーとの会話の中で初めて、怒ったような顔をしてこう言います。「ルールなどない。あるのは原則と自然の法則だけだ」（訳注『バウンダーズ　この世で最も邪悪なゲーム』より）

ありがとうございました。

（原注1）クリス・ベルはダイアナの親友で、ブリストルのジョーンズの家の近所に住んでいた。今も英国のSFファンの一人として活動している。

（原注2）ジョン・クルート、ジョン・グラント編『ファンタジー百科事典』（Orbit Books／St Martin's Press 1997）。ダイアナ・ウィン・ジョーンズと友人のクリス・ベルを含む何人かの協力によりまとめられたもので、いくつかの賞を受賞した。

（原注3）『ぼくとルークの一週間と一日』で、デイヴィッドは友人のルーク（実は北欧の火の神ロキ）を、マッチを擦って呼び出す。

（原注4）米国では「*Aunt Maria*」、英国では「*Black Maria*」というタイトルで出版された。

（原注5）チャールズ・ディケンズの『ハード・タイムズ』（訳注　山村元彦・竹村義和訳、英宝社）に登場するトマス・グラッドグラインドは、現実的で功利主義的な教育法の創始者である。

（市田泉　訳）

質問に答えて

ダイアナは当初、この文章に「サイエンス・フィクションという職業」とタイトルをつけていた。初出は「ファウンデーション――インターナショナル・レビュー・オブ・サイエンス・フィクション（*Foundation:The International Review of Science Fiction*）」第七〇号（一九九七年夏）。「ファウンデーション」は、英国に基盤を置くサイエンス・フィクション財団の発行する雑誌である。

ファンタジーの作家はよく、どうしてファンタジーを書くんですか、と質問される。子ども向けのファンタジーを書いていると、さらにいろいろなことを尋ねられる。「どのくらい儲かるんですか」から、「最初に本を書いたのはいつですか」まで、まさにあらゆることを。この機会に、よく訊かれる質問のいくつかに回答し、できればその回答を通じて、一度も訊かれたことはないが、実に重要だと感じる質問にも答えたいと思う。それはこういう質問だ。「自分は何をしようとしていると思いますか」――これはわたしがしょっちゅう自分に問いかけているが、答えるのがたいへん難しい質問である。

いちばんよく訊かれる質問も、同じくらい答えるのが難しい。「どこでアイディアを得るのですか」というものだ。それを尋ねるのはたいてい、教師から課題を押しつけられている、十歳から十三歳の不運な子どもである。中でもわたしが気に入ったのが、十二歳の子どものこの尋ね方だ。「アイディアはどこで見つけるんですか。それとも自分で思いつくんですか」

実に鋭い訊き方である。なにしろアイディアの一部は――そこから一冊の本が生まれてくるとすれば――わたしの外側にあるものと関わりがあるはずなのだから。とはいえ、わたしが外側にあるものからアイディアを手に入れているとは言い切れない。アイディアとは、内側にある概念と外側にある概念が創造的に混ざり合ったものでなくてはならないのだ。最良のアイディアは三つ以上のものが融合したもので、どことなく夢や幼児の心の中に似ている。

実によい例が、五歳のころのわたし自身の奇妙な混乱だ。それは第二次世界大戦が始まって間もないころで、わたしは湖水地方に疎開し、ドイツ人《ジャーマン》が攻めてくるからここに来たのよ、と聞かされていた。そしてほぼ同時に、洗面台の水は飲んじゃだめ、湖から来ている水で、腸チフス《タイフォイド》を起こす細菌《ジャーム》がいっぱいだから、と注意を受けた。わたしは「ジャーム」とは「ジャーマン」を縮めたものだと思いこんでしまった。洗面台をおそるおそるながめると、親切にも「トワイフォード」（原注1）とラベルが貼ってあった。どう見ても、細菌戦争について警告するラベルだ。わたしは毎晩、うとうとしながら悪夢を見た。ドイツ人たちが（金髪をなびかせ、ガーゼでできたアングロサクソン風チュニックを着ていた）湖面を走ってきて、洗面台の排水口から侵入し、みんなをトワイフォードにしてしまうのだ。

この例は、一冊の本を生み出すきっかけとして必要な要素をすべて備えている。魔術的な禁止、超自然的な悪党、包囲された善人たち、ついでに、子どもの持つ、人に伝えがたい恐怖。わたしとしては、自分が用いるアイディアには、できればこの最後の要素が入っていてほしい。子どもはみな、こうした表現しがたい恐怖を抱いており、自分だけがそれを抱いているのだと信じている。本以外のメディアでこうした恐怖に対処するのはきわめて難しいが、本ならばやすやすと対処できる。なぜなら本とは元来、恐怖と同様、個人的なものだからだ。そしてわたしは、五歳のとき世界が急に狂ってしまい、こうした混乱（ほかの混乱も）の記憶が心に焼きついたことを、実に幸運だったと思っている。自分の本のアイディアがどうやって浮かんでくるのかふり返ってみると、この種の融合に似た形で訪れるとわかるからだ。そしてアイディアが訪れたら、あとはわたしが作家としてそれを扱い、「これが現実だったらどうなる？」と問いかけ、一つ一つ独特な形の恐怖を克服するために、物語を組み立てていけばよい。これは大人でなくてはできないことだ。子どものころ、わたしは恐怖が本物だと知ってい
たが、どうすることもできなかった。

続いて出てくる、もう一つのよくある質問は、「本を書き始める前に内容をすっかり作りあげるんですか」というもので、これに対しては、わたしは常にきっぱりと、「いいえ、それでは物語が台なしになってしまいます」と答える。それを聞くと、教師たちはきまってショックを受ける。日ごろ生徒たちに、そんなふうに作文を書いてはいけませんと教えているからだ。だがあいにく、わたしはそうやって書いている。物語自体のためにそうすべきだからだ。

わたしにとって、本を書く準備が整うとは、最初のアイディアという諸要素の融合体から、三つのものが生まれるということだ。一つめの、もっとも大切な要素は、テイスト、クオリティ、特質——適当な言葉が見つからないが——本そのものの性質である。これは一ページめから漂う

べき味わいのようなもので、用いるべき語調《トーン》と文体《スタイル》と言葉、起こるべき出来事までも決定してしまう。この香り、クオリティにはとことん忠実であるべきだと、わたしにはいやというほどわかっている。事前に細かい点まで案を練るとそうなりがちだが、この香りになんとか手を加えてちがったものにしようとするのは、生きた動物が必要なのに剝製を持ってくるようなものなのだ。

二つめの要素は釣合錘《カウンターウェイト》、あるいはコントロール力として働くものだ。わたしには物語がどうやって始まり、どうやって終わるかが見えてくる。そして、真ん中あたりの少なくとも二つの場面がきわめて細かく把握できる。きわめて細かく、というのは、あらゆる細部に至るまで正確に、ということだ。色、会話、出来事。家具や外の風景はどこに見え、どんな様子か――そういったことが鮮やかに、消しがたく浮かんでくる。冒頭からこれらの場面までどうやってたどり着くのか、その場面から結末までどうやってたどり着くのか、さっぱりわからないことも多い。書くことの喜びの一つは、発見することだ。書き始めるときはあえて、これ以上のことを探らないようにして、物語が味わいを保ち、それ自体の論理をたどる余地を残すようにする。実際、課題に悩む生徒の質問に出てくる「アイディア」の中には、物語がそれ自体の論理をたどるからこそ生まれてくるものもあるのだと思う。わたしは自分の書いている物語に何度も驚かされ――しょっちゅう大声で笑い出し、一度など、あんまりひどく笑ったので、座っていたソファから転がり落ちてしまった。

三つめの要素について説明するには、こう言うしかない――本そのものが（そのとき書くつもりだった本ではないことが多い）、準備ができたから、今こそ書き始めてくれと呼びかけてくるのだ、と。するとわたしは紙を見つけてくれ――ペンは手近にあったためしがない――すぐにとりかからなくてはならない。第一稿は手で書く。書いているということが、いちばん意識に上りにくいからだ。この段階では、「本を書いている」という自意識に邪魔されたくないのだ。

案を練る段階は、あべこべのようだが、この次に訪れる。わたしは第二稿をとても注意深く執筆する。ときには出来事を入れ替えたり、配役を変えたりもする。また、一つ一つの言葉を検討し、ほかの言葉との関わりを確かめ、あらゆる文、あらゆる段落を同じようにチェックし、最後にそのすべてを物語全体との関わりの中で見つめ直す。全体を明晰で調和のとれたものにしたいし、本の中で起こることを読者に信じてほしいからだ。出来事が滑稽な場合、いちばん大切なのは明晰であることだと思う。

ここまで読んで、わたしが直感に頼る作家だとお思いなら、確かにそのとおりだ。けれども直感が作りあげるのは、物語の半分くらいでしかない。

かつてわたしは十年以上かけて、頭の直感的な働きを利用する方法を習得した。その方法が作家によって異なるのは間違いない。わたしがそれをできるようになったのは、次の二点を理解し始めたときだ——少なくとも始まりは、夢に似た融合（ドイツ人がトワイフォードを引き起こす、といった）であるべきだということ、そして、その作用は脳のあるレベルに任せることができるということ。わたしは何時間も腰を下ろして、それが起こるのを待たなくてはならない。本の素材が八年以上もかけて頭の中で熟すのもよくあることだ。

その後、素材である概念の集合体について検討する際には、わたしは大いに意図的なコントロールを行う。素材の一部をさまざまな方向に回してみたり、別の概念の集合体を砕いて混ぜこむことで素材がうまく働かないかと確かめたり——いろいろなことを試みるのだ。しかしこの作業をしているとき、素材を完全にコントロールしているという気はしない。むしろ、アイディアのピースをあちこちへ動かしていくうちに、ある配置ができあがり、そこから個人的に学ぶことができる、という感じだ。わたしが書いてきた本のほとんどは、一種の実験であり、わたし自身もそこから学んできた。わたし自身が物語から学んでいなければ、それを読者に押しつけてはいけないと思う。読者のほとんどは、常に学んでいるべき子どもなのだから。

「ですが、なぜ子ども向けの本を書くのですか」というのが、これを聞いた普通の大人の次なる質問だ——わたしがこんなに苦心していると知って、未成熟な読者が相手では努力の無駄遣いだ、とでも思うのだろうか。この質問には何層かの答えが必要となる。いくつかはこの文章の最後までとっておくつもりなので、今の段階ではこう言っておこう。最初のうちは子どもだけを対象に書くつもりはなかったし、現在に至るまで、自分の書くものが子どもだけのものだと思ったことは一度もない、と。

むしろ、わたしが今書いているような作品を書く理由の一つは、六〇年代後半に手に入った児童文学を、夫が息子たちに読み聞かせるたびに眠りこんでしまった光景を見ているからだ。わたしには、うちの夫であれほかの大人であれ、子どもが寝る前に本を読んでやろうとする人が、読みながら自分も楽しめる本があってもよさそうに思えたし、どんな年齢の人でも、わたしがとてもおもしろいと感じる本になら、もっと興味を持ちそうに思えた。長男はいつも、笑える本を切実に求めていた。わたしはといえば、ファンタジー以外のものを書くことにうんざりして、ついにファンタジーを本格的に書き始めたのだが、その作品を世に出すには、児童書の出版社に頼るしかなかった。

その当時は、まるで何かに促されるように、児童文学を書く人が増え始めていた。わたしがオックスフォードの学生だったころ、C・S・ルイスもJ・R・R・トールキンもそこで講義をしていた。ルイスの講義はすばらしく、トールキンの講義はへたくそでよく聞こえなかった。あのころはたいていの人々が、ルイスが書いた児童文学についてこんな意見を述べていたものだ――「あれは彼なりのキリスト教信仰の表れなんだ」。まるで本が病気の症状であるかのように。一方トールキンについては、学術論文を書くべきときにホビットに時間を浪費している、という批判ばかりだった。ルイスもトールキンも、自分の密かな趣味について講義をしたことはなかった。それでもなぜか、わたしだけでなく、当時オックスフォードに在籍していた大勢の学生が――少しだけ名前を挙げるなら、ペネロピ・ライヴリー、ジル・ペイトン・ウォルシュ、ペネロピ・ファーマーがいるが、そのころは互いに知り合いではなかった――卒業後に児童文学を書くようになった。おかしな話だ。

「では、どうして作家になりたいと思ったのですか」というのが次の質問で、これははるかに答えやすい。なりたい、とかいう問題ではなかった。八歳のころ、ある昼下がりに、わたしは自分が作家になると知ったのだ。まるで未来が肩を叩き、この先五十年間わたしが何をすることになるかを、ごく静かに教えたようだった。わたしはひどい失読症だったため、両親は大笑いしたし、自分自身、さすがに訓練が必要だとは思った。十歳のとき、悲しい気分で座りこみ、わたしの想像力には欠陥がある、と考えていたのを覚えている。自分が持っていたわずかな本の中の情景や出来事を、作家は明らかに生き生きと思い描いているようなのに、わたしにはちっとも思い描くことができなかったからだ。まるで心の目に霞《かすみ》がかかっているようだった。それでも、およそ二年後に、わたしは最初の物語を書き、何かを書き進めれば、その内容は明確になるのだと知った。それは当然のことだった。ある出来事についてうまく書くためには、その出来事を頭にはっきりと浮かべていなくてはならない。

わたしがその物語を書いたのは、妹たちと自分の読む本がほとんどなかったからだ。戦争による紙不足のせいだと片づけられれば簡単だが、それは本当の理由ではない。主な理由は、父がひどくけちだったことだ。元教師だった父は、子どもに本が必要なことは認めていた。そこでアーサー・ランサムのシリーズを買ってきて良心の呵責《かしゃく》を和らげ、それを背の高い鍵つきの戸棚にしまって、クリスマスごとに三人に一冊与えていった。『シロクマ号となぞの島』（訳注 シリーズ最終巻・第十二巻）をもらったころには、わたしは大学生になっていた。読む本がなかった三つめの理由は、母による検閲だ。母は子どものころ、ファンタジーはいけないもので、本を読むなら文学作品に限る、と教えこまれていた。幸い、『不思議の国のアリス』と『鏡の国のアリス』、『クマのプーさん』、『たのしい川べ』、『プークが丘の妖精パック』は検閲をパスしたが、それ以外のほとんどの子ども向けの物語はだめだった（『プークが丘の妖精パック』はおもしろかったが、読んだあとは悲しくなった。登場する子どもがあれほどすばらしいことをいろいろ学ぶのに、学んだあとで忘れてしまうのでは意味がないと思ったのだ）。それから、ギリシャ神話、マロリーの『アーサー王の死』の原典、『中世の叙事詩とロマンス』というタイトルの大型本は許可された。この大型本は、祖母が日曜学校でご褒美として手に入れたものだ。わたしはコンラッド（訳注 英国の小説家ジョゼフ・コンラッド。一八五七―一九二四）の著作の大半を、だらだらと長い冒険物語だと思って読み、語り手のマーロウ（訳注 コンラッドの代表作『闇の奥』の主人公）を実にいけ好かないと感じた――この気取った語り手は、ストーリーを先へ進めず、情景の描写ばかりするのだ。

妹たちはこの手の文学をそんなに好まなかったため、わたし以上に本不足に悩んでいた。わたしが初めて書いた長篇は、本に餓えている妹たちに読み聞かせるためのものだった。出来はひどかったが、次はどうなるの、と二人がうるさく催促するので、とにかく書き続け、自分には筆記帳十冊分の物語を完成させる力がある、と知ることができた。物語を書き始めるきっかけを得られたこと、児童文学の古典の大半を、大人になってから初めて、自分の子どもたちといっしょに楽しく読めたこと、この二つの点で両親に感謝すべきかもしれないが、わたしはまったく感謝などしていない。これっぽっちも。

「子ども時代の経験を本に書くことはよくありますか」いいや、ほとんどない。理由は二つある。まず、そんなことをしたら、わたしがいつも馬鹿にしている「懐かしい子ども時代の再現」になってしまう。ノスタルジーを求める大人のやりがちなことだ。一方、子どもたちは完全に前だけを見ている。両親や祖父母が幼いころの話など、ほとんどの子どもはちっともおもしろいと思わない。たいていの子は、自分の知っている大人にそんなに小さなころがあったと知って驚くだけだろう。子どもには歴史感覚がなく、ひたすら早く成長したいと思っている。子どもたちの精神でいちばん気持ちよいと思うのが、この未来志向だ。にもかかわらず、教訓好きな多くの二流作家たちは、子どもに成長について教えるﾞﾞﾞ本を書こうとしたがる。正直に言うと、この手の「成長物語」や、「懐かしい子ども時代の再現」一派の本を見つけると、わたしは銃に手を伸ばしたくなる。それはとことん間違ったアプローチなのだ。

わたしが自分の子ども時代を作品に書かない二つめの理由は、大部分がそのまま使うには奇天烈《きてれつ》すぎたからだ。戦時中の狂った空気と、変わり者の両親（たとえばひどくけちだった父はあるとき、わたしにギリシャ語のレッスンを三回してくれた相手に、代償として妹たちの大事にしていたドールハウスを差し出した）に加えて、わたしが九歳から大人になるまで過ごした村もまた、風変わりだった。村人という村人が、一人一人をとっても、お互いの関係をとっても、どこかおかしかったのだ。魔女のように振る舞う人がいるかと思えば、あの連中は魔女だよとあっさり認める人もいた。いつも教会のポーチに座っている男がいて、満月のときには頭がおかしくなるのだと自分で言っていた。牧師は説教壇から共産主義を語り、底に鋲を打ったブーツをはいた人たちがグレート・ダンモウからわざわざやってきて、彼の説教が始まると足音高く出ていった。熱心な民俗学者、手織工芸家、ウィリアム・モリスの信奉者、ヒッピーが登場するはるか以前のヒッピーたちがおり、娘たちはいつも妊娠していた。実物大の動くゾウの模型の製作者もいた。だれもが通りでダンスを踊っていた。ドイツ人の捕虜とポーランド人の難民とロンドンからの疎開者が入り混じって、とんでもなく奇妙な雰囲気を醸し出しており、まもなく、近くにできたアメリカの軍用飛行場によって、その雰囲気はさらに強まった。近所にはまた、画家のコロニーがあり、そこの一人は動物実験反対を訴えるナイーブアートを手がけていた。村はずれの農家にもおかしな人たちがいて、借金漬けになったり、屋根裏でボア・コンストリクターやコモドドラゴンを飼ったりしていた。

うちの両親が経営する、いわゆる研修施設《コンフェレンス・センター》が、村をますます奇妙な場所にしていた。なにしろ両親は、頭のおかしな音楽家や役者を連れてきて、わたしたち姉妹には、ゲストの一人によれば、「汚い葉書の端っこ」で暮らすことを強いたり、地元の変人を次から次へと雇ったりしていたのだ。実際、センターに雇われていた庭師は、近くの村、サンプフォードへ行く途中で幻を見たことがあった。天使が降臨して、常に国教会以外の礼拝所《チャペル》へ行くように、決して労働組合には入らないように、と彼に告げたのだそうだ。

わたしは大学生になって初めて、こうした暮らしが普通ではないと悟った。その後、長い年月がたってからようやく、あのおかしな村のエピソードの中には、そのままで実にいい物語になるものもある、と気がついた。しかしそれを書くにしても、おそらく子ども向けではなく、大人向けの作品にするだろう。

とはいえ当然ながら、このような子ども時代はわたしに影響を与えているにちがいない。ある意味、それはわたしの書くものすべての背景となっている。なにしろ、こういう子ども時代を過ごせば、信じられるものの範囲が広がり、ひどくおかしなことも起こり得るのだと覚悟できるはずなのだから。当時の多くの出来事は、笑ってしまうほど変でもあったため、事態が狂ってしまったときに大切なのはユーモアなのだと、わたしは気づくことができた。奇妙な話だが、常軌を逸するほど滑稽なことはたいてい、きわめて悲劇的なことともに起こった（たとえば、父が死にかけていたとき、若者の一団が家のドアを叩いて「女をよこせ！」と騒いだりした〔原注2〕）。そこで、わたしはこんな結論に達した。二つの状態は実は密接に関わっており、ファンタジー――事態が狂ってしまうとき――こそ、二つをつなぐ要素なのだ。

こうした洞察こそ得られたものの、当時のわたしたちの生活を取り巻いていた絶え間ない喧騒と混乱は、わたしを真の想像の世界から隔てるレンガ塀のようだった。生活はあまりに落ち着きがなく、現実的で、頭を働かせる機会というものがなかった。わたしは自分から隔てられているものを、本の中でかいま見ることしかできなかった。わたしの数少ない蔵書の一冊に、アーサー・ミーの『イギリス児童大百科（*The Children's Encyclopaedia*）』があり、その中に女の子がピアノのレッスンをしている挿絵があった。ピアノはレンガ塀のそばに据えられ、塀の向こうにはすてきな庭があるが、その子はたいへんな努力をしなければ庭に入れないのだ。最初にそれを見たとき、わたしは泣いた。おまえは音痴だからという理由で母が音楽のレッスンを許してくれなかったせいもあるが、むしろ、その絵が自分の状況を正確に表しているように思えたからだ――そして、わたしには塀を突き破る方法がわからなかった。

不思議なことに、研修施設には本当にそのような庭があった。そこは〈もう一つの庭〉と呼ばれていた。みんなの目に触れる庭も充分きれいだったが、大きな四角い芝生のまわりに草木が植えられているだけで、少々退屈な感じだった。〈もう一つの庭〉はそれとはまったくちがっていて、まるでおとぎ話に出てくる、王様がリンゴの数を数えさせていた庭（訳注　グリム童話「金の鳥」に出てくるエピソード）のようだった。その庭は建物の敷地から道をはさんだところにあり、塀で囲まれていて、ふだんはだれも入れなかった。手入れのよい輝くような芝生がバラのトンネルにつながり、トンネルの終点には壁が寄木細工になった東屋《あずまや》が立っていた。さらにその近くには、最近は見かけない種類のリンゴの木の垣根があって、果樹や花々や野菜の区画を囲んでいた。ミツバチ専用の区画もあった。というのも、ハチたちは幻を見る庭師と折り合いが悪かったのだ。庭師はこの庭の様子に触発され、塀の窪みに小さな神殿のようなものを作って、花束や古いヴェネチアングラスを飾っていた。

父はその庭に入ることをだれにも許さず、大きくて古い鍵をポケットに入れていつも持ち歩いていた。わたしは何日もかけて父に懇願し、どうにか一時間かそこら鍵を貸してもらったものだ。庭の中に入ると、完全な幸福感に包まれてひたすら歩きまわり、ミツバチに話しかけたり（ミツバチは決してわたしを刺さなかったが、幻を見る庭師は毎週のように群れに追いかけられ、ときには父も攻撃されていた）、リンゴを食べたり、草木が育つのをながめたりした。

当時は〈もう一つの庭〉を、ピアノのレッスンの絵の庭と結びつけたりはしなかったが、あの絵は多かれ少なかれ、この庭の本質を表していた。〈もう一つの庭〉を『秘密の花園』の庭になぞらえようとしたのは覚えている。なんとか母の検閲を通過させた本だ。母はこう言っていた。「まあいいわ、どうしてもって言うなら読みなさい。だけど覚えときなさい、感傷的でくだらない本よ！」わたしはその本の庭と〈もう一つの庭〉の似たところを探して、あれこれ頭を悩ませた。けれども、〈もう一つの庭〉に感傷的でくだらない部分がまったくないことは、わたしの目にも明らかだった。

今ならわかるのだが、研修施設の二つの庭はわたしにとって、人間の脳の二つの側面の活動を表していたのだ。一つは日々の生活と関わり、もう一つは創造的な欲求と関わっていた。しかしわたしはむしろ、この二つの活動を「日常対魔法」という言葉でとらえていた。

「だから、神話や民話をよく題材にするんですか」今度はこの質問が出てくるだろう。ある程度はそのとおりだ。〈もう一つの庭〉の存在は、わたしにあることを教えてくれた――日常生活の中にも、伝統的な物語にそっくりな瞬間が存在する、ということだ。そういう瞬間は、たいていの人が考えるより頻繁に訪れている。そんなはずはない、と言う人は、今までにシンデレラのような気分になったことはなかったか、と自問してみればよい。このことを胸に、わたしは作家になったばかりのころ、『ぼくとルークの一週間と一日』を執筆した。曜日の名前は神の名を隠しており、それでもありふれたものとして、日々わたしたちの前に現れる。そこでわたしは曜日を利用して、古代の秘められた世界の物事が実は、常に人々の目の前にある、ということを表現しようとした。

とはいえ、わたしがこの種の一対一対応を用いることはめったにない。その理由の一つは、あらゆる神話とたいていのおとぎ話が、深い意味に見合った途方もない重みを持っていて、もっと華奢《きゃしゃ》な現代の物語を引きずりまわし、形を壊してしまうからであり、もう一つは、わたしが神話やおとぎ話を常に意識的に利用しているわけではないからである。神話や民話は必要に応じ、内包物や底流として現れてくることが多い。その結果、ごく単純な例としては、問題が『ウィルキンズの歯と呪いの魔法』で起きたように、「長靴をはいた猫」（あるいは「ラインの黄金」）風に解決されたし、複雑な例としては、『九年目の魔法』で起きたように、「タム・リン」の伝承に基づいて物語を組み立てるというアイディアを思いついたところ、ほかの九十ばかりの神話やおとぎ話が続けて現れ、暗い水の中の魚のようにしょっちゅう見え隠れすることになった。こうした神話やおとぎ話のすばらしさは、そこに秘められている重みを、読者が直感によってのみ把握する、という点にある。神話やおとぎ話は、作品の表面的な意味よりはるかに多くのことを読者に把握させてくれるが、同時に、表面的な意味とごくたやすく、見事に結びつくのである。モチーフとなる話を知らない人にとっても、その働きは変わらない（『九年目の魔法』は、まったく異なる神話を持つ日本でも受け容れられた）。

もう一つ、神話やおとぎ話のすばらしい点は、ほとんどの話がいくつかの部分に分かれており、各部分を切り離して、自在につなぎ直したり、別の話に含めたりできる、ということだ。そうやって部分を入れ替えると、話は同じ重さを保ったまま、別の意味を持つようになることが多い。わたしが最初にそのことに気づいたのは、十一歳くらいのころ、病気をして、学術書を読んでいいと言われたときのことだった（「でも、しわくちゃにしちゃだめよ！」）。その本には、互いに似通ったペルシャの民話が十六通り載っていた（年少の王子がガラスの山から王女を連れ帰る、という話だ）。それを順番に読んでいくと、話の細部が変化することによって、一つのストーリー（力と勇気の試練）が別のストーリー（性格のテスト）に変わってしまうのがわかったが、話の骨子は全然変わらなかった。

この種の事柄はわたしを魅了してやまない。学生のころ、わたしは毎週トールキン教授の講義を聞きにいって、教授をひどくがっかりさせたことと思う。トールキン教授は講義を二週間で打ち切って、〈指輪物語〉を書き進めたがっていたのだ（当時は、聴講する学生がいなければ教授は講義を打ち切ることができ、それでも給料をもらえた）。教授は黒板に顔を押しつけるようにして、ぼそぼそとしゃべったが、わたしが気にせず出席し続けるので、毎週講義を続けるしかなかった。講義の内容は、単純な探求物語の出だしからスタートし、話が先へ進むにつれて少しずつ要素にひねりを加え、最終的には、チョーサーの「赦罪状売りの話」をまったくの別物に変えたような複雑なストーリーに発展させる、というものだった――しかもそのストーリーは依然として、そもそもの探求物語の興奮を保っているのだ。聞き取れたのはごくわずかだったが、本当に心を惹きつけられた。

「登場人物はどうやって思いつくんですか」一部は実在のモデルがいる。ある友人が最近、あなたの本に出てくる大人はみんな完全に狂ってるように見える、と言ったが、たぶんそれは、わたしが幼いころ知っていた大人の大半が、まさに狂気じみた振る舞いをしていたからだろう。今のところ、トールキン教授と幻を見る庭師は作品に登場させていないが、いずれは二人にもふさわしい役を見つけたいと思っている。モデルのいる人物は、あまりたくさんは登場させない――たいていは一冊につき一人だ。彼らを用いることで、わたしの頭の中から出てきたほかの人々も、まるで現実の人間のように振る舞ってくれる。

要するに、ほとんどの登場人物はわたしが作り出した人物なのだが、そういう人物にも二種類ある。わたしの頭の中の廊下で、ふさわしい物語が書かれるのを延々と待っていた旧知の人々と、物語の論理に従い、いきなり完全な人間として現れてくる人々だ。

ともあれ、モデルのいる人物もいない人物も、自分の兄弟と同じくらいよく知っていることが肝心である。彼らをよく知らねばならない理由の一つは、知っていれば、細かに描写する必要がないからだ。そこまでよく知っている人物のことは、読者にもちゃんと伝わるものである。けれどもいちばん大きな理由は、結局のところ、彼らが物語の血肉――出来事がその身に起こる人々、出来事を起こす人々であるからだ。作者は、登場人物が現実の人々とまったく同じように、状況によって変化する姿を描かなくてはならない。そのために、登場人物の話し方の癖、立ち姿、歩き方、髪の生え方を知り、それと同じくらい、彼らの内面をも知っている必要がある――いや、内面については知り得ない部分があるかもしれない。なにしろ、登場人物の内面には、わたしもしょっちゅう驚かされているのだから。彼らはともすれば、わたしも知らなかった衝動に基づいて勝手に行動を始めてしまう。

困難な状況に置かれたさまざまな人々がどう行動するかということに、わたしはずっと前から魅力を感じてきた。

わたしが書いた二つめの物語（筆記帳十二冊分）は主に、あるグループの人々が小さなグループに分かれる様子を描き、その小さなグループ一つ一つについて語った作品だったが、登場人物がそれぞれのグループ内で思いもよらぬ行動をとり始め、わたしは驚くと同時にうっとりしたものだった。決断力がありそうだとわたしが思っていた人物が、常に決断を下すとは限らなかった。十二冊めの筆記帳に「了」と記すころには、わたしは一人一人を知りつくしており、それぞれがいかにもその人らしい姿勢をとったところを絵に描けるくらいだった。

さて、いつもいぶかしげに訊かれる問いに答えるときが近づいてきた。「なぜファンタジーを書くことにしたんですか。なぜ魔法なんですか」わたし自身の幼年期の大半がファンタジーのようだったという事実は別として、答えはこれで決まりだろう——子どものころにファンタジーを与えられなかったおかげで、少なくとも本としてのファンタジーをあまり与えられなかったおかげで、ファンタジーの価値を学んだからだ。

もっとも、ほんの少しなら、優れたファンタジーを読んだことはあった——ある種のビタミンが体に不足したときの反応のような、ファンタジーへの切望が芽生える程度には。だが奇妙なことに、わたしが筆記帳に書いた話はいずれもファンタジーではなかった。書いてはいけないと思っていたのだ。たとえばわたしは、『たのしい川べ』の中の「あかつきのパン笛」の章を読んではいけないと言われていたが、むろんやましい気持ちでそれを読み、その中に〈もう一つの庭〉と響き合うものがあることを発見した。どちらも、日常を逸脱した余計なものだ。

わたしは何年もかかって、おとぎ話や神話の中で扱われている事柄、つまり魔法と、想像力の深い働きとは、いずれも右脳に関わるものであり、それゆえ互いに重なり合い、強め合うことができるのだと理解した。七リーグ靴（原注3）をはいているときにつまずいたらどうなるだろう、という単純な疑問を考えているときにも、主人公に地下の世界への心の旅をさせているときにも、この重なり合いは確かに起きているようだ。魔法の存在は想像力を働かせることにつながり、想像力が、魔法による出来事にさらなる意味をつけ加えるのだ。

ごく単純なレベルでは、魔法はメタファーであると、あるいは、メタファーと同等の働きをすると考えられる。『魔法使いはだれだ』の冒頭では、魔法はまさにメタファーであり、魔法使いの火あぶりは一般的な規範から逸脱した人々への迫害を意味している。だが最終的には、ほとんどの登場人物が魔法使いだとわかるので、わたしは魔法にさらなる意味を持たせようと思った。そこで魔法を「このことをよく考えてみなさい」と伝える手段として利用することにした。これはファンタジーに出てくる魔法のもっとも知的な機能だとわたしには思える。物語は最初「一見あり得ないあんなこと、こんなことが起こったら……」と考えるところからスタートして、その論理をたどっていく。深刻な問題も、魔法（あるいはあり得ないこと）と関連づけて語られることにより、少し遠くにあるように感じられる（実際にはそれは、密かな恐怖や人種のちがいのように、多くの子どもにとって、つらすぎるほど近くにあるのかもしれないが）。おかげでその問題は、いろいろな角度からながめたり、徹底的に考えたりすることができるようになり、ときには何らかの方法で解決することもできるのである。

だが、解決が魔法によってもたらされる、ということにしたら、それはただのごまかしになってしまう。「問題」は、同等の意味を持つ魔法の出来事として語り直され、次いで、日常的なレベルでも解決できるように、登場人物の心理や行動とうまく結びつけられなくてはならない。魔法とは神話やおとぎ話に出てくるものなので、そのように語り直された問題は、苦痛でもなければ手に負えないことでもなく、むしろ心を高揚させ、想像力によって取り組めるものになる。

魔法によって生み出される高揚は測りがたいほど大きく、ゆめゆめ低く見積もってはならない。それは創造の喜びと同じくらい大きなものなのだ。

「ですが、ファンタジーの価値って何なのですか。結局、ファンタジーと現実の区別がつかない読者を生み出すだけでは？」二つめの質問に対する短い答えとして、こちらからも質問を返そう——嘘発見器はどうして嘘を発見できるのだろうか？　もっと長い回答は、二つの部分に分かれる。片方は個人的な、もう片方は一般的な答えだ。「ドイツ人」がみんなを「トワイフォード」にする、というわたしの混乱を思い出してほしい。この混乱のうち、どの部分がファンタジーで、どの部分が現実なのか、わたしにはさっぱりわからなかった。それが解決したのは、『帰ってきたメアリー・ポピンズ』の中のあるエピソードのおかげだった（この本が検閲を通過したのは、名づけ親《ゴッドマザー》からの贈り物だったからだ）。それは、メアリー・ポピンズと彼女が世話する子どもたちがサーカスを訪れるというエピソードだが、このサーカスは銀河で、太陽が団長としてとりしきり、土星は陰気な道化師で（読んだあと五年間、どういうことかわからなかったが、やがて土星の輪について知ったとき、それが道化師の首のまわりのひだ飾りだったのだとわかった）、黄道十二星座が芸をする動物たちなのだ。こうしたエピソードが単なる奇想に終わらないのは、第一に、登場する者たちが一体となって、だれもが同じ物質からできていると主張するからであり――「子どもも、ヘビも、星も、石も」（訳注　これは正確には、『風にのってきたメアリー・ポピンズ』十章「満月」の一節。林容吉訳）――次に、太陽にキスされたメアリー・ポピンズの頬に、日輪の形の火傷が残っていたとわかるからである。キプリング流の「せっかく学んだことを忘れてしまう」といった展開は、ここにはない。

わたしはこれを読んだとたんに理解した。自分の混乱も、このエピソードと同種のことだったのだと。真実が本来とは異なる形をとり、擬人化と直喩が現実となっていたのだ。混乱は解決した。苦痛などまったくなかったばかりか、P・L・トラヴァースが成しとげた偉業に対する強い喜びを感じた。断言してもよいが、良質な児童文学の大半は意図せずして、多くの子どもに何度となく似たような治癒を与えてきたはずだ。よい本は頭脳の正しい働きを教えてくれる。そして――そもそも自分の混乱について語ったのは、これを指摘するためだったのだが――頭脳が正しく働いているとき、それはあらゆる種類の創造性と密接につながっているのだ。

ファンタジーは、頭の働きの中でもきわめて重要な部分である。人間が道具を作る動物であることは、自明の理のように語られているが、だれも改めて考えようとしないのは、穴居人が石斧や黒曜石の矢尻を作る前に、それを想像したはずだということだ。「この手頃な形の石のかたまりを、この頑丈な棒にくくりつけたらどうなるだろう？　その木を割って使いやすい大きさにするのに役立つんじゃないかな？」穴居人はここで、そもそも木を割るという発想に笑い声を上げたかもしれない。これと似たような、半信半疑の「もしも……ならばどうなる？」という問いかけは、たとえば難解な工学においても見られるものだ。ただしそこでは、笑い声は探求に伴う強烈な喜びの表現となっているだろう。「今までだれもこんなことをやってはいない。それでも、わたしはやってみよう。もしもわたしが……したらどうなる？」

人間は何よりもまず、問題の解決者であり、問題解決の楽しみを求めることで進化してきたと言える。そして問題解決の手段のうち、真っ先に来るのが、なかば冗談のようなファンタジー――「もしも……ならばどうなる？」なのである。神話上のブリテン島の宝の一つに、魔法瓶がある。それは製造が可能になるずっと以前に、想像されていた。そして言うまでもなく、何かを解決するのはおもしろいことだ。濡れた体のまま「エウレカ！」と叫びながら外へ駆け出していったアルキメデスを思い出してほしい。わたしたちがファンタジーを楽しむのは、当然のことなのだ。

この楽しみの機能を拡大した行為もある。わたしたちは白昼夢――いわゆる空想も楽しむことができる。ある種の白昼夢の中では、問題は奇跡のようにあっさり解決する。わたしたちはこのとき、問題を認識しつつも、その痛みのレベルを引き下げている。心を痛め、傷ついているあいだは何も解決できないからだ。痛みの軽減は空想の一つの側面である。もう一つの側面は、頭の中でさまざまな状況に対応する訓練をする、ということだ。空想を基に書かれた本を読むというのは、さらにしっかりと訓練をすることにほかならない。空想も本も、現実に起こる各種の状況に対して心構えをさせてくれる。空想にも本にも縁がない場合、信じられるものと信じられないもの、きわめて不愉快なものと馬鹿げたジョークを区別するのは難しいだろう。常々思っているのだが、わたしの母にあらゆる空想を軽蔑しろ、と教育した世代が、ヒトラーを生み出し、二度の世界大戦を引き起こしたというのは、軽視しがたい事実である。ヒトラーと向き合った人々はこう言うべきだったのだ。「あいつはおれがあの夜空想した悪者にそっくりだ」とか、「あいつは『バットマン』に出てきた怪人みたいに狂っている」とか。だが、彼らはそうできなかった。許されていなかったからだ。

さて、先ほど保留した「なぜ子ども向けの本を書くのか」という問いへの回答だが、ちゃんとした理由が一つある。少なくともある世代の一定の人数に、頭を正しく使う方法を身につけてほしいからだ。子どものための本は、その中に紛れこみがちな神話やおとぎ話と同様、実は、人生に対処するための見取り図なのだ。そのため、児童文学の結末はハッピーエンドであってかまわない。望みを失ったまま問題を解決できる人はいないからだ。また、児童文学は目標と解決を、現実味がないほど高いところに設定してかまわない（多くのおとぎ話に出てくる人物が王様や女王様であるのと同じことだ）。というのも、屋根をめざして階段の途中まで行くより、月をめざしてその途中まで行くほうがましだからである。これらの見取り図はあらゆる意味で経験であるべきだし、それをよりよい経験とするためには、人がみな頭の奥に持っているはずの深い響きを利用するのが望ましい。わたしにとって、そうした響きはおそらく、〈もう一つの庭〉と結びついているのだろう。そして、わたしがうまく本を書けば、そんな庭を持っていない読者にも、その響きを感じさせることができると思いたい――いや、そう信じていたい。

いずれにしろ、わたしはずっと、本当に心に残る本を書きたいと思ってきた。読者が読み終えると同時に、最初に戻ってまた読み始めるような本、その後の長い年月のあいだ、自分の行きたい方向を真に指し示していると思えるような本を。いまだにそれを成しとげることはできていない。人生とはそういうものだ。月への道のりは、まだなかばまで来たところ——。

それはさておき、わたしは実をいうと、今までに書いた作品に年齢制限を設けたいとは思っていない。子どものおばさんやおじいさんからこんな手紙が届くと、いつも嬉しくなってしまうのだ——最近、甥（もしくは孫娘）から、（たとえば）『魔法使いハウルと火の悪魔』を教えてもらいました。おもしろくて、最後まで一気に読んでしまいました。

（原注1）トワイフォードは英国で長い歴史を持つ浴室設備の製造会社。

（原注2）ダイアナの父が死にかけていたとき、何人かの酔った男子学生が玄関ドアを叩いて「女をよこせ」と騒ぎ立て、家にいたダイアナと妹たちを困らせたという。

（原注3）ヨーロッパのおとぎ話によく出てくる七リーグ靴は、はいた者を一歩で七リーグ（二十一マイル、約三十五キロ）移動させる。『魔法使いハウルと火の悪魔』では、ソフィーが七リーグ靴を片方だけ使おうとして、何度もうっかり足を下ろしてしまい、田園地帯じゅうを「ピュッ」と飛びまわるはめになる。

（市田泉　訳）

書くためのヒント――作家の卵へのアドバイス1

ダイアナは、教養ある学者の一団から、熱心な小学生たちまで、どんな相手にも語りかけることができた。若き作家志望者へのアドバイスをまとめたこの文章は、一九九九年に執筆された。

〈わたし自身について〉

わたしが今書いているような作品を書くことになったのは、五歳のころ第二次世界大戦が起こって、何もかもが狂ってしまったからだと思います。完全に正気だったはずの隣人たちが、頭に木の枝をくくりつけて、わが家の横の野原を這いまわるようになったのです――国防市民軍の訓練でした。その時代は、狂気だけでなく危険にもあふれていました。飛行機、阻塞気球（訳注　飛行機の進路妨害のために設置する、ワイヤーで係留した気球）、サーチライトが空を埋めつくし、通りの端に爆弾が落ちて、知り合いがいきなり命を落としました。日常生活は常に危険なものとなり、どんなことでも起こる可能性があったのです。

家庭生活も同じくらいおかしくなりました。祖父がウェールズのポンタルジライスのチャペルで牧師を務めていたので、わたしは妹の一人とともにそこへ送られました。けれども、ウェールズでの生活は長くは続きませんでした。わたしに理解できたかぎりでは、家族のあいだですさまじい口論が起こり、母がわたしたちを連れてロンドンに帰ってしまったのです。しかしそのころには、ロンドンはひどく危険になっていたため、わたしたちは今度は、学校のほかの生徒や職員とともに、湖水地方の大きな屋敷に疎開させられました。とはいえ、ここも安全ではありませんでした。山の向こうの造船所が爆撃されたとき、ドイツの飛行機が撃ち落とされ、そのパイロットが脱出して、何週間も山に潜んでいたのです。ある夜、パイロットはわたしたちの暮らす家の食品庫に侵入し、大きなチーズを盗んでいきました。学校からいっしょに疎開した人々はその一件に怯えてしまい、よそへ去っていきましたが、わたしたちは母と、ほかの何組かの母子といっしょにあとに残りました。

この屋敷は、アーサー・ランサムの『ツバメ号とアマゾン号』に出てくる子どもたち（実在の人物でした）がかつて暮らした家で、アーサー・ランサムその人も、近くの湖のハウスボートに住んでいました。屋敷でいっしょに暮らしていた小さな子たちが湖のそばへ遊びにいったとき、ランサムはやかましいと腹を立て、文句を言いに押しかけてきました。こうしてわたしは、作家もまた生きた人間であることを学んだのです（そのときまで、本とはウールワース〔訳注　かつて英国じゅうに店舗を構えていた雑貨チェーン店〕の裏手の部屋で、機械が作っているのだと思っていました）。ビアトリクス・ポターもそう遠くない場所に住んでいて、こちらも生きた人間でした。ポターは、彼女の家の門扉に乗って揺らして遊んだといって、わたしの妹とその友だちに平手打ちを食わせました。

　ちなみに、わたしたちの疎開先の屋敷には、文筆家で画家のジョン・ラスキンの秘書が住んでいたこともありました。ジョン・ラスキンも確かに実在した人物で、その証拠に、屋根裏部屋には彼が花をスケッチした分厚い紙が何百枚と積みあげられていました。一方、戦争が始まってしばらくたったこのころには、何もかも不足気味になり、お絵描き用の紙もありませんでした。そこである午後、わたしは屋根裏へ上っていき、絵の描かれた紙をごっそりとってきて、その絵を消し始めました。紙に自分の絵を描きたかったのです。ジョン・ラスキンの素描《そびょう》は、近ごろでは何千ポンドもの値がつきます。わたしはおそらく数百ポンド分を消したところで見つかって、罰を受けました。

　わたしは結婚し、自分の子どもができてから物語を書き始めましたが、自分の物語の中で登場人物に学ばせたかったことの一つは、周囲の世界が狂ってしまったとき、どうやって対処するかということでした。むろん、戦争が起きていないときも、世界は狂ってしまうことがあります。

〈物語を書くためのヒント〉

　わたしたちは一人一人がちがった人間です。つまり、だれもがちがった形で物語を書かねばなりません。自分にぴったりの書き方を見つけることです。それを見つける簡単な方法など、存在しません。実際に手を動かさなければ、書き方は発見できないのです。これから述べるヒントを、あなた自身の書き方を見つけるための参考にしてください。

〈プランを立てるべきか？〉

たいていの国語教師は、物語を書き始める前に念入りなプランを立てろ、と教えるでしょう。それは、たいていの教師が物語を書いたことなどないからです。

　プロの作家は以下の四つのタイプに分けられます。

1　実際に念入りなプランを立てる作家――こういう作家はめったにいません。ミステリー作家ですら、手がかりがどの順番で現れるかという簡単なメモを書くだけのことが多いのです。念入りなプランを立てることで安心できるなら、そうしてもかまいませんが、プランを立てない場合、次に挙げるどれかの方法を試してみるとよいでしょう。

2　用心深く、現実的な作家――この種の作家は、物語に登場させたい人物全員の説明と経歴を書きこんだ、小さなカードの束を用意します。同じようなカードを場所についても作ります。これは実によいやり方です。というのは、カードに書きこむ事柄を探すうちに、物語が頭の中でまとまっていくことが多いからです。けれども、それには長い時間がかかります（やっていて楽しいかもしれませんが）。たいていの場合、実際に物語にとり入れるより、はるかに多くの情報をカードに書きこむことになります。もしそうなったとしても、絶対にすべてを物語に盛りこもうとしてはいけません。物語が情報に埋没してしまいますから。

3　後ろの方から書き始める作家――こうした作家は十一章から書き始め、次いで二十章に手をつけます。ときには物語の骨子がまだ定かでないこともあり、その場合には書きあげた章をしばらく放置して、その章がどういう物語の一部になるのかわかるまで待つはめになります。ジョイス・ケアリーという作家は、箪笥《たんす》の引き出しという引き出しに、完成させられなかった本の章を詰めこんでいました。彼は本を書くとき、必ずこの方法で、つまり真ん中あたりの章から書き始めたそうです。わたしもときどきこれをやってみます。

ただし、警告しておきますが、この方法で最終的に話をまとめあげるためには、きわめて明晰な頭脳が必要です。それでもこれは、とにかく書き始めるにはよい方法です。

4　わたしのやり方――物語を書いていて行きづまるタイプの人は、この方法を試してみてください。本を書き始めるとき、わたしは冒頭部分と、結末でたぶん起こることを知っており、加えて、真ん中あたりで出てくる、小さいけれどきわめてはっきりした場面をつかんでいます。この小さな場面はいつも、冒頭とはかけ離れたものなので、書き出しからそこまでどうやって物語が進んでいくのか、わくわくしながら考えることになります。これこそが物語を動かす方法なのです。なにしろわたし自身、早く答えが知りたくてたまらないのですから。

　わたしは、最初につかんでいること以外にプランは立てません。物語が意外な形で進んでいく余地を残すためです。そうしていると、ときには自分ではとうてい思いつきそうにないことも起こります――物語自体がそれを望んでいるからです。

大切なのは、物語を生み出すのを楽しむことです。飽きてきたら途中でやめて、別の物語を考えてみるといいでしょう。

〈書き始める〉

書き始めるためには、アイディアが必要です。それについては手助けしてあげることはできません。あなたがどんなアイディアを持っているにしろ（だれもがアイディアを持っているものです）、それは本当にあなたの心をつかむものでなくてはいけません。知っている物語の中でいちばん心が浮き立つ部分や、読んでいていちばん楽しめるようなストーリーを頭に浮かべて、そこからアイディアを得るとよいでしょう。

一つのアイディアの中にも、あなたが特にわくわくする部分があると思います。書き始めるためには、できるだけその、わくわくする部分の近くから始めてみてください。そうすればきっと、話を先へ進めたくなるはずです。残りの部分は回想として語ってもいいでしょうし、あとで真ん中の部分を冒頭に持ってきてもいいのです。そして、何より大切なのは、自分が書くべきだと思っているものは、書かないようにすることです。

どんな話を頭に浮かべているにしろ、あまりきちんとしたものにしてはいけません。物語が先へ進んでいくためには、曖昧な部分が必要なのです。あるとき若い女性から、物語を第一章までしか書けない、という相談の手紙をもらいました。彼女の話には、一卵性双生児がふた組登場し、そのふた組はそれぞれ、互いにそっくりな二つの小島に住んでおり、ふた組とも埋蔵された宝を見つけたばかりだというのです。行きづまったのは無理もありません。話がきちんとしすぎているのです。

〈物語の舞台〉

物語の舞台はきわめて重要です。たとえばあなたがヴァンパイアについて書こうとする場合、波止場の近くの狭い路地で獲物のあとを追わせようと思うかもしれません。あるいは、田園でピクニックしている人々を襲わせようと思うかもしれません。二つはまったくちがう話になるはずです。

風景を描写しなくては、と心配する人が多いのですが、それはまったく心配するには及びません。必要なのは、物語の中の出来事が起きている場所を、まるで自分がそこにいるように、心の目で見ることです。波止場の近くでは、家々や納屋の形が見え、その素材である木や石が見え、カモメと船とクレーンと、自分が歩いている舗装道路が見えるでしょう。田園では、草と虫、木々や丘の形が見え、それぞれの人物がピクニックの食べ物を囲んで座っている位置も、正確に見えるはずです。すべてが見えたら、何が起こるかを書き記すだけでいいのです。風景は、話を進めるうちに自然と読者に伝わっていくので、いちいち描写する必要はありません。この場面を絵に描いてくれとだれかに頼んだら、あなたが見たとおりの光景を描いてくれることでしょう。それは間違いありません。

〈登場人物〉

人物はさらに重要です。なにしろ物語を起こす人々なのですから。登場人物の姿は、場所よりもさらにはっきりと見なくてはならず、体つき、息が臭うか、髪はどんなふうに生えているかといったことを知らなくてはなりません。そう、実際に書くことの二倍は知っている必要があるのです。書き始める前に腰を据えて考え、登場人物を目に浮かべ、その声を聞き取るようにしてください。だれにでも話し方の癖があります。それぞれの人物にふさわしいしゃべり方をさせねばなりません。人は普通、正しい文など話さないし、ときには叫んだりつぶやいたりするということを忘れず、登場人物にもそうやって自然にしゃべらせるとよいでしょう。

うまくいかなかったら、現実の人間を物語にとり入れるという方法があります。あまり好きではない親戚のメイおばさんとか、ジョーおじさんがいるなら、その人たちをヴァンパイアにすれば、すばらしくリアルに描けることでしょう。外見を描写する必要はなく、ただ、彼らがしゃべったり動いたりする様子をそのまま書けばよいのです（おばさんやおじさんに、モデルにしたと報告する必要もありません）。

〈感情と出来事〉

執筆の途中で先へ進めなくなったり、落ちこんだりする人がいます。冒険するのがどんな気持ちか、めまぐるしくて刺激的な出来事のただ中にいるのがどんな気持ちか、書けそうにないというのです。いったい何を言っているのでしょう？　その気持ちはだれでも知っているはずです。

こんなふうに行きづまったら、なすべきことは、言葉で考えるのをやめ、目をつぶって、自分が冒険しているとしたら――崖から落ちかけていたり、ヴァンパイアに襲われていたり、いろいろなケースが考えられるでしょうが――

どんな気持ちか、と想像してみることです。すぐに答えがつかめるでしょう。つかめたら、それを書くだけでいいのです。風変わりな文章になるかもしれませんが、出来事や感情について語る場合、風変わりなのはよいことなのです。

〈完成させる〉

自分が物語を完成させられる、と知るのは大切なことです。可能ならばぜひ、完成させなくてはいけません。とにかくせっせと書いて、やりとげてください。物語に結末をつけるのは、簡単なことではありません。わたしにとっては、いちばん難しい部分です。全員が冒険の終わりに達したけれど、メイおばさんやジョーおじさんの消息は不明、という状態で終わらせるべきか、あるいは、善人がちゃんと幸せになり、悪人が幸せにならないようにするべきか、ひいては、さらに話を続けて、その後の二十年間に何が起きたかまで語るべきか、どうやって判断したらいいのでしょう――？　すべてはあなた次第です。登場人物に今後の人生で何が起こるのか知りたければ、先へ進んでそれを見届け、書き記すとよいでしょう。ジョーおじさんの心臓に杭を突き立てて、これで終わった、と思ったら、そこで終わりにすればよいのです。

わたしの考えでは、最良の物語とは、結末のあとの出来事を読者が自由に想像できるような物語ですが、それはわたし個人の見解にすぎません。

〈最初から全部やり直す〉

自分の物語をできるだけよいものにしたかったら、書いたあと読み直して、正しい状態にする必要があります。プロの作家が本を一度で書きあげることは決してありません。第二稿を、ときには第三稿まで書くものです。たとえあなたに時間がなくて、そこまでするのは無理だとしても、必ず最初から読み返して、間違った部分を探すようにしてください（そうするつもりでいれば、間違った箇所はあとで直すと自分に約束して、最初に書くときはどんどん先へ進めていくことができます）。

見直す際には、自分の物語を初めて読むような目で再読しなくてはいけません。そう、難しいことです。読み直しているうちに、気に入った部分にうっとりしてしまうかもしれません。けれど、そんな状態で読んでいると、ある箇所で心がもぞもぞしても、（まあ、これでいいだろう）と思ってしまいがちです。しかし、このもぞもぞこそ、それではいけない、という確かなサインなのです。そこで、読み直したあとは、こうした箇所について、どこが間違っているのか、どうやって直したらいいか、真剣に考える必要があります。
　間違った箇所が、読者を笑わせたい場面だった場合は、とりわけよく考えてください。滑稽な場面では、本当にその場にふさわしい言葉を使うべきなのです。さもないと、落ちを忘れたジョークのようになってしまいます。もっとも、書き方を間違えると、真剣な場面もそんなふうになることがあります。よくよく頭を使えば、物語ははるかに優れたものになるでしょう。

〈タイトルをつける〉

　これは、結末を書くより難しいこともあります。タイトルにはほんの数語しか使えませんし、あなたは今までにだれも使ったことのないタイトルをつけたいはずです。物語の内容を伝えるものにはしたいけれど、種明かしまでしたくはないでしょう。目にした人が興味を引かれ、手にとってくれるようなタイトルにしたいし、できればぴりっと締まった感じにしたい——。難しい課題です。
　あなたがとても幸運なら、書き始める前にタイトルを思いついているかもしれません。その場合も、物語が完成したあとで、そのタイトルが本当にふさわしいか、確かめる必要があります。わたしはタイトルをつけるのに六週間かけることもあります。あなたがそんな苦労をせずにすめばいいのですが。
　あなたが執筆を楽しみ、よい物語を書けるように祈っています。

（市田泉　訳）

オーストラリア駆け足旅行

一九九二年、出版されたばかりの『マライアおばさん』が、オーストラリアのベストセラーリストに登場した。ダイアナの作品をオーストラリアで出版しているマンダリン社は、ブリティッシュ・カウンシルと協力して、ダイアナの「オーストラリア駆け足旅行」を企画し、サイン会やインタビューに加えて、児童文学の執筆に関する三つの講演を予定に組みこんだ（このオーストラリア旅行中の出来事については、「ダイアナ・ウィン・ジョーンズとの対話」の中で語られている）。

講演その1　ヒーローについて

オーストラリアでの最初の講演は、パースで行われた。マグパイズ・マガジン社主催の研修会で、ヒーローを主題として語ったものである。ダイアナはこの講演の内容を、一九八八年の講演（「ヒーローの理想——個人的オデュッセイア」参照）で語ったテーマの続きだと考えていた。

ここで何を話そうかと考え始めたのは、とても複雑な本の最終稿を仕上げているときでした。

その本はあまりに複雑だったので、いつもはそんなことはしないのですが、一つ一つの章についてまとめを作るはめになりました。ちょうどウィンブルドン選手権をやっていた時期で、それを知ったときには、いい気晴らしになると思ったものです。ときどきよろよろと机を離れて、試合をながめ、テニスボールのヒュッ、ヒュッ、ヒュッという音を聞くことができますから——。ところがそれは、気晴らしどころではなく——天啓となりました。というのも、テニスのスター選手というのは、おとぎ話や、神話や、コミックや、何よりモダン・ファンタジーに出てくるヒーロー——あらゆる種類の英雄——を生身の人間にしたものだとわかってきたからです。気がつくと、わたしは熱心にテレビを見ながら、あれこれ考え始めていました。

まず、テニスのスター選手はみな、並外れた個性を持っています。スターだと知らなくても、大勢の中にいると目立つのがわかります。これはちょうど、物語のヒーローが、単に王子とか、いちばん下の妹と呼ばれているだけなのに、だれもがあとについていくのと似ています。スター選手はネットの反対側にいる悪党を打ち負かしますが、世界を救うわけではなく、ただテニスの試合に勝つだけです。ヒーローが世界を救うという例は、実はあまり聞いたことがありません。

ヒーローがだれにでも受け容れられるのは、神々や唯一神や運命が、あるいはほかの超自然的な力が、味方についているからです。テニスのスター選手もそれと同じで、彼らの一人が試合中にトラブルに陥ると、きまってボールがネットにあたったあとで向こう側にころがり落ちたり、ラッキーな判定が出たり——雨が降り出したりするのです。

言うまでもなく、こうしたスター選手たちの一部はあまり頭が切れるほうではありませんが、そうした人はヘラクレスとか、スーパーマン的なヒーローの資格を持っています。主に怪力による偉業で世に知られたヒーローです。一方、頭のよいスター選手にも強烈な個性、並外れた特質があります——常に好ましいものとは限りませんが。彼らはよく不機嫌になり、足を踏み鳴らし、ラケットを投げ、審判やラインズマンを侮辱します。けれども、円卓の騎士ガラハッド卿のように高潔なヒーローなど、ごくわずかしか存在しないものです。

不機嫌なときのアキレスの態度は、テニスのスター選手以上にひどいものでした。しかも彼は、執念深い性格であるうえに、母親に泣き言を言うこともあったのです。テセウスは恥知らずにもアリアドネを利用し（彼はアリアドネをある島に置き去りにし、のちに酒神バッカスが彼女を見つけました——いつも思うのですが、このエピソードの本当の意味は、かわいそうなアリアドネが酒に溺れたということでしょう）、イアソンも同じようにメデイアを利用しました。それからアイルランドのヒーローたち——彼らが取り組むヒーロー的な行為は、主に牛を盗むことでした。ウェールズのヒーロー、グウィディオンは、うまく人をだますことを誇りに思っていましたし、「勇ましいちびの仕立て屋」も、少なくとも最初のうちは完全な詐欺師でした。

さて、わたしに天啓の瞬間が訪れたのは、あの若者がおそろしく派手な格好でコートに現れたときだったと思います。彼は優しく笑い、まがいものみたいな金髪を輝かせ、常に明るい魅力をふりまいていましたが、実はその陰にとんでもない技量を隠していたのです。インタビューでは、怒るのは嫌いだと答えていました。大きな試合になると、勝利からずるずる遠ざかってしまうという噂もありました。わたしは思いました。おやおや！　このアンドレ・アガシって選手、『魔法使いハウルと火の悪魔』に出てくるハウルのイメージそのものだわ！

ここで言いたいのは、ヒーローには普通、欠点もある（それは本当ですが）、という単純なことではなく、本に書いたことがよく、現実にわたしの身に降りかかってくる（それも本当ではありますが）、ということでもありません――わたしたちが反応する、ヒーローにまつわる偉大な事象というのは、昔も今もまったく変わらない、ということです。これは、わたしが『ぼくとルークの一週間と一日』で言いたかったことの一つです。曜日の名が北欧神話の神々にちなんでいることから、「オーディンの日」や「トールの日」がわれわれの日常生活の一部となっているように、こうした神々が象徴する偉大な出来事も、やはり日常生活の一部なのです。そしてわたしたちは、そうした出来事に、昔の人々と同じ反応を示します。

わたしが思うに、われわれのヒーローに対する反応とは、ヒーローを自分と重ね合わせるだけでなく、それ以上に、ただあとについていくというものです――ときには信者のように従い、ときにはサイドラインの外から声援を送るという形で。ウィンブルドンの観衆を見ていてわかったのは、人々のヒーローに対する反応においては、この同一視と追従の二つが雑然と混じり合っている、ということです。テニス選手ならぬ物語のヒーローが対象の場合、反応はもっと複雑なものになります。異性のヒーローの運命を追いかける場合を考えれば、わかりやすいかもしれません。そのヒーローが自分だとは感じられませんが、それでも読者は彼（彼女）を追いかけていくのです。

この事実は、以前からわたしにとって、きわめて大切に思えることでした。わたしは長いこと、女性ヒーローの出てくる物語が書けませんでした。女性ヒーローが自分とぴったり重なるせいで、女性ならではの生々しい感覚にしょっちゅう邪魔されてしまうのです――つまり、同じ年ごろの男の子たちより背が高くてぶざまだとか、大人に強制される髪型が窮屈だとか、胸が揺れてしまって恥ずかしいとか、そういう感覚です。自分のヒーローをリアルな人間として見るためには、もう少し距離を置かねばならないことはわかっていました。

また、ほかの要因もいくつかありました。まず、わたし自身の子どもはみな男の子で、わたしには彼らの感じ方、振る舞い方だけでなく、彼らがどんな本を読みたがっているかもよくわかっていました。次に、そのころは――二十年前です――息子たちのみならず、ほかの男の子たちも、女性ヒーローが主役の本を読むくらいなら死んだほうがましだ、と思っていました。男の子たちはそういう本を、絶対に、一冊たりとも読みませんでした。一方女の子たちは、ある程度はしかたなしに、男性ヒーローを受け容れていました。

けれども、三つめの隠れた要因がいちばん重要だったと思います。心理学者のカール・ユングによれば、すべての人間は、自分と同じ性の、完全に意識された明らかな個性だけでなく、異性のあらゆる特徴を備えた半身を隠し持っている、というのです。これは正しい説のように思えます。二十年前、わたしはいまだ、どんなふうに書きたいかを模索中でした。わたしがやりたかったのは、意識の下に深く隠されたレベルからごく日常的・一般的なレベルまで、あらゆる階層で鳴り響くファンタジーを書くことでした。そして男性ヒーローを選べば、自分の中に潜む半身を探り、心の奥に隠された神話的な、元型的なものと接触できるはずでした。わたしは何年もかけて、自分の心の奥底にある、この原始の混沌の存在を信じられるようになってきました。今ではそれが確かにそこにあると知っていますし、寝食を忘れるほど熱中して書き始めるが早いか、それと接触できることも知っています。

ともあれ、テニス選手という欠点のあるヒーローたちの話に戻りましょう。観衆がスターを欠点ゆえに愛していることは、明らかでした。その理由の一部は間違いなく、欠点のおかげでヒーローにも人間味が感じられるから——一般の人々が、「ああ、彼（彼女）もそんなにわたしとちがわないんだ」と言うことができるからです。けれども、ヒーローが審判をののしり、観客が不満を表すゆっくりした拍手を始めるとき、スターは同時に生贄《いけにえ》でもあることがわかります。スター選手は、目の前の気取った審判に対し、だれもが言いそうな不満を述べているだけなのに、そのせいで責められているのです。スターは並外れた、派手なやり方で人々の罪を背負い、周囲はそれに対して石を投げます。

実際、人々はヒーローを同時に二つの存在と考えることができます——ヒーローは自分である、と同時に、あそこでひどい振る舞いをしているヒーローは自分ではない——これはまさに、「物語」に対する反応と同じです。物語を読んでいるとき、読者はケーキを食べると同時にとっておくことができるのです（訳注　ケーキを食べ、同時にとっておくこととはできない、という英語のことわざより）。たとえば、『うちの一階には鬼がいる！』を書いていたとき、わたしはこう確信していました。グウィニーが継父に毒を盛るために灰色のケーキを焼くくだりを、読者は本当にひどい、と思いつつ、同時に楽しむだろうと。その考えは正しかったとわかりました。どれほど多くの大人がこっそりとわたしに近づいてきて、子どものころ、嫌いなおばさんや保育士や親に食べさせるために、そんな灰色のケーキを焼いた、と打ち明けたか、みなさんにはきっと信じられないことでしょう。

　テニス中継では、別の種類の二重思考も行われていました――少なくとも解説者たちのあいだでは。男子選手が、ミスする理由のない場面でボールをネットにひっかけてしまうと、解説者はこう言います。「ああ、試合のこの局面で、あんなひどいショットを打つとは！」ところが、女子選手が同じことをすると、「まあ、女性というのは、ああいうミスをしがちですからね」などと言うのです。わたしはこのことに腹を立てていましたが、あるとき、女子選手は実はあまり凡ミスをしないことに気がつきました。解説者の考えは何年も遅れていたのです。女子選手が自分を見る目も変化してきていました。テニスの世界もまた、フェミニズムが微妙ながら大きなちがいを生み出した、多くの分野の一つだったのです。

　まさに同じような変化が、児童文学の世界でも起こっていました。十年ほど前、男の子たちは女性ヒーローの出てくる本を読んでもいい、と思い始めました。そのいきさつは、当時のわたしにはよくわかりませんでしたが、おかげで何もかも、すっかりやりやすくなったのです。女性キャラクターに意気地のない言動をさせなくてもよくなり、物語の中心に据えることもできるようになりました。

　また、わたし自身もそのころまでに、女性であるという生々しい感覚に悩まされなくなっていました。これもまた、同じ革命のおかげかもしれません――本当に解放された気分でした。そこでわたしは少女を語り手にした『呪文の織り手』（訳注〈デイルマーク王国史3〉）を書き、女性の幽霊の視点から『わたしが幽霊だった時』を書き、次いで――これは最近まで出版されませんでしたが――『マライアおばさん』を書きました。この本は伝統的な男女の役割について掘り下げた一冊です。その後、これは大作になるぞと思いながら『九年目の魔法』を書きました。

　『九年目の魔法』は、ポーリィという少女の十歳から十九歳までの姿を追っています。当時、わたしはすばらしい解放感を覚えていたため、この本を白熱した状態で書きました。少しもたいへんな思いなどせずに、いちばん深く、もっとも響きの豊かなレベルから素材をとり、それを現代の平凡な人間同士の関係と結びつけることができたのです。執筆中の熱気が詩を、神話を、民話を数多く引き寄せました。ポーリィは、少なくとも二十の民話のヒーローの役割を次々に演じていきました。「キューピッドとプシケー」、あるいはそれと対応する暗い物語「邪悪な結婚」（原注1）、「タム・リン」、「白雪姫」、「詩人トーマス」、「青ひげ」、

「シンデレラ」、「眠れる森の美女」、「太陽の東　月の西」……ほかにもいろいろありました。女性が主人公の有名な民話が非常にたくさんあると知って、わたしは書きながら驚いたものです。

書評家たちは――テニスの試合の解説者と同じ役割を果たす人々ですが――この本が気に入りませんでした。『九年目の魔法』の主な書評は、こういうものでした。「これは少女向けの本であり、なぜわたしが理解しようとせねばならないのかわからない」以上。昨年は『マライアおばさん』も似たような扱いを受けました。情勢は完全に変わったわけではないようです。

ともあれ、テニスの解説者の話に戻りましょう。もう一つわたしの癇《かん》に障ったのは、テニスのスター選手が一人でプレーしているかのような解説者の口ぶりでした。不運な相手選手がスターではなかった場合、解説だけを聞いていると、ヒーローは壁に向かってプレーしているのかと思うくらいでした！　けれども、よく考えてみると、解説者はある意味正しかったのです。なにしろヒーローとはそういうものなのですから。物語のヒーローはもがき、戦い、苦しみ、ときには勝利します。けれども、ヒーローが打ち負かす相手や戦いの理由は、さほど重要ではありません。物語が印象に残るのは、ヒーローがいるからなのです。まるでヒーローが、自身のヒロイズムから生じる出来事を、常に後光よろしく身にまとっているかのように。

だからこそ、同じ人物に関する新たな物語が常に求められるのでしょう。ロビン・フッドの物語がどれだけあるか、考えてみてください。最近では物語を一冊で終わらせず、少なくとも三部作を書くことが求められるようになっていますが、わたしはこれが非常に苦手です。〈大魔法使いクレストマンシー〉シリーズの場合は別として、たいていは一冊の本を書き終えた時点で、中心となる人物について重要なことは語りつくしているからです（原注2）。ある特定の人物であるということは、ある特定の物語を必要とするということで、ほかの物語は必要ありません――その特定の物語こそ、彼らだけの特別な後光だと言ってもよいでしょう。

続篇をなかなか書けなかった例を一つ挙げると、わたしはここ十年間、〈デイルマーク王国史〉の四冊めを書くようにと言われ続けてきました。けれども、どうしても書けませんでした。以前の出版社から、四冊めはブリッドとモリル――特にブリッドの物語にすべきだと言われていましたが、ブリッドについては、『詩人《うたびと》たちの旅』（訳注〈デイルマーク王国史1〉）で言いたいことをほとんど言いつくした、とわかっていたからです。出版社を変え、エージェントからしつこく催促されてようやく、わたしはこう考え始めました。ひょっとして、ブリッドの話でなくてもいいんじゃない？『呪文の織り手』（訳注同3）や『聖なる島々へ』（訳注同2）に出てきた人物で、語るべき物語が半分しか語られていない人がいるじゃないの。でも、一つの話に、何千年もの歳月を隔てて起こった物語の残り半分ずつを、どうやって入れたらいいんだろう――？　この問題はしばらく放置するはめになりました。頭の中にほかのヒーローたちが列をなして、ぴったりの物語を求めていたからです。昨年になってようやく、いろいろなことがわかってきて、わたしは四冊めを書くことができました。

わたしの実感としては、ヒーローこそ、主人公こそ、物語そのものなのです。といっても、ほかの登場人物が重要でないということではありません。だれかについて書く前には、たとえそれが悪党であっても、自分の親友だと考えなくてはいけません。わたしは悪党に深い共感を覚えることがよくあります――たとえば、『魔女と暮らせば』のグウェンドリンに対して。彼女には、悪党以外のものになれるチャンスはありませんでした。もっとも、同情はわたしのおかしな癖なのです。あるときなど、フランスの道化芝居を見ている途中で、大泣きしながら劇場の外へ出るはめになりました。滑稽なはずの、だまされていた夫がかわいそうでたまらなくなったのです。

もちろん、ヒーローに対してはより強い共感を覚えます。だれでもそうでしょう。ヒーローは欠点も含めて魅力的で、一人で物語を背負っています――ちょうどテニスのスター選手が、レンガの壁のような相手に向かってプレーしているように。そう、敵は確かにそこにいますが、少なくとも戦いの半分は、ヒーローの内なる自己が相手なのです。テニスの試合は、そのことのほぼ完璧な実例となっています。最初、スター選手は自信たっぷりに登場し、相手の選手を圧倒します。次いで相手が反撃し、こちらが負け始めると、ヒーローの自信は消えうせます。スター選手は自分自身と戦い、つぶやき、ののしり、どすどすと歩きまわり、おのれの至らなさへの苦悩に顔をゆがめます。観衆はこの苦悩を見て、彼を愛するのです。勝ちを収められる心理状態になるには、自分の感情と戦い、コントロールする必要があります。彼はそれをやってのけます。自信を持つところまではいかないにしろ、なんとか勇気をかき集め、見るからにたいへんな努力をして心を落ち着かせ、勝つためにがんばりを見せます。ゆっくりと再び優位に立ち、相手を退け、しまいに相手選手は、何が起きたのかと首をひねりつつ退場することになるのです。

こうした試合中のスター選手の苦悩を見ていて、わたしはおもしろいことを思い出しました。agony（苦悩）という言葉は、protagonist（主人公）という言葉の一部にもなっています。そして語源はaction（行動）という語と同じなのです（原注3）。まるでヒーローに関する事実が、言語に組みこまれているかのようです――「何らかの行動を起こせば、苦しむことになる」という事実が。

けれど、これらの言葉の意味全体をまとめて見ていくと、単に「卵を割らなければオムレツは作れない」というより、はるかに多くのことが伝わってきます。agony（苦悩）とはもともと、「死の苦しみ」という意味であり、外からの痛みと内なる戦いの両方を指しています（「決断できぬがゆえの苦悩」というように）。action（行動）は、act（行う）という動詞から派生した語で、肉体によって行うはっきりした行為を意味することもありますが、通常、ある程度は観念的な意味を含んでいます。たとえば、政府が利率を上げてインフレ回避を行う、と言うとき、それは具体的な結果をもたらすとしても、なかば概念的なことを指しているのです。そしてactのもう一つの主要な意味は、むろん、舞台劇で役を務めるということです。舞台では俳優がしばしばヒーローの苦悩を演じます。興味深いことに、俳優が「劇」（play）の中で役を「演じる」（play）というときも、テニスを「する」というときと同じ、playという語が使われます。

こうした一群の語意が暗示するものを考えてみれば、観衆、あるいは読者がヒーローに期待するのは、きわめて真剣な形の試合だとわかるでしょう。試合中のヒーローは、二つの戦いを引き受けることを求められます。外側では現実の悪を相手に、内側では自分自身の疑いや欠点を相手に。ヒーローは生贄としてその場に存在するのであり、すべての人のために苦しまねばなりません。

ヒーローを決定づけるもう一つの条件は、言うまでもなく、奇跡的な出自です。おもしろいことに、この点においても、メディアはテニスのスター選手をまさにヒーローとして扱っていることがわかりました。多くのスター選手が、きわめて野心的な両親のもとに育ったと言われています。両親は大きすぎる野心に駆られて、できるかぎり早い段階で子どもをテニスに捧げたのです。一部のスター選手は、両親の選んだこの道に専念できるよう、学校に行かなかったという噂もあります。わたしはこういう話を聞くと、H・G・ウェルズの『月世界最初の人間』の一節を思い出します。この物語の語り手は、月世界で知的な巨大アリの社会を発見し、アリ塚を見てまわるうちに、何匹もの若いアリと出会います。彼らは体の大部分をおかしな形の壺に押しこまれて、明らかにひどく不快な思いをしているようです。語り手が教えられたところによると、これらの若いアリたちは、各種の専門職に就くために体の形を変えられている最中なのだそうです。こうした出自を持つヒーローのもっともわかりやすい例は、神殿に捧げられたサムエル（訳注　旧約聖書に登場するユダヤの預言者。幼くして神に仕えるべく祭司に預けられる）でしょう。現実の人間であろうとなかろうと、「テニスの子ら」は純然たる伝説なのです。

一方、幼いころテニスに捧げられなかったスター選手たちも、やはり神話的な存在として扱われています。たとえば彼らは、ユピテルの頭から出てきたミネルヴァよろしく、いきなり完全な姿でこの世に現れてきたかのように思われています。あるいは、ふだんは何もしていないかのように――これは「熊の息子」という民話のモチーフにそっくりです。「熊の息子」は、ヒーロー的な行いが要求されるまでは、何もせずに炉端に寝ころんでいるのです。あるいは、赤貧の家庭から身を起こし、テニスによって富と名声を手に入れた選手もいます――「長靴をはいた猫」をはじめとする百篇もの物語と同じように。最近では、王女と王国の半分は手に入りませんが、多額の金と注目が手に入り、それは王女や王国と同じ価値があると言えそうです。

ヒーローに対する人々のこうした考えや期待をふまえて、わたしは『クリストファーの魔法の旅』を書きました。のちに大魔法使いクレストマンシーとなるクリストファーには、「テニスの両親」がいます。それも、とびぬけて野心の強いタイプです。母親と父親は、めいめいの好みの分野でクリストファーをスターにしたいと思っていますが、二人とも彼に関する別々の野心に夢中になるあまり、クリストファー自身の幸福はまったく眼中にありません。この状況は、現実にモデルがありました。クリストファーのモデルは、わたしが知っている野心的な両親の息子です。かわいそうに、この子は最後には、両親からのプレッシャーに耐え切れず自殺してしまいました。クリストファーにとっての自殺は、〈あいだんとこ〉という精神の虚空を這いまわったり、次々に命を失ったりすることです（幸い命は九つあります）。けれども彼は、同時に別の種類のヒーロー――「熊の息子」でもあります。なにしろ一見まったく魔法が使えず、おかげで両親の野心を満たすことができないのですから。重要なのは、彼を無力にしてしまったのが父親だ、ということです。ポーソン博士が魔力の妨げを取り除く場面は、できるだけ滑稽なものにしました。解放の純粋な喜びを表現するのに、それ以上よい方法はないと思われたからです。

ですが魔力を取り戻す前に、クリストファーは恐るべき伯父の支配を受け、大きな欠点のあるヒーローになってしまっています。単に、だまされて犯罪の片棒をかつがされた、というだけではありません。伯父と共犯者の家庭教師は、クリストファーの精神が旅をする個人的な世界に通じる道を作りあげてしまったのです。言葉を変えれば、二人は、クリストファー自身の想像力が自由に働いていた彼の個性の中心にたどり着き、それを彼ら自身の目的のために利用したわけです。ある意味、この伯父と家庭教師は、クリストファーの実の両親とその行為を象徴しています。しかも家庭教師は、クリストファーが自分に自信を持てないままでいるように気をつけています。

クリストファーがそれでも、自分の中心にあるものをしばらく手放さずにいられるのは、「女神」と出会ったおかげです。女神は子どもで、彼自身と同じく、何かに捧げられた身の上です――彼女の場合は、まさに神殿で女神の化身という役割を負わされています。クリストファーは当然ながら、彼女との強い一体感を覚えます。女神は彼以上に極端な「テニスの子」であると同時に、彼自身の中に隠された強力な女性性を象徴しているからです。しかしあるとき、女神までが彼を失望させます。こういうことが起こるのは、人があまりに不幸になり、内なる自己との接触を失ってしまったときです。おそらくこの時点で、クリストファーのモデルとなった少年は命を絶ってしまったのでしょう。けれども、クリストファーはヒーローです。ここでがんばりを見せるか、敗北するかです――そこで彼はがんばりを見せ、その過程で、今まで自分の自信が蝕《むしば》まれていたことに気がつきます。これで、戦って勝つ準備はできました。

クリストファーは戦いを二度切り抜けねばなりません。やるべきだとわかった以上、肉体的な意味で伯父を打ち負かすのはたやすいことですが、その前に、伯父と家庭教師と両親が彼の内面に与えた影響から回復しなければなりません。そこで、彼は再び隠された世界へ出かけることになります。以前は入れなかった世界へ行き、半身である女神の協力を得て、恐るべきドライトに立ち向かうのです。ここでは幸い最善の結果が得られます。クリストファーはドライトを殺しはしません――それどころかドライトのせいで、また命を一つ失います。ドライトが象徴する類いのダメージは、死ぬまで続くからです。けれども彼はドライトを打ち負かし、少しだけ何かを理解します。そのあとは、自分の世界に戻ってきて、伯父に勝つことができるのです。

先ほど、『マライアおばさん』は、執筆後すぐには出版されなかったと言いました。この作品は『クリストファーの魔法の旅』より少し早く、同じアイディアに基づいて書かれたものです。ただし、こちらの作品のヒーローはミグという女の子で、クリストファーの隠された半身である女神が果たす役割は、ここではミグの兄のクリスが果たしています。この本は、わたしが女性の視点から書くという新たな自由を見出し始めた時期に書かれたため、伝統的な女性の役割が女性ヒーローに与える影響もまた、テーマになっています。

この本を出すのを遅らせたのは、出版社ではありませんでした――そういうことはよくあるのですが。たとえば、『星空から来た犬』は『呪われた首環の物語』の一年あとに書いたものですが、出版社側は出す順番を逆にしようと主張し、同じことが『九年目の魔法』と『七人の魔法使い』のときも起こりました。この二冊は、実はほぼ同じ時期に書いたのです。けれども、『マライアおばさん』の場合は、わたし自身が世に出すのをためらっていました。あまりにも恐ろしい話だと思ったからです。ホラー漫画を描いている友人も、そう思うと言いました。彼によると、かわいいおばあさん（魔女ではない、普通のおばあさん）が開くきちんとしたお茶会ほど、不安と恐怖をかき立てるものはないそうです。マライアおばさんは強力で恥知らずな魔女で、お茶会も開きます。彼女は『クリストファーの魔法の旅』に出てくる野心的な両親と同じような存在です。というのも、小さな海辺の町の魔法の女王の立場をミグに継がせようと、密かにもくろんでいるからです。

マライアおばさんはある種の女性の典型です。彼女は無力を装ったり、厚かましく人を操ったりして周囲を支配し、物事を男の仕事と女の仕事に分け、他人のことを心配しているふりをします。彼女の世界では、心配そうな顔をするのは女の仕事なのです。わたしはこの部分に特にぞっとしました。この世界では悪夢の中でのように、力が弱さになり、逆もまた真なりです。正しいことが間違ったことになり、ほかの多くの価値もまた歪められています。

マライアおばさんには現実にモデルがいました――それどころか、世間には大勢のマライアおばさんがいるように思えます。この本の編集者は、原稿を読み終えたあと、道を歩いていて、マライアおばさんそっくりな態度をとる女性を五人見かけたと言いました。それを聞いて、わたしは思いました。（みんな、毎日マライアおばさんにつき合わなくちゃいけないのね。彼女に立ち向かうヒーローの姿を見せてやりましょう）

ミグはおばさんが発散する有害な「正しさ」の中、手探りで進まなくてはなりません。最初のうちは、クリストファー・チャントと同様、ミグも屈服させられます。少なくとも、自分の役割についての偏った主張に屈服し、日記に本当の気持ちを書くことしかできません。活動的な男性の役割は兄のクリスに任せっぱなしです。クリスは同じ偏った主張のせいで、攻撃的な思春期の若者のパロディに近いものにされてしまいます。わたしは書いている途中、何度かクリスの言葉に大笑いしてしまいました。

やがてマライアおばさんは、クリスをひどく興奮させ、あっさりと狼に変えてしまいます。これでミグはおとぎ話に出てくる、「兄たちを人間の姿に戻さねばならない一人ぼっちのお姫様」という立場になったわけです。ミグは真の恐怖だけでなく、おばさんから押しつけられた役割が引き起こす、知力の停滞をも克服しなくてはなりません。けれども彼女は無事それをやりとげ、勝つためにがんばりを見せます。

ここで彼女は、クリストファー・チャントと同様、埋没し、隠されているもの——彼女の場合は男性——を呼び出さねばならないと気がつきます。それは、マライアおばさんの命令で二十年前から生き埋めになっていたアントニー・グリーンという男性です。この男性は、ミグ自身の隠された眠れる半身以上の存在であり、町の人々全員の埋められた部分、つまり想像力を働かせる生き方の象徴なのです。想像力がなければ、だれの知性もうまく働かず、マライアおばさんの発散する「正しさ」を透かして先を見通すことはできません。ミグは勝つためにがんばっている最中、何か異質でよいものがあると感じ取ります。それこそ、彼女が探しにいかねばならないものなのです。

この、「異質でよいものがある」という感覚は、ヒーローががんばりを示すとき、われわれにちらりと見せてくれるものです。だからこそ、われわれにはヒーローが必要なのです。幼い子どもたちはこのことをあっさりと理解するようです。というのも、九歳や十歳の子の生活は、ヒーローの状態からさほど遠くない、きわめて感情的なレベルにあるからです。学校の運動場を見てみれば、わたしの言っている意味がおわかりになるでしょう。

わたしのいちばん幼い名づけ娘は、八歳のころ、不正を見つけるたびに怒り狂っていました。あるとき運動場で、大柄ないじめっ子が年下で障害のある子を殴っているのを見かけた彼女は、突如として諸国遍歴中の騎士に変身しました。彼女自身、いじめっ子よりずっと年下で体も小さかったというのに、猛然と相手に飛びかかり、相手の不意を突いてひっくり返し、頭を地面に叩きつけたのです。いじめっ子は当然、何もしていないのに乱暴されたと教師に訴え、名づけ娘は罰を受けました。彼女は罰など何とも思わず、あとになって、いじめっ子を攻撃したのは正しかった、とわたしに話してくれました。「あいつ、ほんとにひどかったんだもん！」実にきっぱりした口調でした。「あたし、頭にきちゃった」彼女は心底不快そうでしたが、同時に、自分の行動を誇りに思って顔を輝かせていました。彼女は確かに、「異質でよいもの」に触れたのです――彼女はブーデイカ（訳注　ローマ帝国に対する反乱を起こした、ケルト人の女王）であり、ブリュンヒルトであり、ブリトマートであり――あらゆるりりしい女性の再来でした。

けれどこの少女も、年ごろになると、そんなヒーロー的感覚をいくらか手放してしまいました。十代、つまり思春期のころは、感情がますます強さを増すものですが、そこへ新たに性にまつわる思いが入りこんで、ほかの感情をかき乱すため、若者はしばらくのあいだ狂おしい混乱状態に陥るのです。

こういうときこそいっそう、あとについていけるヒーローが必要になります。この年ごろの子はみな、猛烈にプライドが高く、敗残者にはなりたくないと思っています。そんなとき、「異質でよいものがある」という感覚をヒーローが与えてくれれば、若者は狂おしい混乱の中で溺れずにすむのです。彼らが探しているのは、この先なんとかやっていくための見取り図のようなものです。

やがて若者は、どんなものであれ、自分で選んだ見取り図の助けを借り、自制を身につけて激しい感情から抜け出し――たいていは、激しい感情に伴う高すぎるプライドからも抜け出します。そうなると今度は、ヒーローをはじめとするあらゆることを恥ずかしく思うようになります。これは残念なことです。けれども、あらゆる年齢の人々が――実は競技そのものに興味がなくても――息を呑んでテニスの試合を見守っている姿を見ると、わたしには、心配いらない、という気がするのです。

わたしたちはみな、理想を必要としています。そして、ときにはがんばりを見せなくてはなりません。ヒーローとは、それが可能だと教えてくれる存在なのです。

（原注1）「オーストラリア駆け足旅行　講演その2　児童文学の短所と長所」を参照のこと。

（原注2）ダイアナはのちに、『魔法使いハウルと火の悪魔』の魔法使いハウルと、ほかのキャラクターたちが登場する本も二冊執筆した。

（原注3）agony と action という語は、共通の印欧基語（訳注　ヨーロッパからインドにかけて話されている多くの言語の共通の祖先）の語幹 ag を持つと考えられている。ag の意味は「動かす、引き出す、引き抜く、動く」である。agony は、ギリシャ語由来の言葉で、agein「先頭に立つ」の派生語 agon「競技」からさらに派生した、agonia「勝利のための苦闘」が語源である。action はラテン語由来の言

葉で、agere「する」の派生語 actionem「実行、行動」が語源である。

（市田泉　訳）

講演その2　児童文学の長所と短所

オーストラリアでのこの二つめの講演で、ダイアナはファンタジーと想像力について詳しく述べている。
このスピーチはのちに、英国ＳＦ協会の発行する作家向けの雑誌「フォーカス（*Focus*）」二五号（一九九三年十二月／一九九四年一月）に掲載された。

わたしの書く本には、裏表紙やレビューには決して書かれませんが、ある奇妙で不気味な事実がまつわりついています――書いたことが現実になるのです。それが起こるのはたいてい、書きあげたあとです。一例を挙げれば、わたしは今、『うちの一階には鬼がいる！』に出てきた家に住んでいます（原注1）。この本を書いていた当時は、オックスフォードにある、作中の家とはあらゆる点で正反対の家に住んでいて――たとえば、その家の屋根は平らで、水に溶けました――現在暮らしているブリストルに引っ越すとは思ってもいませんでした。

ときには、まだ書いている最中に、本の内容が現実になることもあります。こうしたことが起きると、本当に驚かされます。『九年目の魔法』もそういう本でした。執筆中に起こった多くの出来事の一つを、お話ししましょう。サセックス大学に勤める独身の風変わりな友人が、ブリストルで講義をするあいだ、うちに泊まっていたのですが、あるときわたしに、近くにあるストーンサークルまで車で連れていってくれ、と頼んだのです。その場所に着くと、彼は神秘的な体験をし始めたようでした。わたしはといえば、あたりに張りめぐらされた電気柵をまたごうとして、ひっかかってばかりいました。わたしの悲鳴が「波動」を邪魔するから、地元のパブで待っていてくれ、と彼は言いました。そこでわたしはパブに向かいましたが、店に入ったとたん、女主人とほかの客たちが、くだんのストーンサークルを話題にして、その起源にまつわる地元の伝説を語り始めたのです。この伝説は「邪悪な結婚」と呼ばれていました。よこしまな女性がある若者を結婚相手に選んだところ、結婚式に悪魔が現れ、花婿を殺して自分が女性と結婚する、という物語です。これは『九年目の魔法』の背景として使った話でしたが、信じようと信じまいと、わたしは一度も聞いたことがありませんでした――自分でこしらえた話だと思っていたのです。

さて、ほかにもいろいろ奇妙なことが起きたあと、変わり者の友人はサセックスに帰り、わたしは『九年目の魔法』を書きあげて、すぐさま『七人の魔法使い』にとりかかりました。新しい紙の束を用意して、ただちに書き始めたのです。この本を読んだ方なら、クエンティン・サイクスという男が雪の中で生まれたばかりの赤ん坊を見つけたことが、決定的な事件だったのをご存じでしょう。わたしが第二稿を書き始めてまもなく、例の変わり者のサセックスの友人は冬の真夜中に散歩に出かけました――そしてこの物語と同様、赤ん坊を見つけたのです。彼はそのことを実に感動的な体験だと語っていましたが、わたしは大いに責任を感じたものです。本の内容がわたしに降りかかってくるのはかまいません――そのくらいのリスクは引き受けます。ですが、ほかの人の身にまで影響を与え始めたとしたら、ジョークではすまされません。問題なのは、ある物語はある事件がその中で起こることを要求し、それを否定すると物語が台なしになってしまう、ということです。そこでわたしは、この件を深く考えてみました。その結果、本の内容の一部が現実になることについては何もできないけれど――本当にコントロールできないのです――わたしがちゃんとコントロールできて、責任を強く感じる種類の事柄も存在するということがわかりました。今からお話ししたいのは、この責任についてです。

『七人の魔法使い』が出版されてまもなく、わたしはロンドンのファンタジー大会に招待されました。その会場で、多作で独創的なアダルト・ファンタジーの作家――カナダの男性です――が声をかけてきました。思春期のころ、わたしの作品を読まなかったら、自分は今みたいな本を書いてはいなかっただろう、と言うのです。わたしは頭がぼうっとしてしまいました――その人は、ぼうっとさせられるような青い目の持ち主だったのです！　けれどもわたしが放心したのは、青い目のせいだけでなく、告げられた事実のせいでもありました。このことをどう考えたらいいのか、わたしにはわかりませんでした。自分の書いたものが、だれかの想像力の中に深く入りこみ、成人後の個性の一部となり、職業にまで影響を与えてしまったなんて――。この事実を冷静な目で見られるようになったのは、昨年、わたしのアメリカの出版社が彼の最新作を送ってくれたときでした。彼はあとがきでこう述べていました。この本は、自分が子どものころ、『たのしい川べ』の中の「あかつきのパン笛」の章を読む機会がなかったら、書かれることはなかっただろう、と。

これで、どう考えたらいいかわかりました。わたしには彼の言っていることが理解できました。わたし自身が書いてきたほとんどの本についても、まったく同じことが言えたからです。七歳くらいのころ、わたしは寝る前に母から『たのしい川べ』を読んでもらっていました（その本が好きかどうかはよくわかりませんでした――ヒキガエルがしょっちゅう伸び縮みして、間違った大きさになっていたからです）。ところが、その章まで来ると、母はごっそりとページをめくって飛ばし、次の章に進んでしまったのです。「どうしてそこんとこ飛ばすの？」とわたしは訊きました。「くだらなくて意味がないからよ。どうせあんたには理解できないだろうし」と母は言って、ヒキガエルの話を読み続けました。わたしは物語のすごく大事な部分を飛ばされたような気がしてならず、章のタイトルをのぞいてみました――「あかつきのパン笛」というタイトルは、未知の魔法を暗示するように思え、心に焼きついて離れなくなりました。

一週間くらいして、この章は絶対大切なのだと思ったわたしは、母が忙しくしている隙にこっそりと本を取り出して、ひどくやましい気持ちを抱えたまま、どうしても止められずにその章を読んでしまいました。それは、本筋に関係があるとは言えませんでしたが、重要な章でした。というのも、その中で起こることがタイトルとぴったり合っていたからです――神秘的で、奇妙で、もの悲しくて、心に迫り、ひどく危険で、このうえなく美しくて、安らかで――そのすべての雰囲気が一度に感じられました。あまりに印象が強かったので、この章は今に至るまでずっと、ファンタジーの働きのあるべき姿としてわたしの心に残っています。わたしが書いてきたものはみな、ある意味、この章の弱々しい木霊なのです。

ともあれ、別の作家が同じように感じていたという事実により、わたしははっきりと自覚しました。人はいちばん感受性の強い時期にわたしの本を読むことが多く、それによって、どんな人間になるか決まってしまうかもしれないのです。幸いなことに、わたしはこのことをずっと前から心の奥底では知っていて、ただ、ちゃんと信じてはいなかっただけのようでした。そしてさらに幸いなことに、子どもと若者のために本を書き始めたときから、わたしはそのことを意識しているような形で執筆してきました。ただし、最初のころ自分が意識していたように思えるのは、何より、この立場に伴う責任は、実に果たし方を誤りやすいということ――だれかにそれほどの影響を与え得るなら、細心の注意を払わねばならない、ということでした。そのため、わたしはこの問題を主に、自分が何をしてはいけないかという言葉でとらえていました。

わたしがそのころから気づいていたことの一つは、児童文学というのは完全に大人が支配するジャンルだ、ということでした。それは作家が読者にじかに働きかけることのできない唯一のジャンルにちがいありません。何かを十五歳以下の読者に伝えるためには、（大人である）わたしはまず、（大人である）エージェントに伝え、次いで（これまた大人である）出版社の人間に伝え、（脳に傷を負った大人である）書評家に伝え、（やはり大人である）書店員に伝えなくてはなりません。たとえこの関門を突破したとしても、児童書は普通、教師や親や司書が買うもので、その人たちもまた大人なのです。これらの人々はみな、子どもの本の内容はどうあるべきかという先入観を——今までに読んだものや、育ち方によって決まる先入観を——持っていて、エージェントや出版社や書評家以上の検閲をどの本に対しても行います。

　けれど、この状況には大きな長所もあります。こうした大人の集団は、高いクオリティを要求するはずです。わたしにもどんな作家にも、いいかげんで不明瞭な言葉や、意味の通らない物語でお茶を濁すことは許さないでしょう。わたしが不安になったような、ヒキガエルの大きさの奇妙な変化も見逃さないはずです。さらに重要な長所は、わたしの作品が（大人にも語りかけねばならないからこそ）少なくとも二つの——ことによるとそれ以上のレベルで書かれることになる、という点です。このことについてはのちほどお話ししますが、今のところは、児童文学が置かれた状況の短所に目を向けようと思います。

　短所は、多くの大人が、良質な児童文学とはどういうものかについて、ありとあらゆるおかしな思いこみをしがちだということです。わたしが作家としてスタートしたころには、こうしたたくさんの思いこみが、ルール——いいえ、法律です！——の域にまで高められていて、それを破るには危険を覚悟する必要がありました（原注2）。わたしは意図的にその大半を破りました。馬鹿げたルールばかりだったからです。たとえば、物語の中の大人はみな神のような存在でなくてはならず、決して非難してはいけない、というルールがありました。作中の子どもたちの両親については、特にそうでした。理想はアーサー・ランサムの本に出てくる父親です。彼はほとんど物語に出てきませんが、ときどき神のような電報を送ってきます。「のろまになってはいけないよ」など（訳注『ツバメ号とアマゾン号』のエピソード）。欠点があってもよいとされる大人は悪党だけで、彼らは本の結末で殺されなくてはいけません——たとえその悪党が家の銀器を盗んだだけであっても。このルールの馬鹿馬鹿しいところは、現実とはまったくかけ離れているという点です。児童文学が大人に支配されているように、現実の子どもたちも大人に支配されています。ざっと計算したところ、たいていの子どもは目覚めている時間の三分の二を、家では両親を相手に、学校では教師を相手にして過ごし、古風な児童文学の理想的な世界、つまり子どもたちだけの世界で過ごすのは、残りの三分の一にすぎません。そして、だれもが知っているように、大人とは――とりわけ、たまたま離婚しかけている場合などは――決して完全無欠なものではなく、子どもは大人の持つ多くの欠点とつき合わねばならないのです。

そこでわたしは、自分の本の中の大人には現実の人間のような言動をさせました（しかも、そのせいで殺されたりはしないことにしました）。これを読んだ出版社の人たちは、不安になったようでした。もっと悪いことに、わたしは子どもの身に奇妙なことが起こるのを作中の大人たちに目撃させ、ますます悪いことに！――大人たちも奇妙な出来事に関わるようにしました。それが気に入らないという理由で、いくつの出版社が『うちの一階には鬼がいる！』を送り返してきたか、みなさんにはきっと信じられないことでしょう。確かにこの本は極端な例です。「鬼」は魔法によって二回も殺されかけるのですから。けれども出版社側が本当に心配したのはその点ではなく、大人である「鬼」が物語に巻きこまれて*い*る*と*い*う点でした。大人とは、このうえなく神聖な存在でなくてはならないというのに。

このことは、当時存在した第二の不文律とも結びついています。そのころわたしは、作中の子どもの年齢を明らかにしていないという理由で、何冊もの本を却下されました。ここでもまた、わたしは意図的にルールを破っていたのです。その時代の児童文学には、子どもの年齢を明記すること、というルールがありました。わたしが年齢を書かなかったいちばんはっきりした理由は、読者が大人びた十二歳の子だった場合、まるで自分みたいだと思っていた登場人物が五歳児だとわかったら、恥ずかしい気持ちになるだろうと思ったからです。

けれどもそこには、もっと重大な理由も隠れていました。C・S・ルイスの〈ナルニア国ものがたり〉シリーズのことを考えれば、その理由が明らかになるでしょう。ルイスも主人公の子どもたちの年齢を述べてはいませんが、やがて年上の二人、ピーターとスーザンは大きくなりすぎてナルニアに入れなくなります。特にスーザンについては――恐ろしいことに！――お化粧をしたり、男の子のことを考えたりし始めたから、と説明されています。ところが奇妙なことに、四人の大人はナルニアに入ることができるのです。二人の根っからの悪党と、二人の働き者の労働者です。ほかの大人は、死なないかぎりナルニアには入れません。ルイスはきっと宗教的な見地に立ってこれを書いたのでしょう——幼子《おさなご》のようにならなくては天の王国に入ることはできない、という。しかしナルニアという国は、天国の比喩であると同時に、たいていの読者にとっては何よりもまず、鮮やかな想像の世界なのです。おかげでルイスは結果として、幼い子たち、犯罪者、無学な労働者だけが想像力を働かすことを許される、と示唆したことになってしまいました。そんな結果になったのは、ルイスがナルニアを天国と考えると同時に、児童文学の中の出来事に大人を関わらせてはいけない、というルールを守ろうとしていたからでしょう。けれどもルイスは鋭い洞察力に恵まれていたため、実際には、第一と第二、両方のルールの基盤となる考えをあらわにしてしまいました——すなわち、「思春期を過ぎた者はファンタジーと関わりを持ってはいけない」という考えです。言葉を変えれば、それは、遅くとも十四歳を過ぎたら、脳内のきわめて大きなエリアを閉め切るべきだ、ということを意味します。

このような言い方をすれば、そんな考えはくだらないと思えますが、あいにくこれは今でも多大な影響を持つ考えなのです。わたしの作品は基本的に、そんなふうに自分の一部を閉じてしまうべきだと考えるのはナンセンスだ、と伝えることを目的としています。けれども、きわめて多くの大人が、いまだにそうせねばならないと信じていますし、自分たちが避けがたいと思っている、心の一部を閉ざすことへの準備を子どもたちにもさせようと、熱心に努力しています。

少し昔の例を引くなら、わたしが『うちの一階には鬼がいる！』を書いていたころ、長男がプレゼントにジョン・メイスフィールドの『喜びの箱』をもらいました。長男は一気に読んでしまったあと、こう感想を述べました。これは一生お気に入りの本になったかもしれないけど——彼にとってその本は、わたしが「あかつきのパン笛」の中に見出したものをすべて含んでいたのです——最後にみんな夢だったとわかるせいで、何もかも台なしになってる、と。息子は本当に不快そうでした。こんなラストはいんちきだ、と言うのです。二十年以上たった今でもそう言っていますが、まさにその通りだと思います。メイスフィールドは片手で読者に想像力のごちそうを与え、反対の手でとりあげているのですから。彼はこう言っているも同然です。「さて、わたしは大人としてきみたちに教えなくてはならないのだが、ここに書いたことはいずれも本当ではないのだ。子どもたちよ、きみたちが送ることになるのは平凡な人生で、それは退屈なものなのだ。心の中の、この物語を楽しんだ部分を閉め切る用意をしなさい」

嬉しいことに、こうした卑怯な手口は今では時代遅れとなっていますが、もっとたちの悪い別の手口がとってかわりました。この手口を利用する一派は、子どもたちの抱える問題を見て取り――この子は人種がちがう、体に障害がある、粗暴な両親がいる、貧困の犠牲者である、などなど――こうした問題を持つ子どもについて、詳細かつ現実的な内容の本を書きます。そしてその本を、当の問題を持つ子どもに渡して読ませようとするのです。わたしはこれを、不快なものはためになる、という考えに基づいた、「卵の白身アプローチ」と呼んでいます（たいていの子は卵の白身が嫌いなものですから）。この間違ったアプローチには、二つの考えが含まれています。どちらも同じくらい恐ろしいものです。最初の考えは、不幸だけが現実だというものです（考えてもみてください――それって本当でしょうか？）。第二の考えは、人はこの不幸に一人前の人間として立ち向かうべきで――問題に立ち向かうのは大人のすることとされています――そうすれば問題は消滅する、というものです。いいえ、もちろん消滅などしません。そう言い切れるのは、個人的な経験があるからです。

わたしは悲惨な子ども時代を送りました。あまりに悲惨だったので、現代なら虐待の被害者と認定されて保護してもらえただろう、とよく考えますが、本当のところ、どうだったかはわかりません。なにしろわたしたちは、いわゆる「いい家」の子だと思われていたのですから――。さて、わたしにはそんな過去を知っているアメリカ人の友人がいて、しょっちゅう黒人女性の自伝を送ってくれます。そうした自伝の幼少期の部分を読んでみると、わたしの過去と同じくらい悲惨であるとわかって、すぐに耐えられなくなります。彼女はそういう本がわたしを「救って」くれると信じているのですが、わたしはとても読み進めることができません。体が震え、涙が出てきて、その後何夜も眠れず、自分が無力で何もできなかった時期を生き直すはめになります。だからこそ、このアプローチは間違っていると言うのです。子どもたちは無力です。生まれや社会のせいで押しつけられた問題の前では、何の力もありません。自分が無力だった状況に再び押しこまれても、救われる人などいないでしょう。そして正常な大人なら、自分をそんな状況に追いこんだりはしないはずです――なのに、これこそが子どもを大人にする方法だと信じている人が、大勢いるのです。

見たところだれも気づいていないようなのは、子どもは大人になるのが待ち切れないものだ、ということです。第三の恐るべき誤りは、だれ一人この事実に気づいていないことから生じてくるのでしょう。それは、「ファンタジーを利用して子どもに現実の人生への心構えをさせる」というアプローチです。この手の本はたくさんあります。わたしたち姉妹は子どものころ、それを「かみさまのほん」と呼んでいました。また、そういう目的で書かれてはいない本が、学校で利用されてしまうこともあります。

　三男が十歳のころの担任は——名前は忘れてしまいましたが、ファニー・クラドック（原注3）というあだ名でした——何でもかんでも『たのしい川べ』を引き合いに出して教えていました。あらゆることをです。生徒たちはヒキガエルによって足し算を学び、モグラによって国語を学び、森によって美術を学習し——彼女はどうやら、歴史や地理や社会もこの本を使って教えてのけたようですが、どうやったのかは聞かないでください！　かわいそうな生徒たちは『たのしい川べ』から逃れられませんでした。けれども、ここが重要なところですが、生徒たちは「あかつきのパン笛」の章だけは一度も教えられませんでした。一年もすると、子どもたちは彼女の授業にうんざりしてしまったので、わたしはみんなの気持ちを軽くするためにパーティを開くことにしました。わたしの作った大きなファニー人形をみんなで椅子に縛りつけ、大籠いっぱい用意しておいた風で落ちたリンゴを、人形に投げつけたのです。これは、わたしが開いた中でいちばん成功したパーティでした。クラスのほぼ全員がやってきて、リンゴを投げつけながら、大声でファニーの悪口を言いました。そのうちにリンゴは残らずぐちゃぐちゃになり、子どもたちはあんまり楽しかったので、食事をするのも忘れるほどでした。子どもたちは椅子まで壊してしまいましたが、人形には状況があまりわかっていないようでした。

　これは象徴的なことだったと思います。本をそんなふうに使おうと決めている人々に、何かをわからせることなどできないのです。わたしの本がそんなふうに使われない方法を思いつければいいのですが——。つい昨年、わたしは『聖なる島々へ』の一節が試験問題になっているのを得意げに見せられました。この件も、三男の経験も、悲しいことだと思います。なにしろ教材に使われた本など、子どもたちは二度と読みたくないはずですし、息子のクラスのだれ一人、教えられなかった章、「あかつきのパン笛」をこれからも読むことはないでしょうから。

　ここで、わたしが母からその章を読むのを禁じられた、という話に戻ることにします。なぜ母はそんなことをしたのでしょうか？　そう、ファニーのパーティから一年くらいして、母はわたしに打ち明けました。彼女自身、九歳くらいのころはおとぎ話に夢中だったのだと。そのころは一ペニーでおとぎ話の小冊子が買えたので、母は大量に買って、むさぼるように読んでいました。ところが、読んでいるところを父親に見つかり、本をそっくりとりあげられたばかりか、焼かれてしまったのだそうです（原注４）――まるでおぞましく、いやらしいものを焼く儀式のようにして。父親は、こんなもの真実じゃない、現実じゃない、だからおまえの心をだめにするものだ、と述べ、二度と読むんじゃないと言い渡しました。そこで母は読むのをやめ、その後一度たりとも読もうとしませんでした。そんな母にも、ヒキガエルの本は読んでもいいと思えました。なぜなら、ヒキガエルは明らかにおかしな存在で、しょっちゅう体の大きさを変えていたからです。けれども、心の深いところにある想像力の源へ読者を連れていく、あの章だけは別でした。母はわたしの本を読みますが、その理由は、わたしがたいてい実在の人々を登場させるからで、母は知り合いを見つけるのが楽しみなのです。そして母はいつもわたしに、どうして「リアルな」本を書かないの、と尋ねてきます。

　わたしの祖父は、わたしが生まれるずっと前に亡くなりました。顔を合わせていれば、いくつか言ってやりたいことがあったのですが――。最初に言いたいことの一つはこれです――現実でないものを読むと心がだめになるという彼の信念（わたしは「ドン・キホーテ恐怖症」〔訳注　ドン・キホーテが騎士物語を読みすぎて、自分が騎士だという妄想を抱いたことから〕と呼んでいます）を、今世紀前半にあまりに多くの人が持っていたことは、当時二つの世界大戦が起きたという事実と無関係ではないでしょう。はっきり言いますが、そうやって本を焼かれたせいで、母はわたしが知る中でもとりわけ不幸で、周囲に適応できない人間になってしまいました。このことから、幼いころ受けた影響がどれほどあとまで及ぶかがわかり、それだけでも大人の責任というものを真剣に考えずにはいられません。

　けれどもこの「ドン・キホーテ恐怖症」は、いまだに消えうせてはいません。相変わらず英国で生き長らえているのです。最近、ウィットブレッド賞の候補作を読んでいたところ、五冊もの本がこの考えを、祖父よりはるかに進んだ形で語っているのがわかりました。その五冊はどれも一見、「問題を抱えた子ども」の本でした。肌の色がちがったり、障害があったり、両親が離婚しそうだったりする子どもが登場し、どの子も色鮮やかな人生、よりわくわくする人生、もっとましな人生を空想することで、不幸を埋め合わせようとします。彼らが空想するのはたいてい、自分がすてきな冒険をする世界です。その後、本のなかばあたりで、そうした世界を作った子どもたちは、どちらの人生が現実で、どちらが心の中にあるものか見分けられなくなった、とわかります。言葉を変えると、空想をしたせいで、この子たちは気が狂ってしまったのです。

わたしはこれらの本を読み、なんとたちの悪い無責任な脅しを感受性の強い読者に突きつけるんだろう、と思って、作者の素性を調べてみました。作者のうち二人は生徒のコンピューターゲーム中毒に悩む教師らしく、残りはファンタジーと麻薬中毒を同一視していると思《おぼ》しきソーシャルワーカーでした。おそらく、この人たちは一人として、自分が何を言っているのか、ちゃんと気づいてはいないのでしょう。けれども実のところ、想像力のせいで気が狂う、という脅しをかけることにより、彼らは感じやすい読者たちが正気に至るためのもっとも重要な道を閉ざそうとしているのです。彼らの脅しの根拠は、今までにわたしが述べてきた間違いをすべて合わせたところにあるようです。現実は一つしかなく、退屈で不愉快なものであるという信念、若い人々はそんな現実に、ただそれだけに立ち向かう準備をすべきだという信念、そして、その方法は想像力を閉め切ることだという信念です。彼らはその上に、さらなる過ちを加えました。人の頭の中にあるものは、日常生活には存在し得ない、という信念です。

さて、児童文学の長所に戻りましょう。

まず述べておきたいのは、わたしたちは、頭の中でしか日常生活を送れない、ということです。人は「わたし」が中にいて世界が外にあると、きわめて巧妙に自分を納得させていますが、実際には、目の前にある世界を感覚を通じてとり入れ、次いで脳に送って処理しているのです。ほかのあらゆるものも、同様に脳に送っています――足したり掛けたりすべき数字、あの大切な手紙をどうやって書こう、あの本のタイトルは何だったっけ。ラジオで流れてたすてきな歌、だれが書いたんだろう。母さんに電話しなくちゃ。スミスをどうしたものかしら。靴がきつくてたまらない。新聞に出てるこの危機といったら！

脳に入ってくるものは、ほかにも山ほどあります。たいていの人は全世界を頭に入れていると言っても差しつかえないでしょう。氾濫する頭の中身に対処するために、わたしたちは一歩引いたところで、いわば異なる周波数帯で、考える能力を必要とします。――おや、この数字を足すとうちの電話番号になる。ちぇっ、残高マイナスだわ。あの手紙、結論から先に書いたらどうだろう。いちばん厄介なとこから始めるってわけ。あの本のタイトル、思い出そうとするのをやめれば思い出せるはずだけど。例の歌、スコットランド風だったな。もう少し待って、母さんのほうから電話させたらどうかしら――ううん、そんなことしたら、一カ月間ずっと文句を言われるに決まってる。スミスにくたばっちまえと言ったらどうなるかな？　テーブルの下で靴を脱いだらどうだろう？　新聞の記事が間違ってるとしたら？

　頭の中の考えが「もしも……したらどうなる？」でいっぱいになってきたことにお気づきでしょう。「もしも……したらどうなる？」という発想は、想像力が働いているしるしです。この段階では、想像力とは問題を解決する力なのです。想像力は欠けた部分のある状況をとりあげ、「もしもこれをやってみたらどうなる？」と問いかけ、欠けていたものを補ってくれます。それは小さな問題を解決することもあれば——（いいわ、このひどい靴を脱いでしまおう）——きわめて高いレベルの思索に至り、一般通念を越えて、未来のまったく新しい形を描くこともあります。ごく平凡な状況においても、想像力は精神の成長点にほかなりません。（母さんが文句を言うだろうっていう、この馬鹿げた不安は追い払って、こっちは忙しいのよって母さんに言ってやったらどうかしら？）この母親がわたしの母のような人だった場合、こんな考えはまったくの絵空事《ファンタジー》としか思えないかもしれません。それでも、こうした発想こそ、あらゆる進歩の最初の形であり、今はまだファンタジーでも、やがてだれかが現実にするのです。

　ダイダロスの物語以来、飛行機はファンタジーの中に存在しました。アーサー・C・クラークはファンタジーの中で通信衛星を発明しました。魔法瓶はいくつかのケルトの物語に「ブリテンの不思議な宝」として登場しています。そんな例はほかにもいろいろあります。空想する能力は、わたしたちが持っているいちばん大切な能力なのです。それは問題を解決してくれるので、生きていく上できわめて役に立つ能力と言えます。そして幸いなことに、想像力はわたしたちの中に組みこまれていて、勘ちがいした大人に禁止されないかぎりは、だれもが自然とその力を働かせるようになるのです。

　わたしたちに組みこまれた必要な能力のしるしは、食べることやセックスと同様、それを発揮するのが楽しいということです。人はみなアイディアで遊びます。子どもたちはむろん、しょっちゅうそれをやっていますが、きわめて退屈な会議をしている大の大人のビジネスマンですら、こう述べることがあります。「ここにある二、三の数字をいじってみましょう」とか、「ちょっとこのアイディアで遊んでみましょう（訳注　play around with this idea「アイディアを検討してみる」という意味）」とか——これは正しい言い方です。なにしろ大きな喜びと希望を持って想像力を働かせれば、必ず何かの役に立つのですから。その場合、「もしも……したらどうなる？」という考えは力強く先へ進んでいき、人は本当にどこかにたどり着くことができるはずです。欠けていた部分が見つかるときには、たいてい驚きと途方もない喜びを伴います。エウレカ！

わたしはいつも、アルキメデスがゴールを決めた直後のサッカー選手みたいに飛びはね、拳を振りまわし、通りじゅうに水をまきちらす姿を想像してしまいます。まわりの人々はアルキメデスの気が狂ったと思ったことでしょう。ですが、この遊びと喜びの要素が、実は人の正気を保っているのです。

少しのあいだ、先ほどの意識の流れに戻りましょう。くたばっちまえと言ってやった場合のスミスの表情を思い描くと、この人物は内心にやにやしてしまいますが、想像力は一方で、そんな真似をしたら厄介なことになると警告もしてくれます——訴訟を起こすスミスの姿が浮かんできます——それでも、その考えはすてきで、気分がかなりよくなります。そのすてきな考えがジョークなのかファンタジーなのか、区別するのは容易ではありません。実際、ジョークとファンタジーは密接に結びついているものです。どちらも、頭をクールで明晰な状態に保ち、困難な状況に対処するための方法と言えます。

本を書いていて、困難な状況——とりわけ、先ほど述べたような、子どもたちがその前では手も足も出ない、外部の要因による状況——が出てくると、わたしはたいていその場面を滑稽なものにしてしまいます。といっても、ふざけているつもりはありません。最新作の『マライアおばさん』を例にとると、タイトルになっている女性、マライアおばさんは、年齢と体の弱さを利用して他人を思い通りに操る怪物のような老女です。もっと悪いことに、彼女は周囲の罪悪感を刺激することで、性別に基づく伝統的でごく狭い役割に人々を押しこめてしまいます。「女の仕事」と「男の仕事」をきっちり分けているのです。本の結末付近で彼女はあっさり認めます。わざと人々を退屈させ、退屈によって心を萎えさせ、ものを考えられないようにしてきたのだと。言葉を変えれば、マライアおばさんは自分の目的のために人々の想像力をせっせと「閉め切って」いるのです。彼女はしまいにクリスという少年の心を閉め切り、動物にしてしまいます——その後、クリスが狼の姿できちんとしたお茶会に飛びこんで復讐しようとする、愉快なエピソードがあります。わたしはそこを書いているあいだじゅう、馬のいななきに似た笑い声を漏らしていましたし、今でもその場面をすごく滑稽だと思っていますが、それでもこれは、とてもまじめな場面なのです。クリスが心を「閉め切られ」、野生動物になったということは、要するに、マライアおばさんの態度のせいで道を踏み外してしまったということですから。

思い切って明言しますが、大切な事柄というのは、ほかのどんな方法よりも、このように楽しいやり方で人を笑わせたほうが、うまく伝えられるものなのです。読者はあるレベルでその事柄を理解していなくても、別のレベルでは理解してくれるからです。

　わたしには、本を書くときに伝えたいことがあります。教えたり、説教したりするのは性に合いませんが、責任を持って伝えたいのは、人が驚いたり喜んだりしながら新しいアイディアを広げるのに忙しくて、頭の働きを自覚してはいないけれど、それでも頭が正しく働いている（これは普通、必死に働いているということです）ときの感覚です。言うまでもなく、わたし自身が同じ勢いで頭を働かせれば、この目的に合ったものが書けるはずです。わたしはたいていそういうふうにして書いています。いちばんいい椅子に座って、書きちらし、食べるのを忘れ、家族に迷惑がられたり、たまに椅子から落ちるほど大笑いして彼らに心配をかけたりしながら……。ほとんどの本は、そんなふうに熱に浮かされた状態で書いているため、あれこれのアイディアをどうやって思いついたのか、あとになるとうまく説明できないのです。たとえば、わたしがこのスピーチの原稿を書いていたとき、夫は完成したばかりの『魔空の森　ヘックスウッド』という物語を読んでいました。彼が登場人物の一人の台詞をおもしろがってくすくす笑ったので、わたしは顔を上げて言いました。「彼が言ったのよ、わたしじゃないわ――わたしだったらそんな言葉、思いつかない」その本はまるで、ひとりでに書きあがったかのようでした。

　頭の働きになんとか追いつくつもりならば、たぶんこれこそが正しい書き方なのでしょう。ある意味、ファンタジーとは夢のようであるべきなのです。夢の中で頭は必死に働いていますが、その働きを意識的にコントロールすることはできません。ジョン・メイスフィールドが『喜びの箱』で犯した過ちは、このことにも起因しているのではないかと思います。彼はその本に夢のあらゆる要素を詰めこみましたが、それらを最終的には意識的にコントロールすべきだということを忘れてしまったのです。最終的にコントロールが必要、というのは、多くの場合プロットがない夢とはちがって、この手の作品では物語がとても重要だからです。作家が何よりもまず物語を語らなければ、だれも――とりわけ子どもは、許してくれないでしょう。わたしは物語を語るのが――これから何が起こるか見つけるのが、大好きです。結末が近づき、すべてが一つにまとまり始めるときほどすばらしいものはほかに知りません。

　意識的なコントロールは通常、次の段階、第二稿から始まります。わたしは物語があらゆるレベルで論理的に辻褄が合うように、長々と、熱心に手を入れます。わたしが感じている責任の一つは——それは児童文学に関わる何人もの大人によって後押しされていますが——いいかげんな作品を生み出さない、ということです。

ところで、ここに奇妙な事実があります。ある物語の論理とプロットの進み方は、別の本の論理と同じにはならない、ということです。本にはそれぞれ個性があり、独自の推進力があります（物語が進んでいく方向にはよく驚かされます）。そうした個性は、冒頭から現れなくてはいけません。それが見られないなら、わたしにその本を書く準備ができていないか、その本に書かれる準備ができていないのです（普通はその両方のように思われます）。この場合、わたしは書くのを中断します。でも個性がちゃんと現れてくれれば、それによって本を書くための文体——言葉——が決まることになります。これこそ、わたしが第二稿でとても苦労して、正しい状態にしようとするものの一つです。おわかりいただけるでしょうか——その作業は、夢の正確な雰囲気を伝えようとすることに似ています。夢の出来事を全部合わせても、夢が与えてくれた感覚には届かない、そんな夢をだれでも見たことがあるでしょう。本当に難しいのは、本がその感覚を伝えなくてはいけないという点です。

けれども、ファンタジーが夢にいちばんよく似ているのは、脳と同じように、複数のレベルで働くという点です。ユーモアが二つのレベルで働くことが多いということは、すでにお話ししました。笑えるレベルと、ごくまじめなレベルです。わたしは深い潜在意識のレベル（そこでは脳はたいてい、抽象的な形で思考しています）に存在するあらゆるものを、表面的な物語のレベルに盛りこみたいと思っています——できれば、その中間にあるものも余すところなく。この点では、児童文学に必然的に関わっているすべての大人が、大いに助けになってくれます。わたしが複数のレベルで書けるのは、彼らのおかげと言ってもよいくらいです。作品を書くときには、大人にも楽しめるものにするのが公平だと思いますし、大人は子どもよりはるかに多くのことを知っているはずなので、その知識を頼りにすることができますから。物語が複数のレベルで書かれることは、子どもたちには何の害も与えません。T・H・ホワイトは「石に刺さった剣」の中で、子どもたちが自分の頭脳の水準を超えるような問題と出会うのは実はよいことなのだ、と主張していますが、わたしもその通りだと思います。それは子どもたちにめざすべき地点を見せてくれるからです。

実をいうと、「めざすべき地点」こそ、このスピーチの重要なテーマです。先ほどお話しした、間違いを犯す大人たちは、この点でもっとも大きな過ちを犯しているのです。世界は人がめざすものの半分も与えてくれないから、大人であるとは実にわびしいものだ、と彼らは感じています――いえ、そう決めつけています。彼らが忘れているのは、月をめざしてその途中まで行けば、屋根をめざして階段の途中まで行くよりずっと遠くへ行けるのだということです。ある人が人生で成しとげることは、成しとげようと思う内容によって、驚くほど左右されます。

さて、子どもはみな、いつか大人になれることを知っています――ただ待てばよいのです。子どもにはそれ以上の目標が必要です。

この「それ以上の目標」は、主に神話やおとぎ話から与えられます。熱に浮かされた状態で書いていると、わたし自身がおとぎ話や神話をとり入れようと思っても思わなくても、物語がたいていそれらを引きこんでしまいます。神話やおとぎ話は最初期の形のファンタジーだからです。

神話やおとぎ話のすばらしい点は、レゴのようにピースに分けることができ、それぞれのピースに独自の形と意味があるということです。作家はどこかでヘラクレスの物語をちらりと見せることも、ある部分の土台を「長靴をはいた猫」にすることも、シンデレラを連れてきて、登場人物として物語の中心に据えることもできます。

さらにすばらしいのは、そうした神話やおとぎ話の中には、現代のトラブルや問題もすべて含まれているということです。典型的な問題であれば、どんな種類のものもすでに含まれているのです。といっても、神話やおとぎ話に現れるそれらの問題は、時間を超越していて、読者とは距離があるため、読者は無力感を覚えずに、それをさまざまな角度から吟味することができます。この点で、ファンタジーはジョークと同じ機能を――ただしより深いレベルで――果たしており、読者の正気を保ったまま問題を解決してくれるのです。大半のおとぎ話が、途中で何があってもハッピーエンドを迎えるのは、偶然ではありません。そのほとんどは、月をめざす方法を記した、深いレベルにおける詳細な見取り図なのです。ハッピーエンドは読者に満足を与えてくれるだけでなく、ひょっとしたら自分の問題にも幸福な結末があり得るのかもしれない、という希望も与えてくれます。読者の脳はそれが気に入ります。脳は解決を求めるようにできているからです。

わたしも作品を書くときはハッピーエンドが好きです――すべての本がそれを許してくれるとは限りませんが、なにしろ、月をめざすほうがすてきですから。わたしはいつか完璧なファンタジーを書けるだろう、とよく想像します。一度にたくさんのレベルで夢に似た作用をもたらし、脳が全力で楽しく働くという経験を伝え――しかも、物事のあるべき姿の見取り図になっているようなファンタジーです。

けれども、月をめざすとはどういうことかご存じでしょう。わたしはまだそこにはたどり着けず、本を一冊書くたびにこう思っています。（ああもう！ これもそうじゃなかった！ すごくいい本だけど、わたしの期待通りの働きはしていない）次いで、たぶんだれかがこの本を読んで、生涯にわたる影響を受けるだろう、と考えます。そして最初にお話ししたように、途方もない責任を感じ、そのだれかに向かってこう語りかけるのです。（わかったわ。いつかあなたのために、正しいものを書きますからね。）

（原注1）「ハロウィーンのミミズ」参照。
（原注2）「ルールは必要か？」参照。
（原注3）ファニー・クラドックは、英国のレストラン批評家、ベストセラー料理書の著者。「セレブ」な料理人として、一九五〇年代なかばから一九七〇年代なかばまで続いた長寿テレビ番組に出演していた。厚化粧し、高価な衣装を身につけ、攻撃的なまでに自信たっぷりで、いつも共演者（実の夫）のジョニーに対し、横柄にいばりちらしていた。
（原注4）このエピソードは「ルールは必要か？」でも述べられている。

（市田泉　訳）

講義その3　なぜ「リアルな」本を書かないのか

オーストラリアでの三回めの講演で、ダイアナは「リアルな本」の性質について語っている。この講演の基になったのは、英国SF協会の評論誌「ヴェクター(*vector*)」第一四〇号(一九八七年十/十一月)の児童向けSF特集のために書いた記事である。講演の会場はシドニーのニュー・サウス・ウェールズ州立図書館だった。

この質問にこれから答えられることを、本当に嬉しく思います。最初の本が出版されてからというもの、わたしはずっと「なぜリアルな本を書かないのですか」と訊かれてきました。遠まわしに尋ねる人もいれば、真っ向から訊く人もいました——が、この質問がやむときはありませんでした。

最初に訊いてきたのは近い親戚でした。わたしの仕事について、近所の人に話すのを恥ずかしく思っていたのです。夫の母親など、わたしが妻と母親の役割を果たすだけでは足りないというなら、唯一認められる言いわけは大人の本を書くことだと、明らかに思っていました——もちろん、彼女の言う「大衆小説」を書かないことが条件ですが。わたしが彼女の要求に応えず、大人向けでも高尚でもない本ばかり書いていたため、義母は、わたしの仕事は彼女の孫を育てることだけだ、というふりをしたがりました。そのせいで、非常に気まずい雰囲気になったこともあります。

あるとき、義母がお茶の時間に訪ねてくることになりました。彼女はお茶のときには、サンドイッチを山盛りにしたお皿と、少なくとも二種類の手作りケーキがないと満足しないのです。そこでわたしがサンドイッチとケーキを作ろうとしていると、うちで飼っている犬がずぶ濡れで家に入ってきて、凍えそうで気持ち悪いから今すぐ乾かしてくれ、という気持ちをなんとかわたしにわからせました。そのときの家は仮住いで、犬はまだ慣れていませんでしたが、わたしをタオルの戸棚の前に連れていき、扉を開けて、どうしてほしいか訴えたのです。わたしは思いました。(なんて賢いんだろう! こんなに頭がいいのに、手も言葉も使えないって、どういう気持ちかしら。あら、ちょっと待って!)こうしてわたしは『星空から来た犬』のアイディアをつかみ——今すぐ書きとめなくてはという焦りのあまり、走っていって、とりあえず第一章の大まかな内容を走り書きするはめになりました。

結果として、義母がやってきたとき、ケーキはありませんでした。わたしは当然ながら事情を説明し、謝りました。すると義母は、わたしがひどい過ちを犯したことをはっきりさせたあとで、こう言いました。「かわいそうに、ダイアナ、子どもたちのせいで忙しいんでしょう？　お昼寝しちゃうのもしかたないわね」そのとき、わたしは気がつきました。わたしの本は、彼女にとってまったく現実味が感じられないため、存在しないものと思われているのです。おかしな話ですが、わたしが新しい本を出すと、義母はきまって一冊ちょうだいと頼んできます。わたしが見るかぎりでは、客用寝室の特別な棚に飾って、自分は読んでいないということを見せつけるために。

　まあ、このくらいのことは我慢できます。しかし、まもなく同じ質問があらゆる方面から投げかけられるようになりました。たいていは遠まわしに、わかりにくい形で。わたしが職業を述べると、たとえば美容師の困惑したような顔にその質問が浮かびます。学者である夫の同僚の奥さんたちも、同じ表情を浮かべます。奥さんたちは続けて、孫に贈ったばかりの、カエルが出てくるちっちゃくてすてきな本についてまくし立てます（とってもかわいらしい絵がついてて、文章はほとんどないのよ！）。——いつも思うのですが、この言葉の意味するところは、わたしの仕事も絵の多いカエルの本を書くことにちがいない、というものでしょう。

　また、教師たちもちがった形で、同じ質問をしてきます。教師たちは、人種差別や失業問題といった「リアルな」事柄を書いてはどうかと勧めてくるのです。中には、ファンタジーは難しすぎるとか、「平均的な子どもの能力を超えている」とか言う教師もいますが、たいていの教師は、ファンタジーは現代の重要な問題についてのクラス討論の題材にならない、と文句をつけてきます。これだけでも、過酷な状況ではありませんか？

　さらにしばらくたつと、アダルト・ファンタジーのファンからも、同じ質問を別の形でしょっちゅう受けるようになりました。わたしが本を書き始めたころは、アダルト・ファンタジーのファンなどというものは存在しませんでした。およそ十年後にどっと現れてきたのです。質問する人はきまって男性で、Tシャツにおもしろいことが書いてあり、SFやファンタジーの大会で近づいてきてはこう言います——表紙があんなに子どもっぽくなかったら、ぼくもたぶん、あなたの作品を読むんですけどね。おかしなことに、女性ファンはそんなことは気にしないようです。

　そして最近はわたしのところに、罪悪感でいっぱいの学生たちから山ほど手紙が来るようになりました。ほとんどの子は大学一年生で、学生生活にいささか不満を持っており、十八とか十九という大人に近い年になってもまだわたしの本を読み返し、楽しんでいるなんて、自分にはどこかおかしいところがあるのでは、と不安に思っているのです。

　ですが、本物の重装備部隊、いちばん質問に答えるのが難しい相手は、英国の学校の校長のおよそ三分の二にあたる人たちです。学校訪問で校舎に足を踏み入れるが早いか、そういう校長は見分けがつきます。男性の校長は、自分の人生の三十秒をわたしに与える覚悟を決め、手を伸ばしながら近づいてきます。わたしは握手のとき、手をこわばらせるようになりました——こういう校長はいつだって、わたしの手を握りつぶそうとするからです。手に万力のような力をこめながら、校長の言うことも決まっています。「あなたの本はむろん、一冊も読んでおりませんが」一人残らず「むろん」という言葉を使うのです。女の校長は近づいてはきません。何ヤードも離れたところにつんとして立ち、冷たい声で言います。「あたくしはむろん、伝記しか読みませんけど」またしても「むろん」です。

　たぶん、こう答えてやるべきなのでしょう——「あなたが預かっているお子さんたちのために、作家が特別に書いたものを読まないなんて、いったいどういうおつもりなんですか?」けれども、わたしはそんなことは言いません。困ったことに、礼儀をわきまえているからです。そのうえ、わたしはいつも、この質問——とりわけこういう形の——が、「もう奥さんを殴るのはやめたのかい?」（訳注　イエスと答えてもノーと答えても不名誉な質問の典型）といった、相手を非難するための質問と同じ調子であることに当惑しているのです。もう一つ当惑してしまうのは、質問が実にさまざまな形をとるということです。いちばん単純な形——「なぜリアルな本を書かないのですか?」——でさえ、含まれている意味は多種多様です。

　質問に答える前に、こうした含みについて見ていきましょう。

　最初の含み——義母の質問の——は、こうです。女の仕事は子どもを育てることだけなのだから、子ども向けのファンタジーを書くという仕事を女がするのは感心しない、こっそり違反記録をつけておきたいほど、変わったことではないだろうか——。この考え方は、女性による説教についてのサミュエル・ジョンソン（訳注　十八世紀英国の文学者）の批判とよく似ています。ジョンソンは、女性が教会で説教するなど、犬が二本足で歩くようなものだ、と述べたのです。美容師が困惑するのも、ファンタジーを書くという仕事について、このような考え方があるからでしょう。そして義母は同時に、子どものために書かれたものは必然的に万人受けするものである、という事実にも不安を抱いているようです。

児童文学は本質的に、彼女の言う「大衆小説」なのです。夫の同僚の奥さんたちは、その思いこみを拡大し、つまりこの人の書くものは、たぶんとってもかわいらしいけど、ほとんど中身がないものなんでしょうね、とただちに結論を出してしまっています。この結論の底に潜んでいるのは、子ども向けのファンタジーなんて価値はないし、役にも立たないはず、という思いこみです。クラス討論の機会を奪われたと思っている教師たちも、その思いこみを引き継いでいます。彼らにとってリアルな、あるいは価値のある文学とは、日常生活の断片を切り取って物語にしたとかいう、現代の諸問題を扱う作品だけなのです。ここには、さらなる含みが存在します――そうした問題がリアルだと認められるのは、読むのがひどく苦痛で、解決が難しそうな場合に限られる、ということです。

　ファンタジーのファンはまた別の見解を持ちこみます。彼らにとって、「リアルでない本」というのは、大人向けに書かれていない本のことです。ここでの含みはおそらく、たとえば十八歳以下の人間は本物の人間《リアルな》ではない、ということでしょう。これがきわめて一般的な考えであることは、どこかの店で、店員の接客を待っている子どもを大人が押しのける場面を見たことのある人なら、だれでも同意してくれると思います。

　そして、「本物の人間」という地位を手に入れたばかりの学生は、子ども向けのファンタジーなどを引き続き読んでいたら、本物とは呼べない人間に逆戻りしてしまう、と心配しているのです。それでも彼らはわたしの本を楽しみ、そのせいでまた別の種類の不安を覚えます。なぜなら、そのくらいの年になったら、本は楽しむものではないと思っているからです（教師たちもその考えを後押しします）。もう一つ、学生を困惑させることがあります。もはや幼くはないこの年齢になって、子どものころは読んでも気づかなかったことを本から新たに学んでしまい、しかもその新たな知識に助けられることが多い、という事実です。ほとんどの学生は、大学に失望し、幻滅したせいで手紙を書いてきます。どうやら大学生活の一年めというのは、世間で言われているほどすばらしいものではなさそうです。心強いのは、たいていの学生がすぐに、リアルな本とはどういうものかについて、自分は今まで勘ちがいしていた、と結論を出してくれることです。一部の学生は、大学一年にもなってこんなファンタジーを読むのは、親指を吸ったり、小さい子向けのおもちゃをいじったりするような退行現象だと決めつけ、二年生のころにはきっぱりと読むのをやめてしまいますが、他の多くの学生は、真剣に自分の意見を修正し、やがて児童文学についての論文を書くようになるのです。論文のことをわたしが知っているのは、学生たちが三年生になるとまた手紙をよこして、いろいろなことを教えてくださいと言ってくるからです。

けれども、英国の三分の二の学校の校長がまだ立ちはだかっています――まるで、リアルな本とはどうあるべきかということが刻まれた記念碑のように。彼らの態度を暗に決定づけているのは、そもそもわたしがこの質問を受ける原因となる事実、つまり、わたしが女性だということです。男性の校長は、男性作家の手を握りつぶそうとはしません。女性の校長は、男性作家には近づいていきます。両方とも、もっとすまなそうにくだんの言葉を発するかもしれず――少なくとも「むろん」とは言わないでしょう――ひょっとすると、作家に会う前に著作の一冊にざっと目を通すくらいの礼儀さえ示すかもしれません。ところがわたしが相手の場合、校長たちには、わたしの義母をはじめとする、例の質問を発するほかの多くの人々という後ろ盾があります。本当は、女が本を書いたりしてはいけないのです。

その考えが特にはっきりと見て取れるのは、よくあることですが、わたしの本が男性作家の本と並べて批評される場合です。男性作家は、なにしろ男性ですから、子ども向けのファンタジーを書くもっともな理由があると見なされ（理由もなしにそんなことをする男性などいるはずがない、というわけです）、その繊細で力強いメッセージの伝え方が真剣に論じられます。巧みな表現方法もとりあげられ、賞賛されます。次いで、書評家はわたしの作品に移ります。ジョーンズはいつもこの手の本ばかり書いている――たぶん染色体に刻みこまれているから、どうしようもないのだ――気にしないでおこう――だが実際のところ、女なのだから、利口ぶるのはやめてほしいものだ――。まったく、頭が痛くなります。おそらくいちばんわたしの癇《かん》に障るのは、隠された、しかし常に存在するこんな思いこみでしょう――ジョーンズは女だから、子どもの本を書くのはしかたがない。その作品は、母親としての自然な役割の副産物として生まれてくるのだ。したがってそれは、子守唄やナンセンスな詩みたいに意味のないものである……。実際、わたしが最悪書評家賞を贈りたい相手は、『九年目の魔法』を批評したある男性です。全文を引用しましょう。「これは少女向けの本であり、なぜわたしが理解しようとせねばならないのかわからない」以上。

同じような考え方は、クラス討論の好きな教師たちの中にも潜んでいます。彼らは男性作家の本に現れるファンタジーの要素を、何か別の事柄のメタファーかもしれない、と言いたがります。少なくとも、わたしの作品はそう思われずにすんでいます。『魔法使いはだれだ』を書いたとき、わたしは弾圧のメタファーがあからさますぎたのでは、と危惧していました。教師たちがそれに気づいて、この本をクラス討論に使ってしまうのでは、と。ですがわたしの知るかぎり、教師たちはだれ一人としてこのメタファーに気づきませんでした。女性作家の本には意味などあるはずがないからです。また、見ていてわかったのですが、ファンタジーの男性ファンは、たとえ子どもっぽい表紙がついていようと、テリー・プラチェットの『トラッカーズ〈遠い星からきたノーム〉』なら、読んでいるところを見つかっても恥ずかしいとは思わないようです。学生について言えば、彼らはわたしを理想の母親のように思い、自分の気持ちを理解してくれると信じて手紙を書いてきます。困ったことに、確かに彼らの気持ちは理解できてしまうのです。そんなわけで、わたしが女性であるという事実については、我慢してくださいと言う以外、どうしようもなさそうです。

ともあれ、校長たちの心に刻まれた「リアルな」本の話に戻りましょう。それは男性が書いた、大人向けの、事実だけ、あるいは事実と称する物語だけからなる本です。それは万人に受け容れられてはならず、おもしろくてもいけません。メッセージか、少なくとも現代の問題に関するシリアスな考察が含まれ、それが教育の場で抜き出せるような形で書かれていなくてはなりません。これにはさらに付記事項があります。ひょっとすると、それは人々の心の深いところに潜むもう一つの思いこみかもしれません。作家の側、あるいは読者の側が想像力を働かせた場合、その本はただちにリアルではなくなってしまう、ということです。

おそらく、世の中にこういった「リアルな」本がほとんどないことを感謝するべきなのでしょう。

こんなふうに極端な言い方をすれば、わたしがリアルな本を書かないことをだれも不思議には思わないはずです。けれども、「リアルな」本のこうした定義にわたしがたどり着いたのは、そういうものを書かないと決めたあと、なぜ書かないのかとさまざまな形で尋ねてくる人々に答えようとした結果でした。わたしがリアルな本を書かない本当の理由は、少なくともその一部は、遠い過去にあります。そして、おそらく質問の形と同じくらい多種多様なのです。今からその本当の答えのいくつかを明らかにしてみたいと思います。

ふり返ってみれば、わたしの幼年期の全体的なあり方が、今のような作品を書く方向へとわたしを押しやったのだとわかります。それが始まったのは、わたしが八歳だったある午後のなかば、自分が作家になるとわかった瞬間でした。わたしは階下へ行って、両親にそのことを厳粛な調子で伝えました。すると、両親は馬鹿にしたような笑い声を上げました。当時のわたしは、自分が重度の失読症で、書くのもひどく苦手なせいで笑われたのだと思っていました――ページの最初の二行を読むのに、ほぼ一日かかるほどだったのです。けれど今思えば、子どもたちが何を言っても、両親はだいたい似たような反応を返していました。

わたしは三人姉妹の長女で、両親は最近なら研修施設《コンフェレンス・センター》と呼ばれるようなものを経営していました。二人とも一日じゅう仕事にかかりきりで、子どものために割く時間はありませんでした。わたしたちは庭の端に立つ冷えきった離れに三人きりで追いやられ、たいてい忘れられていました。これは大げさに言っているのではありません。わたしたちが着ていた服は、わたしが服を縫えるようになるまで、地元の孤児院で不要になったものでしたし、母屋の人々はいつも何かに気をとられていて、わたしたちに食事をくれるのを忘れていました。

今思い返すと、どうしてわたしたち姉妹が離れにいたあいだにお互いを殺さずにすんだのか、不思議でなりません。というのも、唯一の暖房は粗雑な造りの石油ストーブで、わたしたちは毎日のように、いろいろな遊びの最中にそれを火のついたままひっくり返していたからです。それどころか、わたしと下の妹が、二本の縄跳びロープで上の妹を宙につるして窒息死させかけたこともありました。つけ加えておきますが、これは上の妹のたっての頼みによるものでした。舞台の上をロープをつけて飛びまわるパントマイムの妖精の気分が知りたかったのだそうです。一歩間違ったら、あらゆる意味で悲しい損失を招くところでした。なにしろ上の妹は――結婚してイゾベル・アームストロングという名前になりましたが――今ではロンドンのバークベック・カレッジの英語学の教授なのです。幸いなことに、わたしたちは彼女が死にかけていることに気がつき、手遅れになる前に下ろして縄を切ってやりました。『わたしが幽霊だった時』をお読みになった方なら、この事件にも、わたしの幼少期のほかのさまざまな事情にも聞き覚えがあるでしょう。

そういう方もお気づきではないだろうと思うのが、こうした生活のせいでわたしの心に深く染みついた、さまざまな教訓です。先に述べておきますが、当時のわたしたちは、まったく疑問を抱こうとはしませんでした――父権主義的なウェールズの説教師の息子である父が、女の子には軽蔑しか抱いていないことにも、母がすべての女性を憎み、娘たちを（ぼろを着せるほどに）ライバル視していることにも。ですが今では、あのころの生活に関する疑問を懸命に解こうとしています。姉妹のだれも、どうして両親が子どもを作り続け、三人も娘をもうけたのか理解できません。

唯一の推測は、息子を作ろうとしていたのだろう、ということです。けれども当時、ああいうひどい扱いはわたしたちの日常生活の一部でした。ほかのすべてのことも。三人ともそれを普通だとしか思っていませんでした。どんなに普通だと思っていたか、いくら強調しても、し足りないくらいです。

　あのころ、自分たちが直面するような問題を描いた物語を読む機会があると、わたしたちは退屈し、平凡きわまる物語だと馬鹿にしていました。逆に、十代になり、自分たちの生活が決して普通ではないとうっすら気づき始めたころには、読むのをひどく苦痛に思ったものです。このことから、わたしはごく早い時期に結論に達しました。社会的な問題を事実に即して表現した本を書くのは、非生産的だし残酷なことなのだと。読者はそんなものは無視するか、どうしようもないことを突きつけられて動揺するだけだからです。こうしたことを討論させたがる教師は、子どもというものが、両親や社会によって押しつけられる問題の前でどんなに無力なものか、まったく気づいていないのでしょう。

　しかし読者は、同じ状況がおとぎ話や伝説や神話の形で再現されていると、反応を示します。たとえば妹のイゾベルは「人魚姫」中毒で、週に一度は読み、くり返し大泣きしていました。というのも、イゾベルはごく幼いころ、顔がバレエ向きだからバレリーナになれ、と母に言われたのです。確かに彼女の顔はバレリーナにぴったりだったかもしれませんが、母は体型のことは考えていませんでした。彼女はみるみる大きくなったため、主なバレエスクールはどこも入学させてくれませんでした。これは妹にとって大きな悲劇でした。母に認めてもらう唯一のチャンスを奪われ、挫折を味わったのですから。そういうわけで、元々踊れない体だったのに、ひどい痛みを覚えつつも踊れるようにしてもらった人魚姫の物語を週に一度読むのは、彼女にとってまさに必要なことでした。

　母親代わりだったわたしは、妹をうんと慰めてやりました。けれどもわたしは、「人魚姫」の寂しい雰囲気については、もっと強さがあればいいのに、と馬鹿にしがちでした。わたし自身も当然、自分なりの問題を抱えていたのですが、わたしが愛読し、同じような救いを得ていたのは、『中世の叙事詩とロマンス』と題された古くて大きな本でした。祖母が六歳のとき、日曜学校のご褒美としてもらったものです。これは、アーサー王伝説群と『カレワラ』（訳注 フィンランドの叙事詩）を除く、北ヨーロッパの有名な英雄伝説の大半を集めた本でした。そういう伝説はハッピーエンドばかりではありませんが、それは気になりませんでした——

希望を必要としていたわたしが、ハッピーエンドのほうを好んだのは確かですが。また、ブリュンヒルトを除けば、出てくる英雄がみな男性なのも気になりませんでした。わたしは二度、三度とその本を読みました。勇気の実例を探し求めていたからです。角笛を吹くのが遅すぎたローラン（訳注　フランスの叙事詩「ローランの歌」の主人公。援軍を呼ぶ角笛をプライドゆえになかなか吹かず、戦死する）のような、無駄な勇気ではありません――その詩は一回しか読みませんでした――ジークフリートのようにドラゴンを殺せるほどの、本物の、役に立つ、戦うための勇気です。小さな女の子が一人きりで、もっと小さな女の子二人の世話をしなくてはいけないとなったら、どうしても勇気が必要なのです。

　わたしたちは女で、しかも子どもでした。そのせいでわたしたちは両親からも、知っているどの大人からも人間扱いされていませんでした。けれどももちろん、自分も人間だとわかっていました。わたしは結果として、「子どもも本物《リアルな》の人間なのだ」という思いを強く抱いて成長しました。それだけでなく、早いうちから、子ども時代とはだれの人生においても非常に大切で感じやすい時期なのだから、配慮の行き届いた特別な助けが必要なのだと学んでいました。とはいっても、この段階ではまだ、将来は大人向けの本を書くつもりでいました。

　研修施設はとても美しい建物で、それを取り巻く村はいっそう美しい場所でした。村があまりに美しいので、戦争が終わるか終わらないかのうちに、アメリカ人観光客が訪れるようになり、公衆トイレがないと知って機嫌を損ねていました。その村はあらゆる面で、いっぷう変わっていました。わたしたちの家には幽霊が出ました。わたしは実際に見たことはありませんでしたが、大きな玄関ホールを通るときは、できるだけ目をつぶって駆け抜け、何があっても途中で足を止めたりはしませんでした。二、三年後、家で掃除係として働いていた娘が、このホールでふり返って仕事仲間に話しかけました。少したって、どうしてアリーンは返事をしないの、と思った娘は、相手の体が透けて見えることに気がつきました。彼女は悲鳴を上げてすぐに逃げ出し、グレート・ダンモウのベーコン工場で働くことにしました。バケツ何杯もの血のほうが、幽霊よりましだ、というのです。

　さらに、その村は壺を作ったり、ひどく悪趣味な布を織ったり、通りでフォークダンスをしたりする人でいっぱいでした。そのうちの一人は、わたしが知る中で唯一、ポルカ（訳注　十九世紀頃ボヘミア地方からはやり始めた二拍子の軽快なダンス）を官能的に踊れる男性でした。ほかにも、おかしな人が山ほどいました。だれもがある種の変人で、研修施設にやってくる人たちもたいていそうでした。一人だけ例を挙げるなら、年配のテノール歌手だった州の音楽アドバイザーは、わが家の屋根の上でアリアを歌おうと決め――それを実行に移し、夢中になってアンコールまで歌い、紙ふぶきのようなものをまきちらしました。あとになって、紙ふぶきの正体は家じゅうのトイレットペーパーをちぎったものだったとわかり、あわてて買いにいくはめになりました。

こうした話からおわかりいただけるでしょうが、わたしは幽霊や魔女を生活の自然な一部だと思い、おかしな出来事や、もっとおかしな大人たちを普通だと思って育ちました。わたしたち姉妹は、こういう大人を相手にかなりの時間を費やさなくてはなりませんでした。両親は自分たちだけでしょっちゅう外出し、留守番をするわたしたちに、どんなおかしな人がやってきてもちゃんと応対するように、と言いつけていたからです。だからわたしの本には、厳格で頭のおかしい大人が山ほど登場するのでしょう。子どもは生活の中で、大人の相手にたくさんの時間を割かねばならない、というのは、わたしの強い実感です。また、それ以上に強くわたしが感じていたのは、笑いは大切なものだ、ということです。わたしたち姉妹はさまざまな変人を話の種にして、お腹を抱えて笑いながら多くの時間を過ごしました。三人ともひどく不幸でしたが、笑っていたおかげでその状況にも耐えられました。実際、わたしはごく早い時期から、不幸と馬鹿騒ぎがきわめて密接に結びついていることに気づいていました。

そのころわたしは大学一年生でしたが、大学では自分の奇妙な生い立ちをまったく人に話すことができないと気がつきました。すでに自分の育ち方が普通ではないとわかっていましたし、だれも信じてくれないのは明らかだったからです。わたしは今でも同じ問題を抱えています。子ども時代にじかに経験したことは、めったに本にはとり入れません。とり入れるときはいつも、信じてもらえるように控えめに書かなくちゃ、と思ってしまいます。たとえば『わたしが幽霊だった時』には、フェネラが目に髪が入るのをいやがって前髪を二つの固結びにして、四日間まわりの大人に気づかれずに過ごすエピソードがあります。妹のアーシュラは実際にそれをやったのですが、固結びは――額の両側で大きなこぶになっていたのに――六カ月間母に気づかれませんでした。

先ほど、わたしと妹たちがいつも読んでいた本を二冊挙げました。この二冊は、わたしたちが当時持っていた本のおよそ四分の一にあたります。わたしたちは慢性的な本不足に悩んでいました。本の大切さを実感するには、本なしで過ごすのがいちばんいいことかもしれませんが、わたしは幼いころの本不足に感謝などしてはいません。父はわたしが知る中でもっともけちな人間で——地球対火星の守銭奴対決に地球代表として参加しても、勝ちを収められるほどです——娘たちのために何か買ってやろうなどとは思いもしませんでした。何年ものあいだ、父がくれる小遣いは週に一ペニーずつで、そのころでさえ、一ペニーでは何も買えませんでした。やがて妹たちが、これでは足りないと父を説得し、週に一シリングずつもらえるようになりましたが、石けんと歯磨き粉は自分で買うという条件つきでした。一シリングでも不足だったとわかってもらうために説明しますが、当時、チューブ入り歯磨き粉は一シリング九ペンスしました——。

そこまでけちではあっても、父は元校長だったので、女の子といえど本を読むべきだということは知っていました。そこで彼は、アーサー・ランサムのシリーズを買うという手段で良心の呵責を和らげ、そのシリーズを背の高い戸棚にしまって鍵を掛け、クリスマスごとに三人に一冊くれました。最後の一冊をもらった年、わたしはまさに大学に入るところでした。ほかに持っていたわずかな本は、だれかに頼みこんだりねだったりして手に入れたもので、ほとんどはその人が捨てようとしていたものでした。大半がヴィクトリア朝やエドワード朝の本で、かびのにおいがきつく、『すてきなケティ』（訳注　十九世紀米国の作家スーザン・クーリッジによる児童文学）をひどくお粗末にしたような内容でした。これらの本の筋書きはどれも大差なく、おてんばで生意気だった女の子が車椅子生活を送ることになり、敬虔さの化身、完璧な天使、でもそれ以外には何のとりえもない娘になる、というものです。わたしたちは、こういう本は全部、〈かみさまのほん〉とラベルをつけたいちばん長い棚に並べることにしていました。いちばん短い棚には、半分くらいまで〈よいほん〉が入っていて、それはおとぎ話か冒険物語でした。

わたしは十二歳のときから妹たちの服を作り、洗濯などの世話もしていました。そのため、自分で本を書いて本不足を解消しようとしたのも、その自然な延長に思えました。祖母がくれた五線紙ノートがごっそりあったので、わたしはそれに二つの長篇小説を書いて、できたところから妹たちに読み聞かせました。五線紙に文を書こうとしたことのある人なら、その後わたしが罫線のある紙をいっさい受けつけなくなった理由がおわかりになるでしょう。ともあれ、こうしてわたしは十五歳になるまでに二つの小説を完成させました。どんな作家にとっても、自分が長い物語をまとめあげ、完成させることができると知るのは、非常に大切なことです。

ここで、その二つの小説に何が書いてあったか、ご紹介するのもおもしろいでしょう。一つめの小説は、少年の視点から書いた悪漢小説《ピカレスク》でした。二つめでは調子が出てきたので、不良少年のグループの物語を複数の視点から描きました。今でも覚えていますが、これを書いていたときとても楽しかったことの一つは、登場人物それぞれに独自の心があるとわかったことでした。元のグループから少人数が分かれるとき、小グループを率いるのは、わたしが考えていた少年とは限らなかったのです。けれど、なぜ主人公は少年たちだったのでしょう。そう――少女向けの本がたいてい、女の子がしまいには車椅子生活を送る姿を描いているとしたら、男の子のほうがはるかに刺激的な生活を送っているのは間違いない、という当時の人々の思いこみを、わたしも共有していたのです。

わたしが本腰を入れて物語を書き始めたころも――実は三十を過ぎてからでしたが――この思いこみはいまだに残っていました。そのころの男の子は、女の子が主人公の本など絶対に読もうとはしませんでした。わたしの子どもは三人とも男の子だったので、わたしはこの目でそのことを確かめていました。とはいえ、その逆のケースというのはありませんでした。『ぼくとルークの一週間と一日』が出版されたとき、わたしはオックスフォードの子どもたちといっしょにラジオでインタビューを受けました――四人の男の子と、形ばかり加えられた女の子が一人です。インタビュアーはしじゅう、男の子向けの胸躍る物語ですね、と口にしていましたが、そのたびに形ばかりの女の子が、どんどん声を張りあげ、はっきりしたオックスフォードなまりで「女の子向けでもあるわ！」と叫んだものです。これは一九七五年ごろの話で、フェミニズムの影響はもっとあとに、のんびりとやってきました。わたしにとってフェミニズムとは何より、ゆっくりと安心をもたらしてくれるものでした。女の子を主人公にしても自動的に読者が半分になるわけではない、ということが徐々にわかってきたのです。

それはさておき、何十冊もの五線紙ノートに書いた若き日の作品の話に戻りましょう。どちらの小説もファンタジーではありませんでした。今では、それに二つの理由があったことがわかります。第一の理由は、おかしな話ですが、わたしが日ごろの生活とは反対のものを書きたいと思ったせいです。魔女や、幽霊や、満月の夜になると教会のポーチで狼よろしく遠吠えする男のいる村で、シンデレラのような生活をしていたならば、そういうことを本で読みたいとは思わないでしょう。ある意味、わたしの物語はファンタジーだったとも言えます――わたしが普通の人々の生活を空想して描いた、という意味でのファンタジーですが。第二の理由はもっと重要なもので、リアルな本についての思いこみなどとはまったく関係のないことです。わたしには、正しいファンタジーを書くのは実に難しいことで、自分が挑戦するのは早すぎるとわかっていたのです。書くのが難しい作品とはどういうものか、教えてくれるモデルが一つありました。エリザベス・グージの『まぼろしの白馬』という本です。まだまだ何年もたたなければ、そういうものを書く気にさえなれないことは明らかでした。わたしは五線紙ノートに書いた自分の物語に、幻想を抱いてはいませんでした。大した作品ではないとわかっていたので、父の死後にノッティンガム近郊の新たな幽霊屋敷に引っ越したとき、未練もなく捨ててしまいました。わたしにとって、「普通の生活」を書いただけだった二つの長篇は、昨日の新聞と同じくらい記憶に残らないもののように思えたのです。

「リアルな物語」についてのこの感じ方は、息子たちによって裏づけられました。ある程度大きくなると、息子たちはどんなファンタジーにも熱烈な反応を示したのです。幼いころの本不足のつらさを覚えていたわたしは、息子たちに次々に本を買い与え、およそ百冊のすばらしい児童文学を——大人として——発見し、深い喜びと驚きを味わいました。自分の子ども時代にも、これら百冊のうち大半は手に入り、読むことができたはずだとわかったときには、ひどくつらい気持ちになりましたが、ふり返ってみれば、これらの本を大人の分析的な目で初めて読み、それがどのように組み立てられているかを学び、三人の幼い子たちの反応も同時に見られたことは、大いに役に立ったようです。

息子たちがもっと大きくなり、学校を卒業するころ、わたしはこう頼みました——あなたたちが子ども時代に読んだ本の中で、特に記憶に残っているものを（忘れてしまう前に）リストにしてちょうだい、と。三人とも何冊かのファンタジーを挙げましたが、真ん中の子だけはその中にラドヤード・キプリングの『少年キム』を入れていました。わたしが理由を尋ねると、あれは異世界の話だと思っていた、という答えが返ってきました。キプリングの描くインドが現実の国だとは、息子には思いもよらなかったようです。

息子たちがリストに挙げた本は、どれも『少年キム』と同じくらい古いものでした。一九七〇年代を中心に起こった児童文学の大復興はまだ始まったばかりで、悲しいことに、彼らが幼いころ出版された本のほとんどは、読むに価しなかったのです。息子たちはそのことにいつもぶうぶう言っていました。わたしが息子たちの好みに合いそうな本を自分で書こうとしたのは、きわめて自然な流れだったと言えるでしょう。それは、わたしが子ども時代に訓練して身につけたことでもありました。そのころにはもう、自分がどんな本を書きたいかはわかっていましたが、十代のころ思っていたとおり、そういう本はなかなか簡単には書けませんでした。両親に育てられていた（と言えるならば、ですが）時期のわたしは、間違った本をモデルとして読み、それを基に書いていたので、改めて筆を執ろうとしたときには、よく考えをめぐらせ、正しいと思われる方法で書く練習をする必要がありました。いいえ、もっと困ったことに、自分にとっての正しい方法を発見しなくてはならず、それには何年もかかりました。

それと並行して、先ほどお話しした通り、わたしは大人向けの本も書くつもりでいました。むしろそちらのほうが簡単そうでした。問題は、わたしが書き始めたのが、今ではアダルト・ファンタジーと呼ばれるジャンルのものだったことで、当時そのようなものは存在しませんでした。唯一存在したアダルト・ファンタジーはトールキンの〈指輪物語〉で、それはリアルな小説とはほど遠いものと思われていました。〈指輪物語〉が話題になると、人々は口をそろえてこう言ったものです。「どうして彼は得意なことだけやらないんだ――古英語の研究が専門なんだろう？」そのうえ、わたしが書いていたものは、トールキンの作品とも少しも似ていませんでした。最初から、独自の作品を書くと固く決意していたからです。

こうして、わたしは『インキュバス（*The Incubus*）』（原注1）という大人向けの長篇小説を仕上げました。この作品の中では、妻であり母である若い女性が、当時の女性が押しつけられていたつらい日々を過ごしながら、いわば身を守るために妄想にふけります。魂を売るというよくある手段で地獄から悪魔を呼び出し、理想の恋人にする、という妄想です。でも、それは妄想だったのでしょうか――？十年くらいたって、ジャーメン・グリアの『去勢された女』を読んでいたとき、わたしはほぼ一ページごとにこう叫びました。「でもこれ、わたしが『インキュバス』で書いたことじゃない！」本当にそうだったのですが、わたしのあの作品は書いた時期が早すぎたようです。

ともあれ、わたしがそれをエージェントに送ると、相手は明らかに、わたしの気がちがったと思ったようでした。会いたいと言われてロンドンに呼び出され、彼女の表情を見たとたん、こう思ったのを覚えています。（この人、わたしの気が狂ったと思ってるんだ！）そこで、彼女の前では神経質なところさえ見せないように、おそろしく気を遣いました。ひどく緊張していたので、とてもたいへんでした。どのくらいうまくやれたのかはわかりませんが、エージェントはその作品を出版社に売りこむと約束してくれました。彼女は物事をやけに変わった方法で進めるおかしな女性でしたが、当時のわたしはそれが普通だと思っていました。エージェントは、出版社からの断り状を、だんだん強い調子になるように気をつけて並べ、次々に送ってよこしたのです。わたしが一通めを読んでも気を落とさないと、次にもっとひどい調子のを送ってよこす、という具合です（今のエージェントはそんなことはしないので、この女性は普通ではなかったのでしょう）。どの手紙もこういう趣旨でした。「女がこんなものを書いてはいけない！　空想と現実をごっちゃにするのは非常識だし、男性に失礼である！　これは『リアルな本』ではない」

しまいにわたしはすっかり気を落とし、その本を出版するのをあきらめ、こうなった以上、児童文学を書いていくしかないと心に決めました。その分野なら少なくとも、女性も活動を認められていたからです。児童文学を書くことだけは、わたしにも許されているようでした――しかもすばらしいことに、その分野は果てしなく広がっていて、何でもできそうだったのです。そしてすでに述べたとおり、当時は子ども向けのよい本が不足していました。

先ほど、わたしの幼年期の全体的なあり方が、わたしをリアルでない本を書く方向へ押しやった、と言いましたが、その意味はもはやおわかりでしょう。けれども、もっぱら子どもと若者のために書くという決断が寂しいものだったとか、皮肉なものだったとは思ってほしくありません。わたしの原点は妹たちのために書くことでしたし、ずっとそのくらいの年齢の読者のためにも書きたいと思っていたのです。そして周囲の事情が、常にわたしをその方向へ向かわせていたようでした。みなさんはもう、わたしの「リアルでない」本の要素が、わたしの歩みにつれて自然と集まってきたことにお気づきでしょう。その過程が皮肉とはほど遠いものだったとお伝えするために、やはり幼少期に得たさらなる要素について、お話ししたいと思います。

研修施設には二つの庭がありました。家のそばの庭はみんなが出入りする開かれた庭で、きちんと整えられ、がらんとしていました。そして〈もう一つの庭〉と呼ばれていた場所は、その先の道路を隔てたところにありました。この庭にはいつも鍵が掛かっていて、家の者はだれもそちらへは行きませんでした。研修施設を管轄する州会議が庭師を雇っていて、その男がよく〈もう一つの庭〉から出てきては、そこでとれた野菜や花をほんの少し、さも惜しそうに差し出したものです。庭師は開かれた庭の手入れもしていましたが、それはごく短時間で、午前のお茶の時間のあとは、鍵の掛かった〈もう一つの庭〉にひっこんでしまうのが常でした。彼は午前のお茶を飲みながら、耳を傾ける相手ならだれにでも、若き日の過ちについて語って聞かせました。若いころの彼は、死んだら天国に行けるだろうかと不安でたまらず、日曜日ごとにまず教会へ行き、それから国教会以外の礼拝所《チャペル》へも通っていたそうです。ところがある日、グレート・サンプフォードという村に向かって自転車をこいでいたとき、まばゆい光に包まれた天使が彼のもとに降臨し、二つの事柄を告げました。常に教会ではなくチャペルのほうへ行くべきであること、そして絶対に労働組合に入ってはいけないということ。庭師はこの体験を実に淡々と話しました。それを聞いて以来いつも思うのですが、ヴィジョンを見た人というのは、そのことをそんなふうに淡々と話すものなのです。

ともあれ、子ども時代のわたしは、つらいことがあると――三人の不要な子どものうちいちばん不要な子どもで、しかも間違った性別だと、つらいことはいろいろありますが――父のところへ行って、〈もう一つの庭〉の鍵を貸して、と頼んだものです。父の返事はいつも同じでした――「邪魔するんじゃない」。それでもわたしはあきらめませんでした。殴られて終わることもありましたが、父が折れれば鍵が手に入って、この驚くほどすてきで、ひと気のない、きわめて美しい庭に入ることができました。そこではたいてい一人きりで、いつもまわりにひしめいている変人や不幸から完全に離れていられました。

まるでフランシス・ホジソン・バーネットの『秘密の花園』みたいですね、と言う人がいるかもしれませんが、そうではなかったと即答するしかありません。二つの庭はまったく似ていませんでした。わたしがその本を初めて読んだのは十四歳のときでしたが――だれかに頼んで貸してもらったのでしょう――一度たりとも、本の中の庭と〈もう一つの庭〉を同一視することはできませんでした。〈秘密の花園〉は草木が伸び放題の荒れた庭で、そのうえ、どう見ても象徴的な場所のようです。一方〈もう一つの庭〉はきちんと手入れされ、世話が行き届いていました。ちゃんと剪定されたバラや、いろいろな種類のリンゴの木に飾られ、垣根仕立ての洋梨の木々の向こうには、ベリー類や野菜が列を成していました。ヴェネチアン・グラスの破片でできた、小さくて奇妙な神殿のようなものもあちこちにありました。庭師が作ったものです。あんなに神を恐れていた男にしては、おかしなくらい異教的な神殿でした。門を開けると、手をかけられ、刈りこまれた芝生が半円形に広がっていました。だれもそこを歩いたりしないので、たいてい露がびっしり降りていて、足跡といったらわたしがつけたものだけです。その先には芝生の小径がバラのアーチの下をずっと延びていて、小径の尽きるところには蔦に覆われた八角形の東屋が立っていました。

わたしが庭へ行くのはたいてい、庭師が帰ったあとだったので、とんでもない光景に驚かされたのは一度きりでした――夏には毎日のように見られる光景だったそうですが――庭師が必死で悪態をこらえながら（もうおわかりと思いますが、信心深い男だったのです）、怒り狂ったハチの群れに包まれて、この中央の小径を駆けてきたのです。東屋の横の巣箱で飼われていたハチたちは、その獰猛《どうもう》さで州全体に知られる種類でした。父だけが、特別な服を着て発煙装置をふりながらハチに近づくことができました。けれども本当に驚いたことに、ハチたちはわたしには絶対に向かってこなかったのです――ただの一度も。巣箱のある広い一角には雑草がはびこっていました。庭師がそちらへ近づくたびに、ハチが攻撃したからです。ところがわたしはまっすぐ近づいていって、ハチたちがどこかにとまったり飛び立ったりする姿をながめることができました。ハチには常に自分の近況を教えるべきだとどこかで読んだことがあったので、わたしはいろいろなことを話しかけました。もっとも、ハチたちは関心がなさそうでしたが――。

当時は気づきませんでしたが、今考えるとこの庭は、（「リアルな本」とは対照的な）よい本のあるべき姿を申し分なく表しているような気がします――庭師とハチにどんな役割を与えればいいのかは、わたしにもよくわからないのですが。よい本とは、「もう一つの場所」であるべきです。日常生活を超えたところにある、日常とはまったく異なるもので、手間暇かけて作られ、不思議をはらんでいるべきなのです。ただし、日常生活を超えたところにあっても、決して日常と無関係ではありません。読者は鍵がほしいと頼む必要があります。その場所では――ここで少なくともハチには役割を与えられそうです――ハチにいろいろ話しかけることができますが、ハチは問題を解決してはくれません。問題は自分で解決しなくてはならないのです。それでも、しばらくのあいだ、心をその別の場所に連れていくだけで――その場所が充分にすばらしければ――読者は何かを経験して帰ってくることができます。子どものころのわたしはよく、過酷な状況の圧力に押しつぶされそうな気がしていましたが、〈もう一つの庭〉から帰ってくるたびに、前よりうまくそれに立ち向かえるようになっていました。

わたしの最近の目標は、この種の経験を読者に与えることです。大人にもそれを与えたいと思っていますが、ほとんどの大人はそんなものほしくはなさそうです。けれど少なくとも、わたしから「経験」を受け取った読者は、その記憶をずっと胸に抱いているかもしれません。のしかかってくる圧力から読者を引き離すことは、たとえば、差別される人種だとか、離婚しそうな両親がいるとか、その両方だとかいう事実に読者を無理やり向き合わせるより、はるかに価値のあることです。とりわけ、読者が圧力から逃れているあいだに、想像力を働かせるチャンスを与えられるならば。

想像力を働かせるとは、単に何かをでっちあげることではありません。物事を考え抜き、解決したり解決を望んだりすること、普通ならつらい事柄を、少し離れた位置から笑い飛ばすことです。校長たちはそれを逃避主義と呼ぶでしょうが、その意見は勘ちがいもいいところです。わたしはファンタジーを、この世に存在するさまざまな文学の中で、もっとも真剣で、もっとも役に立つものと呼びたいと思います。だからこそわたしは「リアルな」本を書かずに来ましたし、これからも書く気がないのです。

（原注1）この作品は出版されなかった。

（市田泉　訳）

中世の創造

「中世の創造」は、一九九七年五月十七日、ノッティンガム大学中世研究所の主催で、一日だけ開かれた学会のテーマである。ダイアナが前書きで述べているように、主催者の故クリスティーン・フェル教授は、ダイアナがこのテーマについて、新鮮な観点から語ってくれるだろうと期待していた。ダイアナによれば、このスピーチはダイアナが受けた「影響」をテーマとしている。

この学会で話をするように言われたとき、お話しすることなどあるだろうかと思いました。最近わたしは、『ダイアナ・ウィン・ジョーンズのファンタジーランド観光ガイド』という本を書きあげたのですが、それ以来、中世のことをあまり考えなくなっていたからです。

この本は、作者たちが浅はかにもこれが中世だと思っている場所を舞台にした、多くのアダルト・ファンタジーをからかったものです。彼らの信じる中世の世界とは、どの町でも家々が舗道の上に傾いていて、住人が室内便器の中身を下にいる人に向かってあけることができ、たくさんの曲がりくねった路地にゴミの山ができているような場所です。田園地帯では、自給自足すらおぼつかない程度の農業が行われています。『ダイアナ・ウィン・ジョーンズのファンタジーランド観光ガイド』によれば――

農業　のうぎょう　Farming

産物が**市場**《いちば》に並んでいることと、時おりツアーがかつて耕作《こうさく》されていた畑を通り過ぎることから、広く行われているのは明らかである。しかしほとんどの畑は**軍隊**《ぐんたい》によって踏み荒らされたり焼き払われたりしており、さもなければ**魔法**《まほう》による干魃《かんばつ》で立ち枯れている。酪農場《らくのうじょう》はめった《（ママ）》ない。これらのことが、ファンタジーランドにおけるほとんどの食事の、どうしようもない味気なさを説明していると思われる（後略）（訳注『ダイアナ・ウィン・ジョーンズのファンタジーランド観光ガイド』原島文世、岸野あき恵訳。以下、引用は同書より）

そしてまた、田園にあるのは――

あばら屋　あばらや　Hovel

狭くむさ苦しい住まい。**村**《むら》にあるものも、時として**山**《やま》の上にあるものもあり、おそらくどれも丸太小屋のように見えるだろう。あばら屋に住む人々は明らかに怠惰《たいだ》で、手先が不器用《ぶきよう》である。というのも小屋には修理をしたあとがまったく見えず（**今にも倒れそうな**(認)、**朽**《く》**ちた藁葺**《わらぶ》**き**(認)、など）、きれいなあばら家（ママ）などどこにもないからである。中では、隙間風《すきまかぜ》と、煙《けむり》と、ふだん掃除《そうじ》をしていなさそうなところから、住人がみじめ**な暮らしを細々と送っている**(認)のが察せられる。だが、あなたはこれにおじけることはない。ツアーでは人の住んでいるあばら屋に泊まるようなことにはならないからである。もし泊まることになるとすれば、それは**長い間打ち捨てられた**(認)あばら屋で、建物の裏にはちゃんと便所がそなわっている。（訳注 (認)は「公認表現」を表すマーク）

この世界ではよく、名も知れぬ商品の包みを運ぶ商人が、せわしなく行き来しています。そして城の場面になると、住民はきまって鶏の脚をかじっており、食べ終えると骨を犬たちに投げてやるのです。

友人がファンタジーの百科事典を編むのを手伝っていたとき、わたしはこうしたお決まりの描写にだんだん腹が立ってきました。百科事典に入れようと思う項目を、二人でアルファベット順に検討していたのですが、「尼僧院」という項目まで来たとき、わたしたちは声をそろえて「尼僧院は、掠奪されるためにある」と叫び、わたしはこう続けました。「ねえ、こういう本ってどれも似たり寄ったりよね。この国のガイドブックが書けると思わない？」そのあとで、そうよ、書けばいいじゃない、と思い、実行に移したのです。『観光ガイド』から、「尼僧院」と「僧院」の項目を引きます。

尼僧院　**にそういん**　Nunnery

〈規定〉によれば、あなたが立ち寄ろうとしている尼僧院は、どこであろうと必ず（とりわけ休息や治療、食糧などを緊急に必要としているときには）、掠奪《りゃくだつ》を受けたばかりであると判明することになっている。その場所で見つかるのは、累々《るいるい》と屍《しかばね》が散乱し、煙《けむり》の立ちのぼる瓦礫《がれき》の山のみである。あなたは衝撃《しょうげき》を受け、誰がこんなことをしたのかと首をかしげることだろう。その当然の好奇心はすぐに満たされる。というのも、さらなる〈規定〉があって、現場にはごく若い**見習い**か、ひどく年老いた尼僧のどちらかが生き残っており、あなたに強姦《ごうかん》と放火《ほうか》の様子をなまなましく語ってきかせ、犯人たちの名を告げることになっているからである。もし相手が老女ならそこで死に、相手の面倒《めんどう》を見たり、残り少ない食糧を分け与えたりする手間をはぶいてくれる。もし見習いであれば、やはりその場で死ぬか、さもなければ、最初に思ったほど尼《あま》さんらしくないということが判明する（後略）

僧院　そういん　Monastery

急勾配《きゅうこうばい》の丘の上にある、どっしりとした**石**《いし》の建物。通路や歩廊《ほろう》や小さな房室《ぼうしつ》をたくさんそなえているが、どこにも**暖房**《だんぼう》はない。その中には**僧**《そう》が住んでおり、大半は年老いて厳粛《げんしゅく》なおももちをしているが、一部にはかなり頭がおかしくなってしまった者もいる。僧院の院長は、でっぷりとしていてずるがしこいことが多い。この施設には３つの用途がある。

1. **巻物**《まきもの》を守るため（**神殿**《しんでん》を見よ）。ツアーの**探索**《たんさく》に不可欠な情報が記されている巻物は、どれも皆、僧院で油断《ゆだん》なく見張られている可能性が高い。この巻物を目当てにきたということは、口にしないほうが賢明《けんめい》である。（中略）僧たちが進んでその巻物を見せようという場合には、行ってみると巻物の管理者が最近おかしくなってしまい、目的の品をどこかにやってしまったということが判明する。（後略）
2. 避難《ひなん》と休息《きゅうそく》のため。この場合には、たそがれどき、闇《やみ》の軍勢に今にも追いつかれそうになりながら、息を切らして僧院にたどり着く、というのが常《じょう》道《どう》である。あなたは巨大な（樫材《かしざい》の認⃝）扉をさんざんたたかなければならないだろうが、中には入れてもらえるだろう。入ってしまえば安全である。（中略）しかし、問題はその場所を出るときである（後略）
3. 掠奪《りゃくだつ》を受けるため。この場合、あなたは闇の軍勢に半日遅れ、息を切らして建物までたどり着くが、そこには煙《けむり》の立ちのぼる瓦礫《がれき》の山しかない。しかし、生存者がひとり見つかることだろう（後略）

この手の作品はいずれも歴史小説風に仕上がっています。登場人物はみなマントをはおり、あちこちで剣をふりまわし、馬以外に交通手段がないのですから。こういう駄作を書きちらしているのは、主にカリフォルニアの作家たちです。野蛮な北方に住む人々がみな、雪の中を毛皮の腰巻一枚で歩きまわるのも、作者が歴史など重視しなくていいという考えをあっさり明かしてしまうのも、たぶんそのせいでしょう。
『観光ガイド』によれば――

歴史　**れきし**　History

たいがいはつぎはぎだらけで、信用できないもの。過去の出来事についての信頼に足る情報は、失われてしまったか、**僧院**《そういん》や**神殿**《しんでん》で油断なく見張られている門外不出の**巻物**《まきもの》の中に記されている。確証をもって正しいと言える歴史は以下のものである。

1．かつて大陸全体をすみずみまで治めていた帝国（中略）があったが、ツアーが来るよりもずっと前の時代に、ひとつの**都市**《とし》にまで縮小してしまった。今では数えるほどの**道**《みち》（中略）しか残っていない。

2．かつて、おそらく1よりさらに早い時期に**魔法使**《まほうつか》**い**の**戦争**《せんそう》が起きた。（中略）**伝説**《でんせつ》を見よ。これはもっと信頼のおける情報源である。

結局のところ、この本――あるいはシリーズ（たいていは三部作なので）――において大切なのは、「闇の君」を倒し、世界を救うための探求の旅だけなので、歴史だの背景世界だのは大して重要ではないのでしょう。

もうおわかりだと思いますが、わたしはこの手の本のせいで、中世風ファンタジーにすっかり偏見を持つようになってしまいました。こういう作家たちは、やたらと「中世を創造」しているけれど、その作品は絶対に真似しちゃいけない書き方の見本だわ、と思ったのです。けれども、やがてこう考えるようになりました。（だけど、中世の影響を受けることにも長所はあるのよ。なのに彼らがまずいやり方ばかりしてるからこそ、わたしはこんなにいらいらしてるんでしょ）

わたし自身、今までずっと、自分の頭の中にある中世のイメージに影響を受けてきたのは確かです。そのことは自覚していますし、それは夫がたまたま中世を専門とする学者であるせいではありません。たとえば、今書いている本の中で、わたしは登場人物のうち二人をキットとカレットと名づけました。自然に浮かんできた名前です。しばらくしてようやく、（この名前、どこかで聞いたことがある）と思い、『農夫ピアズの幻想』（訳注　十四世紀後半の英国の作家ウィリアム・ラングランドによる寓話的な詩。教会の腐敗を批判し、人間の理想的な生き方を追い求める内容）に出てくるウィルの妻と娘の名前だったことを思い出しました。わたしのキャラクターたちはたまたまグリフィンだったため、最初は結びつきがわからなかったのです。けれども、わたしの作品の中に中世の影響を見つけるのは簡単ではありません。それにはちゃんとした理由があります。つまり、わたしの読者は主に子どもたちだということです。

子どもたちは概して、歴史感覚というものをほとんど持っていません。彼らは本質的に、人類の中でもっとも前だけを見ている集団なのです。子どもたちは成長したいと心から思い、大半の子は大人になるのが待ち切れません。そのため彼らは、「今、ここ」と「これから起こること」に関わりのない本にはあまり興味を示さないものです。わたしは児童文学を書き始めたころ、主に現代のことを（あるいは別世界における現在に似た時代のことを）書こう、「今、ここ」にない歴史の感覚を読者に教えるために自分の書きたくないことを書くのはやめよう、とはっきり決意しました。

今では多くの児童文学作家が歴史小説を書いていますし、さらに多くの作家が、キプリングの『プークが丘の妖精パック』のような形で、過去の人々を作品に登場させています。しかし、わたしにとってこれは容易なことではありません。あるときわたしは、歴史小説を書こうとして――十世紀のアイスランドが舞台でした――多くの下調べを重ねた挙句《あげく》、うまく理解できない事実に突きあたりました。当時のアイスランドには木が一本もなかったというのです。木がまったくない風景など、思い描くことができませんでした。おかげでその本は書けずじまいで、それ以後も、ちゃんとした歴史小説は一冊も書いていません。当時のアイスランドには木がなかったという事実のおかげで、どんな時代を選ぼうと、自分には何かしら理解できないことがあるはずだと気がついたのです。こういうことに悩まされない作家が本当に羨ましいのですが、わたしの場合はそのせいで、歴史小説を書くことはどうしても不可能に思われます。というのも、こんなふうに感じてしまうからです――わたしの思考は二十世紀の流儀で働くように訓練されているけれど、過去のさまざまな時代に暮らした人たちの思考は、まったく別の流儀で働くように訓練されていたにちがいない、と。わかっていただけるでしょうか――つまり、わたしには彼らの気持ちを理解することはできない、ということになります。

わたしが歴史小説を書かない主な理由は、あと二つあります。まず、わたしは子どものころ、教訓臭がはっきりしている本が大嫌いでした。わたしたち姉妹は、物語と見せかけて何かを教えようとしている本を長い棚に収め、その棚に〈かみさまのほん〉とラベルをつけていました。この点については、わたしの息子たちもまったく同じ意見でした。第二に、息子たちの一人は十二歳のころ、キプリングの『少年キム』を大好きになり、何度も何度も読み返していました。わたしはその姿を見てこう思いました――この子はこれを、自分が生まれるずっと前に消えてしまった大英帝国とインドを知ることができる歴史小説として楽しんでいるのだろう、と。ところが、そうではなかったのです。十五歳のとき、息子は、『少年キム』って別世界を舞台にしたファンタジーで、インドに関する部分はキプリングの創作だと思ってた、と打ち明けてくれました。やっぱり子どもに歴史の感覚を持たせるのなんて無理なんだ、とわたしは感じたものです。多くの子どもが、歴史小説をこの手のファンタジーだと考えているのかもしれません。そして、それはあながち間違った考えでもないのです。

ともあれ、わたしの書くものがいずれも、自分の頭の中にある中世のイメージからきわめて深い影響を受けていることは確かです。ありがたいことに、ここで話すようにお招きいただいたおかげで、わたしは記憶をほじくり返し、その影響とはどんなものだったかを理解することができました。記憶によれば、子ども時代に影響を受けたものは二つあります。

第一に、わたしは八歳のとき、母が学生のころ使っていた本でマロリーの『アーサー王の死』を読み始めました。両親は子ども向けの本をあまり信用していなかったのです。その本の文章は多少難解で、活字も小さめでしたが、わたしは夢中になって読みふけりました。「ラーンスロット卿が二人の巨人を殺し、城を解放した次第」といった内容には、本当にわくわくしたものです。けれども、トリストラムとイズーの話の途中まで読んだところで、母からきつい調子で言われました――覚えときなさい、アーサー王の時代には、騎士たちは本当は鎧なんか着ていなかったのよ。おかげでわたしは、すっかり混乱してしまいました。(じゃあ、どうやって戦いで大怪我をせずにすんだの？)と首をひねり、深く考えこんでしまったのです。でも、そうやってよく考えたおかげで、だれもがいずれ身につける常識に気づくことができました――歴史とは何の関係もない、「物語の時間」というものが存在するのです。「物語の時間」とは、おとぎ話がいう「むかしむかし」のように、奇妙な事件や冒険、魔法の出来事が起こり得る時間のことできます。それゆえ当然ながら、騎士たちは鎧をまとうことができます。この「物語の時間」の中にいるのですから、鎧を着たってかまわないのです(大人になって、T・H・ホワイトの「石に刺さった剣」を読んだときには、ホワイトが「物語の時間」についてわざわざ恩着せがましく説明していたので、少々いらいらしました。「物語の時間」のことならだれでも知っています。わたしはたまたまかなり早い時期にそれを意識しただけです）。

第二に、そのおよそ四年後、父が娘たちにロンドンのナショナル・ギャラリーを見学させてやろうといきなり思い立ちました。父はときおりこの種のことを気まぐれに思いついては、移動になるべく時間をかけ、見学先が閉まったころに到着したものです。しかし、このとき父はタイミングを読みちがえ、ナショナル・ギャラリーはまだ開いていたので、わたしたちはさまざまな絵を見てまわりました。わたしは一枚の絵が気に入りました。岩の多い風景の中にピンクのローブを着た小柄な司教が何人もいる、というものです。どう見ても、同じ司教が一度に数カ所にいるようでした。聖人や超自然的な能力を持つ人には、そういうことができるのです。わたしはすっかり魅了されました。それは明らかに「物語の時間」の絵だったからです。ところが父はわたしの肩ごしにのぞきこんで、司教の衣が間違っている、と指摘しました。この司教は、画家自身の時代である中世風の祭服を着ているが、実際に彼が生きていたころはトーガを着ていたはずなのだ、と。父はそのあと、聖セバスチアヌスの殉教を描いた大きな絵（訳注　ルネッサンス期イタリアの画家、アントニオおよびピエロ・デル・ポッライオーロの作品か？）の前にわたしを連れていき、これもまた「時代錯誤」な絵だ、と言って、その言葉の意味をひとくさり解説しました。わたしは絵の前景で身をかがめている射手をじっと見ていました。父によれば、この男は本当はローマの軍団兵の服装をしていなければならないのだそうです。わたしは、彼のタイツを腰帯にとめてずり落ちないようにしている紐が、麻の腰布の上でぴんと張っているのをながめ、こういう中世の服ってさぞかし着心地が悪いんだろうな、と思っていました。ローマ時代のチュニックを着ていたほうが楽だっただろうに――。でも、それはおもしろい発見でした。中世の（霧に包まれたその遠い時代がいつごろかはともかく）人々は明らかに、「物語の時間」を、自分たちの時代と同一だと考えていたのです。これを知って、当時のわたしは羨ましい気持ちになりました。いちばんお気に入りの騎士、ガウェイン卿が、わたしの時代の服、つまりスーツやツイードの上着を着ているところなど、どんなにがんばっても想像できなかったからです。

これはきわめて重要な認識です。歴史感覚のない、前だけを見ている読者に向けて書くつもりなら、「物語の時間」は「今、ここ」にするのが理想的です。わたしはこの考えをせっせと実践しました。だからこそわたしの作品の大半は、可能なかぎり現代が舞台となっているのです。たとえば作家になりたてのころ、『ぼくとルークの一週間と一日』という作品を書いたときには、北欧の神々を現代の男女として描き、オーディンの馬スレイプニルは、ヴァルキューレが運転手を務める白い大型車として登場させました。中世の人々の「物語の時間」の扱い方だと思われたものを、意図的に模倣したわけです。

それはさておき、若き日のわたしはやがてオックスフォード大へ進み、英語学を専攻しました。講義の大半はいわゆる中世英語に関するものでした。たいへん奇妙なことに、同時期に同大学に在籍していた大勢の女学生が（わたしはだれとも知り合いではなかったのですが）、のちに児童文学の作家として成功を収めました。何が彼女たちを刺激したのかはわかりませんが、わたしの場合は、中世の作家の物語の語り方にいきなり直面したことが大きかったようです。中世の作家たちはそれぞれに個性豊かで（すばらしいことです）、しかも物語の語り方に長《た》けていました。

言うまでもなく、真っ先に名前を挙げるべきなのは、抜群に洗練されているジェフリー・チョーサーです。チョーサーは『カンタベリ物語』で、話の語り手と内容に合わせて文体や手法を自在に変化させ、その洗練ぶりを見せてくれます。チョーサーはまるで物語作りで遊んでいるように見え、ときには当時の文学をとことん意地悪にからかっているのです（最近わたしはこう考えました。チョーサーは「サー・トーパス物語」〔訳注 『カンタベリ物語』の中で、チョーサー自身が語り始めるが、途中で話をさえぎられる騎士物語〕で、尾韻を踏む当時のロマンス詩を揶揄《やゆ》しているように見える。そしてその理由は、わたしがカリフォルニアのファンタジー作家に感じているのと同じ類いのいらだちだったにちがいない。それならわたしも『ファンタジーランド観光ガイド』で同じことができるはずだわ、と）。けれども、「サー・トーパス物語」以外の『カンタベリ物語』中のエピソードは、一つ一つが、異なる物語の作り方の真剣な実演になっています。彼は自ら制約を設け、その中で何ができるかを示しているのです。当時はそのことをよく理解しないまま、わたしは彼の書き方を楽しんでいました。

子どものために書く場合には、きわめて厳しい制約が存在します。といっても、十年ごとに変化する「政治的な正しさ」のような、つまらないもののことではありません。たとえば、複雑すぎる言葉は使わないとか、男女が相手の隙を突き、優位に立とうと口論するような状況は描かない、といったことです。そうしたものを読むと、たいていの子どもは混乱してしまいますから。そして作家は、先ほど述べたような、あからさまに教訓的な態度は避けつつも、世界についての知識を読者に分け与えたいと思っています。そこで作家は、こうした制約の中で――悲しいことに、「政治的な正しさ」という一定の制約があることも多いのですが――チョーサーその人が言っているように、避けがたい状況を有効に活用して（訳注　原文はmake a virtue of necessityという英語の慣用句。『カンタベリ物語』の中の「騎士の話」で使われている）、どれほどのことができるか試してみます。それすると言うまでもなく、たくさんのことができます。チョーサー自身ですら、それは挑みがいのある課題なのです。チョーサー自身ですら、作家に可能なことのうわっつらをなでただけのように思えます。彼は『カンタベリ物語』で実演をやりつくしたとは言えません。

チョーサーが成しとげたことの中でわたしがいちばん感心するのは、『トロイルスとクリセイデ』（訳注　トロイの王子が愛する女性に裏切られたのち、戦死をとげる物語。のちにシェイクスピアが戯曲化した）のように有名な話を、あるいは、「親分の話」（訳注　『カンタベリ物語』の中で語られる話の一つ。悪辣な粉屋が二人の学生にひどい目に遭わされる）のように先の展開が読める話を語っても、次に何が起こるかわからないときのような反応を読者から引き出してしまう、ということです。わたしも同じことをやろうとしているので、その難しさはよくわかります。

ともあれチョーサーは、実に巧みで、幅広いものを書ける作家であり、真剣であると同時に実験好きでもありました。そのことを学んだわたしは、こんな印象を抱きました——チョーサーがこれほどはっきりと、物語ることを技能の実演にしてしまった以上、彼以後の作家は一人として、単純な物語を気楽に語ることはできなかったはずだ、と。のちにマロリーがやったように、物語を単純素朴に語ることなど、誉められた態度ではありません。マロリーは誉められるべき作家ではなく、たぶん何も気にしていなかったのです。マロリーは「そして、そして、そして」を連発しつつどんどん話を語り、レンガを一つ一つ積みあげ、重大なことも瑣末なことも似たような口調で述べながら、がむしゃらに進んでいったため、物語の全体像は結末に至るまでわからないありさまでした。けれども、チョーサー以後のほかの作家はみな、自分にはそんな真似はできないと感じていたようです。その手の物語は、少なくとも寓話として語るか、たくさんの哲学的考察を差しはさむか、あるいはもっと洗練された形にしなくてはならない、と。

さて、この状況のすばらしい点は、「単純な物語」が子どもたちのものとして解放されたということです。あいにく、カリフォルニアの作家たちにも解放されてしまい、探求やら闇の君やらの作品を書く自由を与えることになりましたが、何事にもマイナス面はあるものです。わたし自身はこの解放に飛びつきました。だれもやりたがらないなら、わたしが単純な物語を語ってもかまわないはずだわ——なんてすばらしいの！

けれどもそのあと、わたしはウィリアム・ラングランドと出会いました。ラングランドはきわめて独特で、どこまでも真剣な作品、必ずしも単純な物語とは言いがたい作品を手がけています。わたしはラングランドに取り憑かれてしまいました。なにしろ彼は、たまたまそのとき頭の中にあることを深く考え、ストーリーに詰めこみ、答えが出ることを期待し、考え、さらに考え、ほかのアイディアをもう少しとり入れ、また考えるという、奇妙でこみ入ったやり方をしていたからです。彼の作品を読んでいると、満ちてくる潮が頭に浮かびます。一つの波がひだ飾りのように打ち寄せ、砂浜の足跡を消してしまい、また引いていき、次の波がその上へやってきてもう少し遠くまで到達し、やがて海が、深い足跡がついているあたり、アイスクリームの包み紙が落ちているあたりまで寄せてくるのです。ラングランドは行く手にあるすべてのものを見事に覆いつくしてしまうため、わたしにとっては、満ち潮と同じくらい容赦のない存在のように思われます。『農夫ピアズの幻想』の終わりまで来ると、潮はまた引いていきます。なんということでしょう！　まだ潮は護岸まで届いていなかったのに。潮の流れを追って、またピアズを探さなくては——。

この作品を読むたびに強く感じるのは、作家が物語（あるいは物語的なもの）の背後にいて真に力を尽くせば、すばらしいことができる、ということです。数々のアイディアが物語の上であちこちへ走り出し、波の上の泡のようにからみ合います。わたしがラングランドから最初に教えられたのは、アイディアはストーリーと同じくらい重要だ、ということでした——それまではそのことがわかっていなかったのです。次に、それに伴って教えられたのは、作家が語る内容と、それを語る方法は緊密に結びついている、ということでした。ここにいる方々に、ラングランド的な頭韻を踏んだ詩を書こうとした経験があるかは存じません。わたしは一、二度やろうとしてみましたが、簡単なことではありませんでした。途方もなく創造的な才能がないかぎり、形式に引きずられてしまい、ある行の初めで直前の行の後半へ戻って、同じ内容を言い方を変えてくり返すはめになるのです。頭韻詩の得意なラングランドは、そんなことはめったにしていませんが、その方向に働く力はあったらしく、そのため彼の語り口は、次々に重なって押し寄せる波、満ちてくる潮のような性質を帯びています。

ここから多少の教訓を得たわたしは、常に執筆中の本そのものに独自の文体を発見させるべきだ、と悟りました。本が適切な文体を発見してくれれば、作家は自分が主題を正しく扱っていると確信できます。それは奇妙な感覚で、まるで本が生命を持っているかのようです。

学生時代に発見した作家の中で、いちばんわたしを魅了したのがラングランドでした。わたしが二頭のグリフィンをキットとカレットと名づけたことを思い出してください。

お恥ずかしい話ですが、わたしは遠い昔、『農夫ピアズの幻想』を下敷きにした小説を書いたこともあります。その原稿を大人向けの本の出版社に送ったところ、いちばん重要な場面に主要人物が出てこない、という理由で送り返されてしまいました。まさにそのとおりだったのです。たぶん、そんなことをやっても許されるのはラングランドくらいなのでしょう。ずっとあとになって、わたしは『九年目の魔法』という本を書きました。その中では同じ間違いを犯さないように気をつけ、ラングランド流に物語の陰に潜んで力を尽くしました。この本の背後には、説明しがたい形でラングランドが存在していて、前面に出ている（そしておそらく、ラングランドにとっての聖書や祈禱書と同じ働きをしている――というか、そうあってほしい）「タム・リン」のバラッドやT・S・エリオットの『四つの四重奏』以上に、強い影響を及ぼしているのです。彼の影響が見られるのは物語の進み方においてだと思いますが、確信は持てません。この本は潮のような前進と後退の形でまとめられています。部分的なくり返しに満ち、前進のたびに、ある事柄が新たな意味を得るのです。というか、そうあってほしいとわたしは願っています。

一方、わたしがもっと平凡でテンポのよい物語をうまくまとめあげる方法をどこで学んだかと考えると、『サー・ガウェインと緑の騎士』の詩人からだとわかります。『ガウェイン』の作者は、物語の効果的な組み立て方を実によく知っています。彼はどこでさっさと語りを進め、どこでエピソードをじっくり描くべきかを心得ています。要するに、事の次第を単純に述べる場合と、読者に強く実感させる場合とを区別しており、どの出来事をきちんと描き、どの色、音、細部を強調すべきか（あるいはクローズアップで見せるべきか）、いつ直接話法で語り、いつ間接話法で語るべきか、もっと重要なことには、どうやってすべての素材のバランスを整え、物語中で重みをかける場所を誤らないようにすべきかを知っているのです。ジェイン・オースティンは、『高慢と偏見』を、実際の暦に則して出来事を整理しながら書き直していたとき、こうした物語の組み立て方を苦心の末に身につけました。『ガウェイン』の作者は、そのすべてを自分のものにしています。わたしは常にこの詩人を、語り手の手本のような存在と考えています。さらに彼は、わたしがナショナル・ギャラリーで発見したことを裏づけてくれました。なにしろ彼の「物語の時間」はまさに彼自身の生きた時代であり、作中の魔力を持つ人物は、当時の最新の建築的特徴を備えた「モダンな」城に住んでいるのですから。〈大魔法使いクレストマンシー〉のシリーズは、ここから大きな影響を受けていると思います。

　同時代の作家でも、ロバート・ヘンリソンは省略しましょう。わたしは彼とはうまが合いません。しかし、わたしが中世と考える時代にはさらにもう一つ、わたしに何かを教える以上のことをしてくれた作品があります――それを初めて読んだときは啓示を受けたようでした――『サー・オルフェオ』（訳注　オルフェオ卿が妖精の王に奪われた妻を取り返しにいくという内容の物語詩）です。この作品は、悲しいかな、多くのカリフォルニア産探求物語の下敷きにもなり、ラファエル前派（訳注　十九世紀なかばの英国で活動した美術家・批評家の一派。ルネッサンス初期の芸術を理想とした）風の絵を描く現代の画家たちの背後にも潜んでいます（ラファエル前派はいまだに健在で、やはりカリフォルニアに住んでいるのです。作家たちがエルフや霧やかすかな角笛の音などの出てくるロマンチックな物語を書いているのと同じ場所に）。そう、『サー・オルフェオ』は、騎士にまつわるロマンチックな詩なのです。この詩の作者、あるいは作者たちが、自分のしていることを自覚していたのかどうか、わたしには判断できませんが、ともあれ、わたしがそれを啓示だと思った理由は、オルフェウスとエウリュディケの神話を翻案していたからです――「ハードな神話」（「ハードなSF」という言葉が、どこまでも明晰で真剣で本格的なSFを指すのにちなんでみました）とでも呼べそうなもともとの物語が、『サー・オルフェオ』では、いわば「ソフトな神話」、妖精国と魔法の話に変えられていました。神話のオルフェウスは冥府へ赴きますが、サー・オルフェオは、単なる死者たちの神より曖昧で、おそらくもっと強力な存在と交渉しなくてはなりません――ある種の木の下で眠っていた人間を、昼日中《ひるひなか》につかまえていくような存在と。

　わたしはこの詩を読んで初めて、一つの物語をこのように別種の物語に翻案することが可能なのだ、と気がつきました。気づいたあとは、十年ばかり必死に頭を働かせ、翻案という手段によって、物語のタイプを変える以外のこともできる、と発見したのです。作家は別のさまざまな種類の翻案も行うことができます。いずれも同じくらい役に立ち、同じくらい効果があります。こうした別の種類の翻案を、わたしはただちにやり始め、ほとんどすべての作品で行っています。たとえば、本人にはどうしようもない肉体的特徴のせいで、迫害されているマイノリティがいるとしたら――？　そのマイノリティを、思春期になると自分では抑えきれない魔力が発達し、そのせいで火あぶりになる魔法使いということにすればいいのです。それからまた、両親が離婚し、母親が再婚した子どもたちについて書きたい場合には、その子たちの抱える問題を、魔法的、錬金術的な災難として描くことが可能です。あるいは、意地悪な家族の中で思春期の入口にさしかかってもがいている少年のことを書きたいなら、少年の感情が北欧の神々の姿で現れるということにすればいいのです。けれどもどの場合にも、決してごまかしを行ってはいけません。魔法の出来事には、魔法なりの形で強い影響力を持たせなくてはならないのです。『サー・オルフェオ』の物語が、冥界ではなく妖精国の話とされていることで辻褄が合うように、魔法というのは、物語の登場人物の日常生活に何か筋の通ったしるしを残す必要があります。

奇妙なことに、わたしが既存の物語を翻案できるようになったのは、もう少したってからでした。初めてそれを行ったのは、『魔女と暮らせば』だったと思います。この作品は実は、いわゆるゴシック小説を裏返しにしたものなのです。若く無力なヒロインが、非情で男くさい城主の支配するコーンウォールの陰気な城に住まわされます——ただしこの本の場合、若きヒロインは城を攻撃する敵と手を組んでおり、たいていの人間は彼女の前では無力なのですが。その後、調子が出てきたので、わたしは『魔法使いハウルと火の悪魔』で、もう一度同じことをやりました。おとぎ話のヒロインが魔法にかかった王子を救い出すために、勇敢に城に乗りこんでいきます——ただしこの本の場合、二人は互いに助け合いながらも猛烈な喧嘩をするのですが。そして『魔空の森 ヘックスウッド』では、アーサー王伝説群をスーパーコンピュータにまつわる物語に翻案し、まさに「中世化」の楽しみを味わいました。

実のところ、チョーサーをはじめとする過去の傑作と自分の作品を比較していると、大いに赤面してしまいます。わたしが本当に説明したいのは、自分が中世に何を見出したか、それが自分にとってどういう意味を持っているかということです。わたしが中世を創ったというより、中世がわたしを創ったのです。

締めくくりに、オーストラリアのある婦人についてお話ししましょう。シドニーで講演をしていたとき、その女性が近づいてきて、わたしの『トニーノの歌う魔法』という本について論文を書いている、と言いました。わたしはその本をとても楽しんで書き、作中のカプローナという地名はダンテの『神曲』からとりました（またしても、中世からの借用です）。そしてチョーサーとシェイクスピアがダンテの影響を受けたように、わたしもシェイクスピアからロミオとジュリエットの物語を楽しく拝借して、物語に盛りこみました。その女性がわたしに言った言葉はこうです。「失礼ですが、あなたの作品の『間《かん》テクスト性』は意図的なものですか？」「わたしの、何ですって？」すると彼女は言いました。「ロミオとジュリエットの物語をご自分の本にとり入れていることを、ご存じですか?」「ああ、そういうこと。ええ、もちろんです」作家が先行する作品に大いに感謝せずに本を書き——恩を受けたことにも気づいていないかもしれない、などと考える人がいるなんて、わたしにはたいへんな驚きでした。

わたしが言いたいのはこういうことです。ええ、わたしは自分がどこからそれをとってきたかよく知っていますし、それは意図的なものです。そして、わたしは先行する多くの物語に、とても感謝しています。

（市田泉　訳）

作家はどうやって書いているか

このスピーチは、二〇〇二年五月のアイルランド児童書協会の研修会で行われた。アイルランド児童書協会は、若い読者向けの本の重要性を広く知らしめることを目標としている。

このスピーチにこんな題をつけたのは、わたしが知るかぎり、今までに一度もちゃんと答えられていない質問に、答えたいと思ったからです。つまりわたしは、作家が実際にどうやって本を書くか、本当のところを一部なりともお話ししたい——人が「創造のプロセス」と呼んでいるものについて説明したいと思っているのです。

作家はいつもそのことを話してくれと頼まれます——たいていはラジオのインタビューで。そういうインタビューを聞いていると、わたしはどうしても（この人、嘘をついてる！）とか、（リスナーの期待に沿った答え方をしようとしてる）などと思ってしまいます。あるいは単に（また同じたわごとだわ！）と。というのも、わたし自身ももちろん、その手の答え方をしたことがあるからです。真実らしきものに近い答えを適当に述べ、気のきいたエピソードを少々差しはさむという答え方です。こうしたエピソードを語るねらいは普通、作中のある出来事が本当に起きたとか、現実をモデルにしていると思わせ、インタビュアーやリスナーが、ファンタジーなんて現実を生きる平凡な人間とは無縁なものだと思って逃げ出したりしないようにすることです。

とはいえわたしには、質問しているほとんどのインタビュアーが、現実もファンタジーもはるか後方に置き去りにしているように思えます。おかげで作家たちは、インタビュアーはどこに立っているのかと途方に暮れるはめになります——ひょっとすると、メディアの仮想空間に立っているのかもしれません。そんな人物に話をわからせたい、満足を与えたいと躍起《やっき》になるあまり——そして何より、公の場で恥をかいて自分が落ちこまないために——作家は真実らしく聞こえる答えをひねり出すことになるのです。

わたしはこうした状況を、「キャロル・オニールの百番目の夢」という短篇でとりあげ、書きながらとても楽しみました。キャロルは十二歳のプロの「夢見師」で、あるとき突然、いわばスランプに陥ってしまったことに気がつくのです。彼女はこの問題を解決してもらおうと、大魔法使いクレストマンシーのもとへ赴きます。でしゃばりなキャロルの母親を追い払ってしまうと、クレストマンシーはキャロルに、夢を見るときどうやっているのか正確に話すようにと言います。


　この話ならもう何百回もしたことがある。キャロルは品よくほほえみ、話しはじめた。

「まず、ぴんと感じるんです。あっ、夢《ゆめ》が始まるな、って。夢《ゆめ》って、いつも勝手にやってくるんです。止めることも、あとまわしにすることもできない。だから、お母さんに知らせて、一緒《いっしょ》に私《わたし》の寝室《しんしつ》に上がるの。お母さんは（中略）特別製《とくべっせい》の寝《ね》いすに、私《わたし》を居心地《いごこち》よく寝《ね》かせてくれる。（中略）私《わたし》は巻《ま》き取《と》り機《き》がブンブン音をたててまわるのを聞きながら、眠《ねむ》ってしまうの。すると、夢《ゆめ》が始まって……（中略）夢《ゆめ》って、発見にみちた旅のようなもので――」

「で、いつなんだね？」クレストマンシーが、あっさり話の腰《こし》を折《お》った。「きみが夢《ゆめ》を見るのは夜かね？」

「いろいろです。あ、夢《ゆめ》を見るなってわかったら、昼間でも寝《ね》いすに横になって眠《ねむ》ることもあるし（中略）……それは発見にみちた旅のようなもので、ときには地下の洞窟《どうくつ》へ、ときには雲の中のお城《しろ》へ――」

「なるほど。で、夢《ゆめ》を見る時間はどのくらい？　六時間？　十分？」クレストマンシーがまた口をはさんだ。

「だいたい三十分です」とキャロル。「……ときには雲の中へ、あるいは南の海へ。（中略）旅のとちゅうでどんな人に会うかは、いつだって知らないまま――」

「三十分で、ひとつの夢《ゆめ》をすっかり見終わるのかね？」クレストマンシーがまたしても話の腰《こし》を折《お》った。

「もちろん、ちがいます。三時間以上も続く夢《ゆめ》もあるわ。（中略）私《わたし》はどんな夢《ゆめ》を見るか、自分で決められるのよ。いつも三十分ずつだけど、短い時間でできるかぎりおもしろい夢《ゆめ》を見ようと努力してるの。私《わたし》がいっしょうけんめい話してるのに、しょっちゅう邪魔《じゃま》をするの、やめてくれませんか？」

（中略）クレストマンシーは（中略）驚《おどろ》いたような顔をしている。「おやおや、いっしょうけんめい話してなんかいないだろうに。（中略）今の話は、きみがタイムズ紙や、クロイドン・ガゼット紙（中略）に話したのとまったく同じ、はったりじゃないか。（中略）きみは、自分の夢《ゆめ》は自然に生まれるんだと言う――それなのに、毎回三十分と決まってる、と。自分がどこに行くか、何が起こるかわからないと言うくせに、どんな夢《ゆめ》を見るか、自分でちゃんと決められると言う。どっちも本当だなんてことは、ありえないだろう?」

（中略）

「夢《ゆめ》ってそういうものだもの。私《わたし》は『盲導犬《もうどうけん》』みたいに、夢《ゆめ》の中を案内するだけなのよ」

「きみがマンチェスター・ガーディアン紙で言ってたようにね」クレストマンシーはうなずいた。「『獰猛《どうもう》犬《けん》』って何かと思っていたが。誤植《ごしょく》だったのか、あの新聞らしいな」（原注1）（訳注「キャロル・オニールの百番目の夢」野口絵美訳より。『魔法がいっぱい』所収）

かわいそうなキャロル。彼女の状況は、インタビューを受ける作家にもよく覚えのあるものです。リスナーの興味を引くような上品な答えを差し出し、とても複雑で、非常に私的な事柄を易しい言葉で言い表さねばならない、という状況です。ですから彼女は、厳密には嘘をついているわけではありません。外面的、物理的な細かい部分の話をして一時しのぎをしているだけです――ちょうど作家が、執筆用の特別な小屋があるとか、何時間コンピュータの前に座っているとか言うのと同じです（わたしはある作家が、自分こそコンピュータなのだと話すのさえ聞いたことがあります）。次いで彼女は、自分の夢について得意げに説明します。クレストマンシーが指摘するように、キャロルの言葉は何一つ辻褄が合いません。もっと言えることがあるはずだと彼はほのめかしています。

それはもう、もっと詳しいことがいろいろ言えます。実は、キャロルがここで話していることこそ、わたしが惹かれてやまない部分――ある本の計画を立て、執筆するあいだ、頭の中で進行している私的な事柄なのです。というのも、先ほど述べたように、キャロルの言葉は嘘ではないからです。彼女が話していることはすべて、夢についても執筆についてもあてはまります。クレストマンシーは、何もかも同時に本当であるはずがない、と言いますが、実をいうと、それらの事柄は何もかも同時に本当なのです。人間の脳は互いに矛盾することを重ね合わせ、何の問題もなく両者を調和させて、ちゃんと筋が通っていると思いこむことができます。これこそわたしが興味深いと感じる部分です。

このことに心を惹かれたあまり、わたしはかつて、ある研修会で『九年目の魔法』について話すように言われたとき、その本の執筆中に何が起きていたのかを説明しようと試みました（原注2）。わたしはこの本のすべての層を一枚ずつはがしていきました。わたしがヒーローとヒーローの持つ性質について感じていることから始めて、チェロの音楽に対する情熱を述べ、T・S・エリオットの『四つの四重奏』を再読したことがこの本を生むきっかけとなり、作中に四重奏団を誕生させたいきさつも語りました。さらに、物語の表面に現れては底に沈んでいくさまざまな神話や民話を提示し、もちろん、物語の枠組みとなっている「タム・リン」と「詩人トーマス」（同じ話の陽画《ポジ》と陰画《ネガ》の役割を果たしていると考えられます）のバラッドについても詳しく説明しました。わたしがスピーチを終えると、聴衆は理解できたという顔でうなずき、これこそが真実なのだと思ってくれたようでした。

その後わたしはニューヨークへ向かいました。そこの出版社の編集者のリビーが、このスピーチにたいへん興味を持ち、原稿のコピーがほしいと言っていたので、あらかじめ送っておき、彼女に会いにいったのです。リビーは袋いっぱいの砂利を揺すっているようなガラガラ声で話す、聡明ですばらしい女性です。わたしが入っていったとき、彼女は原稿を読み終えたところで、顔を上げると、わたしに向かってこう砂利を揺すりました。

「すばらしいわ、ダイアナ。でも、作家ってこんなふうに書くものじゃないわよね」

わたしは叫びたくなりました。「いいえ、こんなふうに書いてるの！　全部本当のことよ！」でもそうは言わず、ちょっと唾を飲んで答えました。「ええ、そのとおりね」

考えてみればすぐわかることでした――あの本は、わたしがスピーチで説明したような、分析的な方法で書かれたわけではないのです。第二稿を書いたときはそうだったかもしれません。第二稿の執筆は、作中に盛りこんださまざまな要素を明確にしようとする段階、わたしがいつも、レンガの土台を目立たせたり、塗り固めたりする作業にたとえるプロセスです。けれど、第一稿を書いたときは白熱した状態、どうしてもやめられない状態でした。五分でも時間があれば原稿を書き、話を先へ進めたいあまり朝六時に起きたりもしました。前代未聞のことだったので、家族はわたしが病気なのではと心配したものです。それほど熱を入れて書いていたため、あらゆる種類の、この物語と関連のある奇妙な出来事が、身のまわりに呼びこまれてしまうようでした。ここでは実際に起こったおかしな出来事の半分もお伝えできませんが、よく覚えているのは、〈キングズ・リン〉（原注3）と書かれたヴァンに追いまわされたこと、ある講演に出向いたところ、講師が主人公をつけまわすリーロイ氏そのものの外見をしていたことです。おまけに、目の下に大きな黒っぽいたるみがあるその講師は、シェイクスピアがテーマのはずだった講演の途中で、『四つの四重奏』と「タム・リン」のバラッドについて話し始めたのです。

そんなありさまでしたが、第一稿は、ちゃんとした形式と首尾一貫したストーリーを備えて書きあげられました。先ほど述べた講演でわたしが注意深くとりあげてみせたさまざまな要素は、いずれも正しい位置に収まっていました。わたしは第一稿の段階でも細心の注意を払って、超自然的な要素と、結局ありふれた説明がつけられそうな事柄が、常に紙一重になるようにしていました。本そのものが、最初に頭の中へ雷のように落ちてきたとき、どうしてもそうしてくれと要求してきたからです。

言葉を変えれば、キャロル・オニールが夢の中でしていたように、わたしはコントロールしていたのです。ですから、おかしな話ですが、リビーは正しく、わたしも正しかったというわけです。一見両立しない二つの事柄が、同時に起きていたのです。

すなわち、創造的なプロセスにまつわる第一の真実は、作家が二つの相容れない作業を同時に行っているということです。クレストマンシーのように論理的な人には、これは受け容れがたいことでしょう。

では、キャロルとクレストマンシーに戻りましょう。クレストマンシーは、他人の魔力を増幅する力を持つトニーノの助けを借りて、キャロルの問題を解決しようとします。彼はキャロルの夢見の力をトニーノに増幅させ、彼女に三つのことをさせるのです。まず、キャロル本人を夢の中へ入りこませます。ここではファンタジーとして語られていますが、これは紛れもなく、フィクションを正しく書こうと思ったら作家がやらなくてはならないことです。作家は自分が書いている出来事を、見て、感じて、嗅いで、触れて、完全に体験しなくてはなりません。ジョージ・メレディス（訳注　十九世紀英国の小説家。『エゴイスト』など、ウィットに富む作品で知られる）はそれを（『十字路邸のダイアナ（*Diana of the Crossways*）』の中で）二重の現実を生きるようなものだと述べていますが、まさにそのとおりです。よく覚えているのですが、『星空から来た犬』を書いていたとき、わたしはしょっちゅう犬になってしまい、首輪の下をかきたくなったり、左耳の後ろのかゆみを止めるために肢を上げたくなったりしました――それ以来、ずっとかゆみを感じています。さらに、犬がよくやる気持ちのいい全身ストレッチ――最初は尻尾と後ろ肢、それから背中を経て前肢に至る――や、体を回すように揺すって天井に泥を飛びちらせるしぐさも、したくなっては我慢したものです。加えて、自分が犬だと信じ切ったことはなくても、物語の内容は信じこんでしまい、太陽《ソル》は生き物だと確信するに至りました。そして、ソルの出てくるくだりを書くたびに、その紙を机の上の日のあたる場所に置き、正確に書けているかソルがチェックできるようにしました。本当の話です。

　もちろん、これでは日常生活をまともに送れなくなります。わたしは執筆中ひどくぼんやりして、ひとり言を言いながら通りを歩きまわります（最近では、年のせいでひとり言を言っちゃうのよ、と自分に言いわけしていますが、それは本当ではありません――若いころから言っていましたから）。『魔女と暮らせば』を書いていたときには（これも執筆の手を止めることができない本でした）、ある夜、夕食を作ろうとして夫の靴をオーブンに入れてしまいました――幸い、悲惨なことが起きる前に気がつきましたが。こういうことは、物語の中で生き、物語を心から信じるために支払うべき代償なのです。これはきわめて重大な真実です。

　クレストマンシーがキャロルにさせた二つめのことは、これよりずっと私的な真実を認めさせることでした。彼女が同じ六人のキャラクターにいろいろな扮装をさせて、何度もくり返し使っている、ということです。これは物語を書くときには実際にあることですが、作家がそれを認めるのを聞いたことは一度もありません。もちろんディック・フランシスの本のように、その事実が明らかな場合もあります。彼の主人公はいつもほぼ同じ人物です。しかしたいていの作家は、それほどあからさまな書き方はしないのです。どうしてそれを認めるのがそんなに恥ずかしいのか、わたしには理解できません。画家は同じ干草の山や同じ蓮の池などを百回でも描くことを許されているのに、作家が同じ人物を複数の本に登場させていいのは、本が続き物で、キャラクターが同じ名前である場合に限られるのです。こんなルールが存在するのは、読者や書評家に押しつけられているせいもありますが（同じキャラクターを何度も使うのは、ずるい手口だし創造的でない、と彼らは思っているのです）、本当の理由は、作家自身がそうしていると認めたくないからではないでしょうか？　同じキャラクターを何度も使っていると認めるくらいなら、作家は身をよじり、のたうちまわり、あらゆる言いわけをひねり出します。

　くり返し用いられるキャラクターはきまって、作家の心にきわめて近いところにいる大切な存在です（キャロルにとっては、すべての悪役を演じるメルヴィルがそういう存在でした）。自分がその人物を頭の中の柔らかな場所に住まわせ、常にいっしょにいることを他人に知られるのは、まさにプライバシーの侵害なのです。実のところ、そうしたキャラクターは作家の感情を共有しており、たいていは作家の中に長いこと住んでいるため、現実の人間と同じくらい多くの癖や側面を持っています。そのおかげで、彼らは二重に価値ある存在となっているのです。第一に、彼らを物語に登場させれば、確実に作家の感情を（そして読者の感情も）作品に引きこんでくれますし、現実の人間のように振る舞ってくれます。第二に、作家はそのキャラクターの中に入りこむために、想像力をとんでもなく飛躍させる必要がありません。彼らの内面がどんなふうか、彼らがどんなふうに話し、どんなふうに反応するか、ちゃんとわかっているのですから。

こうしたキャラクターには第三の長所、そのおかげで作家が彼らを何度も使うことができる長所があります。彼らはずっと作家とともに生きてきて、さまざまな側面が発達しているため、一部をこちらで、別の部分をあちらで使っても――いわば木片のように真っ二つに割っても、ある物語のための完成された人間として登場させられるのです。わたしがいつこの手を使ったか、今までだれも気づいていないといいのですが――。『九年目の魔法』のリンさんと『七人の魔法使い』のゴロツキが、一人の人物を木片のように割って生み出されたと気づいた人はいるでしょうか（この二冊は立て続けに書きました。昔から頭の中にいた人物を半分ずつ用いて、どちらも白熱した状態で執筆したのです）？　あるいは、『魔法使いハウルと火の悪魔』のハウルと、『時の町の伝説』の銀の器の見はりが、やはり一人の人物から生み出されたと気づいた人は？　また、『七人の魔法使い』のトーキルと『クリストファーの魔法の旅』のタクロイについてはどうでしょう？　名前が似ているせいで、最後の例は気づいた人がいたかもしれませんね。

もちろん、現実の人間も、まったく同じように使うことができます。分割し、一部だけをぴったりな物語に完全な人間として登場させることができるのです。生身の人間の人格には、きまってありあまるほどたくさんの側面があるので、わたしは実在する人々の一部も楽しく使わせてもらっています。本当に、しょっちゅう現実の人間を使っているのです。どんな作家にも、物語に登場させられる知人が大勢いるのは驚きです。そうした知人たちは、生きた人間の常としてさまざまな面を持っているため、実にたやすく分割することができます。たとえば、『うちの一階には鬼がいる！』のダグラスとキャスパーの二人は、ちがう年ごろだったときの長男がモデルです。そして『わたしが幽霊だった時』のぬしと『時の町の伝説』のとこしえのきみは、わたしの父がモデルです――残念ながら、どちらもあまり魅力的に描いてはいませんが。同様に、「アンガス・フリントを追い出したのは、だれ？」（訳注『魔法！魔法！魔法！』所収）のアンガス・フリント（子どもたちの髪をつかんで持ちあげる、荒っぽい客人）と、同じくらい野蛮な——ただしもっと口が達者で銃を持っている——『聖なる島々へ』のアルも、実は現実の一人の男性から生み出したのです。

ともあれ、キャロル・オニールのスランプの話に戻りましょう。キャロルは自分のキャラクターたちに関して、二つの大きな間違いを犯していました。メインキャラクターを働かせすぎただけでなく、残りのキャラクターにはほとんど注意を払っていなかったのです。六人の主要人物以外は全員、〈千人のキャスト〉として片づけ、場面の端に固めて、「ザワザワ」とか「アブラカダブラ」と言わせるばかり。そして、彼らにも自分と同じように感情や欲求があるとわかったときには仰天し、腹を立てます。これこそとんでもない過ちだったのです——なぜなら、そのせいで彼女は夢を見る仕事全体にほとほと退屈しているのですから。退屈することは、わたしが知る中ではもっとも確実な、あらゆる種類の創造プロセスを停止させる方法です。

わたしが今までに学んだことが一つあるとすれば、それは、物語に登場するすべての人物と、多少なりとも感情的なつながりを持たねばならないということです。作家は彼らを気に入ったり、愛したりしているかもしれませんし、逆にいやらしいと思ったり、憎んだりしているかもしれません。いずれにせよ、彼らに対し何らかの気持ちを抱くことが大切なのです。彼らを現実の存在と考え、通りで出会う人に払うのと同じ敬意を持って扱わなくてはいけません。そうされて初めて、彼らは独自の生命を持つことができるのですから。キャラクターには確かに生命があります。自分が作り出したはずの人々が、現実の人々と同様、予想外の行動をし始めると——いいえ、自分自身として振る舞い始めると——わたしはいつもうれしくてなりません。

当然ながら、登場人物が自由に動き始めれば、物語の進行にも影響が現れ、意外なねじれや急な変化が生じるはずです。話が予想していたのとはまったく別の方向に進むこともあるかもしれません。このため、わたしはいつも頭の中の物語をいくらか曖昧なままにして、キャラクターが物語を変更できる余地を残しておきます。作家としてスタートしたころ、『ウィルキンズの歯と呪いの魔法』のある場面を書いていてショックを受けてからは、常に予期せぬキャラクターが登場する余地も残すようにしています。この作品で、主人公たちがある家のドアを叩く場面を書いたとき、わたしは本当に驚きました。主人公たちが話したいと思って訪ねてきた相手は、二人の小さな女の子のぼんやりした父親で、わたしはその人がドアを開けると思っていたのですが、実際にドアを開けたのは、女の子たちのおばさんだったのです。背が高くて、油絵具まみれで、口にくわえた煙草がひょこひょこ動いていました――。

それ以来、こんなことがしょっちゅう起こりましたが、わたしはいつもそれを楽しんできました。たとえば――信じられないと言う方もいるでしょうが――わたしはクレストマンシーが初めてシャープさんの台所に現れるまで、彼がどんな人間だか知りませんでした。『魔女と暮らせば』という本は、最初からほとんど完全な形で頭の中に浮かんできたというのに――。わたしが知っていたのは、偉大な魔法使いが出てくるということだけでした。物語の中の、クレストマンシーが出てくるはずの部分には、穴のようなものをあけておき、だれかが現れてその穴を埋めてくれるだろうと信じていたのです。クレストマンシーは充分すぎるほど穴を埋めてくれました。おかげでこの本は、本当にわくわくしながら書くことができました。クレストマンシーがどういう人物か（そして彼のガウンについても）発見しながら書いていったからです。だれだってわたしと同じくらい夢中になったことでしょう。

かわいそうなキャロル・オニールはたぶん、心の奥底では、すべてのキャラクターを解放し、何が起こるか見たくてたまらなかったのでしょう。彼女が主要キャラクターのうち少なくとも五人に、ひどくうんざりしていたのは間違いありません。けれども商業的な成功と、（主に母親からの）同じことをやり続けろというプレッシャーのせいで、身動きがとれなくなっていたのです。これは、人が可能なかぎり避けるべきプレッシャーです。この方向へ進めば退屈とスランプしかありません。同様に、作家にとっては、最初の本と同じような本をまた書いてくれ、という依頼に応えるのは、まさに致命的な誤りです。むろん、作家の想像力が同じものを書きたくてたまらず、期待のあまりコンピュータのカーソルみたいに跳ねまわっているなら話は別ですが、そうでないとしたら、決して従ってはいけません。けれども、かわいそうなキャロルはたった十二歳だったため、自分から型にはまってしまったのです。クレストマンシーの手助けで彼女が自分を解放すると、夢の世界の住民がみな、馬鹿馬鹿しい乱痴気騒ぎを始めます。〈千人のキャスト〉ははしゃぎまわり、「定番キャラクター」の老人がサンタクロースのような振る舞いを見せ、ほかの主要キャラクターのほとんどは酔っ払っていちばん近くのカジノに向かいます。ここでキャロルは重大な教訓を得たはずです。というのも、一人あるいは複数のキャラクターが物語の中で暴走し始めるのは実際にあることで、わたしの経験上、あまり手綱を締めすぎると、まさにそのようなことが起こるのです。

また、物語そのものが暴走し始める場合もあり、これもまた同じくらい深刻な事態です——なぜならあらゆる物語は、長いものも短いものも、はっきりした形、たいていは図として描けるような形を必要としており、これが存在しない場合、物語として成立せず、混乱が生じるだけなのですから。わたしの経験では、そんな事態が生じるのは、物語がどのように進むべきかという作家の考えと、どのようでありたいかという物語の意思が矛盾する場合です。そういうとき、作家はキャロルのように、二つの相容れない事柄を同時に行うはめになります——なにしろ執筆中の本というのは、どんな聞き分けのないキャラクターにも負けないくらい強情なことがあるのですから。作家は物語が人間であるかのように、自分でものを考えさせ、同時にそれをなだめて、正しいと思う方向へ誘導しなくてはなりません。ときには、物語がどうしてもそちらへ向かわないこともあります。わたしは長年にわたり、執筆中の何冊もの本が、最初に思いついて書き始めたとき頭の中にあった偉大な理想とはほど遠いものになってしまうのを、あきらめとともに受け容れてきました。

「最初の思いつき」といえば、ここにたいへん興味深い問題があります。先ほど読んだ抜粋の冒頭で、キャロル・オニールがこう言ったことにお気づきでしょう。「まず、ぴんと感じるんです。あっ、夢が始まるな、って」クレストマンシーはこれをあっさり聞き流します。彼が頼まれているのは、夢を創造するプロセス自体ではなく、プロセスの不具合をどうにかすることなのですから。けれどもこのキャロルの発言は、ありとあらゆる重大な疑問をはぐらかすものなのです。わたしやほかの作家がメディアに向かって発する似たような言葉も、このうえなく重大な問題をはぐらかしています。すなわち、頭の中で何が起こったとき、これから本を書くことになるとわかるのか、という問題です。実際、何が生じれば本を書くことができるのでしょう?

若い読者が「どこでアイディアを見つけるんですか」と質問してくるときには、たいていこの点を知りたいと思っています。困ったことに、わたしはこの質問をされるたびに、「もう奥さんを殴るのはやめたのかい」という、どうにも答えようのない質問をされた人のような気持ちになるのです。アイディアはいくらでも見つけられますが、そのうち九十九パーセントは、書くことのできる物語にはなりません。本を書き始めるだけでも、ある種のアイディアと、ある特定の要素が必要ですが、たとえ書き始めたとしても、半分以上の原稿は形になりません。わたしの家の戸棚や引き出しには、物語の冒頭部分だけの原稿がぎっしり詰まっています。

何年も前から、わたしは非常に苦心して、書き始めるためには何が必要なのか明らかにしようとしてきました。実はそのきっかけは、心身一体的《ホリスティック》な治療をする医者に出会ったことです。みなさんもご存じでしょう、「体と心を同時に癒します」という類いの医療です。うまくいけばすばらしい考えですが、その医者はこう主張しました――わたしの背中の不具合は、わたしがしょっちゅう過去をふり返っているせいであると。「未来に目を向けなさい」と医者は言いました。「そうすれば、本を書くためのもっといいアイディアが手に入りますよ」わたしはかんかんになりました。医者が目の前からいなくなるが早いか、怒鳴り、クッションを投げ、何度も飛びはねて毒づき、さらにクッションを投げました。どうして自分がそんなに腹を立てたのか、当時はよくわかりませんでしたが、今ではちゃんと答えがわかっています。

そもそも、言うまでもなく、未来は空白ですから見ることはできません。未来の出来事はまだ起きていないのです。西暦九〇〇〇年のことを書きたいと思っている作家でも、物語の土台となるものは現代から持ってこなくてはなりません。人間の性質、経済、物理的法則は、西暦何年になろうとあまり変わらないだろう、という事実に頼らねばならないのです。言葉を変えれば、作家は物語を引き寄せるための「フック」を必要とします。作家はみなそうなのです。そしてわたしのフックはたまたま、わたしの子ども時代だというわけです。

子ども時代はわたしにとって、苦しいことの多い時期でした。あのころのことはとても鮮明に覚えています。まず、五歳のとき第二次世界大戦が起こり、世界じゅうが狂ってしまいました。ときにはひどく恐ろしい思いをしました。まわりの大人たちも怯えていました。大人が怯えていると、子ども時代の安心感はたちまち奪われてしまうものです。夜中に銃声が聞こえ、サーチライトの光が空を交差して襲ってくる爆撃機の姿を探し――今でも低空を飛ぶ飛行機を見ると不安になります――安全な場所などどこにもないように思えました……。またときには、まったくわけのわからないことに出会いました。たとえば、父の友人の一人が、うちの横の野原で頭に枝の束をくくりつけて這いまわっているのを見かけたことがあります。「こんにちは、カウイーさん」わたしは甲高い声で、無邪気に挨拶しました。「どうして頭に枝なんかつけて這いまわってるの?」カウイーさんは枝や何かをつけたまま立ちあがり、顔を真っ赤にして、ささやき声でわたしを叱りました。「黙ってあっちへ行け！　訓練を台なしにしおって！」カウイーさんは国防市民軍、つまり「ダッズ・アーミー」（訳注　国防市民軍を描いたBBCのコメディのタイトル）の一員だったのです。

本来ならわたしは、郊外で平和な子ども時代を送れたはずだったのに、戦争がそれを完全に打ち砕いてしまいました。もっとも両親のことを思えば、「平和な」子ども時代になっていたかどうかはわかりません。というのも、父の家計管理は馬鹿げていて、斬新で滑稽な芸術の一種のようでしたし、母は喧嘩を楽しみ、しょっちゅうだれとでも口論していたからです。

戦争が始まるとすぐ、わたしたちはまず、大急ぎでウェールズへ疎開させられ、次いで――母が父の親族と喧嘩したため――湖水地方へ移動しました。湖水地方では、偶然ですが、アーサー・ランサムの描いた子どもたちのものだった屋敷に住むことになりました。湖水地方でわたしが得たものの一つは（つい最近になって気づいたのですが）、四季のうつろいや、季節が人の考え方と行動に与える影響を、きわめて鋭敏にとらえることのできる感覚でした。今、子どもたちの生活がどんどん都会化されているのを見ると、この感覚は年々大切になっていくような気がします。子どもたちを四季のめぐりと切り離してはいけません。わたしの本はいずれも、特有の季節、あるいは季節の移り変わりを描いています。ある本を書く準備ができたとき、その本がもたらす感覚には、季節感も含まれているのです。『魔女と暮らせば』は初秋の本ですし、『マライアおばさん』の出来事は春先の寒く湿った天気の中で起こります。『九年目の魔法』では何回か四季がめぐります。季節感はどの本にとっても、登場人物や風景と同じくらい大切なものなのです。

湖水地方にはかなり長く滞在したため、四季をすっかり味わうことができましたが、やがて母が、疎開してきていたほかの母親全員と喧嘩してしまい、わたしたちはヨークの尼僧院に移ることになりました。さらなる奇妙な幕間劇です。その後、爆撃や銃火のただ中にあるロンドンにちょっと滞在したのち、一家でイースト・アングリアの村に引っ越しました。そこで両親は、一種の研修施設《コンフェレンス・センター》を経営する仕事を始めました。二人とも、子どもがいるという事実をきわめて面倒だと思っていたようで、わたしたちのことは忘れがちになりました。わたしたちは屋根の上を走りまわり、一度など妹の一人を宙につるして殺してしまうところでした。下の妹は、前髪が目に入らないよう固結びにしていましたが、大人は六カ月間それに気づきませんでした。

自伝的なものを書こうとした唯一の作品、『わたしが幽霊だった時』で、わたしは宙づり事件のことも前髪の固結びのエピソードも、控えめに書かなくてはいけないと気がつきました。本当のことを書いても読者は信じてくれない、と思ったからです。それは人生のこの時期全体にあてはまることとです。わたしは子ども時代についてありのままに書くことはしませんが、反面、子ども時代のことをしょっちゅう書いているのです。つまり、一種の翻案です。本のきっかけになりそうなアイディアが浮かぶたびに、気がつくと自分にこう尋ねています。「このアイディアは、わたしの経験を翻案して、今の人たちの役に立つものにしてくれるかしら?」というのも、わたしが経験したのは、単なる育児放棄《ネグレクト》などというものより、はるかに大きなものだったからです。

当時のわたしが知っていたことのうち、いちばん外側の層にあったのは、戦争による世界の暴力と狂気、そしてのちの冷戦でした。冷戦には戦争の狂気以上に狂った、氷のような正常さがありました。世界とは基本的にとことん不安定なものだという感覚を、わたしはふり払うことができません。だからこそわたしはよく、多重平行世界について書くのだと思います――どのようなことも起こり得るし、どこかでは実際に起きているはずなのです。

一つ内側の層にあったのは、村の生活です。そこは美しい村でしたが、奇人でいっぱいでした。比較的まともな部類と言えたのは、ツイードのスーツに身を包み、きわめて洗練されていた村の淫乱女でしょうか。村人はしょっちゅう側溝の中にいる彼女を目にしたものです。そろいのセーターとカーディガンを着こみ、真珠のアクセサリーを着けたまま、バスの運転手と寝ていました。

あなたの子ども時代は素材の宝庫ですね、とみなさんはおっしゃるかもしれません。しかしわたしは、こうしたことをそのまま本に書きたいと思ったことはありません。それはただ、ある種の感覚として、わたしが実際に書いている、もう少し普通の事柄の背後に潜んでいます。すなわち、深いところまで見れば、たいていの人間は狂っている、という感覚です。特に大人は狂っていて、子どもはそれに対処しなくてはならないのです。

こうした狂気に包まれて、独自の狂気を発散していたのが、研修施設として使用されていた美しく堂々とした古い屋敷でした。そういえば、この屋敷には幽霊が出ました。掃除係の一人が幽霊を目撃し、ヒステリーを起こしてその場で辞めたことがあります。けれども、この屋敷に関する事実のうち、ずっとわたしとともにあり、わたしの作品すべての土台となったのは、屋敷の広い敷地が三つの区画に分かれていたということです。

一つめの区画は、砂利を敷いた大きな裏庭でした。ここには生活に不可欠なものがそろっていました。わたしたち姉妹の住む離れや厨房です。そして危険な洗濯ロープが常に張ってあり、喉のあたりという中途半端な高さのため、たいてい目に入りませんでした。だれもがそれにひっかかって牛みたいにころんでおり、わたしもよくころんだものです。猫や犬が喧嘩するのもこの庭で、母の派手な喧嘩もすべてここで起こりました。ここではまた、庭師が一度、わたしを隅っこへ連れていき、小さくてまがまがしい黄色いリボルバーを見せ、握ってみな、とささやきました。そのずっしりしたかたまりを握ったとたん、わたしは怖くてたまらなくなりました。これは死なんだ、と感じたのです。でもわたしは勇気のあるところを見せようとして、リボルバーに目を落とし、側面についている小さな金属のつまみをちょっといじりました。「これ何?」「いや、いや、いかん! 動かすな! 安全装置だ!」庭師は叫びました。「暴発するぞ、弾が入ってるんだからな」わたしはリボルバーを返し、それ以来、あの裏庭を日常生活と死の場所として考えるようになりました。そしてそこは、わたしが本を書くとき、すべてが始まる場所なのです。

二つめの区画は、レンガの塀で囲まれたきちんとした庭で、大部分が広い芝生に覆われ、落ち着いた感じの低木の植えこみに取り巻かれていました。家からいちばん遠い部分が少し高くなっていて、そこはちょうどよい舞台になりました。村人たちと研修施設の人々はこの庭で交流し、施設の滞在者が舞台の上で上演する芝居やオペラを鑑賞したり、フォークダンスを踊ったりしたものです。ここではたくさんの狂気じみたことも起こりました。たとえば一度、州の音楽アドバイザーが興奮してしまい、屋根のへりに立ってテノールで独唱し、聴衆の上に紙ふぶきを散らしたのですが、あとになって、彼が屋敷じゅうのトイレットペーパーを使ってしまったことがわかりました。この庭が使われていないときには、わたしたち姉妹はよく、そこでごっこ遊びをして、歩きまわりながらいろいろな設定をつけ加えていきました——わたしたちが「走りまわったり叫んだり」して遊んだのは、主にこの庭でした。それは実にこの庭にぴったりだったと思えます。この庭を通じて、人はきちんとしたファンタジーのパターンの中へ、すなわち、物語が作られたり、翻案されたりし、穏やかな楽しみやちょっとした珍事の大半が起こる場所へ入っていくのです。これこそ、わたしの作品の主要部分が作られる場所ではないかと思います。

そして、道をはさんだところに三つめの場所——もう一つの庭がありました。いつも鍵が掛かっていて、センターの滞在者は入ることを許されませんでした。この庭はまさに魔法の場所で、王様がすべてのリンゴの数を数えさせていた、物語の中のあの庭のようでした。なぜなら実際、父がすべてのリンゴの木に札を下げ、鍵を保管していたからです。

この庭はわたしにとって常に、あらゆる物語の中心に可能ならば存在するべき、謎と美のありかのように思えます。また、やはり物語の中心にあるべき、古いおとぎ話や、生命力を高めてくれる魔法の象徴だとも言えます。中心にいくらかこうしたものが存在しない本のアイディアは、どうしてももの足りなく感じられます。けれども本には、ほかの二つの場所も含まれていなければならないのです。人はこの、風変わりで浮世離れした次元だけにいることはできませんし、その次元だけを基盤に本を書くこともできません。

さて、ここまでにわかったことをまとめてみましょう。わたしは自分が実際に生きているわけではない場所に生き、二重生活を送り、二つの矛盾することを同時に行っています。わたしは本当の人間のように振る舞うキャラクターをコントロールし、自己プログラミングする存在のように振る舞う物語をコントロールし、四季が自然な形で移り変わっていく風景をコントロールします。これらの下には自分の経験から得た土台があり、それは日常的で基本的な生活、狂気をはらみつつきちんと形作られたファンタジー、神話の深い魔法を含んでいます。本を書き進めていくにはこれで充分と言えそうですが、実はまだ足りないものがあります。作家は物語が起こる季節と合わせて、きわめて説明しづらい、頭で感じる味わい――ほかの物語にはない、その物語に特有の感覚をも必要とするのです。これが最初から、あるいは冒頭数ページのうちに訪れなければ、その書き出しは放棄して、またやり直さなくてはいけません。ですがその、味わいとでも呼ぶべきものが現れ、同時に、充分ダイナミックなアイディアが存在するなら、作品は書き進めることができます。

どんなものがダイナミックなアイディアなのか、区別できるようになるまでには、少し時間がかかりました。物語をスタートさせるものはたくさんあるのですが、すべての物語が先へ進んでいくとは限りません。きっかけとなる正しい種類のアイディアを見つけるためには、またしても子ども時代に帰らねばならない、とわたしは気がつきました。といっても今回は、子どもたちが犯しがちな間違いに目を向けるのです。あとで考えると恥ずかしくなるような、でも実は、子どもに学習の機会を与えてくれる間違いです。だれにでも、子ども時代の夢のような混乱の記憶があるでしょう。思い出すと身をよじりたくなるかもしれませんが、よく考えてみれば、たいていは、それこそが自分を先へ進めてくれたとわかるはずです。わたしの間違いの例を、一九九七年に「ファウンデーション」に書いた記事（原注4）から引いてみます。

実によい例が、五歳のころのわたし自身の奇妙な混乱だ。（中略）わたしは湖水地方に疎開し、ドイツ人《ジャーマン》が攻めてくるからここに来たのよ、と聞かされていた。そしてほぼ同時に、洗面台の水は飲んじゃだめ、湖から来ている水で、腸チフス《タイフォイド》を起こす細菌《ジャーム》がいっぱいだから、と注意を受けた。わたしは「ジャーム」とは「ジャーマン」を縮めたものだと思いこんでしまった。洗面台をおそるおそるながめると、親切にも「トワイフォード」とラベルが貼ってあった。どう見ても、細菌戦争について警告するラベルだ。わたしは毎晩、うとうとしながら悪夢を見た。ドイツ人たちが（金髪をなびかせ、ガーゼでできたアングロサクソン風チュニックを着ていた）湖面を走ってきて、洗面台の排水口から侵入し、みんなをトワイフォードにしてしまうのだ。

この例は、一冊の本を生み出すきっかけとして必要な要素をすべて備えている。魔術的な禁止、超自然的な悪党、包囲された善人たち、ついでに、子どもの持つ、人に伝えがたい恐怖。……

むろん、わたしはこの間違いのおかげで、細菌は小さく、ドイツ人は人間サイズだと学びました――自分の恐怖を話すたびに、みんなに笑われる理由を突き止めることによって。

こうした複数の事柄の混同は、たいていの場合ダイナミックなものです。これでアイディアはつかめました。さあ、書き始めてみましょう。うまくいけば目の前に、数カ所に火のついた長い導火線のようなものが延びているのが見えます。火のついているところは、白くくっきりした染みのようなマグネシウム光を発していて、運がよければ、白い光の一つ一つが、どこかの風景や、人が動いたりしゃべったりしている部屋――つまり、できかけの物語の中のいくつかの場面を照らし出して見せてくれます。その前後には、残りの導火線に沿って、物語のその他の部分が霧の日の写真のネガのように浮かんできます――黒を背景にした、白くぼんやりした影として。わたしはこの導火線をたどって、発光地点から発光地点へと、たいていはフルスピードで、自分が火になったように進んでいくのです。ただ、実際にはもちろん腰を下ろして、すべてを言葉で、言葉に次ぐ言葉で書きとめていくのですが。

　それがどういう感じか説明するには、かわいそうなキャロル・オニールの言葉をくり返す以外になさそうです。「夢って、発見にみちた旅のようなもので――」わたしが正しく書き進めていれば、それは旅のようになるはずです。それはまた、わたしが過去を出て、手つかずの未来に入っていく方法でもあるのです。考えようによっては、たいへん恐ろしいことかもしれませんが――。

（市田泉　訳）

（原注1）一八二一年に「マンチェスター・ガーディアン」の名で創刊された英国の新聞「ガーディアン」は、誤植で有名であり、そのため「グローニアド（訳注　"Grauniad"Guardian"の綴りを入れ替えた語）」と呼ばれることもある。

（原注2）「ヒーローの理想――個人的オデュッセイア」参照。

（原注3）『九年目の魔法』の「ヒーロー」はトーマス・リンという名前で、悪役の一人の名前はリーロイ（Leroy）――「王」である（訳注　Leroyは古フランス語で"the king"という意味）。

（原注4）「質問に答えて」参照。

『花の魔法、白のドラゴン』の物語が生まれるまで

ダイアナ・ウィン・ジョーンズは、多くの作品でそうしてきたように、『花の魔法、白のドラゴン』も、まずたくさんの「話の種」を育てるところから始め、構想が完全に花開いてからやっと、一つの物語に仕上げた。以下の文章は、徳間書店から同書の日本語版が出版されるにあたって寄稿した内容の、長めのバージョンである。

一つの物語の構想がどこから始まるかは、わかりにくいものです。ですが、『花の魔法、白のドラゴン』についていは、十年以上も前から頭の中で形作られてきたことは確かです。浮かんだものはすべて断片的で、初めは、まったくまとまりがないように思えました。

『魔空の森　ヘックスウッド』を書き終えたころ、わたしは、一匹狼の強力な魔法使いの話を書かなければ、という気持ちになっていました。その魔法使いが、いくつもの世界のかけらからできた島に住んでいることはわかっていたのですが、どんな人物なのかは、さっぱり見当がつきませんでした。一つだけはっきりしていたのは、この魔法使いが病気になったら、島がばらばらになってしまうということ。わたしはそれから十年のあいだ、入退院をくり返したのですが、初めて麻酔から覚めたときにふと、その魔法使いの名前はロマノフで、やせていて、おそろしく活動的な人だ、とわかりました。

けれども、それよりさらに二年前から、ゾウのことが頭にありました。物語のどこかにゾウが登場するはずだということは、初めからわかっていました。

当時二歳だった孫娘のフランシスを、ブリストル動物園へ連れていったときのことです。ちょうど、ゾウのウェンディが園内を散歩するショーが始まっていました。小さな女の子一人に、わたしたち大人が四人もついていたというのに、フランシスはするりとそばを離れ、道を歩いてきたウェンディの前へと駆け出したのです。踏みつけられてしまう――と思ったそのとき、ウェンディは見事、その大きな前足ですばやくポルカみたいなステップを踏み、フランシスをうまくよけてくれたのです。フランシスに向かって鼻を優しくふると、ウェンディはそのまま歩いていきました。悲しいことに、ウェンディはもうこの世にいませんが、

この出来事があってからというもの、わたしはこの優しく機敏なゾウを物語に登場させることで、感謝の気持ちを表したいと願ってきました。でも、いったいどのように物語に収まってくれるのでしょう?

一方、さらにさかのぼったころに、何度も夢に見た光景がありました。ダークブルーの何もない空間に、明るく光る島が点々と連なって浮かんでいる様子です。島の一つ一つが独立した世界で、一つの世界から別の世界に行くためには、島から島へ飛び移るしかないのですが、どの島も、沈んだり、ぞっとするほど傾いたりします。恐ろしいったらありません。また、この夢の中で一度、いくつも連なる峡谷の急な斜面に沿って町がある世界へ行きました。町の家々は、ひどく奇妙な具合に積み重なっていました。この町も、ロマノフとゾウと何らかのつながりがあるはずだ、と思ったのですが、なかなか一つの物語にまとまってくれません。まったくもう……。

それから、もっとあとになって、コーンウォールでめずらしい体験をしました。物語の中のロディとそっくりに、大昔の女性に出会い、その人が、知っている魔法の知識のすべてを、花々の名前の見出しつきできちんと整理された形で、わたしの頭の中にほうりこんだのです。ロディとちがってわたしにはどの呪文も使えませんでしたが、このことを本に書けば、みなさんに知ってもらえる、と思いました。同時に、そのお話は異なる種類の魔法の力を持つ二人の人物の物語がからみ合ったものになる、と気づいたのでした。

これらすべてが突然、もう一つの出来事のおかげでちゃんとした物語にまとまりました。それは、ロス・オン・ワイの町でサイン会をしていたときでした。一人の男の子が、わたしが書いた本の一冊、『バビロンまでは何マイル』に登場するニック・マロリーのことをもっと知りたい、とせがんだのです。そのとき、わたしも同感だと気づきました。ロマノフとゾウに会うのは、ニックであるべきなのです。そして主人公のもう一人は、ロディという女の子。だけど、まだわからないことがありました――ロディはいったいどういう世界の子なのかしら?

その答えは、とある学術書の一つの章で見つかりました。それを読んだのはひとえに、息子の一人が書いたものだったからです。息子はその中で、中世の英国で国を治めることがいかに困難であったかについて、軽く触れていました。なぜ困難かといえば、王が大勢の廷臣や職員を引きつれ、野営をしながら、常に国内のあちこちへ移動していたためだというのです。わたしは考えました――現代で王が同じことをしたら、どうなるかしら? 王たちが車やバスやトラックを使い、そのあとから役人や報道関係者のバスもついていったら？　――それで、ロディの暮らしがどんなだか想像がつきました。陰謀の全容もわかって、わたしはただちに二人の物語を書き始めたのでした。

（田中薫子　訳）

マーヴィン・ピーク「闇の中の少年」評

ダイアナがマーヴィン・ピークの作品に心酔していると知って、「ブックス・フォー・キープズ（*Books for Keeps*）」誌が一〇二号（一九九七年一月号）用にこの書評を依頼した。『闇の中の少年』が初めて単独で児童書として刊行された際の記事としてである。ダイアナの書評は、ピークの物語に挿絵をつけるという難題について語ったP・J・リンチの文章とともに掲載された。

「ブックス・フォー・キープス」は隔月刊の英国の雑誌で、三十年間紙の雑誌として存在していたが、今ではオンラインで発行されている。読者は主に教師、司書、児童書の専門家たちである。

恐ろしい本である。といっても、年齢に関わりなく、きわめて多くの読者が恐ろしい本を進んで楽しみ、それが自分に語りかけてくると感じるものである。そのうえ、「闇の中の少年」は天才の作品である以上、どんな人にも与えられてしかるべきだ――たとえその天才の才能が、よじれた風変わりなものであろうとも。いつも思うのだが、マーヴィン・ピークはロード・ダンセイニとジェイムズ・ブランチ・キャベルが書くのをやめたところから書き始めるようだ。そしてこの二人はいずれも、読者を完全には安心させてくれない作家である。

物語の一ページめで、この日は少年（タイタス・グローン〔訳注　ピークの代表作〈ゴーメンガースト〉シリーズの主人公〕）の誕生日であり、そのため少年は儀式に翻弄され、「闇に彩られた領土を縦横に貫く迷路をあちこち引き回され」（訳注　「闇の中の少年」『死の舞踏』所収。高木国寿訳。以下、引用は同書より）たあげく、「膝まで水につかって行進」する高僧たちから贈り物（すぐに持ち去られる贈り物）を受け取ったことがわかる。この段階からマーヴィン・ピークもまた、読者の不安を誘っている。

読者はまず、言葉によって落ち着かない気持ちになる。「闇に彩られた（adumbrate）」というのは、奇妙な使い方をされる多くの奇妙な言葉の一つめにすぎない。のちには「とろりと油めいた川（oleaginous river）」「こめかみは骨ばって（osseous temples）」「腕の骨を……しがみ続けた（an ulna between his jaws）」などといった数々の耳慣れない言葉が用いられ、読者は強烈な印象を受ける。言葉の意味を考えねばならないだけでなく、なんと響きのよい言葉だろう、文脈の中でなんと的確に用いられているのだろう、と感心してしまうからだ。この種の経験は、子どもにとってたいへんよいものである。難解さにひるまず、あきらめずに読み進めれば、言葉がどんなにすばらしいものになり得るかについて、驚くほど深い洞察を得るはずだからだ。

この物語は、読者の心をかき乱すことにより、それ以上に重大な洞察も与えてくれる。この作品は表面上、冒険物語であり、主人公の少年は、居城の寂しく儀式ばった暮らしにうんざりして夜中に抜け出し、真に呪われた領域にさまよいこみ、危ういところで脱出を果たす。けれども、高僧たちが「膝まで水につかって行進」する場面（ここで読者は「なぜ？」と頭をひねり、ここまで無意味なものからは、主人公が逃げ出すのも当然だと考えるだろう）から、マーヴィン・ピークは少年を単なる冒険物語を超えたところへと連れていき、いろいろなものを彼に見せ、理解させている。鋭い素描家の目を生かし、また、単純で印象的な文から複雑で細やかに区切られた文までさまざまな文を駆使して、ピークは少年を「不思議な威厳に満ち」た犬たちに追わせ（犬の目は「他の色彩の併存を許さぬ、あの射るがごとき鮮黄色を呈していた」）、「とろりと油めいた川」を渡らせる。そこで少年はいやらしいヤギ男と出会う。

ここで最初の重大な洞察が与えられる。ヤギ男は人間のように歩くが、蹄《ひづめ》のような靴で横歩きしかできず、古く、薄汚く、臭い服を着ている。少年は何かがひどく間違っていると察知する。「が、考えてみれば、相手は別にひどくおかしなことをしているというわけでもないのだ――」しかしヤギ男はこれからおかしなことをするのである。少年は、ヤギ男が文明人に見えるというだけの理由で、礼儀をわきまえた態度をとってしまい、結果として危険にさらされる。子どもとはときにそうした態度をとるものだ（そのせいで日常世界では、人目につかぬどぶの中にまた小さな死体が浮かぶことになる）。気づいたときにはもはや手遅れで、ハイエナが現れ、少年は囚われの身となってしまう。ハイエナのボディランゲージの完璧な描写は、不気味だが見事としか言いようがない。「シャツの袖は短く切り落とし、斑点のある長い腕がことさら目立つようにしていた」（「斑点」は日常世界では「刺青」にあたるのだろうか？）「その脚は……短く細く、その結果、体幹はひどい前傾姿勢を余儀なくされていた」だれもがこんな男を知っている。ここで洞察される二つの事柄は、人は見た目が大事だということ、ボディランゲージはさらに大事だということだ。

おぞましい二人は少年を真に呪われた地下の領域、主人である雪白の仔羊のもとへ連れていく。仔羊には魂がなく、その手は「互いに睦《むつ》み合うかのように寄り添」っている——さらなるボディランゲージ、さらなる洞察——ここには完全なる利己主義が読み取れる。仔羊の両手は実際、きわめて重要なものである。その両手によって、仔羊は人間を獣人に変えるのだから。しかし獣人に変えられたものは、ヤギ男とハイエナを除いてことごとく息絶え、ライオンでさえ痛々しい死をとげた。彼は少年を狂おしく求め、仔羊はさらなる獣人を欲している。そのため、「仔羊の両手は目にも止まらぬ速さで動いて……見えるのはただ白い光暈のみ」である。仔羊の手下たちも、このありさまにはとまどいを覚える。仔羊のこのしぐさについて説明すると見せかけて、マーヴィン・ピークは今までの洞察すべてから導き出される重大な洞察を与えている——脳は肉体を必要とし、肉体は脳の中にあるものを表現するために、ときとして奇妙な振る舞いをする、ということ——言葉を変えれば、ボディランゲージに気をつけろ、ということである。

やがて、少年が仔羊と対面するときが訪れる。少年はすでに自分を待つ運命に気づいており、なんとかしなくてはと自覚している。ここでマーヴィン・ピークは、直前に語ったばかりのことを逆転させてみせる。この時点まで、タイタスは単なる無力な肉体だった。今や彼は、その肉体が脳につながっていることを意識して、新たな獣人にされないために思考しなくてはならない。脳は肉体を導き、救うことができるのだ。少年は助かろうと力を尽くす。最初に理屈を述べ（少年とは概して理屈を述べるのが得意なものだ）、ヤギ男とハイエナの胸に疑いの種を蒔《ま》く。それから小細工を弄《ろう》し、仔羊の注意がそれた隙に相手の体を真っ二つに切断する。すると、仔羊は泡のような羊毛のかたまりになってしまう。この部分は寓話《アレゴリー》かもしれないし（残念ながら、寓話のつもりだとすれば、いささか考えが甘すぎると思うが）、魔法かもしれない。

いずれにせよ、この結末は非の打ちどころがない。すべての洞察が一つにまとまって、読者が常に目にしながら、たいてい注意を払わない事実を明らかにしている。すなわち、人の話し方や動きは、彼らの本質の一部だということだ。まるで仔羊が化した羊毛のように、大したことのない結論に思えるかもしれないが、わたしは個人的に、あらゆる子どもがこの本で怯えることによって、こうした洞察を得てほしいと願っている。家から百ヤード離れたひと気のない野原で、もっとつらい形でそれを悟るのではなく。

（市田泉　訳）

流行に縛られずに書く自由

ダイアナはこのスピーチで、『ダイアナ・ウィン・ジョーンズのファンタジーランド観光ガイド』からの引用を用いて、ファンタジーをめぐる流行について考察している。

ファンタジーを書く際の自由というのが、今ちょうど、わたしの心を占めているテーマです。というのも、世界幻想文学大賞の審査員を引き受けているからです（「世界」大賞といっても、実際は英語国民にとっての賞にすぎません。毎年九月にさまざまな場所で授賞式が行われ、今年はモントリオールの予定です）。この賞の対象は、主に大人向けに書かれたファンタジーですが、それに限定されるわけではありません。今年の審査員はフィリップ・プルマンの『琥珀の望遠鏡』を候補に入れるか検討していますし、ロビン・マッキンリイの最新作（原注1）も検討しようとしています。審査員の一人は、わたしの『グリフィンの年』も検討したいと言いましたが、わたしは、自分が審査員である以上、道義に反すると言って断りました。

そんなわけで、二月なかばから、ほぼ毎日のように巨大な小包が家に届き、中には常に膨大なページ数の本がぎっしり詰まっています。大半は五百ページから九百ページ。今年の本は長めのようです。

この言い方、まるでスカート丈のことのようではありませんか？　それにはは理由があります。たいていのものと同様、文学作品も流行《ファッション》に縛られているのです。ペンを手に（わたしはペンを使って書いています）、真っ白な帳面の前に座るとき、作家は流行に束縛されそうになるのを感じます。どうしよう、これから書くものは流行遅れで野暮ったいかも！　ぱりっとした真っ白なページは、途方もない自由を感じさせるはずですが、常にそうとは限りません。少なくともわたしの場合、紙を前にして感じるのは、挑戦してやろうという意欲です。作家を縛るこの流行をどうやって回避しよう、いえ、もっといいのは、流行を逆手にとることだわ。どうやったら流行に縛られず、単に読者が期待しているものではなく、与える価値のあるものを書けるかしら――。

期待というのは、人が本を読むときにきわめて強く働く要素です。およそ半数もの読者が、九歳だろうと九十歳だろうと、期待とちがう斬新な印象や、ほかの本とは異なる印象を与える作品を読むと、ひどく落ち着かない気分になります。だから、定番通りの筋立てのメロドラマはあんなに人気があるのです。こうした読者の中には、期待通りのものが読めないと、やたらと不機嫌になる人もいます。そのささやかな例が、最近目にした、『グリフィンの年』についての二つの書評です。一つはとても短くて、だいたいこんな内容でした。「これは〈ハリー・ポッター〉ではない。だから好きになれない」もう一つはもっと長いものでした。書評家がこの本を〈ハリー・ポッター〉最新刊と比べて読み、どこが一致しないかを並べ立てていたからです。この書評家が、二冊が一致すると期待していたらしい、ということには、心底驚きます。

　ファンタジーは、ほぼあらゆるものを題材にできるのですが、おそらくそのせいで、読者はファンタジーに対して、ほかのジャンルに対するよりもさらに保守的な期待をかける傾向があります。わたしはおよそ六年前、トールキンから派生した多くの新しいファンタジーがどれもほとんど同じであることにいらだって、『ダイアナ・ウィン・ジョーンズのファンタジーランド観光ガイド』という本を書きました。読んだことのない方のために説明すると、これは旅行ガイドの体裁をとった本で、よくあるファンタジーのパターンに従って、冒頭に地図が載っています。ただ、この本の場合、それは上下さかさまにしたヨーロッパの地図で――これはわたしの名づけ子のすばらしい思いつきで、信じがたいことに、なかなかヨーロッパの地図とは気づきません！――わたしはエージェントといっしょに、そこに馬鹿げた地名を書きこんでいくのを大いに楽しみました。本文はアルファベット順になっていて、占星術、闇の王、竜、ガレー船奴隷、宿屋の看板（「どこにいっても宿屋の看板がきいきい軋《きし》るのには驚かないように。これは音響による広告方法の一種であるから。〔訳注　『ダイアナ・ウィン・ジョーンズのファンタジーランド観光ガイド』以下、引用は同書より〕」）、オーク、魔法、シチュー、神殿、魔法使いなどの項目が並んでいます。これらの項目の中から、好みに合わせていくつかを選んで組み合わせれば、新しい本が一冊書けるという寸法です。

　むろん、こうした意外性のない事物やほかの特徴と合わせて、意外性のない言いまわしというのも存在します。わたしはしょっちゅう出てくる決まり文句を、とことん楽しみながら拾い出し、公認表現（認）と名づけました。そして、「邪臭」「こってりした、風味のあるシチュー」「鼻につんとくる煙」といった言葉をこの本の中で用いるときには、認のしるしをつけました。また各章の冒頭には、その章とはまったく関係のないことわざや、詩の一部を載せてあります。この習慣を始めたのはサー・ウォルター・スコットだと思います――その責任は重大です。

しばらくのあいだ、いくつかの項目を読みあげるのにおつき合いください。最初は「色彩の法則」です。

衣服　いふく　Clothing

場所によって変わるものであるが、ふたつの絶対的な〈規定〉がある。

1. **長衣**《ちょうい》のほかは、**シャツ**よりも厚い衣服には袖《そで》がついていてはならない。

2. **靴下**《くつした》を履《は》いてはいけない――

あら、ごめんなさい。読もうと思っていたのは「色彩の法則」でした。こんな項目です。

色彩の法則　しきさいのほうそく　Colour Coding

（中略）

3. 瞳。黒い瞳は必然的に悪である。茶色の瞳は大胆さとユーモアを表すが、必ずしも善であるとはかぎらない。緑の瞳は**つねに才能**《さいのう》、たいていは**魔法**《まほう》の才能を持つことを示しているが、時として**音楽**《おんがく》の才能を表す場合もある。はしばみ色の瞳はめったに見られないが、一般的には好人物だということをほのめかすようである。灰色の瞳は力か、治癒の能力（**癒**《いや》**し手**《て》を見よ）を表し、そうした瞳を持つ相手は信頼できる人物であるが、ただし銀色に見える場合には別である（銀色の瞳の人々は〔中略〕自分の目的のために魔法や暗示をかけてくる可能性が高い）。白い瞳は通常視力を欠いており、叡智《えいち》を表している（白い瞳の人物の発言は、どんなものであろうと絶対に無視してはならない）。青い瞳はつねに善である。青ければ青いほど、善の度合いも高いといえる。そのほかには、紫と黄金の瞳がある。紫の瞳の人々はしばしば王家の生まれであり、そうでないとしても、**つねに**波乱万丈《はらんばんじょう》の人生を送る。黄金の瞳の人々は単なる波乱万丈の人生を送る人々で、そのうえ大部分はかなりの変人である。（中略）幸運にも、望ましくない色の瞳を持つ人物は、めったに（中略）偽装《ぎそう》することを思いつかないので、たやすく見破ることができる。赤い瞳は**絶対に**偽装できない。この瞳は悪であり、驚くほどありふれている。

（後略）

次は「仲間」です。

仲間　**なかま**　Companion

ファンタジーランド旅行公社があなたのために選んだ者たち。（中略）彼らは以下の人間から選ばれている。**吟遊詩人《ぎんゆうしじん》**、**女傭兵《おんなようへい》**、**美貌《びぼう》の魔道師《まどうし》**、**高慢《こうまん》な女性《じょせい》**、**大男《おおおとこ》**、**生真面目《きまじめ》な兵士《へいし》**、**すらりとした若者《わかもの》**、**小男《こおとこ》**、**才能《さいのう》ある少女《しょうじょ》**、**十代《じゅうだい》の少年《しょうねん》**、**無愛想《ぶあいそう》なよそ者《もの》**、**見知《みし》らぬ老賢者《ろうけんじゃ》**である。（後略）

こうしたキャラクターの多くはトールキンが生み出したものですが、ロールプレイングゲームから出てきた薄っぺらなキャラクターも多数交ざっています。ロールプレイングゲームはここ四十年間、この手のファンタジーと相互に影響を与え合ってきました。

「戦士」の例として『ファンタジーランド観光ガイド』が挙げているのは――

野蛮なヴァイキング　**やばんなゔぁいきんぐ**　Barbary Viking

角《つの》のついた**兜《かぶと》**をかぶり、毛皮の**マント**を着ている。そうでないと**北方《ほっぽう》の野蛮人《やばんじん》**と見まちがえてしまうからである。彼らはふんぞり返って歩き、大いに口論《こうろん》し、大いに酒を飲み、大いにいばりちらす。特技は人殺しで、一度に何人も殺すことはお手のものである。（中略）

彼らは皆、熟練《じゅくれん》した海の男である。（後略）

次に、殺しの道具です。

剣　**けん**　Sword

自分の剣は細心の注意を払って選び、できれば所有権を譲渡《じょうと》される前に、流しの**魔術師《まじゅつし》**の手で（中略）調べてもらうことをすすめる。剣は**危険な**ものである。（中略）できれば避けたほうがいいという剣を以下に挙げておく。

1．**ルーン文字《もじ》**の刻まれた剣。剣に見られるルーン文字のほとんどはその剣に関する以下のような事実を示している。

(a)　**竜《りゅう》**を退治するという目的のみを果たすように作られている。

(b)　竜以外の特定の獲物、たとえば**ゴブリン**や**幽《ゆう》鬼《き》**などを退治するように作られている。

(a)も(b)も、ふつうの人間に攻撃された場合には、まったく役に立たず、あなたを失望させることになるだろう。

(c)
(a)(b)以外の目的を果たすように設計されており、その目的のためにしか使えない。したがって、引き抜いたとたん、**嵐**《あらし》を巻き起こしにかかるか、さもなければ――あろうことか、あなたを攻撃している相手を**癒**《いや》**そう**とするかもしれない。

(中略)ルーン文字には用心すること。(後略)

この項目ではさらに、九種類の非常識な剣を挙げています。魂を持つ剣、食欲を持つ剣(この種の剣は、剣をふるう者をさまざまな形で食ってしまいます)、敵の接近を知らせる剣、剣ではない剣(ガラスや何かでできている剣です)、石に刺さった剣、などなど……。

さて、みなさんは、わたしがこの本を出してから六年もたてば、読者もこうした状況のくだらなさに気づいたのでは? とか、きっと流行が変化したにちがいない、とか思われることでしょう。ところが、そうはいきません。わたしが読むはめになった分厚いファンタジーの一冊――たったの五百ページです――『魔教の黙示』〈真実の剣〉シリーズの一冊)(原注2)には、こんな一文がありました。「彼女の緑の瞳は、遠すぎて見えなかった。余人の瞳には認めたことのない、あの色は……」(訳注『魔教の黙示2 忘却の彼方へ』は、ハヤカワ文庫から佐田千織訳が出ているが、本稿では文脈に合わせるために独自の訳をつけた)この手の本の「公認表現」の一つとして、人は何かを「見る」のではなく、常に「認める」のです。

もう一冊、〈鴉の年代記(*Chronicles of the Raven*)〉第二の書『ヌーンシェイド(*Noonshade*)』(原注3)なる本は、冒頭の地図より先に――そう、こうしたファンタジーには、今でも地図がついているのです――旅の仲間の一覧を載せています。

ヒラド・コールドハート――――野蛮人の戦士
名無しの戦士――――戦士
スローン――――戦士にして変身術師
ウィル・ベグマン――――盗賊(ロールプレイングゲームの典型的キャラクターを参照してください)
デンサー――――ドーンシーフの魔術師
エリエンヌ――――伝承魔術の使い手

確かこのうちの一人は女性だったと思います。

次に箱から引っぱり出した本は、全篇にわたり、一人の女戦士について語っていました。舞台はおなじみのアーサー王の宮廷です。本当にそれでいいの？　と言いたくなります。

ともあれ、現状はご覧の通り、相変わらず同じことがくり返されているのです。その理由は、読者がそれを期待しているからです。多くのファンタジー読者は、こうした要素が出てこないと、ひどく当惑してしまうはずです。彼らは、地味な色の目をした普通の人々に関する話を読めと言われても、絶対にいやだと答えるでしょう。たとえその普通の人々が、実におもしろい、魔法に満ちた冒険をするとしても。トールキンから派生した、いわゆるヒロイック・ファンタジーの中のさまざまな流行は、はるか以前から存在し、今や慣わしと化してしまって、変えることなど不可能に思えます。

そしてこの、変えることの難しい慣わしが、現在、子どもや若者向けの本にもとり入れられてきているのです。世界幻想文学大賞の審査員として読んだ本のうち、あまり分厚くない一冊は――たった三八二ページでした――大部分が『ファンタジーランド観光ガイド』から抜け出してきたような作品でした。その本の中で、ヒロインは水晶にさまざまなことを相談するようになります。『ファンタジーランド観光ガイド』の「水晶」の項目を見てみましょう。

水晶　すいしょう　Crystal

いろいろな色のものがありえる。**指輪**《ゆびわ》についているものや、鎖《くさり》を通してペンダントのようになっているものもあり、そのままのかたまりであるものもある。これはファンタジーランドにおける電話にあたるものであって、映像つきである。（中略）連絡をしたい時には、水晶にかがみこみ、集中するだけでよい。（中略）**心話**《しんわ》が届かないところも水晶はカバーしている。（後略）

ヒーローは奴隷にされた王子です。「奴隷」も「不遇な王子」も『ファンタジーランド観光ガイド』に項目があります。

行方不明の世継　ゆくえふめいのよつぎ　Missing Heir

驚くべき頻度《ひんど》で出現する。どんなときでも、ファンタジーランドの**国々**《くにぐに》の半分は、自国の世継の**王子**《おうじ》／**王**《おう》**女**《じょ》を見失っている。もっとも、〈規定〉によれば、行方不明の世継は、ひとつのツアーにつきひとりしか参加できないことになっている。（中略）これは迷惑《めいわく》以外の何物でもない。行方不明の世継は皆、輝くばかりに純真《じゅんしん》で（まぶしさでめまいがしそうな相手もいる）、大部分は分別というものをほとんど持っていない。それはつまり、自分の本当の身分についてのヒントを出されても、まったく気づかないということである。（中略）しかも、彼らは皆、生まれつき王家の気質をそなえている。それはすなわち、騎士道《きしどう》精神や極端《きょくたん》な（そしてやっかいな）正直さ、あらゆる所持品を**乞《こ》食《じき》**にくれてやる傾向、また、誰にでも最良のものを与えてやりたいという自然な欲求などである。（中略）

世継たちが行方不明となる理由には、さまざまなものがある。（後略）

奴隷、男　**どれい、おとこ**　Slave, Male

悪《わる》い王《おう》や狂信的《きょうしんてき》な教主国《カリフこく》、**魔法使《まほうつか》い**などによって、**護衛《ごえい》**、小姓《こしょう》、扇《おうぎ》もち、給仕《きゅうじ》などに、また娯楽《ごらく》用、**セックス**用に大勢使われている。悪い王や狂信的な教主国《カリフ》は、黒檀《こくたん》の肌をもつ4名の奴隷に担がせた輿《こし》(認)、若く美しい少年ふたりに扇をもたせ(認)、すらりとした若い曲芸師の一団(認)、一見瓜ふたつの蛮人《ばんじん》奴隷に守られた扉(認)などの表現に見られるように、つねに揃いの男奴隷を使っている。魔法使いは、見た目のつりあいよりむしろ気くばりのきく奴隷を使う傾向にあるが、世界を支配しようと目論《もくろ》んでいるときは別で、その場合には、悪い王と同じように振る舞おうとする。（後略）

そしてこの本には、いたるところに公認表現が散りばめられています。「ああ、友よ……征服のためにこの剣をかざすものには、おそるべき呪いが降りかかると予言されている」わたしは最初、当惑してこう考えました――たいへん、子ども向けの本にまで症状が広がっている、と。まるで口蹄疫に怯えるように――いえ、「剣と魔法疫」と呼ぶべきでしょうか。

むろん、子どもや若者向けのヒロイック・ファンタジーは、今までにもたくさんありましたし、その大半は独創的で優れた内容でした。この本はわたしが初めて読んだ、よくある設定やずさんな言葉だらけの作品――そのくせ、出版社からは国際的な賞をとるのにふさわしいと思われている作品だったのです。このことは、子どもや若者向けの本にも流行が広がることを前もって警告しているのでしょうか？

少なくとも、この事態からわかることが一つあります。最近急に、こうしたジャンルの融合が進んだということです。今では若者や子ども向けの本を大人が自由に読み、楽しんでいますし、そのことを恥ずかしいとも思わなくなりました。長いこと、こんな状況は決して見られませんでした。子どもや若者向けの本はほかのジャンルとは交じわらず、侵入不可能な孤立した領地に閉じこもっていたのです。

この「ジャンルの融合」が意味することについては、最後にまたお話しします。さしあたっては、さまざまな流行や慣習が作家としてのわたしに与えてきた影響を、少しだけお話ししたいと思います。

子ども向けの本は、想定される読者が、本の性質や内容に対し、ほとんど意見を言うことができないという点で特殊なものです。子どもの本は大人が書き、大人が編集・出版し、大人が売り、大人——教師、両親、司書、おばさん——が買い、批評するのもたいてい大人です。おおむね、これはしかたのないことです。ほとんどの子どもは、どんな内容の本が読みたいか、それはなぜかを言葉にすることができません。また、よい本とはどういうものかについて、大人が並べ立てる言葉を受け容れるしかありません。まだそれを否定できるほどの知識がないからです。

ある意味、そのおかげで、子どもたちのために書くのは実に楽しいことです。多くの子どもが、本の中に書かれたことに初めて出会うのです。たとえば子どもたちは、わたしの『ぼくとルークの一週間と一日』の背景にある神話を知っているとは限りませんし、フィリップ・プルマンが『琥珀の望遠鏡』の中に『失楽園』をとり入れていることにも気づかないでしょう——子どもたちはただ、プルマンがそうやって仕上げた傑作を受け取るだけです。そのこと自体、作家にすばらしい自由を感じさせてくれます。反面、子どもたちは、決まり文句と気のきいた言いまわしの区別がつきません。十歳のころ、ある本の中で、登場人物がテーブルランプにぶつかり、ランプが「酔っ払ったようにぐらぐらした」という表現を読んだとき、自分がどんなに感銘を受けたか、わたしははっきりと覚えています。すごくいい表現だと思ったのです！　この言いまわしがそれまでに千回も使われていることなど、まったく知りませんでした。

子どもが物事と出会う際の初々しさには、このように、長所と短所があります。同様に、大人が子どもの本に関わるすべてを仕切っていることにも、長所と短所があります。長所は、要求される水準がきわめて高くなるということです。わたしがいっしょに仕事をしてきた編集者たちは、陳腐な決まり文句はほとんど受け容れませんし、プロットのもたつきや、事実に反する内容も決して見逃しません。奇妙だと感じる点について疑問を口にする編集者もいますが、独創性は常に歓迎してくれます。当然ながら、わたしはやる気をかき立てられます。自分の作品が彼らの鋭い目で徹底的に吟味されるとわかっているおかげで、最終稿を可能なかぎり正しいものにしようと、いつも力を尽くすことになるのです。一方、短所は言うまでもなく、大人は流行《ファッション》の餌食になりやすいということです——それも、凝り固まって因習と化した流行の餌食に。

確かに、子どもたちも流行には踊らされがちです。現在の携帯電話の流行は、政府が健康に悪いと警告しているにもかかわらず、そのうちに慣習と化すことが想像できます。教師たちが、「教科書の九ページを開けなさい」と言う代わりに、「携帯電話を取り出して天気予報に電話しなさい」と言う日が来ることでしょう。いえ、もう来ているのかもしれません。それでも、大人が子どもとちがうのは、本にまつわるあらゆる考え方を左右できるという点です。

一例を挙げると、わたしが本腰を入れて書き始めたころ、魔法に関することはすべて、大人によって「子どもだけのもの」と見下されていました。そこで、魔法を題材にしたかったわたしは——今思うとラッキーな選択ですが——子ども向けのファンタジーを書こうと決めたのです。わたしが現在向き合うことになっているアダルト・ファンタジーのブームはほとんど始まっておらず、そもそもそういう作品は、まともなものとは見なされていませんでした。児童文学という小さな領地の中でさえ、ファンタジーは軽視され、わたしはよく、なぜ「リアルな」本を書かないのか（原注4）と訊かれたものです。

当時の慣習（それは流行以上のものでした）は、こうしたリアリズムの本を中心に成立していました。とことん現代的な設定の中、子どもたちが現代の諸問題——離婚した親、虐待する親、いじめ、貧困、障害といったあらゆる問題——に直面する、という内容を書くことが慣わしとなっていたのです。子どもたちはそれを読むことによって救われると考えられていました。わたしはそのころ、ジル・ペイトン・ウォルシュの講演を聞きにいったのを覚えています。彼女はこの手の本に対し、決定的な言葉で反論したように思えました。「離婚しかけている二人の大人がいたとして、めいめいに『アンナ・カレーニナ』を渡すでしょうか？　それ以上役に立たない本を思いつきますか？　それなのに大人は、子どもに対しては、これと同じことをしょっちゅうやっているのです」

わたしは帰ってから、このことを深く考えました。そしてこう思いました——人生におけるこの種の問題に向き合うというのは、実はほとんどのおとぎ話がやっていることだ、と。おとぎ話はリアリズムの児童文学よりもずっと巧みにそれをやってのけます。なぜなら、魔法によって困難を遠い場所に置き、たいていは奇妙な国の出来事とすることで深刻さを減らし、読者につらい状況をさまざまな角度からながめさせてくれるからです。読者はそれを自分の問題ではないような顔でじっくりと観察したのち、ヒーローとともに問題を解決することができます。さらによいことに、その過程を楽しむこともできるのです。わたしのこの考えは、今でも変わりません。

あのとき初めて、わたしは心から理解しました。流行や、慣習的な考えの一つ一つ、つまり児童文学を扱う大人たちが持つ固定観念の周囲には、「工夫の余地」と言ってよいものが存在するのです。すなわち、そうした慣習的な考えを、軽やかに回避する方法があるということです。作家は、慣習の存在なら知っていますよ、とアピールし、同時にそれを利用する方法を見つけて、その先へ進むことができます。『星空から来た犬』は「現代的な問題を扱う」という流行を、わたしがおそらくいちばん巧みに回避した例だと思います。うまくいったのは、犬の視点から語ったおかげでしょう。犬というのは、アイルランドの情勢よりも、次の食事のことを気にかけているものですから――。次いでわたしは、『呪われた首環の物語』で新たな試みを行い、『うちの一階には鬼がいる！』でさらなる挑戦をしました。『うちの一階には鬼がいる！』の場合、慣習的な考えを回避するのは、本当に骨が折れました。ある出版社は、わたしの送ったあらすじが「タフィーバーが動物の魂を持って動きまわり、ラジエーターの上で自殺する」という内容だと考え、この作品は現代の問題を描いたものではなく、狂気じみた物語だと決めつけたのです。

それでも、児童文学の関係者の中に、わたしに近い考えの人が大勢いたのは幸いでした。当時は多くの優れた作家がいて、ケイ・ウェブがその人たちの作品をパフィン・ブックス（訳注　英国の出版社ペンギン・ブックスの子会社で児童書を専門とする）から次々に出していたのです。学校の休暇中にだけ、いわゆる冒険が起こる類いの堅苦しい本は、〈ナルニア国ものがたり〉によって追いやられ、わたしが書き始めたころには完全に時代遅れになっていました。物語はいつでも、どこでも始まるものとなり、作家ははるかに大きな自由を手にしていました。

けれどこの関係者たちの欠点は、「読者への気遣い」でした。気遣いとは要するに、子どもたちに悪い例を見せてはいけないという考えで、こうした考えが流行となり、やがて病的なこだわりとなったのです。ロバート・ウェストールの『〝機関銃要塞〟の少年たち』の中で、子どもたちが悪態をつくことに対し、大げさで馬鹿げた非難の声が上がったのを、わたしは今も覚えています。わたしの『ぼくとルークの一週間と一日』も、子どもはマッチを擦ってはいけないという理由で、ある出版社から送り返され、ようやく活字になったときにも、悪魔崇拝ではないかと咎《とが》められました――幸い、そう真剣に追及されたわけではありませんでしたが。

こうした気遣いと同時に、ジャンルに関する思いこみも大きくなってきました。わたしがクレストマンシーのシリーズを書き始めたころまでは、だれもジャンルについてそう細かく考えてはいませんでした。結局、どの本も児童文学と呼ばれていましたし、この領地は分裂し始めるにはいささか小さすぎたのです。けれどもその後、児童文学に関わる人々はジャンルを意識するようになりました。わたしの『魔女と暮らせば』は、ジャンルに関する思いこみへの反発から生まれた本とも言えます。そのころのわたしは、「どんな人も物事を成しとげる力を内に秘めており、ただそれに気づくだけでいいのだ」と子どもに教えるのはとてもよいことだ、という考えのまわりに「工夫の余地」はないかと探していました。また、多重世界に類するものをSF以外のジャンルで扱ってはいけない、という思いこみにもいらだっていました。そこでこの本は、別世界を舞台にしたのです。のちに、ホラーにも「工夫の余地」はないかと考え、ホラーならぬホラーとして（意味がわかっていただけるでしょうか？）『マライアおばさん』を書きました。でも、『マライアおばさん』より前に、またほかの別世界を舞台にして書いたのが、『魔法使いはだれだ』です。『魔法使いはだれだ』は、「すべての魔法使いは本質的に悪である」という、当時はやっていたもう一つの思いこみに対するわたしの回答です。魔法使いは悪なのでしょうか？　ほとんどの人間が魔法使いだとしても？　そのころ、学校では人種差別事件も次々に起きていました。魔法使いは、「ほかとはちがう、けれども、おそらく自分ではどうしようもない人たち」の例として、申し分ありませんでした。もっとも、魔法使いが本質的に悪であるという決めつけは、すぐに消えていく流行の一つでした。わたしが『魔法使いはだれだ』を書いてまもなく、その流行は廃《すた》れましたが、一九九〇年代に復活してきました。九〇年代には、タイトルに「魔法使い（Witch）」という言葉が入っているという理由で、マサチューセッツ州の図書館からこの本が締め出されました。この手の流行については、過ぎ去るのを待つ以外にどうしようもありません。

ほかの思いこみも、現れては廃れていきました。リアリズムの本への情熱は、ファンタジーばかり読んでいると何が本当かわからなくなるからファンタジーは悪いものだ、という奇妙な考えに変化していきました。『九年目の魔法』を書いたのは、こうした思いこみがきわめて強かった時期で、この本はそのおかげで生まれてきたのかもしれません。

その思いこみのまわりには、広大な「工夫の余地」があったのです。わたしはそれ以前からずっと、魔法が一見事故のように、あるいは、少女の目から見た不可解な大人の問題のように思われ、結果としてその子が魔法の存在を疑うことになる、という作品を書きたいと思っていました。現在に至るまでずっと、わたしはこの本に満足しています。当時は魔法がそういう、現実とごっちゃになりがちなものとして世間にとらえられていて、そこからいいプロットが生まれてきたからです。

次に出てきた流行が「政治的な正しさ」です。いったいそれが何なのか、何だったのか、わたしには理解できたためしがありません。なぜなら、ルールが毎月変化するように思えたからです。「政治的な正しさ」が幅をきかせる中、そのまわりにある「工夫の余地」を探る試みは、つるつるした斜面を、次々に立ちはだかる新たなルールを避けながら、猛烈な勢いでジグザグに滑りおりるようなものになりました。わたしがついに、しばらくのあいだ大人向けの作品を書くはめになったのは、この「政治的な正しさ」の流行のせいだったと思います（原注5）。

そして現在はまた、いきなり工夫の余地が大きくなっています。現在の流行では、本は長くてよく、それだけでも自由な気分になれます。わたしはずっと長さについて心配してきました。二百ページちょっとの本に物語を全部詰めこむのは無理だ、と感じていたからです。ですから、長さについては喜ぶことにしましょう——だれかがわたしの本を、長さが足りないという理由で送り返してこないかぎり。さらに、児童文学はハリー・ポッター現象のおかげで、長いこと閉じこもっていた小さな領地からあふれ出し、大半の大人にとって知っていても恥ずかしくないものになりました。何より、魔法、超自然、異世界を扱う作品が、おおむねまともな本と——慣習に則った、きちんとした本とまで見なされるようになったのです。

けれども、最初にお話ししたことからお察しのとおり、そのせいでかえってさまざまな束縛が生じていますし、これからも束縛は増えていくにちがいありません。たとえば、すでに申しあげたように、その影響で紋切り型のずさんな作品が増加し、大人向けの本の慣習が児童文学に持ちこまれる兆しが見受けられます。この点は気に入りませんが、物語の書き方については、それを上まわる自由が手に入ったため、作家としては文句を言うつもりはありません。あまり強くは。今のところは。

（原注1）『紡錘《つむ》の先（*Spindle's End*）』を指す。（訳注 Robin Mckinley. G. P. Putnam's Sons. 2000）

（原注2）テリー・グッドカインド作〈真実の剣〉シリーズの第六部にあたる。

（原注3）著者はジェイムズ・バークレイ。

（原注4）「オーストラリア駆け足旅行　講演その3　なぜ『リアルな』本を書かないのか」参照。

（原注5）ダイアナの大人向けのファンタジー・SF作品は『魔法泥棒』（一九九二）、『バビロンまでは何マイル』（一九九七）、『ダークホルムの闇の君』（一九九八）、『グリフィンの年』（二〇〇〇）の四作である。二十世紀末に作品が集中していることから、彼女が述べているのはこの時期のことと思われる。


（市田泉　訳）

隠れた才能

聞き手を刺激するこのスピーチは、レディングのケンドリック校（訳注　十一歳から十八歳までの女子が学ぶ学校）で行われた二〇〇八年十二月の卒業式でのもので、お膳立てしたのは、その学校で教師を務める、ダイアナの息子リチャードである（原注1）。

これからお話ししたいのは、わたしたちのだれもが、どれほど才能に恵まれているか、ということです。ここに座っているみなさん全員の分を合わせると、無数に近い能力があるのです。自分たちの才能の一部にすでに気づいている人もいるでしょうが、すべてには気づいていないと思います。それにはちゃんとした理由があります。そうした才能を示すのにちょうどよい環境が、まだ整っていないからです。それを隠れた才能と考えてください。

どういうことかわかっていただくために、しばらくのあいだ、ヨーロッパにやってきた最初の人類のことを考えてみてください。彼らは氷河時代の終わりごろ、ごく控えめに言ってもおそろしく寒い時期にヨーロッパにたどり着き、フランスの中部の洞窟に住み始めました。この人々の遺物を調査している学者によれば、彼らはすでに、現代のわたしたちと、あらゆる点でそっくりだったということです。彼らはわたしたちと同じくらいの体格で、同じ脳を持ち、おそらく見た目も似ていたのでしょう。ただし、髪の長さはちがったと思います。そのころハサミは存在しませんでしたから。ハサミはその後発明された多くの道具の一つでした。当時はまだ、鉄などの金属が発見される前で、車輪さえ発明されていませんでした。彼らは火を熾《おこ》すことはできましたが、できるのはそのくらいでした。にもかかわらず彼らが生き延びたこと自体、そのすばらしい才能を示す証拠だと思います。

さて、彼らはわたしたちにそっくりだったのですから、わたしたちと同じ能力を持っていた、ということになります。けれども、その大半はまだ隠されていたはずです。なにしろ、多くの能力を用いる方法が発見されていませんでしたから。絵を描く才能を持つ人にとっては、問題はありませんでした。その才能を使って洞窟に壁画を残せばよかったからです。ただし、絵を描く才能にしても、本当に花開いたと言えるのは何千年もたってから――しかるべき時が来て、ルネッサンス期のイタリアにミケランジェロやボッティチェリといった人々が現れてからでした。弁護士になる才能を持っていた人も、たぶんかなり充実した日々を送っていたでしょう。口論を仲裁し、喧嘩を止めることができたからです。もっとも、部族のほかの人々がうんざりした顔で洞窟の天井を仰いで、こうぼやいたこともあったかもしれません。「またあの女がしゃしゃり出てきた！だれか一発殴ってやれよ」

けれども、コンサート・ピアニストや、原子物理学者や、銀行家や――現代人が選べるほかのさまざまな職業に就ける才能を持って生まれた人々は、どんなふうに感じていたのでしょうか？

普通に考えれば、彼らは集団のほかの人々と同じ仕事をこなし、与えられた環境の中で精いっぱいやっていたはずです。あるものについて聞いたことがなければ、手に入らないのを悲しむこともない、とはよく言われることです。でもわたしは、その言葉は半分しかあたっていないと思います。賭けてもいいのですが、こうした穴居人の大半はきっと、切ない憧れや未来への夢のようなものがときおり胸をよぎるのを感じていたことでしょう。

どうか想像してみてください。虎の毛皮を趣味よくまとい、髪に脂を塗っておしゃれな細い束に分けた若い女性が、洞窟へ入っていったとたん、天井が低くなったところに頭をぶつけます――これで百回めです。「ああもう！」と彼女は言います。「何かここを明るくできるものはないかしら」あるいは、ツンドラを何マイルもとぼとぼと歩いて、重い動物の死骸を運んでいく男がいます。足はずきずきするし、腕も痛く、全身が冷え切っています。その男はこう思っていることでしょう。（歩かずに洞窟へ戻る方法があったらなあ！）

人はみな、今でもこうした夢を抱いているとわたしは思います。わたし自身の夢は、飛びたいという強い願いです。飛行機で退屈な旅をしたいということではありません。わたしがほしいのは反重力的な力――自分の体一つで、あちこちの田舎のめずらしい風景の上を飛ぶことです。それから、異世界へテレポートしたいという夢も持っています。しかるべき時が来たら、わたしの子孫がちゃんと使えるようになるはずの「隠れた才能」が、これらの夢にはぼんやりと表れているにちがいありません。

みなさんもこうした夢を感じたときには、決して手放さないでください。というのも、こうした未来の夢を抱かないでいると、停滞に向かってしまうからです。洞窟に住んでいた祖先たちのその後の歴史を見れば、それがよくわかります。やがて気候は温暖になり、生活は楽になりました。

そのとき祖先たちはどうしたでしょう？　海辺や湖の岸へ行って座りこみ、何もしなかったのです。彼らはだらだらと過ごし、海の幸を食べ――湖岸でも貝や小魚を食べ――食べたあとも何もしませんでした。祖先たちが座っていた場所には、彼らの出したゴミが今も汚らしく積もっています。

残念ながら、この停滞した状態は、平和と豊かさとともに訪れるのです。わたしはそういうときの心理状態を「いや、いかん！」型思考と呼んでいます。だれかが新しいことのために隠れた才能を使おうとすると、部族のほかの者たちが「いや、いかん！」と反対するからです。ある人が船を造ろうとか、内陸へ移動しようとか言うと、ほかの人々が「それはわれわれの決まりに反する」とか、「伝統に反する」とか、「神々がお許しにならない」とか言い出し、もっとヒステリックな場合は「あいつは異端者だ」とか、「あの女は魔女だ」などと叫び出すのです。彼らの本心はむろん、「何も変えたくない」ということです。この状態が何千年も続きました。

人類がやる気を出し、各人の隠れた才能を利用して、たとえば馬を馴らしたり、穀物を育てたり、牛や羊を飼ったりするようになるまでに、文字通り千年単位の時間が過ぎていきました。こういうアイディアを持った人々は、停滞期間のあいだ、気が狂いそうだったことでしょう。

ですが、人類がその場に座りこみ、新しいものと見れば「いや、いかん！」と反対するような時代は、何度でもめぐってくるのです。「いや、いかん！」一派は、常にわたしたちのそばに存在します。現代では、地球の気候が変化しかけていることを認めない人々が、「いや、いかん！」と言い立てています――たとえば、「これは一時的な気温の上昇にすぎない」とか、「科学者は心配しすぎだ」とかいう意見を述べたり、「神がお救いくださる。大丈夫だ」と単純かつ楽天的に予言したりしているのです。われわれはこうした言葉に耳を貸さないことがきわめて重要なのは、昔も今も同じです。

さて、どこかのだれかがきっと、今後の状況に対処できる、隠れた才能を持っているはずですが、当人はまだそのことに気づいていません。そしてその人物とは、あなたかもしれないのです。今回必要とされるのが、あなたの隠れた才能ではないとしても、次の機会にはその才能が役に立つかもしれません。ですから、頭に何かおかしな考えが浮かんできたときには、どうか無視しないでください。それは間違いなく、あなたの隠れた才能が生み出したものなのです。

人類一人一人に信じがたい才能があることを、どうか忘れないでください。
ありがとうございました。

（原注1）ダイアナはまず卒業証書を生徒たちに手渡したが、ひどく緊張していたため、一人一人と握手することになっていたのを忘れてしまった！

（市田泉　訳）

キャラクター作り――作家の卵へのアドバイス2

頼まれれば、常に快く助言や提案を与えていたダイアナは、若い作家の卵たちの参考になればと、この文章を執筆した。

作家が生み出すキャラクター、つまり物語の登場人物は、作品の中でもっとも重要な要素です。プロットを先へ進めるのはキャラクターなのですから。物事は単に起こるのではなく、人間が起こすものです。人間は、あれではなくこれをしようと決めることで、互いに反応し合うことで（この人は好き、あの人は嫌い、あっちの人は馬鹿……など）、生き方に関する強い信念を持つことで、うぬぼれたり我《が》を通したりすることで、あるいは、弱気になって何もしないことで、ある物事を起こします。

ですから、あなたの物語にふさわしい人々を見つけなくてはなりません。たとえば、世界の王になる人物についての物語を語りたい場合、主人公は弱々しく内気な性格にしてはいけません。仮にそういう設定にするなら、その物語は、主人公が一連の偶然や誤解によって王になったいきさつを語るものになるはずです。強い人間があらゆる障害を打ち破って徐々に前進し、ついには王位に就くという話とは、まったくの別物です。おわかりでしょうか？　物語がどのような人物の身に起こるかによって、すべてが変わってくるのです。

作家の中には、こうしたキャラクター作りの問題に悩まされないよう、以下のどちらかの方法をとる人もいます。

一つめの方法は、一種の操り人形兼観察者であるメインキャラクターを生み出し、このキャラクターの前で事件を起こしたり、ほかの人物に個性を発揮させたりする、というものです。結果として、観察者たるメインキャラクターは、はっきりした個性を持たず、読者が物語をのぞきこむための単なる窓と化し、筋そのものもばらばらなエピソードの寄せ集めになります。その結果できあがるのはバラエティショーのようなもので、とても物語とは呼べません。こうした手法によって成功した例が『不思議の国のアリス』ですが、真の天才でないかぎり、決してこの方法を真似してはいけません。

もう一つはさらに悪い方法です。この手法を選ぶ作家は

（たいていは覚えられないような）いくつかの名前を最初に決め、その名前に物語の進行上必要な行動をとらせます――名前をつけられた人物には、そんな行動をとる理由がまったくないとしても。こうした作家が期待しているのは、そんな薄っぺらなキャラクターも、せっせと動かせばある程度リアルな人物になるかもしれない、ということでしょう。けれども実際には、読者を混乱させてしまうのが落ちです――アーチュロップはどうして、前の章では守ろうとしていた宝を持って急に逃げ出したんだろう、とか、なぜアスドフフはいきなり、何の役にも立たないこの探求を続けることにしたんだろう、とか、極端な場合、どうしてオクヌムブは突然アーチュロップを嫌いになったんだろう、といった具合に。

では、どうしたら適切なキャラクターが作れるのでしょう。

答えは、物語の中のキャラクターをすべて現実の人間だと考えることです。書き始める前に、つき合いの深い友だちと同じくらい、彼らのことをよく知らねばなりません。これは主要な役割のキャラクターだけでなく、物語のあらゆる登場人物について言えることです。周囲を見まわし、友人を、敵を、癇《かん》に障るおばさんを観察して、気づいたことを物語の登場人物に反映させてください。そもそも現実の人間は、一人一人がちがった体格をしていますし、そのせいで歩き方や座り方や身振りが人によって異なるはずです。髪もいろいろな生え方をしていて――興奮すると前髪が目にかかる人もいれば、そうでない人もいるでしょう。出っ歯の人もいれば、入れ歯の人もいます。身振り手振りを多用する人も、あまり動かない人もいます。何より大切なことに――というのも、文字で書かれた物語の場合、主としてこれが表に現れるものだからですが――めいめいがちがったしゃべり方をしています。よく耳を澄ませば、一人一人が独特のリズムで話していることに気がつくでしょう。それぞれのキャラクターが話す際のリズムを理解し、作中のセリフを書くときにそれを再現できれば、おそらく読者にもそのキャラクターが現実の人間のように思えることでしょう。

現実の人間のもう一つの特徴は、ふだん会う場所以外でも、仕事をこなし、趣味を楽しみ、生活を送っているということです。それぞれのキャラクターについて、こうしたことも注意して知るようにしなければなりません。物語に出てくるときだけ生きているように思える人物というのは、ことのほかリアリティのないものです。彼らが物語に出てこないとき何をしているのか、きちんと知るように心がけてください――朝食に何を食べるのか、余暇はどうやって過ごしているのか、どういう服を買うのか。作家がそれを知っていれば、たとえ作中であまり描写をしなくても、キャラクターにはちゃんとした奥行きが生まれます。

一人一人のキャラクターの、いわば舞台裏での様子を知っていると、物語を書く際に大いに役立つことがよくあります。たとえば、あなたが執筆に行きづまっているとします。プロット上、主人公が重大な事実をつかまねばならないのに、どこでそれをつかませたらいいかわからないのです。そのときあなたは幸いにも、主人公の隣人の神経質なバギンズじいさんが、市場のそばでがらくた屋をやっていることを思い出します。主人公はその店に立ち寄り、すると――ごらんあれ――重大な事実を示すものが店のウィンドウに飾られています。バギンズじいさんが店をやっていると知らなかったら、物語は本当に行きづまったかもしれません。

ここで気をつけてほしいのは、キャラクターについてあれこれ並べ立て、知っていることを残らず書く必要はない、ということです。そんなことをすれば、やはり薄っぺらな人物ができてしまいます。実のところ、作家はキャラクターについて何もかも知らねばなりませんが、読者は別にすべてを知らなくてもいいのです。人物の外見やライフスタイルを長々と描写されると、読む側はげんなりしてしまいます。作家がそれらのことを知っていさえすれば、わざわざ語らなくても、読者にはちゃんと伝わるものです。

さて、あなたがもっともよく知っていなければならないことをとりあげましょう。キャラクターの内面です。これもまた、こまごまと描写する必要はありませんが（プロット上重要だったり、特に奇妙だったりおもしろかったりする場合は別です）、作家はキャラクターの行動を引き起こす内面の状態を知っておかねばなりません。たとえば、おとなしく内気な登場人物が、物語上、急に大胆で凶暴な行動をとる必要がある場合、あなたは最初から、このキャラクターの精神のどこかに大胆さの種があることを知っているべきなのです。最初からそれを知っていれば、自然と物語にヒントがちりばめられ、この人物がいきなりビルおじさんに飛びかかって首に嚙みついたとしても、絶対にありえないことだ、と思われたりはしないでしょう。これは、あなたがどんな人物の心理描写をするときにもあてはまります。キャラクターの内面のあり方によって、彼らが物語の中でとる行動に理由が与えられるのです。

キャラクターを徹底的に知るようにすると、すてきなおまけがついてきます。あなたが正しいやり方をしていれば、彼らが現実の、自立した人間のように動き始める瞬間が訪れるのです。キャラクターが、あなた自身も予期していなかった行動をとり、言葉を発するようになります。そんなときは、自由にさせておくことです。そうすれば、あなたの物語は計り知れないほど深みを増し、わくわくするものになるでしょう。

これらのことは、とりわけ物語中の悪役についてあてはまります。悪党も現実の人間であることを忘れてはいけません。悪党といえど行動には理由が、振る舞いには動機があります。彼らはおおむね、自分を悪人とは思っていませんん。何かわけがあって、あるいは、彼らを間違った方向へ導いてきた根深い信念に基づいて、行動しているからです。多くの作家がこのことを忘れ、悪党によこしまな笑い方をさせたり、おのれの邪悪さを楽しませたりしています――さらにひどい場合は、悪党を狂人にしてごまかしています。そういう作家の描く悪党には、ヒーローを苦しめるとき以外の人生が存在しません。けれども、大半の悪人はそんなふうではないのです。悪人のことを、ほかの人々とまったく同じだが気に障るやつ、と考えるほうが、はるかにいいと思います。

ここで、ヒントを一つ差しあげましょう。これはわたしもよくやっていることです。悪役をあなたの嫌いな知り合いにしてみてください。つまり、実在の人物をモデルにするのです。そうすれば、悪役も簡単にリアルな人物にすることができます。最初から知っている相手なのですから。わたしがこう言うと、ショックを受ける人が多いのですが、自分を悪人だと思っている悪人はいないので、モデルにした実在の人物は、決して自分のことだとは気がつきません。まったく問題は生じないうえに、彼らは当然の報いを受けることになります。

ですから、まわりに目を向けてみてください。知り合いの中にきっと、「悪人」がいるはずです。その人を利用してください。そうすれば、ここでもまた、おまけがついてきます。なにしろ現実の人間を相手にするわけですから、ほかのキャラクターたちも、ますます現実の人間らしく動き始めてくれるのです。

（市田泉　訳）

『チェンジオーバー』が生まれたきっかけ

この序文は、ムーンダスト・ブックスがダイアナの処女作『チェンジオーバー』を二〇〇四年に復刊した際に執筆された。この作品は一連のダイアナ作品の中では異色で、ファンタジーでも児童文学でもなく、英国から独立しようとしているアフリカの小国を舞台にした風刺小説である。それでも、彼女のトレードマークとも言うべき奇抜なユーモアと知性はたっぷり詰めこまれている。

わたしが一九六〇年代なかばに『チェンジオーバー』を書いたのは、主に正気を保つためでした。

たぶん一九六五年に(原注1)、わたしたち一家はオックスフォードシャーでもいちばん寒い家に引っ越しました。それは築四百年のだだっ広い家で、床は石敷き、石壁は三フィートの厚みがありました。当時雇っていた家政婦には性悪《しょうわる》な幼い娘がいて、その子が唯一のヒーターの内部に鎖を張り渡すといういたずらをして、ヒーターを壊してしまったため、暖をとるには、家にある二つの暖炉のどちらかに火を熾《おこ》すしかありませんでした。ところが片方の暖炉には、絶対に火が熾りませんでした。もう一つに火を熾すために、わたしは毎朝一時間、三枚のセーターの上にガウンをはおった姿でしゃがみこみ、慎重にボーイスカウト風の作業をするはめになりました。『チェンジオーバー』の舞台がアフリカなのは、暖かいところだからです。国の名前——ヌムクワミ——は、never(決してない)という意味のラテン語、ヌムクアムから来ています。つまり、ネバーランドです。

その家で暮らすのはほんの数カ月間、わたしたちの新居が完成するまでのはずでしたが、それが一年に延びてしまい、そのあいだに不運が群れをなして襲ってきました。夫は黄疸になり、完治に時間がかかったうえに、特別な無脂肪食をとらねばなりませんでした。二歳の三男は熱を出してはけいれんを起こすようになりました。五歳の次男は学校がいやでたまらず、幼児返りしておねしょをし始めました。長男はやたらと事故を起こすようになりました。家に帰ってこないので、長いこと捜しまわり、ようやく見つけると、ズボンのお尻が木にひっかかって身動きがとれなくなっていたりするのです。義父が亡くなって、義母が一時期いっしょに暮らしましたが、悲しみのあまり何もかもが気に入らないようでした。突然訪ねてきた妹は、インフルエンザの後遺症でひどく具合が悪く、世話が必要でした。友人の一人も、赤ん坊の娘を連れてやってきて滞在しました。彼女は離婚するつもりで夫から逃げてきたところで、ここで暮らしていることが夫にばれてしまうのでは、と恐れるあまりヒステリックになっていました。

そのうえ、飼い始めたばかりの猫はことのほか血に餓えていて、生きる目的はただ一つ、何かを殺すことのようでした。仔ウサギの残骸を足元に発見してもだれも驚かなくなりました（ただし、瀕死の状態のウサギには、やはり心が痛みました）。ネズミの切れ端はみんな平気で処理できましたが、わたしは寝ているときにベッドの下で鳥を殺されるのには、どうしても慣れることができませんでした。この猫が起こしたもっとも派手な事件は、ある朝ブタ小屋の中へ落ち、わたしたちが（無脂肪の）昼食をとっている最中に、ずぶ濡れで悪臭を発しながら部屋に入ってきた、というものです。

このすべてに加えて、家主であるオックスフォードのカレッジが、しょっちゅうこの家をわたしたちに断りもなく貸し出そうとするため、入居希望者が前触れもなく現れては、ウサギの残骸やネズミのかけらが散らばる凍りつくような部屋をうろうろし、とても住めたもんじゃない、と声を上げるのでした。わたしも体調が悪くなり、夫は階段から落ち……

この当時、英国は最後の植民地を手放そうとしていました。ニュースは毎月のように、またしても小さな島や小さな国の独立が認められた、と伝えていて、それはウサギの死骸と同じくらい日常的なことでした。まもなく、残るは南ローデシア（今のジンバブエ）くらいになり、英国はこの植民地を手放したくなさそうでした。実際、なかなか手放さなかったのですが、やがて南ローデシア首相のイアン・スミスが一方的に独立を宣言しました。UDI（原注2）と呼ばれるこの宣言は、たいへんな騒動を引き起こしました。英国から大臣が派遣され、スミスを口説き、丸めこもうとしましたが、うまくいきませんでした。スミスは目標を見失わず、反乱をやりとげました。このころには『チェンジオーバー』を書き始めていたわたしは、自分が書いた通りのことが起こっているような気がしたものです。

この作品はそもそも、わたしが植民地の独立について考えたことから生まれたものです。ある晩、猫がホシムクドリをベッドの下で殺したあと、夫とともに眠りに戻ろうとしていたわたしは、ふとこんなことを考え始めました――独立前の植民地の様子なら思い描ける（英国の支配）、独立後の様子も想像できる（国民の自治）、だけど、どうしても頭に描けないのは独立のプロセスだわ。どうやって人々を訓練して国の運営を引き継がせるんだろう。どこで新たな政治家や新たな公務員を見つけるんだろう。どうやって国民に揺るがぬ独立心を持たせるんだろう――。疑問は次々に湧いてきました。あれこれ考えをめぐらせながら、わたしは夫に話しかけました。「どうやって切り替え《チェンジ・オーバー》を達成するのかしら？」

すると、眠りに落ちかけていた夫は答えました。「チェンジオーバーって、だれだ？」

むろん、これで決まりでした。わたしは翌朝本を書き始めました。その効果は絶大で、わたしはいつのまにか、ウサギの残骸のことも、ただ一つの暖房である暖炉から立ち昇る大量の煙のことも忘れてしまいました。次に襲ってくる危機以外に、考えることができたからです。それ以後は、新たな危機が訪れるたびに、『チェンジオーバー』が少なくとも一章分先へ進むようになり、とうとう新居に移ったとき、この作品はタイプ清書を待つばかりとなっていました。

（原注1）自伝的な一文「わたしの半生」では、ダイアナは一九六六年と述べている。

（原注2）ＵＤＩ、すなわち一方的独立宣言（Unilateral Declaration of Independence）は、英国の植民地、南ローデシアの白人政府が一九六五年に発表した、英国とのつながりを絶つという宣言。イアン・スミス率いる南ローデシア政府は、英国が独立の条件として求めていた、国民の大半を占める黒人への参政権の付与を拒否してこの宣言を行った。

（市田泉　訳）

ジョーンズって娘《こ》

ユーモラスな自伝的エピソード。この文章は『姉妹たち(*Sisters*)』(ミリアム・ホジソン編)に発表されたのち、ダイアナ・ウィン・ジョーンズの短編集『*Unexpected Magic*』に収録された。

一九四四年のことだ。わたしたちがその村に越してからまだ日も浅かったというのに、当時九歳だったわたしは、「あのジョーンズって娘《こ》」と呼ばれるようになっていた。村の人たちは、目につくいたずらっ子のことを、「なんとかかって娘」とか「なんとかかって坊主」と呼んでいた。二人の妹たちは、「ジョーンズって娘」と呼ばれたことは一度もなかった。わたしのように、目をつけられて噂に上ったりしなかったからだ。

わたしがそう呼ばれるようになったのは、ある土曜日の朝の出来事が原因だった。わたしは家の庭で、下の妹のアーシュラの面倒を見ながら、ジーンという女の子が遊びにくるのを待っていた。上の妹のイゾベルもそばにいた。いっしょに待っていたわけではなく、なんとなくわたしの近くにいれば安心だったからだろう。それまでわたしは、ジーンとは学校でしか会ったことがなかった。足手まといの妹が二人もいると知ったらジーンがいやがるのではないかと、わたしは心配していた。

ところが、かなり遅れてやってきたジーンも、妹を二人連れていた。上の妹は五歳で、ジーンそっくり。下の妹はまだ三歳で、エレンという名の、白っぽい金髪の子だった。小さな浅黒い顔に、わたしにちょっかい出したら嚙みついてやるからね、と言わんばかりのいかにも強情そうな表情を浮かべていて、なんだか怖いほどだった。三人とも、ぱりっと糊のきいたきれいな綿のワンピースを着ていた。わたしは自分の格好がみすぼらしく思えてきた。わたしたちはお休みの日用に、汚してもいい服を着ていたのだが、ジーンの家では、お休みの日にはきれいな服を着ることになっているのだろう。

「お母さんに、この子たちの面倒を見ろって言われちゃって……」ジーンは憂鬱そうだった。「わたしがお使いに行ってくるあいだ、この子たちを見ててくれない? お使いがすんだら遊べるから」

わたしは気の強そうなエレンを見て、不安になって言った。「わたし、小さい子を見るの、あんまり得意じゃないのよ」

ジーンは一生懸命に頼んだ。「お願いよ、この子たちを連れてかなければ、早くすむから。見ててくれたら、あなたと友だちになるわ」

ジーンはそれまで、いっしょに遊ぼうとは言っても、友だちになろうと言ってくれたことはなかった。それでわたしはつい、引き受けてしまった。ジーンは嬉しそうに買い物袋をふりながら出かけていった。

そのすぐあと、今度はエヴァという女の子が現れた。エヴァとはすでにちゃんと友だちになっていて、わたしは彼女が大好きだった。エヴァは片方の足の先に指がなく、ぽこんと丸くなっているだけで、特別製のブーツをはいていた。そして、変わった形の足をとても自慢にしていた。いつも、自分の親戚で、やはり変わった足をしている人を全部数えあげ、「わたしの叔父さんも片っぽの足にしか指がないの」と締めくくった。エヴァも買い物袋を持って、小さい子を連れていた。テリーという名の弟で、五歳のいたずら坊主だ。

「買い物するあいだ、預かってて。すぐ帰ってくるから、あとで遊びましょ」

「男の子の世話なんてしたことないから、どうしたらいいかわからない」わたしは文句を言ったものの、やはり引き受けることにした。なんといってもエヴァは友だちだ。テリーを強情そうな顔をしたエレンの隣に残して、エヴァも行ってしまった。

次に、シビルという、あまりよく知らない女の子がやってきた。青い地に白い模様のついたよそゆきの綿のドレスを着て、同じようにきれいなドレスを着た二人の妹の手を引いている。

「お使いをしてくるあいだ、この子たちを見ててくれない？　そしたらあんたの友だちになるから」

続いて、わたしよりちょっと年上のキャシーという女の子が、妹を一人連れてきた。そのあとも、顔見知りという程度の女の子たちがぞくぞくと現れた。しかもみんながみんな、妹や弟をわが家の庭に連れてきた。村では、噂はあっというまに広まる。「あんた、妹たちをどうしたの、ジーン？」「ジョーンズって娘《こ》のところに預けてきた」という具合に。

あとからやってきた中には、かなりあからさまな言い方をする子もいた。

「小さい子を預かってくれるって聞いたの。運動場で遊んでくるあいだ、見てて」

「わたし、小さい子の世話なんて得意じゃないのよ」わたしは引き受ける前に、いちいち念を押した。自分でも、なぜわざわざこんなふうに言いわけしてるんだろう、と思ったのを覚えている。わたしはもう何年も前から、イゾベルの面倒を一人で見てきたし、アーシュラも四つになってからはわたしが見ていた。おそらくわたしは、弟や妹を預けにくる女の子たちにいいカモにされていると気づいて、どうなってもわたしの責任じゃないからね、と断っておきたかったのだろう。でも、本気で言っていたのも確かだ。小さい子の世話なんてうまくはなかったのだから。

二十分もしないうちに、庭は預かった小さな子どもたちであふれ返っていた。人数は一度も数えなかったが、十人以上いたことは間違いない。背丈がわたしの腰までもない、小さな子ばかりだった。みんな「きれいな家」の子だったから、きれいな格好をしていた。「汚い家」の子だと、男の子は底に金属のついた大きな黒いブーツをはいているし、女の子は長すぎる汚らしいワンピースを着ているのだが、この子たちはみな、糊のきいた、ひだのついた服を着て、きれいな靴下にぴかぴかの靴をはいている。でも服がどうであれ、やせっぽちで生意気な村の子どもたちであることに変わりはない。姉さんたちにあっさり置き去りにされたことがちゃんとわかっていて、すぐに騒ぎ出した。

すると、父が怒鳴った。

「くそやかましい騒ぎはやめろ！　その子たちをどこかへ連れていけ！」

父はしょっちゅう腹を立てていた。このときも、今にも爆発しそうな気配だった。

そこでわたしは、うろうろしている子どもたちに言った。「散歩に行きましょう。いらっしゃい」それから、イゾベルも誘った。「いっしょに来ない？」

イゾベルはためらうように後ずさりして言った。「行かない」

イゾベルには危険を嗅ぎつける鋭い勘が備わっている。子どものころの思い出というと、真っ先に浮かんでくるのは、わたしのせいで面倒なことに巻きこまれそうになって、日に焼けたたくましい足を猛烈な勢いで動かし、自転車をこいで逃げるイゾベルの姿だ。そのせいか、今ではイゾベルは、必死で逃げまわったりしなくてすむように、きちんと先まわりして物事を考える習慣が身についた大人になっている。

さて、そのときわたしは、大勢の子どもの世話を手伝ってほしかったので、むっとした。とはいっても、すごく腹が立ったというわけではない。イゾベルがいやがるからには、何かおもしろいことが起こりそうだな、と思ったのだ。

わたしは子どもたちに言った。「これから冒険に行きましょう」

子どもたちは言った。「今どき、冒険なんてないんだよ」

さっきも言ったように、生意気な子どもたちだったのだ。当時イギリスは戦時下にあったが、戦争のことを冒険だなどと思っている子は、わたしを含めてだれ一人いなかった。わたしは本の中に出てくる人たちのような冒険がしたくてたまらなかったのに、冒険と呼べるような出来事にはそれまで何一つ出会ったことがなかった。これがわたしの悩みだった。スパイの正体をあばくこともなければ、性悪《しょうわる》なギャングの取引を突き止めて警察に突き出す機会もなかったのだ。

まあ、ぜいたくを言ってもしかたがない。わたしは子どもたちを通りに連れ出した。まるでハーメルンの笛吹きになった気が——というより、ひどく年をとったような気がした。少なくとも二十歳くらいの、保育園の先生になったような気分だった。子どもたちはみんなとても幼く、わたしはとても大きかったからだ。でも、成りゆきとはいえ、こうなったからには前々からやりたかったことをやってもいいはずだ、と楽しみになってきてもいた。

「どこへ行くの?」子どもたちがうるさく訊いてきたので、わたしは言った。

「ウォーターレーンに行こうよ」ウォーターレーンというのは、村で唯一の舗装されていない通りだった。本に出てくる小道のようで、わたしは大好きだったのだ。もしも冒険へと続く道というものがあるとすれば、それはこのウォーターレーンのはず。その日は曇っていて湿気が多く、空は灰色で、風はなく、穏やかだった。冒険に向く天気とは言えないかもしれないが、本にはよく、もっともありそうもないときにこそ大きな出来事が起こるものだ、と書いてある。

ところが小さな子どもたちは、ウォーターレーンになんて行きたくない、と言う。

「あそこはぬかるみになってるよ。みんな泥だらけになっちゃう。お母さんが、服を汚しちゃいけません、って言ってたもん」子どもたちはまわりじゅうで言い立てた。

「わたしといっしょにいれば泥だらけになんてならないわよ」わたしはきっぱりと言った。「ゾウのところまで行くだけだし……」

これを聞いたとたん、みんなは機嫌がよくなり、ぴたりと文句を言わなくなった。ウォーターレーンには、ある男の人が作った、機械じかけで動く実物大のゾウがしまってある小屋があったのだ。特にエレンは、いきなりわたしに心を許す気になったらしく、自分から手をつないできた。

わたしたちは大きな定期船とタグボートの群れのように、大通りを横切っていった。

ウォーターレーンは確かにぬかるんでいた。土の表面に水気がしみ出て、道を横切るように何十もの筋になって流れている。さらに、ヒンクストンさんが飼っている牛の群れが残していったと思われるおみやげがどっさり落ちていた。子どもたちは上品ぶって、わざとらしく悲鳴をあげた。「道の端っこを歩きなさい」わたしは命令した。「勇気を出して。うまくいけば、庭に入って小屋の中のゾウを見せてもらえるかもしれないわよ」

ほとんどの子が言うことを聞いて端を歩いたが、妹のアーシュラだけは道の真ん中をずんずん進んでいく。わたしはアーシュラをほかの子たちとまったく同じように扱うつもりだった。本物の保育園の先生とか、ハーメルンの町から子どもたちを連れ出す笛吹き男のように。でも、アーシュラの服や靴がどろどろになっても、わたしが叱られればすむ。そう思って好きにさせておいた。アーシュラは怒るとときどき噛みつくくせがあったし、靴が汚れるくらい大したことじゃない、と思ったからだ。

「うわあ！　あの子ったら、ぬかるみをぜーんぶ踏んで歩いてるよ！」と子どもたちが叫ぶのを聞きながら、わたしはゾウがいるはずの小屋の大きな黒いフェンスの前にたどり着いた。ところが、門にも小屋にも錠や閂《かんぬき》がかかっている。今日は土曜日なので、ゾウを作った人はどこかのバザーかお祭りにゾウを持っていってお金を稼いでいるのだろう。

がっかりした子どもたちは叫んだり、わたしの悪口を言ったりした。中でも口の悪いテリーはうるさく騒いでいた。わたしはてっぺんに有刺鉄線を張った高いフェンスを見上げ、この子たち全員のお尻を押してフェンスを越えさせ、中で冒険させようか、と考えた。でも、子どもたちの服が破れてしまうかもしれないし、全員を乗り越えさせるのはたいへんだし、だいたい、こんなことのためにウォーターレーンにやってきたわけじゃない……。そこでわたしはみんなに言った。

「ほんとに冒険するなら、もっと先まで行かなきゃだめだってことよ。ウォーターレーンのいちばん端まで行って、どんなところか見てみましょう」

「遠すぎるよ！」一人の子が泣き言を言った。

「そんなことないわ」わたしは知りもしないのに言った。ウォーターレーンは川の向こうまで続いていると聞いていたが、今まで川を渡ってみる機会はなかったのだ。「でなきゃ、川に着いたら岸をたどって、川が始まるところを探してもいいわね」

「川に始まりなんてないよ」だれかが断言した。

「あら、あるわよ」わたしは言い返した。「川の源には、地面からあふれ出してる泉があるの。それを見つけにいきましょう」わたしはそのときちょうど、ナイル川の水源について書かれた本を読んでいたのだ。

子どもたちも泉を探すという考えは気に入ったようだ。そこでわたしたちは先へ進んだ。牛のふんはもう見あたらなかったが、地面はやはりぬかるんでいた。わたしはところどころに島のように残った乾いた地面を見つけては、子どもたちを励まして渡らせた。子どもたちは、島から島へと飛び移るのも気に入り、全員が本当に冒険じているような気分になってきた。でもアーシュラは、相変わらず自分だけは特別だと思っているらしく、どこもかしこもまっすぐ突っ切っていくので、靴はぐしょ濡れになり、泥が山ほどこびりついてしまった。子どもたちが口々に言いつけにくるたび、わたしは言った。

「あの子はあなたたちみたいにお利口じゃないのよ」

そんなふうにいい調子で、たっぷり五百メートルほど進んでいくと、道に沿った生け垣のあいだから川が見えてきた。このまま進むと、小道は浅瀬にぶつかってとぎれるようだ。それを見たとたん、探検隊はすっかりばらばらになってしまった。

「水だ！」「濡れちゃう！」「泥んこだ！」「疲れた！」

わたしの手を握っていたエレンもみんなの気分が伝染したのか、川のほとりに突っ立ってぐずぐず文句を言い出した。

「ここからは川岸を歩いて、川の上流に向かおう」わたしが言っても、子どもたちは全然乗ってこない。川岸はぐちゃぐちゃだし、生け垣を抜けなきゃいけないから服が破れちゃうかもしれない……。わたしはみんなのやる気のなさに驚き、うんざりしてしまった。小道と浅瀬が出会うところなんて、わたしに言わせれば、この村じゅうでいちばんロマンチックで、本物の冒険につながりそうな場所なのに。わたしは浅い川が、茶色い砂地の上をとぎれることなく流れている様子に目を奪われていた。川ってなんて不思議なんだろう。

「先へ行くわよ。靴を脱いで、浅瀬をはだしで渡るの」わたしはきっぱり言った。

どういうわけか、みんなにとってはこれがもっとも冒険らしいことに思えたようだ。子どもたちは、おそるおそる靴と靴下を脱ぎ出した。早くも川に入って水をはねちらかしている子もいる。

「うわあ！　冷たいっ！」

「ぼく、バチャバチャしてるよ！　バチャバチャ！」テリーが叫んだ。テリーの足はごく普通だったので、わたしは意外な気がした。テリーは、エヴァの家族の中では、取り残された気がしているにちがいない。

わたしがふっと気を抜いたとたん、この探検隊はすっかり統制がとれなくなってしまった。突然、みんなが浅瀬でバチャバチャ遊び始めたのだ。わたしはあわてて言った。「じゃあいいわ。ここでバチャバチャすることにしましょう」

アーシュラは、自分なりのやり方をするものの、いつも姉であるわたしの言うことは聞くので、渡りかけていた浅瀬からいったん上がり、腰を下ろして、すでにぐしょぐしょになった靴を脱いだ。あとの子どもたちは水をはねちらかし、叫んでいる。テリーはみんなに水をかけはじめた。水辺にしゃがみ、どろどろの砂をすくいあげている子もたくさんいる。次第にこざっぱりした綿のワンピースの上の方まで茶色の小さなしみがつき、きれいにアイロンのかかった半ズボンにも黒い斑点がつき出した。子どもたちが服の汚れに気づく前から、わたしはこのままじゃまずいと思い始めた。この子たちは「きれいな家」の子どもたちなのだ。わたしは女の子たちを全員いったん水から上がらせて、一人一人、ワンピースのすそをパンツの中に押しこんでやった。

「男の子はズボンを脱いで！」わたしは大声を出した。でも、無駄だった。ワンピースはすぐにパンツから出て垂れさがり、男の子たちの小さなパンツも、もはや白いとは言えなくなってきた。そろそろ家に帰ろう、とわたしが言っても、水遊びの楽しさにすっかり夢中になって、だれも聞いてはくれない。

「わかったわよ」わたしは、子どもたちを水から引き離すのは無理だ、と悟った。「もっと遊びたいなら、みんな、服をすっかり脱がなくちゃだめよ」

子どもたちはびっくりしたらしく、しんとなった。「……でも服を全部脱ぐなんて、いけないことなんじゃないの？」一人があやふやな口調で言った。

「そんなことありません」わたしはちょっともったいぶって続けた。「裸になることは、全然悪いことじゃないのよ」どこかで読んだ言葉の受け売りだったが、わたしは本当にその通りだと信じていたのだ。それから、もっと身近な理由もつけ加えた。「それに、服を汚して帰ったら、みんな叱られるわよ」

子どもたちはその気になってきた。お母さんに叱られることに比べれば、裸になることくらいそう怖くない、と思ったようだ。

「でも、風邪を引かないかな？」一人が訊いた。

「原始人は服なんか着てなかったけど、風邪は引かなかったわよ」わたしは教えてやった。「それに、今日はとっても暖かいじゃない」

湿っぽく曇っていた空に太陽が突然現れて、わたしの味方をしてくれた。太陽にきらめく茶色い川は本当に魅力的に見えた。そこでみんなは黙って服を脱ぎ始めた。エレンも、幼いわりにとても上手に服を脱いだ。わたしはまた保育園の先生の気分になって、一人一人の服をたたんで靴の上に重ね、土手沿いの生け垣の根元に並べてやった。アーシュラの服も、特別扱いしないと決めた通り、同じようにたたんだ。アーシュラのは母が古いカーテンで作ったみすぼらしい服で、どっちみちもうずぶ濡れだったのだけれど。

子どもたちは水の中で楽しそうにはしゃぎ始めた。ほとんどが、生け垣の向こうのちょっと深くなったところにいる。テリーはすぐにまたみんなに水をかける。が、やがてみんなは動きを止め、こっちを見て口々に叫んだ。

「お姉ちゃんも脱いでよ！」

「わたしはもう大きいもの」わたしが言うと、アーシュラが鋭く言い返した。

「悪いことじゃないって言ったじゃない。姉さんも脱がなきゃ、ずるいよ」

「そうだよ、ずるいよ」残りのみんなも声をそろえた。

わたしはいつも、だれに対しても公平な態度をとることができるのが自慢だった。自分は理性的で、知的な人間だと思っていたのだ。でも……。

「でなきゃわたしたち、また服を着るからね」アーシュラが脅した。

こんなに苦労したのが無駄になるかと思うと、耐えられなかった。「わかったわよ」わたしは言い、着古した灰色の半ズボンと古い伸びきった綿のセーターを脱いで、生け垣の服の列の端っこに積んだ。

脱いでみると、ほかの子たちがどうしてあんなにためっていたのかがわかった。当時、そんなことをする人はいなかった。もちろんわたしもその日まで、外で裸になったことなどなかった。ひどく恥ずかしく、悪いことをしているという気がした。わたしはほかの子たちよりずっと体が大きいのに……。裸でいると、自分の大きさがよけいに目立つみたいで、まるであの機械じかけのゾウになったような気がしていたたまれなくなった。でもわたしは、何が悪いの？　これは冒険なんだから！　と自分に言い聞かせ、子どもたちといっしょに川に入った。

水はひんやりしていたが冷たすぎるほどではなく、日射しも強すぎず、ちょうど気持ちがいいくらいだった。

エレンはどういうわけか、生け垣のそばで遊んでいるほかの子たちから離れて、道が続いている向こう岸に座り、両足のあいだの泥を熱心にかきとっては体の脇に山を作っていた。細長い山ができると、今度は強くペチペチと叩き始めた。まるで濡れた子どもが叩かれているような音がした。

エレンを見ていると不安になってきたので、わたしは目を離さないように、向かい合って座ることにした。水の中にしゃがんで、泥をたくさんすくって島を作ってみた。ここからだと道路の向こうも見えたし、テリーが調子に乗りすぎないよう浅瀬を見はることもできる。子どもたちの姿はなんだかロマンチックで、作り物の天使のように見えた。画家が幼い天使を描こうと思ったら、モデルにぴったりだ（テリーだけは天使どころではなかったが。わたしはしょっちゅう、「泥を投げちゃだめ」と叱っていた）。どの子も寸胴《ずんどう》で、色白で、元気に遊んでいる。天使の絵にふさわしくないのは、顔がチョークみたいに青白く、もじゃもじゃの黒髪をしたアーシュラだけ。ほかの子たちはみんなさらさらの金髪で、幼い子たちの白に近い金髪から、わらに近い黄色、そして年上の子たちのハチミツ色までそろっていた。わたし自身の髪は、さらに年上なせいで、ハチミツ色の時期も終わり、つまらない茶色になっていたけれど。

わたしは、自分一人だけが大きいということを強く意識した。わたしの胴は同じように寸胴でも、太くてドラム缶のようだし、脚も、子どもたちのやせっぽちの脚の横では、ひどく太く見える。わたしはまた恥ずかしくていたたまれなくなったが、気にしないふりをして、必死で島を作り続けた。わたしは島の景色に変化をつけ、そこにはどんな人たちが住んでいるのだろう、と想像してみた。

「何してるの？」エレンが訊いた。

「島を作ってるのよ」わたしは少し落ち着きを取り戻し、気分が楽になってきた。

「馬鹿みたい」ちょうどエレンがそう言ったとき、エレンの背後の小道をトラクターがやってきた。運転していた男の人は水際でトラクターを停め、目を丸くした。その人は、村で礼拝所《チャペル》に通っている人たちに共通している、細い卵形の顔をしていた。あ、チャペルの人だ、と思ったのを覚えている。小さな子どもの父親でもおかしくない年格好で、いかにもお父さんっぽい雰囲気の人だった。その人はいかにも心を痛めているという顔で、騒いでいる小さな裸の子どもたちとエレンを見つめ、次に私に目を向けた。それから身を乗り出し、穏やかな口調で言った。「こんなことをしていてはいけないよ」

「でも、服が濡れちゃうから……」わたしは言った。

男の人はもう一度、ショックを隠せないという表情でわたしを見つめると、黙ったままトラクターを発進させ、浅瀬を突っ切って、村の方へと去っていった。川の水はすっかり泥で濁ってしまった。それきり、その人に会うことはなかった。

「ほんと、馬鹿みたい」エレンが言った。

冒険はそこでおしまいになった。わたしは後ろめたい気持ちでいっぱいになったし、子どもたちも突然、楽しくなくなったようだった。みんなは文句も言わずに静かに服を着ると、やってきた道を引き返し、村に戻った。どっちにしろ、もうお昼の時間だった。

前にも言ったように、村では驚くほど早く噂が伝わる。

「あのジョーンズって娘、知ってる？　小さい子を三十人もウォーターレーンの川に連れていって、とんでもないことをさせたのよ。全員が生まれたまんまの真っ裸になって、川の中に座りこんでたんですって。恥ずかしげもなく、あの子までいっしょに裸になってたそうよ。あの娘くらい大きければ、もうちょっと分別があってもよさそうなのに！　あきれたもんね！」

次の日、わたしはそのことで両親に問いただされた。イゾベルも両親の後ろをうろうろしていた。危険を察知した自分の勘が正しかったかどうか確かめたいのと、どうなることかと怯えていたからだろう。両親の訊き方が穏やかだったので、イゾベルはほっとしたようだ。母は、わたしがそこまで奇想天外なことをしでかしたとは信じられず、とまどっているようだった。

「人間の裸には、恥ずかしいことなんてないのよ」わたしは言いはった。そう書いてある本をわたしに読ませたのは母だったから、母は返事に困り、矛先を変えて、アーシュラに質問し始めた。でもアーシュラはあわてた様子もなく、頑固にわたしの味方をし続けた。つまり、じっと口をつぐんで何も言わなかったのだ。

この冒険の結果どうなったかと言えば、それ以来だれもわたしに小さい子の世話を頼まなくなっただけだった。母は相変わらずわたしに妹たちの世話をさせたが、妹たちはもともと変わり者だった。

ジーンは約束を守り、わたしの友だちになってくれた。次の年、アメリカ軍が英国にやってくると、ジーンとわたしはいっしょに教会の塀に座って、若いＧＩたちが居酒屋から千鳥足で出てきては吐くところを、おもしろがって長いことながめていた。でも、ジーンは二度と妹たちを連れてこなかった。きっとお母さんにだめだと言われたのだろう。

今思い返してみると、わたしは九歳のころの自分をむしろ誇りに思う。わたしはあの朝、たくさんの幼い子どもたちを預けられ、そのとき考えられたいちばん害のない方法でちゃんと子守をし、同時に、自分が子守に向かないということを証明してみせたのだ。だれも傷つかず、みんなが楽しい思いをした。おまけにわたしは、二度と子守をしないですんだのだ。

（野口絵美　訳）

II

ダイアナ・ウィン・ジョーンズを回想する

わたしの半生

この自叙伝は、ゲイル社の自叙伝シリーズ〈作家について（Something About the Author）〉第七巻（一九八八）のために執筆された。

わたしが今書いているような本を書くことになったのは、五歳のとき、世界が急におかしくなったせいだと思う。一九三九年八月下旬のうだるように暑い日、父はわたしと三歳の妹イゾベルを友人の車に乗せて、祖父母が住むウェールズの牧師館に連れていった。「戦争になるんだよ」と父は言い、すぐにロンドンへ引き返した。下の妹が今にも生まれそうだったのだ。わたしとイゾベルは、厳格なパパとママ（そう呼べと言われた）のもとで暮らすことになった。パパはウェールズの非国教徒教会の指導者で、威厳ある家長だった。ママは小柄でおどおどした女性で、わたしたちの目には何の個性もないように見えた。若いころはウィットに富み、あかがね色の髪の美女として有名だったと聞かされたが、その名残はまったくなかった。

ウェールズは、新築のわが家があったロンドン郊外ハドリー・ウッドとは大ちがいだった。風景はどこもかしこも灰色か豊かな緑で、こげ茶色の家々がひしめいており、川は炭鉱から流れてくる水で黒くなっていた。その土地の名前は「黒い声を持つ川にかかる橋」という意味だと教わったので、おそらく川の水は炭鉱が開かれるずっと前から黒かったのだろう。何より大きなちがいは、住民の話す知らない言葉だった。わたしたちはときどき丘を上って、町の外に広がる素朴な田園へ連れていかれ、身なりにかまわない赤ら顔の老人たちに引き合わされた。老人たちは英語を話さず、わたしと妹がはにかみながら話す言葉は、通訳なしでは伝わらなかった。ほかの人々は英語で話しかけてくれたが、大事なことを内輪で話したいときは、急にウェールズ語に切り替えてしまった。だれもが親切だったが、愛してはくれなかった。わたしたちは、父アナイリンの英語を話す娘たちで、彼らの文化の一部とは言えなかったのだ。

牧師館の暮らしは、隣にある礼拝所《チャペル》を中心に回っていた。あるときおばのミュリエルが、同じ通りの先にある自宅からせかせかとやってきて、わたしたちをせき立てて仕立屋へ連れていき、日曜日の晴れ着の寸法合わせ《フィッティング》をさせた。お

妹のイゾベルの髪をブラシでとかすダイアナ、1937年

ばは道中、わたしたちの緊張をほぐそうとして、自分を「マミー」と呼びなさい、と言った。イゾベルはおとなしく言うことを聞いたが、わたしは首を横に振った。おばは母ではなかったからだ。そのうえわたしは、仕立屋《ドレスメイカー》と美容師《ヘアドレッサー》はどうちがうんだろう、という疑問で頭がいっぱいだったのだ。一時間かけて採寸と待針での補正をしてもらっても、その疑問は解決されなかった。

　晴れ着は予定通り届いた。紫に白い水玉模様のドレスと、きちんとした赤紫の上着だ。イゾベルとわたしはおそろいの服を着たことがなかったので、その晴れ着がとても気に入った。それ以後は、日曜ごとにその服を着てチャペルに行き、おばと、もう大人に近いいとこのグウィンといっしょに、切れ目なく続くウェールズ語の大きな歌声を聞きながら、長いこと静かに座っていた。イゾベルも歌ったが、彼女が知っているウェールズ語は、たまたま牧師館のメイドの名前だった「グウィネス」くらいだった。わたしは母からひどい音痴だと決めつけられていたし、そもそも歌詞がわからなかったので、歌には加わらなかった。代わりに、前列の女性の帽子についているきらきらしたさくらんぼをものほしげに見つめ、ある日曜日には、大胆にも手を伸ばして触ったせいで、あとからさんざん叱られた。

　歌のあとは祖父が説教壇に上った。家にいるときもたいそう威厳があったが、説教をしているときの姿は、預言者のイザヤさながらだった。祖父は腕を広げ、よどみなく話した——朗々と、リズミカルに、それでいて重々しく。当時のわたしは知らなかったが、祖父は名高い説教師で、まるで無韻詩を詠じる吟遊詩人のような調子で話を語って聞かせたので（ウェールズではこうした語りの才能を「フウィル」と呼び、すぐれた説教師のしるしと考えている）、四十マイル先から彼の説教を聞きにくる人もいたくらいだった。そうしたことを知らなくても、祖父の説教の見事さといかめしさはわたしの存在の核に染みこんでいった。言葉はまったく理解できなかったが、厳しくて、陰鬱で、不思議な重々しさのある宗教の本質はつかむことができた。祖父の声はわたしを恐怖でいっぱいにした。その後何年も、寝室の壁の一部が横に開いて、ウェールズ語で熱弁をふるう祖父が現れる、という夢をときどき見たものだ。祖父は夢の中で、わたしの罪について説教していた。今でもたまにウェールズ語の夢を見るが、やはり少しも理解できない。そしてわたしの心の底には、英語とは異なる話し言葉がいつも流れていて、荘重な文章を滔々《とうとう》と響かせ、華やかな多音節の単語を木霊させている。わたしは執筆中、まるで音楽を聞くようにその言葉に耳を傾けている。

　平日は地元の学校に行かされた。学校ではだれもがウェールズ語で授業を受けていて、わたしだけが英語で教わったが、クラス内で字が読めるのはわたし一人だった。あるとき、視学官が抜き打ちでやってきたので、うろたえた教師はウェールズ語の本をわたしに押しつけて、「朗読しなさい」とささやいた。わたしは朗読した——幸いウェールズ語は発音通りにつづられているのだ——が、やはりひと言も理解していなかった。女の子たちはうちに遊びにくると英語をしゃべり、わたしに謎めいた詩を教えてくれた——「口笛吹いて働こう、ヒトラーがシャツを作った」（訳注　ディズニー映画「白雪姫」に出てくる歌をもじった戯れ歌）。戦争は建前上始まっていたが（訳注　一九三九年九月、英国とフランスはドイツに対して宣戦布告したが、一九四〇年五月まで陸上の戦闘はほとんど行われなかった）、ヒトラーの名前を聞いたのはそれが初めてだった。わたしはたいていチャペルの墓地で友だちと遊び、墓石を死者の豪勢なダブルベッドのようなものだと思っていた。牧師館の塀の上で「ゲッベルスがシャツを着て、ゲーリングが破った」と唱えていて墓の上に落ち、片方の足首の靭帯を切ってしまったこともある。

　ずいぶんたったように思えたころ、母が新しい妹のアーシュラとともにやってきた。イゾベルがおばのミュリエルを「マミー」と呼んでいるのを知って、母は怒り狂った。わたしは母をなだめようとして、イゾベルはだまされてるわけじゃなく、おばの言葉に従ってるだけだ、と説明したのを覚えている。あいにく、そう説明するわたしの言葉にも強いウェールズなまりがあり、おかげで母の怒りはますます激しくなった。その結果起こった大人同士の密かな口論が緊張を呼び、陰鬱な牧師館がさらに陰鬱に感じられたものだ。わたしたちはクリスマス前にハドリー・ウッドに戻った。

思い返せば、このとき以来、母との関係は元に戻らなかった。ウェールズに来たとき、母はわたしを何か異質なものの、気に食わないものと見るようになった。大人になったらおばさんそっくりになるでしょうよ、と言い、おばの肩を持つと言ってわたしを責めた。そのころわたしはちょうど、髪がブロンドから母の言うねずみ色に変わりかけていて、父方と母方、いずれの親戚にもあまり似ていなかったのだが、それでも母はそう言いはった。両親はどちらも背が低く、黒髪で器量よしだが、わたしは青い目だったし、背が高くなりかけていた。ロンドンに戻ったあと、わたしが母を抱きしめようとしても、おまえはもう大きいから、と言って、母は絶対に許してくれなかった。

そのあいだにも、空襲とドイツ軍侵攻の脅威は高まってきて、ロンドンは安全とは言えなかった。イゾベルとわたしがロンドンで通うようになった小さな学校は、はるかウエストモーランドのコニストン湖のほとりに、レーン・ヘッド荘という借家を所有していた。母とわたしたち三人の娘は、その中のひと部屋を提供してもらって、一九四〇年の初夏に再び疎開した。そこには本物の山々と、湖と、なんとも言えず美しい緑の風景の中を流れる小川があった。わたしは目をみはり——すっかり心を奪われてしまった。

レーン・ヘッド荘はかつてジョン・ラスキンの秘書のもので、その秘書の子孫（そのときは安全なアメリカにいた）こそ、アーサー・ランサムの本に登場するジョン、スーザン、ティティ、ロジャだという話だった。ラスキン自身が暮らした家、ブラントウッド荘も同じ通りの先にあり、その近くの田舎家には、木からアカリスを呼び寄せることのできる女性が住んでいた。当時のわたしにとって、その女性の能力は今よりずっと大きな意味があった——そしてまた、だだっ広く古い屋敷で暮らすという不思議な経験も。その屋敷は電気が来ておらず、ランプオイルの匂いがして、客間（遊んではいけないと言われていた）には両手つきの東洋の大杯、絹張りの長椅子、ラファエル前派の絵がひしめき、屋根裏部屋（ここにも入ってはいけなかった）にはティティとロジャの古いおもちゃがしまってあった。そこへの入口はわたしたちの部屋のすぐ脇にあったので、わたしはよくこっそり上っていったものだ。

この家には新しいおもちゃがなく、お絵描きする紙もなかったが、わたしはお絵描きが大好きだった。ある雨降りの午後、屋根裏部屋をあさっていたわたしは、分厚くて質のよい画用紙の束を見つけた。だが腹の立つことに、どの紙にもすでに花の絵が描いてあった。黒く細い線で描かれた精密な鉛筆画で、サインとしてＪＲという組み合わせ文字《モノグラム》が記されている。わたしはそのサインを、蚊を描いたへたくそな絵だと思い、絵の黒く細い線はインクだと思った。そこで紙の束を部屋へ持ち帰り、ベンチになった出窓に膝をついて、インク消しでせっせと絵を消し始めた。ところが、途中まで消したところで見つかってしまい、罰を食らった。屋根裏部屋の入口には南京錠がつけられた。おかしな話だが、自分が悪気なく消してしまったのは、ラスキンの有名な花の素描たっぷり五十枚分だったにちがいないと気がついたのは、その後何年もたってからだった。

　学校の職員とほかの生徒たちは夏の終わりごろその地を離れたが、わたしたちはあとに残り、じきに大勢の母親と小さな子どもたちが同じ屋敷に住むようになった。世界はそれまでよりいっそうおかしくなっていた。わたしはダンケルクへ向かった小型船のことを聞かされ（訳注　ドイツ軍に追いつめられた兵士をダンケルクから撤退させるために、軍艦のみならず民間の小型船舶も動員された）、どうしてコニストン湖の蒸気船もフランスに向かわなかったのか理解できずに――コニストンは内陸の湖だったからなのだが――まわりをいらいらさせた（わたしはしょっちゅう、いろいろな質問をしていた）。爆弾が落とされるようになり、「バトル・オブ・ブリテン」（訳注　一九四〇年七月から十月にかけて英国空軍とドイツ空軍のあいだで行われた航空戦）は激化していた。わたしの夫は当時、奇《く》しくもわたしたちの滞在先からほんの十五マイル先の祖父母の家に疎開していたそうだが、バロー＝イン＝ファーネスの造船所が爆撃されたとき、入り江の反対側から炎を見たのを覚えているそうだ。その攻撃の際、ドイツ軍機が撃ち落とされ、パイロットは二週間近く山の中に潜伏していた。今となっては、そのパイロットが母親たちのあいだに引き起こした恐怖を想像するのは難しい。ある夜、彼がレーン・ヘッド荘の食料庫に侵入し、大きなチーズを盗んでいったので、翌朝はとんでもない騒ぎになった。その夜、戦争が家の窓によじ登り、つかのま中へ入りこんできたからだろう。

　幼すぎてこういうことを理解できなかったわたしは、ドイツ人《ジャーマン》と細菌《ジャーム》を区別することもなかなかできなかった。母親たちは、どちらのことも同じくらい怖がっているように思えたのだ。やがて、クエーカー教徒の大家族がやってきて、レーン・ヘッド荘はさらに窮屈《きゅうくつ》になった。その家族が連れてきた十一歳のドイツ系ユダヤ人の少年は、警察の所業について身の毛もよだつ話を聞かせてくれたが――

警察は夜のあいだに人を連れていって拷問するんだ——わたしには、彼がドイツの秘密警察《ゲシュタポ》のことを話しているとは思いもよらなかった。それ以来ずっと、わたしは警官を見ると不安な気持ちになってしまう。

クェーカー教徒は六人家族で、毎朝水風呂に浸かった。わたしたちは六時六分に、いちばん小さな子（たった二歳だった）の悲鳴で目を覚ましたものだ。この家族はボートハウスから古いボートを持ち出して舟遊びをしたが、遊ぶときもクェーカー教徒らしいきまじめな態度だった。嘘偽りのない話だが、わたしはツバメ号とアマゾン号の両方に乗ったことがある。というのもこのボート、メイヴィス号という名前の悲惨なぼろ船こそ、ツバメ号とアマゾン号両方のモデルだったのだ。わたしはメイヴィス号が好きになれなかった。ヤマネコ島（原注1）へ向かう途中、垂下竜骨《センターボード》（訳注　ヨットの安定を保つため、船底から水中へ垂れ下げる可動式の板）に指をはさんでしまったし、ロンドンで昼は教師を、夜は防空監視員をしていた父がめずらしく訪ねてきたときには、嵐の中、無理やりこのボートを出して、わたしたちを溺れさせそうになった。

年長の子どもたちは母親たちから勉強を教わった。女の子は女らしいたしなみも教わった。左利きだったわたしは編み物を覚えるのにひどく苦労したが、やがて赤ん坊と大きな犬を連れたアイスランド人女性がレーン・ヘッド荘に短期間滞在したとき、ヨーロッパ大陸式の編み方を少しだけ教えてくれた。けれどわたしが裏編みも、いや、作り目さえ教わらないうちに女性は去っていったので、その方法は自分で身につけるはめになった。別の母親は縫い物を教えてくれた。わたしは午前中いっぱいかけてボタンつけに取り組んだことを覚えている。ボタンは不可解なことに、糸とぐちゃぐちゃにからまってしまった。とうとうわたしはこの母親に向かって、自分は女の人になるつもりはないから、男の子といっしょに絵を描いちゃだめですか、と尋ねた。その人は、生意気言うんじゃありませんと叱り、あんまり腹を立てているようだったので、わたしは——奇妙なことに、それで身を守るつもりだったのだが——相手に向かって舌を突き出した。すると乱暴に体を揺すられ、翌日はお昼までずっと廊下に立たされることになった。

わたしがボタンつけに苦労していた日、ほかの母親たちが小さな子の一団を湖岸へ連れ出し、リスを呼べる女性の家の先で遊ばせていたが、その子たちのはしゃぎ声が、入り江に浮かぶハウスボートの住人をいらだたせてしまった。その男性は腹立たしげに岸までボートをこいでくると、子どもたちに帰れと命令し、どこに住んでいるかを聞き出すと、こう言った——避難民の群れに生活の邪魔をされるのはお断りだ、明日の朝、苦情を言いにいくからな。その人は子どもが大嫌いだったのだ。母親たちの狼狽ぶりはたいへんなものだった。

翌朝、わたしが廊下に立っていると、何人かの母親がコーヒーとビスケット（どちらもそのころにはほとんど手に入らなくなっていた）を探して右往左往するのが見えた。菓子とコーヒーで、偉大なアーサー・ランサム氏のご機嫌をとろうというのだ。本物の作家をこの目で見られると知って、わたしは興味津々で待っていた。するとまもなく、髭面のずんぐりした男がやってきて、目の前を足音高く通りすぎた。男は見るからに怒り狂っていたが、ここには苦情を言える責任者がいないと見てとると、あっというまに去っていった。それでもわたしは、ランサムが生きた人間だったことに感動していた。そのときまで、本というのはウールワースの奥の部屋で機械によって生み出されると思っていたのだ。

その家に住んでいたころ、もう一人の作家との出会いもあったが、それはさらに間接的で、同じくらい不愉快なものだった。そのとき、わたしたちは外出先のニアソーリーにいた。子どもが歩いていくには遠い場所だったが、母親たちがどこかへ行くと決めたら、歩く以外に手立てはなく、子どももいっしょに歩かねばならなかった。だれも車など持っていなかったのだ。イゾベルともう一人の四歳の女の子はへとへとになっていたので、すてきな門扉を見つけたとき、桟に乗ってのんびりと揺らし始めた。すると、肩に袋をかついだ老婦人が家から飛び出してきて、門扉を揺らしたといって二人を殴ったのだ。この老婦人こそビアトリクス・ポターで、彼女も子どもが大嫌いだった。わたしは妹たちがショックを受け、悲鳴を上げながら逃げてきたのを覚えている。いつも思うのだが、わたしは作家というものについて、実に変わった印象を持つように運命づけられているらしい。

ゲシュタポについてしょっちゅう話していた男の子のほかにも、強い不安を抱えている子が何人かいた。その時代の狂気は、縫い物を教えていた女性の娘にも影響を与え、その子は自分より小さな子たちをわざと高い場所から突き落とすようになった。わたしはそのことを本人からこっそり教えられ、だれにも言わないと約束させられた。むろん、秘密にしてはいけないことなのはわかっていた。夢には祖父が出てきていたし、そのことを人に言えないのは弱虫だといつも感じていた――だけど、誓いを立ててしまったのだ。それでも、その娘がついにイゾベルを深い地下室に突き落としたとき、わたしは勇気をふりしぼって母に打ち明けた。おかげで母親同士のひどい口論が起きた――ウェー

湖水地方、トラウトベック・ヴァレーに立つダイアナ、1985年

ルズで起きた口論と同じくらいひどいものだった。たぶんそのせいで母はレーン・ヘッド荘を離れる決意をしたのだろう、娘たちをほかの母親に任せて、教師の職を探しにヨークへ出かけていった。

その夕方、縫い物を教える女性の娘がこう持ちかけてきた——あたしの寝室へこっそり来て、いっしょにアスピリンを食べたらおもしろいんじゃない？　それは冒険みたいに思えたし、その娘の信頼を裏切ったことをやましく感じていたので、わたしは彼女の言う通りにした。アスピリンはひどい味がした。わたしは自分の分をどうにか呑みこんで、こんなの、どこがおもしろいの？　と彼女に訊いた。別に、というのが答えだった。ただ、食べちゃいけないって言われてるから——。そして、彼女は自分の分をカーペットに吐き出した。このとき、彼女の母親が部屋に入ってきた。

ただちに裁判が開かれ、三人の母親が判事役になった。わたしはその場に立たされ、自分のベッドを離れて別の子の部屋でカーペットにアスピリンを吐きちらした、と非難された。相手の子はお咎《とが》めなしだと知ったときは、混乱したものだ。判決は、ベッドを下の物置部屋に移すからそこで寝なさい、というものだった。わたしは抵抗のしるしに再び起き出し、入ってはいけないと言われていた客間に行き、ずっとやりたかったことをした——重くて少し錆びたインドの軍刀を壁から下ろしたのだ。ローマ人みたいにその上に身を投げようかとも思ったが、すごく痛いだろうとわかっていたので、刀を元へ戻し、開いていた窓から外へ出た。日没が近く、草は露でしっとり濡れていたが、はだしの足にまだ充分温かく感じられた。空は奇跡のように澄んだ赤褐色に染まっていた。わたしはねまきのまま逃げ出す勇気を奮い起こそうとした。逃げ出したかったし、それが効果的だということもうっすらとわかっていた。しかし、初めの一歩がどうしても踏み出せず、自分は臆病者だと思いながら物置部屋に引き返した。

実際、翌日の夜遅く帰ってきた母は、わたしが逃げ出したと思ったらしい——あるいは病気になったと。だれも母にわたしの居所を教えなかったのだ。たぶんその罰には、母を懲《こ》らしめるという目的もあったのだろう。またしてもひと悶着あったあと、わたしたちは一九四一年九月にヨークに向けて旅立った。

こんなつらい目には遭ったが、湖水地方で過ごしたあの日々は、今もわたしに魔力を及ぼしている。湖の向こうの山の姿は、祖父と同じく、わたしの夢によく出てくるようになった。その山は「コニストンの老人」と呼ばれていたため、山と祖父のイメージが一つに重なることもある。

ヨークでは女子修道院に寄宿した。ロンドン空襲は続いており、戦争はもっとも恐ろしい段階に入ろうとしていた。だからヨークでも食べ物が不足していたのかもしれない。おばあちゃん――ヨークシャーの祖母――がよく、ためこんでいたベイクドビーンズの缶詰を送ってくれたので、母は寝室のガスコンロに古いブリキ缶を載せてそれを温めた。

　妹のアーシュラもそのころには成長し、あなどりがたくなっていた。彼女は色白で真っ黒な髪のやせこけた子どもで、やたらと態度が大きかった。母が教師として教えているあいだ、アーシュラには次々に何人かの子守がついたが、彼女は容赦なく子守をこき使い、夜には子守の真似をしてみせた。わたしにとってはそれまでずっと、イゾベルこそいちばんおもしろい、最高の遊び相手だった。だが、たった二歳半のアーシュラにわたしたちを大笑いさせる力があるとわかったのは、すばらしいことだった。妹たちがいて本当によかった、とわたしは思っていた。

　アーシュラは女優になる、と母は勝手に決め、イゾベルはきれいだけど特に才能はない、とわたしたちに言っていた。一方わたしへの評価は、不器量な不良もどきだが頭はいい、というものだった。母は修道女に頼んで、わたしを九歳児と同じクラスに入れてもらった。わたしはこのとき初めて、自分が賢いと思われていることを知った。そこで勉強を精いっぱいがんばったが、クラスの子のやっている課題はどれも、わたしの知識より二年分先へ進んでいた。

　宗教も、わたしの理解を超えていた。修道女たちは英国国教会に属していたため、ヨーク大聖堂の礼拝に出席していて、わたしたちもいっしょに連れていった。この巨大で美しい聖堂は、ウェールズのチャペルの十倍の大きさがあったにちがいない。わたしは遠くで唱えられている神秘的で敬虔な言葉をさっぱり理解できず、そわそわして母にきまりの悪い思いをさせた。やがて、修道女の一人がもっと小さな教会に連れていってくれるようになった。わたしはその教会ではおとなしく座り、天国は汝の内にあるという教えや（あたしの中にはないわ、あったら自分でわかるはずだもん）、キリストがわれわれの罪を贖《あがな》うために死んだという話を理解しようと努力した。わたしは十字架を見つめ、磔《はりつけ》にされるってさぞかし痛いんだろうな、と想像し、こうやって「特別な治療」を受けたのに、宗教はやっぱりよくわからない、と感じてとまどっていた（治療云々というのは、「細菌《ジャーム》」と「ドイツ人《ジャーマン》」をごっちゃにしたように、「洗礼《バプティズム》」と「予防接種《ヴァクシネイション》」をごっちゃにしていたのだ）。

　平日は、母の同僚の教師の腕白な息子が仕切っている、運動場での遊びに加わった。その遊びは「ソフトシュー部隊」といい、みんながナチスになったふりをして、足並みそろえて行進するというものだった。どうして修道女たちがその遊びをやめさせたのか、わたしにはわからなかった。

そこでの滞在も終わりに近づいたころ、自分と同い年の子たちのクラスに入れてほしい、という願いがようやく聞き入れられた。ほんの二、三週間だけ、課題を理解してこなせるという幸せを味わったのち、わたしは一九四二年に家族とハドリー・ウッドに戻った。そのころにはだれもが、空襲を大雨のようにありふれたものと思うようになってい

た——大雨よりずっと恐ろしいのは確かだが。夜中に警報が鳴ると、わたしたち一家は一階へ下りて座りこみ、ドーンという鈍い爆音やダダダダッという鋭い銃声、落ちてくる爆弾がヒューッと風を切る音に耳を澄まし、サーチライトがリズミカルに空に線を描くのをながめた。最近、同じ年ごろの女性としゃべっていて、お互いにそうだと言い合ったのだが、いまだにあれに似た音や低く飛ぶ飛行機の音を聞くと、次の瞬間には死んでいるのではないかと思ってしまう。
昼間もまた、世界は狂っていた。食糧の配給、灯火管制、バスの窓に貼られた茶色い紙、「口を慎まねば死」という貼り紙だけではない。ラジオからは毎日、「橋頭堡《きょうとうほ》」や、「挟撃作戦《きょうげき》」や、「出撃」に関するニュースが流れ、そうした言葉は人が人を殺すことを意味しているとだれもが知

っていたのだ。父はたいていの晩、防空監視のために出かけていき、週末には国防市民軍の訓練に参加していた。

ある日曜日、わたしは近所の人につまずきそうになった。その人がうちの裏の野原を這いまわっていたからだ。しかもわけのわからないことに、頭には緑の枝の大きな束をくくりつけている。

「あれ、カウイーさん」わたしはびっくりして叫んだ。「どうして頭に枝なんかくっつけて這いまわってるの」

カウイー氏が怒りもあらわに立ちあがると、枝が左右に分かれて二本の角になった。「あっち へ行け、この馬鹿」と叱りつける姿は、怒れる自然の神さながらだった。「訓練を台なしにしおって!」

これほどの狂気がはびこっていたことを思えば、わたしたちがその年通った何校めかの私立学校で、厳格そうな教師がこう宣言したのも驚きではなかった。「朗読法《エロキューション》の講義を受ける生徒は立って講堂へ行きなさい」——わたしはその言葉を「処刑《エクセキューション》」と勘ちがいして震えあがったのだ。講堂へ行った生徒たちが無傷で戻ってきたのを見たときには、本当にびっくりした。その学校では、イゾベルの担任が、左手で字を書くといって彼女によく罰を与えた。ある日、イゾベルが罰として寝室に閉じこめられていたとき、空襲警報が鳴り出した。生徒たちはそこそこ安全な講堂に

連れていかれたが、イゾベルは取り残されてしまった。わたしは勇気をふりしぼり、妹がまだ寝室にいます、とどうにか声を上げた。教師たちは、空襲の最中に寝室へ上がっていくのが怖かったのだろう、黙りなさいとわたしを叱りつけ、さらに、生意気な言動の罰として、その週いっぱい、教室の隅にある黒板の後ろに座らせた。そこに座っているのは少し恥ずかしかったが、そんなにつらくはなく、わたしはその時間を利用して本を読んだ。

その年わたしがむさぼるように読んだ本は、『千一夜物語』や、マロリーの『アーサー王の死』全巻などだった。八歳になってまもないある午後のなかば、わたしは読書の最中にはっと座り直し、いつか自分が作家になると知った。それは決意ではなく、啓示と呼ぶものですらなかった。むしろ、未来のわたしが何年も先からこちらへ身を乗り出し、自分の職業を静かに伝えたという感じだった。穏やかな確信とともに、わたしは両親のもとへ行き、そのことを話した。

「なれるわけないでしょ」と母は言った。父は大笑いした。父は女の子に対する昔の男性らしい考え——女の子になど何もできるはずがないという考えの持ち主だった。口には出さなかったが、子どもが三人とも女だったことを残念に思っていたにちがいない。母のほうは、戦争がなかったらもっと子どもを——息子を生んだのにと、例によってはっきり口にしていた。

母はその年、大いに不満を抱えていたのだろう。なにしろ彼女は、ヨークシャーの工業地帯の貧しい家庭に生まれながらも、自力で奨学金を獲得してその境遇を抜け出し、オックスフォードを卒業したのだ。ところが行き着いたのは、郊外に住む母親としての生活だった。そこで母は、父を促して夫婦で働ける仕事に応募させ、一九四三年にその職を得た。

仕事の場は、エセックスの田舎のサックステッドという村だった。両親は、今なら若者向けの研修施設《コンフェレンス・センター》と呼ばれるものを経営することになったのだ。エセックスの都市部の工場などで働く十代の若者が、一週間、または週末に訪れて、ちょっとした文化的体験をできる場所である。その当時は、終戦時に若者の視野が広がっていることを目的とした計画がたくさんあり、この施設もそうした計画の一環だった。その種の事業には、人々を鼓舞する効果もかなりあった。なにしろあのころは、連合国側が戦争に勝てるかどうか、確かなことは言えなかったのだから。父はその仕事の意義を心から信じ、以後十年間、父の人生は仕事一色となった。

わたしはすでに、ここ四年ほどの経験について理解しよ

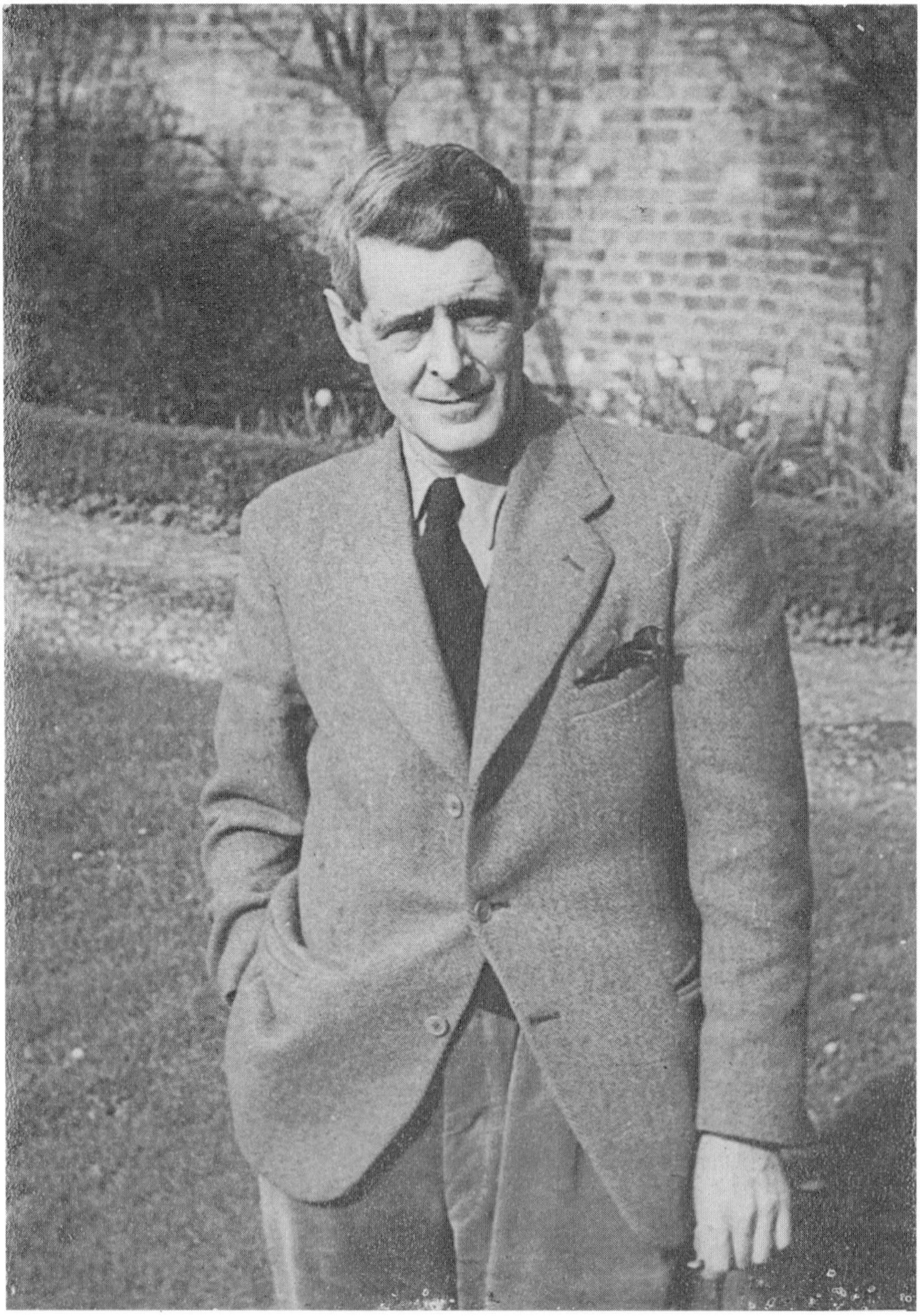

ダイアナの父、アナイリン・ジョーンズ、1952年

うとがんばっていた——とりわけ、宗教について。ところが今や、新たな経験がひとかたまり、いや、三つか四つのかたまりになって一度に押し寄せてきたのだ。第一に、サックステッドは絵葉書から抜け出したような村で、家々はわらぶき屋根で木骨造り（訳注　木枠の部分を外に出してそのあいだを漆喰などで埋める様式）か、漆喰による装飾を施されており、大通りの角には中世からの村役場《ギルドホール》が残っていた。教会は重厚だが優美な姿で、丘の上にクラランス・ハウス（両親が運営する施設）と向かい合って立っていた。そばには立派なドウブナの木があった。この土地の産業といったら、村はずれに小さな製菓工場があり、反対のはずれに実物大の機械じかけのゾウを作っている男性がいるくらいだった。村はたまに来るバスと、鉄道の支線によって外界とつながっていた。最寄りの駅は支線の終点で、村から一マイルも離れた丘の上にあった（なのに列車の運転手は、息を切らして駅めざして上ってくる乗客を見ると、出発を遅らせなくてはいけないため、迷惑そうな顔をしたものだ）。休日には住民が通りでフォークダンスをしていた。手織や陶芸をする人や、マドリガル（訳注　何人かで伴奏なしに歌う歌曲）を歌う人も多かった。

　この牧歌的な村は、州内でいちばん非嫡出子の出生率が高かった。ある家の小さな弟妹だと思っていた子たちが、年かさの未婚の娘の子どもだとわかることも多かった。頼りにできる両親もいないある若い娘は、自分の娘を妹だと偽っていた。近親相姦も少なからず行われていた。周囲も認める魔女二人や、満月のたびに教会のポーチでおかしくなる男といった、信じがたい人々も大勢いた。わたしとそんなに年のちがわない娼婦もいたが、彼女はおそろしく洗練されていた。顔は雪花石膏のように白く、言葉には軽い外国のなまりがあり、服はツイードだった。もう一人の娼婦はネアンデルタール人女性の想像図のようで、顔色の悪いやせた子どもを何人も抱えていた。その子たちはみな、「飢饉に苦しむ子どもを救え」というポスターの子みたいに大きな目をしていた。

　子どもが産まれるのは結婚してからだと信じていたため、こうしたことはすべて、わたしにとってたいへんなショックだった。世界はずっと前から狂っていたのでは、とわたしは疑い始めた。わたしと妹たちは自分を守るために、わが家の生活こそ普通だと思いこむようになったが、実際には、それは普通とはほど遠かった。

　クラランス・ハウスは、村のほかの建物に劣らず美しかった。アン女王時代に建てられたもので、内部の羽目板もとても優美だったが、中は家具調度が少なくてがらんとした感じだった。この施設に出資していたエセックス州教育委員会が、あまり予算を割いてくれなかったのだ。うちの父はここで、教育者兼エンターテナーとしての生活に身を投じた。というのも、父もまた、種類は異なるが祖父に匹敵する弁舌の才を持っていて、まるで俳優のように聞き手の心をつかむことができたのだ――食卓で母と知的な会話をするときも、講義の内容を紹介するときも、熱心に耳を傾ける若者たち相手に怪談をするときも。父が話す怪談は、主にクランス・ハウスにまつわるものだった。ある戸棚の中に古い階段が残っていて、実体のない足がそこをコツ、コツ……と上っていく音がするのだという。

その建物が父の言う通り幽霊屋敷なのは、わたしたちも知っていたが、本当に幽霊がいるのは、正面玄関のホールだった。わたしは用事でそこを通るはめになるたびに、恐怖で震えてしまい、走って通りすぎなくちゃと思ったものだ。やがて、掃除の女性の一人が本当に幽霊を目撃した。てっきり仕事仲間だと思い、ホールに雑巾をかけながら何分かおしゃべりしていたが、その後ちゃんと目を向け、体が透けて見えることに気がついたのだ。ひどく取り乱したその女性は、すぐに仕事をやめて、グレート・ダンモウのベーコン工場で働き始めた。

母は掃除係と料理人をとりまとめ、施設の生活面を切り盛りしていた。暇な時間には熱心に地元の歴史を調べ、マドリガルを歌った。毎日のように何らかの恐ろしい危機が訪れ、母は走りまわって教育委員会や戦争や父に激しく抗議し、父はといえば、怒りのあまり英語を話すことも忘れて施設じゅうをすごい勢いで歩きまわった。父の生活は完全に仕事一色、母の生活も四分の三が仕事で、二人とも娘たちに割く時間はなかった。少しのあいだ、わたしたち姉妹は建物の最上階の部屋をいっしょに使っていた。しかし両親は施設を成功させることばかり考えていたので、より多くのゲストを泊めるためには、その部屋も必要だという結論に達した。

おかげでわたしたちは〈小屋〉へ追いやられた――母屋から庭を隔てたところにある、二階建ての差し掛け小屋だ。地面がむき出しだった一階の床は急遽コンクリートで覆われ、二階にはベッドが詰めこまれ、わたしたちは好きなように暮らせと放り出された。今ふり返ってみると、あれは実に異常な状況だった――三人ともそう思っている。湿気が壁伝いに上ってくるため、わたしはサックステッドに引っ越してすぐ小児リウマチを発症し、そのせいで心臓の具合もひどく悪くなった。アーシュラもじきに同じ病気になった。

唯一の暖房は石油ストーブだった。なぜ〈小屋〉が火事にならなかったのか、わたしにはさっぱりわからない。わたしたちは遊びや喧嘩の最中、しょっちゅうストーブをひっくり返していたし、絵を乾かそうとして紙でストーブをくるんだりもしていたからだ。〈小屋〉には洗面所がなかったので、手や顔はめったに洗わず、髪もとかさなかった。アーシュラの長い髪は手に負えない巻き毛だったため、彼女は前髪が目に入らないよう、二つに分けて額の上で固結びにしていた。母は六カ月もそのことに気づかず、気づいたときには、そんな格好をさせておいたといってわたしを叱りつけた。けれど、アーシュラはいつだってしたいようにした。翌年彼女は、イゾベルとわたしが何と言おうと、一日にパン三枚と酵母エキスしか口にせず、母はそのことを最後まで知らなかった。

わたしは妹たちの面倒を見ろと言われ、そのことを重荷に感じていた。精いっぱいやってはいたものの、九歳や十歳ではそううまくいくはずもなかった。最悪の出来事が起きたのは、イゾベルがクラスメイトとパントマイムを見にいった直後だった。彼女は妖精がハーネスをつけて舞台の上を飛ぶのを見て心奪われ、自分もやりたいと言い出したのだ。そこでアーシュラとわたしは力を貸してやろうとして、縄跳びの縄をつなぎ合わせ、〈小屋〉の階段の上の梁にひっかけ、縄の端をイゾベルの脇の下に結びつけて、体を引っぱりあげた。イゾベルは宙に浮き、ゆっくりと回転し、不安そうな顔をしていた。「もっといいお顔して」とわたしたちは声をかけた。イゾベルは両腕を広げ――ヒトデみたいに両脚も広げ――そのまま宙にぶらさがっていた。彼女は浮くのに夢中だったし、芸術に苦労はつきものと知っていたため、息が苦しいなどとは言わなかった。幸い、アーシュラとわたしが不安になり、窒息寸前のところでイゾベルを下ろし、なまくらな爪切りバサミで縄を切ってやった。

このころ母は、イゾベルは器量よしだからバレリーナになるべきだ、と言い始めた。母はわたしたちを放っておく埋め合わせとして、ときどきこんなふうに娘たちを誉めた――イゾベルは美人で天性のダンサーだし、アーシュラには女優の素質があるし、わたしは不器量な不良もどきだがＩＱは高い、と。もう一つの埋め合わせが、学校の制服を手作りすることだった。わたしたちの制服は半分だけ買い、値段が高いから配給の衣類クーポンがたくさん入用だと文句をつけ、残りは自分で作った。制服の型と素材がいつも間違っているせいで、わたしたちはほかの子からよくからかわれた。その子たちの両親の手元には、制服を全部手に入れるだけのクーポンがあるらしいのが、わたしたちにはいつも不思議でならなかった。

母は制服以外の衣類は地元の孤児院から手に入れていた。両親の友人だった院長がよく、孤児院に寄付された衣類のうち、孤児には向かないと思ったものを譲ってくれたのだ。おかげでわたしたちは、おかしな格好をしていることが多かった。わたしが文句を言うと母は腹を立て、第一次世界大戦中、未亡人の母親に育てられた彼女自身の子ども時代のことを持ち出すのだった。「おまえたちはみんな、とても運がいいのよ」最後にはきまってこの言葉が出てきた。「わたしが夢にも思わなかったくらい恵まれているのに」それを聞くと、わたしはひどくやましい気持ちになった。

それでもときには、母さんは貧しくてもまともな服を着てたんでしょ、と反論することもあった。わたしはどんな理屈にも欠陥を見つけるのが得意で、おまけに自分の気持ちには忠実であるべきだというおかしな信念を持っていたのだ。おかげで、怒り狂った母からしょっちゅう罵倒されていた。「不良もどき」と呼ばれていたのは、一つにはこのせいだった。もう一つの理由は、わたしが父に似てひどい癇癪を起こす性質《たち》だったことだ。妹たちは穏やかに言い聞かせるだけでは耳を貸さないので、怒鳴りつけることもよくあった。けれども最大の理由は、わたしが常に、狂気じみた計画を立てては実行に移していたことだろう。計画の一部は無害だった――幽霊の扮装をして墓場をうろつくとか、怪しい影をでっちあげるとか、芝居を演出するとか。一部はもめごとを引き起こした――あるときなど、だれにも承諾を得ずにガーデンパーティを開こうとしたことがある。一部は危険そのものだった――屋根の上を歩いたり、村の外の友人に懐中電灯でモールス信号を送って、敵の飛行機を引きつけそうになったり――。わたしはなぜか、冒険に満ちた人生を送るのが自分の義務だと思いこんでおり、自分は作家の卵としては想像力に乏しすぎるのでは、と常に不安を感じていたのだ。

クランス・ハウスには二つの庭があった。一つめの庭はありふれていたが、建物の裏側の道を渡ったところにある二つめの庭は、ずっと大きくて美しかった。この〈もう一つの庭〉には鍵が掛かっており、わたしはいつも鍵を貸してと父にせがんでいた。そこはまるで楽園か、現実と地続きの空想の世界のようだった。リンゴの垣根があり、バラやユリや野菜が植えられ、蔓植物のアーチの下を走る緑の小径は、遠くにある八角形の古い東屋に続いていた。父は東屋の近くでミツバチを飼っていた。獰猛さで名高い種類で、庭師がよく、怒れる黒雲のようなハチの群れに追われて緑の小径を逃げているところを目撃された。けれども、ハチはわたしや妹たちを攻撃することはなかった。わたしはいつもハチのところへ行って話しかけた――ハチは家族の一員だから、日々の出来事を残らず聞かせてやるべきだと、どこかで読んだことがあったのだ。でも、庭師が近く

クラランス・ハウスの再会《リユニオン》の集いに出席したダイアナの母、マージョリー

にいるときは絶対にハチに話しかけたりしなかった。庭師は迷信が嫌いで、とても信心深かったからだ。だれにでも話していたことだが、彼は若いころ、死んだら必ず天国へ行けるように、教会とチャペルの両方に通っていたそうだ。するとある日、サンプフォードの道でヴィジョンが訪れた——天使が下りてきて、常にチャペルだけに通うように告げたのだという——。

クラランス・ハウスには、この庭師以外にも変わった人々が大勢いた。大根役者、同性愛者、政治家、髭面の画家、ヒステリックなソプラノ歌手、ドリトル先生みたいな風貌の音楽家、輪廻転生を信じている音楽家、ヒトラーみたいな風貌の農学者、不良少女、二人の教区牧師——一人はひょろっとしていて、陰気で、煙草を育てており、もう一人はずんぐりしていて、ワインに詳しかった……。

サックステッドの教区牧師は共産主義者だった。底に鋲を打ったブーツをはいた人たちが、グレート・ダンモウからわざわざやってきては、彼の説教が始まるとカツカツと足音を立てて出ていったものだ。けれども実際のところ、牧師の政治哲学は、マルクスというよりウィリアム・モリスから影響を受けたものだった。教会には明るい色の襞布《ひだぬの》が飾られ、建物のすばらしい優美さを引き立てていたし、牧師は教区の希望する子ども全員に楽器を教えてくれた。

だが母は「おまえはだめよ」とわたしに言った。「音痴《トーン・デフ》だから」でなきゃ、単なる耳の聞こえない《デフ》人だから――木曜日に鐘つき人が練習していると、わたしはよくそう思ったものだ。〈小屋〉は鐘楼の真向かいにあり、鐘の音は耳を聾するばかりだったのだ。実をいうと、わたしはこの鐘の件を除いて、教会とはあまり関わらなかった。無神論者になればいいんだと決意して、宗教がらみの混乱を片づけてしまっていたからだ。

だが、学校生活はもっと面倒なことだらけだった。学校は、今までにあったつらい出来事をあれこれ思い出させる不愉快な場所だった。イゾベルとわたしは村の学校に行かされ、初めて英国の階級制度に直面するはめになった。知識人の子だったため、村の子たちよりは上位に、農夫や金持ちの子よりは下位にあるとされたが、何より、はみ出し者と見なされたのだ。それはつまり、わたしたちが学校じゅうの標的になるということだった。校長はわたしたちをひたすら馬鹿にした。わたしが絶対にグラマースクールの入学試験（みんな「スカラシップ」と呼んでいた）に合格しないだろうと言い、受け入れを拒もうとしたほどだ。母は例によって、その件で校長に口論を吹っかけた（そのころにはわたしも、母は実は口論を楽しんでいるのだと、ぼんやり気づき始めていた）。

学校では、一週間のうち一日を除いて、午後に軍隊用の襟巻や目出し帽を何枚も編まされ、そのそばで女教師が異様な興奮に震えながら拷問について話して聞かせた。わたしは一度、手足を引き伸ばす拷問台の話を聞かされて気絶しそうになった。週に一回の編み物なしの午後には、男の子は絵を描き、女の子は縫い物をしていいと言われた。わたしがそのことに抗議すると、校長は生意気な態度の罰として杖で打つと脅してきた。それを聞いたとたん狂ったような怒りが突きあげ、わたしは粗悪な金属のものさしをつかむと、ぐちゃぐちゃに丸めてしまった。その結果、家に帰されたが、驚いたことに杖でぶたれはしなかった。

学校じゅうの標的になるというのは、学校のいじめっ子が家まで追ってくるということだった。ある冬の雪の降る日、いじめっ子の一人がわたしを追ってきて、氷を投げつけた。氷は命中し、切り傷ができた。わたしはぞっとして、鍛冶屋《かじや》と床屋のあいだの小径を駆け抜け、前方のガラスのような白い道へ飛び出した。車が来る、と気づいたときには遅かった。わたしははねられてボンネットの上を見事に飛び越える形になり、途中で気を失ったのだろう――気づいたときはうつぶせに倒れ、今来た道のほうへ顔を向けていた。

「助けて！」わたしは仕事場にいた鍛冶屋に叫んだ。「車にひかれちゃった！」正確にはひかれたわけではなかったが、とにかく動転していたのだ。鍛冶屋の奥さんは床屋に駆けこんでいき（父がたまたまそこで髪を切っていると知っていたのだ）、さらに話を大きくした。「ジョーンズさん！　すぐ来てください！　お嬢さんが車の下敷きに！」その叫びは、わたしの言葉以上に不正確だった。なにしろ車はわたしをはねたあと坂道の下まで行き、急ブレーキをかけたせいでスピンしていたのだ。父は頭の片側の髪が短く、片側の髪が長いという格好で床屋から飛び出してきた。運転していた男もほぼ同時に坂を駆けあがってきた。気の毒に、顔色が文字通り薄緑になっていた。わたしは自分がこれだけの騒ぎを引き起こしたことに感銘を受けていた。

その年の後半、わたしは「スカラシップ」に合格した。両親はエセックス教育委員会にコネがあったため、わたしの成績がすばらしくよかったと知ることができた。その後もわたしはたいていの試験でよい成績を収めたが、だからといって自慢することはできない。わたしはたまたま、「写真記憶」に近い能力を持っており、試験を受けるコツを心得ていたのだ――おかげでいつもズルをしている気分だった。なにしろちゃんと理解していない事柄についても、ただ目を閉じて、記憶しているページを読めばよかったのだから。しかし、両親は成績こそ大切だと思っていた。母はオックスフォードの自分の出身カレッジにわたしを行かせると決め、不器量で不良もどきだが頭はいい、というういつもの言葉にそのこともつけ加えるようになった。

不良もどきだったわたしは、寄宿生としてブレントウッドのグラマースクールにやられたが、寄宿舎に空きがなかったため、長い長い一学期のあいだ、ある一家のもとに身を寄せねばならなかった。その一家のことはのちに、『ぼくとルークの一週間と一日』に登場させた。その後、女生徒が一人寄宿舎を出てベッドに空きができ、寄宿生活を始めることになった。ベッドは使い古した病院風のもので、わたしが寝たら壊れてしまった。さらに、寮母がみんなの前でわたしの耳が汚いと言い立てた。罰として――ベッドのせいか、耳のせいか、両方なのか、今でもよくわからないが――わたしは古い物置部屋で一人で寝かされることになった。レーン・ヘッド荘のときと同様、またしても、逃げ出す勇気を奮い起こすことはできなかった。両親に訴える勇気もなかった――恥ずかしすぎて。でも、とても楽しい思いもしたので、そのことは両親に報告した。寮母が毎週土曜日に生徒たちを行進させて映画館に連れていき、そのときかかっている映画を見せてくれたのだ。ところが、その俗っぽい行事に両親は恐れをなし、わたしを中退させてしまった。

中退後は、サフロン・ウォールデンにあるクェーカー教徒の学校へ、通学生としてバスで通うことになった。その学校には一九四六年から一九五二年まで在籍した。そこは本来は寄宿学校だったため、わたしも、のちには妹たちも、例のごとく変わり者の少数派扱いされることになった。クエーカー教徒は変人や勉強のできる人間を信用しない。その学校の人たちは、わたしのことを実に変な娘だと考えていた――よい成績をとるから、それにほかのたいていの面でも。

月日がたつにつれて、両親が娘たちに割く時間はますます少なくなっていった。休暇中に家族で旅行することもなかった。両親が年に一度の休暇をとるときには、わたしたちは庭師か、チャペルの牧師か、孤児院の院長に預けられるか――単に母方の祖母のところへやられた。祖母は実にすばらしい人だった。ヨークシャーの常識と愛と迷信が人の形をとったような身長五フィートの老婦人で、いつも賢明な言葉を口にした。数々の祖母の名言の中でわたしが今も覚えているのは、とりわけすてきなプレゼントをくれたあと言った言葉だ。「いいや、気前がいいわけじゃないよ。気前がいいっていうのは、あげたくないものを人にあげるってことさ」祖母はとても迷信深かったため、何かよいものを割ってしまったとき続けて割るために、値打ちのない焼き物をいくつか手元に置いていた。ものが壊れるときはきまって三つまとめて壊れるから、さっさと終わらせてしまったほうがいい、というわけだった。祖母がいなかったら、わたしは道を見失っていただろう。それだけは確かだ。

世界じゅうが暗い時代だった。一家でロンドンを離れたときは遠のいたように思えた戦争が、ミサイルや無人飛行機という形でまたしても近づいてきた。そういうものは実に恐ろしかった。Dデイ（訳注 ノルマンディー上陸作戦開始日）への不安もあったし、やがて強制収容所の存在も明らかになった――その存在を知ったときには、やっぱり世界は以前からすっかり狂っていたんだ、と実感したものだ。終戦後も、物資のひどい欠乏と冷戦が続いた。ヒロシマのニュースに戦慄したわたしは、冷戦のせいで同じ爆弾がいつ英国に落ちてもおかしくない、と感じていた。

家の中も暗かった。クラランス・ハウスで連続講義が行われているときは――それは夏じゅうずっと、そして冬も三分の二のあいだ続くのだが――学校から帰ると、わたしたちの食べるものが残っていないこともしょっちゅうだった。台所をあさろうとすると、料理人に出ていけと叱りつけられた。

講義がないときには、父が唯一の家族用の部屋（父の仕事部屋でもあった）にどっかりと無言で座りこんでいた。

怒ったとき以外、わたしたちにはめったに話しかけてこなかったが、怒ったときには叱りつけている相手が三人の娘のうちだれだか思い出せず、名前を三つとも口に出してやっと正解にたどり着くのだった。母は冬のあいだほぼ毎晩、声高に父を責め立てていた——父が仕事の場では感じよく振る舞うくせに、私生活で母に優しくすることはない、というのだ。それは確かにその通りだった。すると父はウェールズ人特有のすさまじい癇癪を起こし、二人は夜遅くなるまで大声でののしり合っていた。母は諍《いさか》いが終わると、わたしたちが避難して宿題をしている台所へ駆けこんできて、憤然として口論の内容を話して聞かせた。わたしたちは、口を出したら事態を悪くするだけだとわかっていたので、ペンを止めたままおとなしく話が終わるのを待った。

いつもこうした叱責や諍いだらけだったが、ときには滑稽な出来事によって雰囲気が和らいだこともある。たとえば、仕事部屋のドアの外で猫が閂《かんぬき》にじゃれていて、一家で閉じこめられてしまったことがあったし、年寄りのコーギー犬が、イゾベルを殴ろうと追いかけていた父のお尻にいきなり咬みついたこともあった。

両親はわたしたちの誕生日とクリスマスはどうにか思い出してくれたが、いつも直前までは忘れていた。おかげでわたしは、日本との戦争が終わった日付を覚えている。それはわたしの十一歳の誕生日の前日で、どの店も終戦を祝って休んでおり、その年はプレゼントがもらえなかったのだ。わたしの心にはぽっかり穴があいた。誕生日は、父にせがんで本を買ってもらえる唯一のチャンスだったからだ。

父にしつこく頼みこんで、わたしは十歳のとき『プークが丘の妖精パック』を、十二歳のときには『緑のマント』（訳注　英国の作家ジョン・バカン（一八七五—一九四〇）のスパイ小説）を手に入れた。途方もないけちだった父は、クリスマスに娘たちに本を贈らねばならないという難問を、アーサー・ランサムのシリーズをまとめて買うことで解決した。そのシリーズを背の高い戸棚にしまって鍵を掛けておき、毎年三人に一冊与えることにしたのだ。クラランス・ハウスには読む本があるだろう、と父は言っていた。確かにあった——ほとんどは競売で買い集めたもので、わたしは十四歳になる前に、この蔵書の中のコンラッドの全著作と、フロイトの『夢判断』、相対性理論に関するバートランド・ラッセルの著作を読み、寄せ集めの歴史書や歴史小説も読み——村役場の図書室にあった三十冊ほどの本も、残らず読んでしまった。イゾベルとわたしは慢性的な本不足に悩んでいた。わたしたちはしょっちゅう本をねだり、買うためのお金を貯め、何マイルも自転車をこいで借りにいったが、それでもやはり読む本は足りなかった。

十三歳のとき、この欠乏感を埋めようとして、わたしは古い筆記帳に物語を書き始め、夜、妹たちに読んで聞かせるようになった。最後まで書いた二作はいずれも大長篇で、今思うと、とんでもない駄作だった。もしかしたら、作家になれたのはお父さんのおかげですね、と言いたくなる人もいるかもしれないが、その考えはまったくの見当ちがいだ。わたしはたぶん最初から作家だったし、その当時もあの静かな確信は抱き続けていた。ともあれ、この二作の大長篇を書いてみてよかったことが一つだけある——自分にも物語を書きあげられる、とわかったことだ。母はいつも、おまえは無能すぎて何一つやりとげられない、と言っていたし、不器量な不良もどき云々という決まり文句の中に、よくこんな言葉を差しはさんでいた。「オックスフォードの入学試験を受けたら、合格はするでしょうね。でも、たぶんそこでおしまいよ。おまえには肝心な資質が欠けているもの」

けちな父は、娘たちに週一ペニーずつの小遣いしかくれなかった。それ以外のお金はすべて、父に頼んで出してもらわねばならなかった。ふり返ってみるとわかるのだが、わたしがその状態を受け容れていたのは、一つにはそれが普通だと思い、自分にはその程度の価値しかないと思っていたからであり、もう一つの理由は、お金を出してくださいと頼めば、父がその使い途《みち》を根掘り葉掘り疑わしげに尋ねてきて、少なくともわたしと話をしてくれたからだ。父はまた、靴下の繕いをすると一足六ペンスくれた（このころには、わたしは自分と妹たちの服を縫い、手のあいたときには家族全員の洗濯もしていた）。けれども妹たちは小遣い不足に反発し、勇敢にも父に不平を訴えた。父は困惑し、ぶつぶつ言ったが、わたしが十五歳のとき、石けんと歯磨き粉は自分たちで買うという条件で、小遣いを週一シリングずつに上げてくれた。そのころ歯磨き粉一本は、二週間分の小遣いの大半が飛んでいく値段だった。イゾベルとわたしはすでに、歯磨き粉を買うためのお金を少しずつ貯めておくという知恵を身につけていたが、アーシュラはいつも小遣いをぱっと使ってしまった。

アーシュラは常に常識はずれな道を選んだ。とりわけ、病気に関しては。わたしたちが犯す重大な罪といったら、まず、病気になることだった。だれかがいやいや庭を横切って〈小屋〉まで食事を届けなければいけないからだ。母はいつも、わざわざ枕元までやってきて、「ほんとに迷惑なんだから」と文句を言った。三人のだれかに病気の症状が現れると、母はすかさず否定し、「気のせいよ」で片づけたものだ。この言葉とともに、わたしは水疱瘡のときも、猩紅熱《しょうこうねつ》のときも、風疹のときも、半年にわたる盲腸炎の

ダイアナの妹、アーシュラ

ダイアナの妹、イゾベル

あいだも、学校に行かされた。幸い、盲腸の痛みはさほどひどくはならなかった。地元の医者は、この子にはどこも悪いところなんかありません、という母の言葉にいささかとまどいながらも、しまいには盲腸を切ってくれた。医者はまるで軍人のような老人で、その態度にふさわしく、右手の指が三本しかなかった。わたしのお腹には今でも大きな傷が残っている。切り取られた盲腸は何年も瓶に入れてとっておいた。一つには、母に本当に病気だったことを見せつけたかったから、もう一つには、そういうことをするのは不良もどきの称号にぴったりな気がしたからだ。一方アーシュラは、「気のせい」というのは「想像力次第」ということだと決めつけ、ならば仮病を使うのも本当に病気になるのも罪の深さは同じだ、という結論を導き出した。そこで彼女は優れた演技力を発揮し、学校に飽きて行きたくなくなるたびに死にそうなふりをしてみせ、ベッドで長時間楽しく過ごすようになった。

ここまでに述べてきたことの一部は『わたしが幽霊だった時』にとり入れたが、あの本でうまく伝えられなかったと思うのは、わたしたち三人の仲のよさだ。わたしたちはめいめいの考えていることについて、何時間も楽しく話し合ったし、互いの面倒を熱心に見ていた。

たとえばわたしが十四歳のとき、イゾベルがロイヤル・

バレエスクールから、バレリーナとして成功する見込みは皆無だと言い渡された。彼女の人生は粉々に砕け散った。そのときまでずっと、生まれついてのバレリーナだと言い聞かされてきたため、もはや自分が何者であるかわからなくなってしまったのだ。彼女はひと晩じゅう泣き明かした。五時間かけてもなだめられなかったので、わたしはパジャマのまま庭を突っ切って——雨が降っていた——両親に助けを求めにいった。それは間違いだった。わたしの姿を見た母は動転して飛びあがり、心臓を押さえた。わたしは母屋に行く前、アーシュラと二人で、そのころとりつけられた非常ベルをずっと鳴らしていたし、その場でもちゃんと事情を説明したのだが、父はベッドに戻れと命令した。わたしは雨の中をとぼとぼと〈小屋〉へ引き返しながら、母はだれかに同情するということが大嫌いだった、とようやく思い出していた。わたしが盲腸炎だとわかったときも、母は「同情すると疲れちゃうのよ」と言っていたではないか——。アーシュラとわたしは夜通し寝ずに、あなたには運動神経だけじゃなく頭脳もあるじゃない、とイゾベルに言い聞かせた。わたしたちが仲よしだったのは、仲よくしなければ生きていけなかったからだ。

だがこうした固い団結も、両親がわたしたちを笑いものにするときには、崩れがちだった。わたしは十三歳を過ぎると実に不器用になり、勉強以外のことをするときまって家族から嘲笑された。一家には何か娯楽が必要だったのかもしれない。というのも、その翌年には、父がずっと謎の不調に苦しみ続けたのだから。わたしが十五歳のとき、父は腸にガンがあると診断された。あいにく同じころ、わたしもなぜか左の腰が痛むようになった。そのせいで水夫みたいにがに股でしか歩けなくなり、みんなから大笑いされた。その痛みは、それ以後ずっと悩みの種となる背中のいろいろな故障の始まりだったが、当時はそんなことは予想できなかったため、家族は当然ながらこう思っていた——ダイアナは父さんが病気だからみんなを楽しませようとしているのね、と。そんな殊勝な気持ちなどなかったので、わたしは言いようのないやましさを感じていた。

父は、病気も神のご意思だとするピューリタンらしく、手術への嫌悪感を隠さなかったが、無事にそれを乗り切った。ガンは直後に再発していたのだが、それは三年ばかり発見されなかった。病気からいったん回復した父は、わたしを計画通りオックスフォードに入れるつもりなら、特別講習を受けさせなくては、と思いついた。わたしが通っていたクェーカー教の〈フレンズ・スクール〉は、進学校ではなかったからだ。娘の学業に対する野心とけちな気質が父の中でせめぎ合った。

ちょうどそのころ、ある哲学の教授が妻と小さな子どもたちを連れてサックステッドに越してきていた。父は悩んだ末にその教授のもとを訪れて、わたしにギリシャ語を教えてやってくれと頼んだ。授業の代償として父が差し出したのは、だれかが妹たちにくれた手作りのドールハウスだった。妹たちはそのドールハウスが大好きで、とてもきれいに使っていた。けれども哲学者がその取引を受け入れたので、二人の気持ちなどお構いなしに、ドールハウスは先方に譲り渡された。お返しに哲学者はギリシャ語のレッスンをしてくれたが、三回目を終えたところで、よその奥さんと駆け落ちしてしまった。ドールハウスと引き換えにギリシャ語のレッスンを三回受けた人間など、世界じゅうにわたし一人しかいないにちがいない。

その後両親は、学問の分野で成功を収めろというわたしへのプレッシャーをますます強めてきた。わたしは期待に応えようとし、勉強しすぎてへとへとになったが、望まれたほどうまくはやれなかった。それでも、なんとか母の出身カレッジで面接を受けるところまでこぎつけた。面接では、堂々とした態度の女性教官がこう言った。「ミス・ジョーンズ」そこでまず庶民的な苗字に身震いし、「あなたはいやにスラングばかり使う受験生ですね」。わたしはそれですっかり度を失い、いつもはどんなものを読んでいますかと訊かれたとき、彼女の本棚を必死で見まわして、こう答えてしまった——「本です」。不合格だった。締切ぎりぎりに、オックスフォードのセントアンズ・カレッジに出願し直し、合格して、一九五三年に入学した。

学生時代は楽しい時期ではなかった。入学してわかったのは、わたしが素描を消してしまったことに対し、ジョン・ラスキンが遅まきながら復讐しているらしい、ということだった。わたしはだだっ広くて寒いフラット（ラスキンがかつて住んでいた）を、ある女子学生と共同で使うことになったが、その子はわたしを奴隷のようにこき使ったのだ。

最初の学期が終わったとき、父が亡くなった。わたしはしばらく家に戻って葬儀をすませ、その後オックスフォードを卒業するまで、延々と妹たちの身を案じるはめになった。二人はたいへんな思いをして母と暮らしていたのだ。

それでも当時は、C・S・ルイスとJ・R・R・トールキンが二人ともオックスフォードで講義をしていた。ルイスは満員の講堂でよく響く声を張りあげ、トールキンはわたしを含めて四人きりの学生にぼそぼそと話しかけた。今考えると、二人ともわたしに多大な影響を与えたと思うが、どういう影響かを説明するのは難しい。ただ、二人はほかの学生にも同じくらい影響を与えたにちがいない。のちにわかったのだが、わたしと同じころオックスフォードに在籍していた学生の中から、何人もの児童文学作家が世に出ているのだから（二人だけ名前を挙げるなら、ペネロピ・ライヴリーとジル・ペイトン・ウォルシュがいる）。もっとも、わたしは彼女たちにほとんど会ったことがないし、ファンタジーについて語り合ったことは一度もない。そのころのオックスフォードは、ファンタジーなどあくまで馬鹿にしていたのだ。ルイスとトールキンの名前が出ると、だれもが眉を釣りあげ、あわてたようにこう言うのだった。

「ですが、彼らは優れた学者でもありますからな」

　ここで、わたしがオックスフォードに入学する前の空白の一時期に話を戻すとしよう。父が初期の効きめのない化学療法の実験台となる合間に、定期的に病院から家に帰ってきていたころのことだ。わたしはサックステッドの両親の施設の講義を受けにきた若者たちについて、これまであまり語ってこなかった。大半の若者は、短期間滞在しただけだったからだ。けれど、中にはわたしと同い年ぐらいの常連もいて、わたしたち姉妹の親友になった。一人はイゾベルに恋をしていて（彼女に恋する者は多かった）、オックスフォードの卒業試験を受けたあと、のんびりしたいから十人の友人といっしょにクラランス・ハウスに滞在させてくれと言ってきた。

　さて、これから語るのは、八歳で作家になると知ったときとよく似た出来事である。彼らがやってくると聞いて、わたしは説明しがたい興奮にとらわれた。準備の手伝いをするために走りまわり、早すぎる時間にお茶を用意した。お茶を淹《い》れている最中に、彼らが到着した。父の仕事部屋の外の狭い廊下で、わたしは父に挨拶していた一団と出くわした。一人が声をかけてきた。「ダイアナ、ジョン・バロウは知ってるよね？」

　わたしはちらっと目をやった。ちゃんと見たわけではない。目に入ったのは、かつてランサムの本がしまわれていた戸棚の前に友人たちといっしょに立っている、背の高い男性のぼんやりした影だけだった。ところがその瞬間、自分はこの人と結婚することになる、とわかったのだ。それは八歳のときに得たのと同じ、静かで絶対的な確信だったが、わたしはそんな自分にちょっぴりいらいらもした。なにしろその男性をまだまともに見てもいないのだし、好きなのかどうか、まして愛せるのかどうかなんて、わからなかったのだから。

　幸い、好きだし愛しているとわかった。交際はジョンが大学院生のあいだ、オックスフォードで二年間続き、彼がロンドンのキングズ・カレッジの講師になった三年めも続いた。父の死後、ノッティンガム郊外ビーストンの私立学

ダイアナと彼女の古英語の指導教員、エレイン・グリフィスとジョン、1955年

校だった幽霊だらけの家を母が衝動買いしたあとも、交際はとぎれなかった。母と妹たちとわたしは、一九五六年の夏にこの家に引っ越した。わたしはその年ずっと病気がちで、そのうえ新居では寝室の端を歩く見えない何かの足音を毎晩聞き続けるはめになった。けれども四カ月後には、結婚準備のためサンプフォード（庭師の前に天使が現れた場所の近く）に住む祖母のもとに移り、一九五六年のクリスマスの三日前、深い霧に包まれたサフロン・ウォールデンでジョンと結婚した。結婚式の写真は残っていない。母が語っていたとおり、彼女自身の結婚のほうがはるかに大事だったからだ。母は翌年の夏、ケンブリッジの科学者であるアーサー・ヒューズと再婚した。

ジョンとわたしは一九五七年の九月までロンドンに住んだが、わたしの勤め先は見つからなかった。そこで、暇な時間にダンテや、ギボン（訳注　十八世紀英国の歴史家。代表作は『ローマ帝国衰亡史』）や、北欧のサーガを読んだ。それから二人してオックスフォードに戻り、イフリー・ロードの大きな邸宅内のフラットに住み始めた。そこの階下に暮らしていた別の家族とは、生涯の友人になった。

その間《かん》に、アーシュラは学業に関するプレッシャーに抵抗してあらゆる試験に落ち、演劇学校に入学した。今では女優をしている。イゾベルはレスターの大学に入り、よい成績を収めようと必死で勉強していたが、継父に家から追い出されてしまった。彼女は疲れ果ててわが家の戸口に現れた――ちょうど、わたしが初めての妊娠に気づいたころの話だ。一九五八年に長男のリチャードが生まれたときも、イゾベルはいっしょに暮らしており、一九六一年に次男のマイケルが生まれたのち、結婚してフラットから出ていった。イゾベルの夫は一卵性双生児の一人だったため、結婚式で新郎の手にイゾベルを引き渡す役をしたジョンは、双子の兄弟のほうに渡してしまうのではないかとびくびくしていた。イゾベルは今では、英国に数少ない女性教授の一人である。あなたには頭脳があると言い聞かせてよかったと、アーシュラとわたしはいつも思っている。

三男のコリンは一九六三年に生まれた。それ以来、わたしの夢は、静かな生活を送ることなのだが――幼児と犬と仔犬にあふれた当時のわが家では、たやすくかなうはずもなかった。わたしはジョンと息子たちのおかげで、この時期に、普通の人間の性質というものを、それまで学んできた以上に学ばせてもらった。そのことにはずっと感謝している。わたしは相変わらず、何が「正常」なのかわからなかったが、自分の家族を持ったおかげで、幼少期の体験を以前より楽に心の中で整理できるようになり、小説を書き始めることができた。困ったことに、書き方は学ばねばならなかった――そこで根気強く独習した。

もともとわたしは、大人向けの小説を書くつもりでいたのだが、そこへ子どもたちの事情が関わってきた。まず、マイケルを流産しそうになり、寝ていなくてはならなくなった。そこでベッドで〈指輪物語〉を読み、おかげで、ファンタジーの長篇を書くことは可能なのだと、はっきり知ることができた。次いで、息子たちが大きくなるにつれ、わたしが幼少期に読めなかった児童文学を、残らず読む機会が与えられた。さらには、それらの本を読み聞かせながら息子たちの反応を見ることもできた。その反応がまた、きわめて熱烈だった。息子たちが好きになる本は、ユーモアとファンタジーが詰まっているが、現実の生活もしっかりと描かれているタイプのもので、わたしがサックステッドで求めていたものとまったく同じだった。このころには、自分はどのみちファンタジーを書かねばならない、とわかってきた。なにしろわたしには、たいていの人が考える「正常な」人生など、本当に存在するとは思えないのだから。そこでわたしはファンタジーを書き始めてみた。完成した作品を送ると、出版社やエージェントはショックと困惑を覚え、突き返してきた。

一九六六年、夫の勤め先であるジーザス・カレッジがわたしたちに貸す家を建てているあいだ、わたしたち一家は

ジョンを見つめるダイアナ、1955年

しばらくエインシャムのひどく寒い農家で暮らした。そこではコリンが熱性けいれんを起こすようになり、ほかにも災難ばかりが降りかかってきた。わたしが世に出した唯一の大人向けの小説『チェンジオーバー』(原注2)は、こうした不愉快な状況に立ち向かうために書き始めたものだ。

一九六七年、新しい家が完成した。この家の屋根は水に溶け、トイレの水はときどき沸騰し、湿気は次第にひどくなり、食品庫の中には南向きの窓があり……ほかにもいろいろとおかしな点があった。ここでもまた、静かな生活への願いはあきらめるしかなかった。わたしたちは居間に噴き出す電気の火花、ダンボール製のドアなどと戦いながら、一九七六年までそこで暮らした。ただし、一九六八年から六九年にかけては、アメリカのイェール大学に滞在した。イェールにはオックスフォードと同様、やけにお高くとまった人々が大勢いて、生活はひどく堅苦しく、だれもが学者の妻など二級市民だと思っていた。しかしわたしは、そのとき住んだアメリカの東端のあたりは大好きになった。今でもなるべく機会を作って訪れるようにしている。わたしたちはすばらしい時季にメイン州を訪れ、西インド諸島のネイビス島にも足を運んだ。そこでは驚いたことに、多くの人々がわたしに「戻ってきてくれて嬉しいよ!」と声をかけ、歓迎してくれた。いったいだれだと思っていたのか、今でもさっぱりわからない。だが、ロバに乗っていたある老人は、ジョンのことを幽霊だと勘ちがいした。

帰国すると、三男のコリンも学校へ行く年になっていたので、わたしはやる気満々で書き始めた。ジョンの以前の教え子が、児童書のエージェント業を始めたばかりのローラ・セシルを紹介してくれ、わたしたちはあっというまに親友になった。ローラの励ましを受けて、わたしは一九七二年に『ウィルキンズの歯と呪いの魔法』を、一九七三年に『ぼくとルークの一週間と一日』を、同年に『うちの一階には鬼がいる!』を書いた。『うちの一階には鬼がいる!』を書いているときには、あんまり笑ってばかりいたので、息子たちがしょっちゅうドアから顔を突っこんでは、母さん大丈夫? と訊いたものだ。そのあとに書いたのが『呪われた首環の物語』、『詩人《うたびと》たちの旅』、『星空から来た犬』だが、出版はこのとおりの順序にはならなかった。『魔女と暮らせば』と『聖なる島々へ』は、いずれも一九七五年に執筆した。

また、わたしたちは帰国すると同時に、バークシャーのウェスト・イルズリーの田舎家を手に入れ、オックスフォードの欠陥だらけの家から避難したいときは、そこへ行くようになった。その土地の白亜の丘と、丘にたくさんいる競走馬を見て、わたしの頭は新しい作品のアイディアでい

ダイアナの三人の息子、リチャード、コリン、マイケル、1964年

っぱいになった。数年後、この田舎家にいたときに、ジョンはブリストル大学の英語学教授職に応募するよう正式に依頼された。彼はその依頼を受け、勤め口を得た。わたしたち一家は一九七六年にブリストルに移ったが、引っ越しの翌月、悪夢のような自動車事故に巻きこまれてしまった。

それでもわたしは、ブリストルが大好きだ。この土地の丘陵、渓谷と港、古いものと新しいものがめちゃくちゃに入り混じっているところ、親切な人々――絶え間なく降る雨さえも。わたしたちはそれ以来、ずっとブリストルに住んでおり、そのときからわたしはすべての本をここで書いてきた。自動車事故に遭ったあとしばらく――一九七八年に思いがけず『魔女と暮らせば』でガーディアン賞をもらうまでは、ほとんど執筆ができなかったが、わたしは書いていないと満足できない性質《たち》なのだ。わたしにとっては一冊一冊の本が実験であり、理想の本を書こうという試みである。息子たちが好むような本、自分が子どものころ持っていなかったような本を。

二十何冊かの本を世に出したが、いまだに理想の本は書けていない。それでもわたしは挑戦を続けている。静かな生活を送るという夢も、まだ実現していない。次々にいろいろなことに手を出してしまうせいだ。作家として学校を訪問したり、講義を持ったりするとか、チェロのレッスンを受けるとか、アマチュア演劇に関わるとか、一九八四年のリチャードの結婚式ではむこうみずにも料理いっさいを引き受けるとか……。その一つ一つが滑稽な災難を引き起こした。ただし、リチャードの結婚式だけは別だ。あれは完璧だった。死の直前だったわたしのおばのミュリエルが、枢機卿の帽子のようなミンクのヘッドドレスをかぶって参列し、新婚夫婦を祝福してくれた。母もやってきた。母は一九七五年に再び寡婦となり、今ではわたしたち姉妹と仲よくやっている。ジョンのことも非常に高く買ってくれている。

もう一つ静かな生活を送れない理由に、「旅行のジンクス」がある。これは遺伝性のものらしい。母も同じ性質《たち》だし、息子のコリンにも受け継がれてしまった。わたしの場合、主に列車旅行の際に不運に見舞われる。たいていはエンジンが故障するだけだが、一度、乗っていた列車が走っている最中に、老人が車外へ飛び下りて、国内の列車の全ダイヤが一日じゅう乱れたこともあった。そしてまた、不気味なことに、わたしが本に書いたことが、だんだんと実現するようになってきている。いちばん衝撃的な出来事は、昨年『時の町の伝説』の結末を書いているときに発生した。時の町の建物が軒並み崩壊する場面を書いている最中に、書斎の天井の大半が落ちてきて、青空が見える状態になったのだ。

ひょっとするとわたしには、自分で思っているほど、静かな生活など必要ないのかもしれない。

（原注1）ランサムの『ツバメ号とアマゾン号』に登場する島。正式名はピール島。

（原注2）この自伝を発表したのち、ダイアナはほかにも大人向けの小説を世に出している。

（市田泉　訳）

ダイアナと『星空から来た犬』のヒントになった忠犬カスピアン、1984年

ダイアナ・ウィン・ジョーンズとの対話

聞き手　チャーリー・バトラー

ダイアナ・ウィン・ジョーンズの自宅は、リージェンシー様式（訳注　英国で十九世紀前半に流行した建築・装飾様式）のテラスハウスの中の一軒である。ブリストル市の高台クリフトン地区と、ホットウエルズ地区の中間に位置するその一帯は、急な斜面になっており、車が進入しにくい。その家へ行くよう頼まれたタクシーの運転手は、平面に描かれた地図を穴があくほど見つめ、途方に暮れるはめになる。特別大きいとは言えないが、幅が狭いわりに高い建物だ。土地に傾斜があるため、正面からは小ぶりに見えるのに、実は信じがたいほどの階数がある。

初めて訪れる者は、この家に近づくとき、いささか不安になるだろう。玄関では、何本もの木の棒からなる風鈴が災厄を払うかのように低い音で鳴り、ムーア人風の顔のノッカーが、白い目でこちらをにらんでいるからだ。だが、この来客を拒むような様子とは裏腹に、「ノックは強めに」という手書きの貼り紙がある。そして一歩中に足を踏み入れれば、そこは暖かく親しみやすい家庭だ。ダイアナとその夫で中世学者であるジョン・バロウ氏が、用意したビスケットと、すばらしい会話でもてなしてくれる。通されるのはダイニングキッチンか、その上の階の、ダイアナがいつも物語を書くときに座るひじかけ椅子がある部屋になる。ひじかけ椅子のそばには、カルシファーの大きなぬいぐるみがある――アニメーション映画『ハウルの動く城』が作られたときに、たくさんもらった記念品のうちの一つだ。

この対話は、二月のある静かな日に、キッチンで行われた。表側の窓から、テラスハウスの共同芝地の様子が見える。がらんとしていて、目につくのは、ご近所のだれかが設置したウサギ小屋くらいだ。裏手側からは、ブリストル市の港が見下ろせ、ずっと遠くには、サマセットの丘の連なりも見える。年代物の大きな置時計が部屋の隅で時を刻み、ときおりチャイムを鳴らす。そのたびにわたしたちは、はっとして口をつぐむ。ダイアナは病が重くなっていたにもかかわらず、語り口はなめらかで、頭もいつも通り冴えている。不思議なもの、謎めいたもの、滑稽なものへの欲求は衰えておらず、それらによる愉快なパ・ド・トロワ（訳注　バレエ用語で三人の舞踊のこと）に降りそそぐ笑い声もまた、健在である。特徴的な、月の銀色をした目は、輝きを失っていない。いただくコーヒーは、とてもおいしい。

チャーリー・バトラー（以下ＣＢ）　本書から明らかなように、ダイアナさんの子ども時代は、その後の人生のみならず、書くことにも大きく影響していますね。ご自身の子どものころの経験と作品との関係を、どのようにお考えでしょうか？　題材をたっぷり得られたことは、間違いないようですが。

ダイアナ・ウィン・ジョーンズ（以下ＤＷＪ）　確かに題材はたっぷり手に入ったけれど、そのまま使えたことは一度もないわね。どうしてかしら。ただ、ほとんどの経験があまりに極端なものだから、たいていの人は信じないと思う。厄介だったのは、あとになってから、自分の経験が普通じゃないって気づいたこと。子ども時代は、これこそが普通の暮らしだと思っていたのに。

ＣＢ　比べるものが、なかったわけですからね。

ＤＷＪ　でも、友だちはたくさんいたし、村にはいろんな人が住んでいたから、実は比べる対象はけっこうあったの。なのにわたしは、ほかの人たちの方が変わってて、うちはまともだと感じていたわけ。死んでるおじさんを見たときにも、そう思ったっけ。死んでるおじさんの話、したことあった？

ＣＢ　どうぞ、聞かせてください。

ＤＷＪ　わたしはそのとき、自転車に乗って友だちに会いにいくところだったの。その子はウィンビッシュ（訳注　イングランド東部エセックスの村）に住んでて、うち（訳注　エセックスのサックステッド）から四マイル半は離れていたんじゃないかしら。

ＣＢ　当時おいくつぐらいでしたか？

ＤＷＪ　確か十三だった。わたしが何をしようと、だれも気にかけやしなかった——長い休みのときでね——それで、自転車で出かけたの。本道を走ったのだけど、当時はひどく道が悪くて、とある角を曲がり切ったところに、そのおじさんが……自分の自転車を下敷きにして、横向きに倒れていて、頭から血を流したあとが赤黒く残っていた。血が止まってからだいぶたっているようだった。わたしには、どう見ても死んでいるように思えた。十三歳の子どもがたった一人、自転車に乗っていてそんなのを見つけたら、どうするものかしら？

　わたしは、どうしたらいいかわからなかった。もう、必死で自転車をこいで、友だちの家に行くことしか思いつかなかった。友だちのご両親はとても優しくて、しごくまともな方々で——言い方はよくないかもしれないけれど、とても平凡な暮らしをしてたわ。といっても、園芸農業をしていて、温室をいくつもお持ちだったところは、平凡とは言えないけれど。わたしが着いて、見たことを話すとすぐ、友だちのお父さんはあちこちの知り合いに電話をかけ、ライトバンに飛び乗り、勢いよく出ていったから、わたしは思ったわ。「よかった、これで、どうにかしてもらえる」ってね。だけど、わたしが本当にとまどってしまったのは、友だちのお母さんのほう。わたしを座らせて、甘くした濃いお茶をくれて、ほとんどつきっきりで心配してくれたものだから、「こんなこと、だれもしないでしょ!」って思ったわよ。家ではそんなふうにされたことがなかったもの。わけがわからなくてどうにかなりそうで、「いったいどうなってるの?」って思った。

それから友だちのお父さんが一人で戻ってきて、いかにもわたしを安心させるように言うの。倒れてたおじさんは大丈夫だった、発作を起こして気を失っていただけで、今はすっかり元気になった、生きてるって。わたしのために嘘をついているとわかったわ。だって、わたしが見たとき、絶対間違いなく死んでたんだから。わたしは、もう帰りますって言って――まだどうしようもなく動揺していたわね――自転車で走り出した。そして必然的に、道に赤黒い染みが残る場所を通ったのだけど、おじさんはもう、そこにいなかった。あの体をどうしたんだろう、って考えながら家に帰った。それから思ったの。さあ、これだけ普通じゃないことが起こったんだもの、お母さんに話してみてもいいよね、って。そこで、母に話しにいったのよ。

今のわたしならきっと、もし自分の子どもの一人が真っ青な顔でがたがた震えながらやってきて、「何があったと思う?」と言ったら、じっくり話を聞いてあげたいと思うでしょうね。でも母は、「さあ。今、忙しいから」と答えて、離れていってしまったの。

うちはまさにそういう家庭だったわけ。

CB　それが普通だったわけですか?　ずいぶん変わっているように思えますが。

DWJ　そう、それが普通だった。

CB　その出来事は、お書きになったどの本にも、出てきていないと思います。

DWJ　そうね。本当にとんでもなく驚くべき出来事だった。

CB　ダイアナさんが住んでいらした村に変わり者が大勢暮らしていたことは、本書のあちこちの記述で明らかにされています。わたしがさっき、ダイアナさんの「普通」が変わっていると申しあげたとき、ご家庭だけでなく、もっと広く、村全体のことが念頭にあったんです。

DWJ　ええ、変わってたわね、本当に。ほぼ全員がそれぞれに独特な変わり者だった。といってもほとんどは、たとえば妙な場所でマドリガルを歌いだすとか、往来で踊るとかいう程度で、そういうことをするのは、まだまともだと思われる人たちね。セシル・シャープ（訳注　二十世紀初頭に英国の民衆音楽と踊りの収集に尽力した）のフォークダンスなんかを踊ったりしてた。でも、もっと変わってたのは、ろくろで壺を作る人や、手織物を作る人たち。そうそう、村の至るところに次々カフェを開いてたおばさんもいたっけ。観光客めあてだったのかもしれないけれど、緊縮財政の時代だったから、村に観光に来る人なんていなかったし、たまに来たとしても、公衆トイレがないとわかるとすぐに出ていったわ。調理はそのおばさんが一人でやってた。わたしたちは、この人を支えてあげなきゃと思ったの。だって、手織物でいっぱいのカフェをどこに開いても、お客が一人も入らないんだもの。それでお客になってあげたわけ――ひどくまずいコーヒーと、レインボーケーキ（訳注　何色かの生地を重ねたケーキ）が出てね、ケーキはチャバタ（訳注　硬めの歯ごたえのあるパン）なみに硬くて、いただけないしろもの。ぱさぱさなのに弾力があって、なかなか噛み切れなかった。

CB　一九五〇年代の水準からしてもまずいコーヒーだったのでしたら、よほどひどかったんでしょうね。

DWJ　そのとおり。一応、本物のコーヒー豆を使ってはいたみたい。それらしい粉が浮かんでいたから。でもすごく薄かった。もちろん、儲けを出したかったからでしょうね。

CB　それだけ見事な役者がそろっていることを考えますと……いくらかは創作にご利用になりましたね、たぶん、少しばかり和らげた形で。それと、わたしは別に精神分析めいたことをしたいわけではありませんが、こうも思ったんです。広い意味で、ダイアナさんの子ども時代は、物語の素材を掘り出せるところだというだけでなく、書きたいという衝動が生まれる源の一つになっているのではないかと。

DWJ　確かにそうだと思う。わたしのまわりの世の中がおかしくなっていたのは明らかで、ほとんどの大人が、ほんと、笑っちゃうくらいおかしくなっていたのね。そりゃ目をみはったものよ、自分のことを狼男だと思いこんでるおじさんもいれば、ポルカをセクシーに踊れるおじさんもいて――わたし、十五になるまで、ポルカがセクシーに踊れるだなんて考えたこともなかった。おじさんはお腹がだいぶ出てる人で、ポルカをゆっくりと踊ってまわりながら、そのお腹をパートナーに擦りつけていたわ。それから、自分は魔女だと言っている人たちもずいぶんいたけど、本当に魔女だったのかもしれない。あと、私生児だの近親相姦だのといった話も、信じられないほどいっぱい耳にしたから、めずらしくもないと思うようになったわね。

ただ、この生活が、当時よくあった児童文学に書かれていたものとはまったくちがう、ってことには気づいてた。普通の児童文学のまっとうな暮らしに、むしろ憧れたわ。お父さんが、「のろまになるな」みたいな電報を打ってくれたりしたらなあ、って（訳注　アーサー・ランサムの児童文学『ツバメ号とアマゾン号』のエピソードから）。わたしの父は、「のろまになるな」なんて電報を娘に送ろうとは、夢にも思わなかったでしょうけど。きっと、わめきながらすっ飛んできて、わたしをひっぱたいて怒鳴ったでしょうね、「おまえはのろまだ！」って。

CB　アーサー・ランサムにこだわりがおありだったお父様が、ですか？

DWJ　ええ。そもそも、こだわりがあるってわけでもなかったし。父はそれはけちでね、ランサムのシリーズがケンブリッジで安く売っているのを見つけたのよ。シリーズなのに二冊欠けているせいで、値が下がっていたの。子どもには本が必要だってことは、父にもよくわかっていたみたい。教師だったんだもの。そこで毎年のクリスマスに、わたしたち三人に対して一冊だけ、本を贈ってやろうと考えた。そして実行した。それだけのことよ。

CB　書くことはダイアナさんにとって、ある意味、癒しになったとは思われませんか？　ご自身が経験されたことを見つめ直したり、折り合いをつけたりするための手段だったのではないでしょうか？

DWJ　どうなのかしら。言われてみれば、そうだったのかもしれない。というのも、つい最近のことだけど、主治医に訊かれたのよ、「気持ちが落ちこんだときには、何をしますか？」って。深く考えずに反射的に答えたのが、「本を書きます」だった。だからやっぱり、そうだったんだと思う。なにしろ、あのころ見聞きした、いろんな人のとっぴで馬鹿げた振る舞いは、おかしくはあるけれど、ひどく気分を落ちこませるものだったから。

　ああ、そういえば、パンチとジュディの人形劇のパンチに顔がそっくりな、写真を商売にしてるおじさんもいたわ——といっても、その人は写真を撮らないんだけどね。いつも写真家を雇って、自分は被写体を念入りに用意して、できた写真を本の挿絵やクリスマスカード用に売っていた。それで食べていけていたわけではなかったわ。勘定をいっさい払ってなかったから。払ってなかったとなぜわたしが思うかっていうと、稼ぎをすべて、お酒に費やしてたみたいだからよ。その人の子どもたちのことはよく知ってたの。そんな境遇に耐えていたわよ、わたしたち姉妹がうちでしのいでいたのと同じように。でもその人、一度わたしの妹をひどく怖がらせたことがあるのよ。妹はブラウニー（訳注　ガールスカウトの幼年組）に所属していたのだけど、何かの活動の帰りに、その人がライトバンで迎えにきたことがあってね。ひどく酔っ払っていて、妹たちを乗せると、小麦畑に突っこんで、わめいたり、怒鳴ったり、歌ったりしながら、車をぐるぐる走らせたらしいの。妹たちはそりゃあ、めちゃくちゃ怯えていたわ。ひどいことをされたものね。

一人っ子じゃなくて、本当によかったと思うわ。姉妹で語り合うことができたから。でも不思議ね、死んでたおじさんの話は、妹たちに一度もしてないと思う。すべてがあまりに奇妙だったせいかしら、わたしがあれこれ感じたことや、とった行動と、それに対するまわりの反応が。この話をしたのは、そういう感じの自制がお話を書くときにも働くみたいだからよ。この実体験をそのまま、物語に使わない理由も同じ——いわば、二点のあいだを激しく行ったり来たりする状態になるわけ、自分の反応と、その反応に対するほかの人の反応とのあいだを。そこから抜け出すのは、簡単じゃないの。

CB　何か別の形に変えないといけないわけですか？

DWJ　そう、その通り……思うに、翻訳だわね。ある特定の出来事や人々、ちょっとした冒険を物語にしようってときに、「ああ、でもそのまんま書くわけにはいかないわ、どうせだれも信じやしないもの。だから、根本的なところは同じだけど、いくつかの点でまるっきりちがうほかの出来事や人々に翻訳しましょう」って自分に言うの。

CB　書くことが癒しになるという考えにのっとって話を少し進めますと、その翻訳を行うことは、頭の中で、ご自身の反応とほかの人々の反応のあいだを激しく行ったり来たりする状態を、止める助けになっていますか？　ダイアナさんを苦しめているものを、いわば「葬り去る」ことになりますか？

DWJ　葬り去ることにはならないわね。むしろ、その問題を意識させられる。それがいい場合もあれば、悪い場合もある。だからやっぱり、書くのが癒しだという考えはいささか単純すぎると思うわ。葬り去ることはできないもの。おそらく、頭の中でくり返し再生されるさまざまな奇妙な出来事の映像の上に、翻訳がかぶさるような感じじゃないかしら。

CB　ご自身がお育ちになった、ある意味ファンタジーのような環境の話をした流れから、ダイアナさんが書くのに選ばれたジャンル、あるいはダイアナさんを選んだとも言えるジャンルについて、お尋ねしようと思います。初めて出版なさった本、『チェンジオーバー』は、実はファンタジーではありませんね。奇想天外な事件がいくつも起こりはしますけれど。この物語をお書きになったいきさつをお聞かせ願えますか？　また、以後はその路線を追求なさらなかったことから、そのような大人向けのユーモア小説から子ども向けのファンタジーに転向なさった経緯を、うかがいたいと思います。

DWJ　脳が二つに分かれて働いていたような感じだったわね。そもそも『チェンジオーバー』を書いたのは、そのころオックスフォードシャーのものすごく寒い家に住んでいたせい。本当に、すさまじく寒かったの。壁が一メートルくらいの厚さの石でできていて。もとはだだっ広いホールだったんでしょうけど、だれかが石の壁で仕切って、いくつもの小さな部屋に分けたのね。どの部屋も冷凍室みたいだった。少しでも温まりたかったら、暖炉に火を熾《おこ》すしかなかった。ほかに暖房設備がなかったのよ。おかげでわたしは火を熾すのや、火力を落とさないために煙突を手入れするのが得意になったし、寒さに耐えることにも慣れた。でも、本当に寒い時期は、相当つらかった。

子どもたちもそのころは、あんまり幸せじゃなかった。地元の学校もよくなくて。いちばん下の息子は、てんかんに似た、でもてんかんとはちがう軽い発作を起こすようになった。ほんとにびっくりして心配したし、そんなこんなで、気がめいってしまったわけ。

おかしなこともいろいろ起きたわ。たとえば夫のジョンが、オックスフォードから電話をかけてきて（家はオックスフォードの町の中心からいくらか離れたところにあったのよ）言うの、今日は何か大きなお祭りの日だ、って。聖フリデスウィデの日か何かだったんじゃないかしらね（原注1）、パレードに参加してこなくちゃいけないって。それからまた電話してきて、なんだか深刻な調子で言ったのよ。「階段から落ちて、ポキッといっちゃったんだ……」そこで声がとぎれたもんだから、わたしはジョンの体のありとあらゆる骨へと思いをはせたわ。そしたら続きがこうだったわけ、「ぼくの、眼鏡のつるが」。……万事そんな具合だったわね。

それで、何かで気晴らしをしようと思ったの。ちょうどそのころ、イアン・スミスが南ローデシアの一方的独立宣言をしたせいで、だれもがアフリカに注目していたのよ。わたしは書いて書いて書きまくった――そして笑った。抗議の一つの形だったんじゃないかしら、癒しのためっていうんじゃなくて。とりあえずすぐ始められて、絶えず間違った方向に行ったりしない、自分の思い通りにできることが、書くことだったというわけ。

一方、児童文学については、いくつかのことを並行して考えた結果、書くようになった感じ。一つは、自分の子どもたちの児童文学への反応を見ていて、ファンタジーがいちばん好きだとはっきりわかったこと。いつも、子どもたちが本当に心から気に入るのはファンタジーだったから、いったいどこがそんなにいいのか、解き明かそうと思ったの。巷に出ているほかの児童文学にも目を通してみて……それはもう、とんでもないものがどっさりあったわよ……子どもたちがまったく気に入らなかった本のどこがまずいのか、検討したわ。そしてとうとう決めたの。「よし、わたしは子どもたちのためにファンタジーを書く」って。ほかの理由の中にはやっぱり、自分の子ども時代のこともあったと思うわ。この本の中で触れていると思うけれど、わたしの親はどちらも、ファンタジーに対してひどく批判的だったの。

CB　ではファンタジーを書くことには、多少、反抗的な意味合いもあったのでしょうか?

DWJ　じゃないかしら。でも、親の呪縛みたいなものに対してというより、当時のモーレス(社会規範)への反抗という方が大きいでしょうね。そのころの児童文学はみんなお利口さんの話で、大した事件は起こらないし、かなりうっとうしい道徳的な正しさに充ち満ちてた。

CB　だれかがいいファンタジーを書くべきだとお考えになるのも、もっともですよね。お子さんたちや世の中のほかの子どもたちもたぶん、そういう本が好きなのに、充分になかったわけですから。でも書き始められてからは、ずっとお続けになった。きっと向いてらっしゃったんですね。

DWJ　最後に背中を押してくれたのは、長男のリチャードの言葉だったと思う。「楽しい本があんまりないんだよね」って言ったの。それならなんとかしてあげられると思って、『ウィルキンズの歯と呪いの魔法』を書いたら、自分でも笑っちゃったし、次に書いた『うちの一階には鬼がいる!』では、もっと笑ったわ。実をいうと、『うちの一階には鬼がいる!』のときは、書きながらあんまり笑ってたものだから、家族がしょっちゅうドアから顔をのぞかせて、「大丈夫?」って訊いてきたほどよ。わたしはただソファに座って、大声でゲラゲラ笑ってた。本のおかしい場面を書いているときはいつも、そうなりがちだわね。

CB　物語に深く引きこまれるのですね。

DWJ　ええ、それはもう。

CB　執筆中、うわの空でオーブンに靴を入れたことがあるとうかがいましたが、それも、物語の世界に夢中になることの証でしょうね。

DWJ　わたしには、物語がまるで現実のことのように感じられるの。ほかの人が書いた本でも、いいものは、読んでいて同じように感じることがある……よすぎて文句のつけようがないものはね。いい本は、書評を書くのが本当に難しいの。現実の生活を批評するみたいなんだもの。ほら、人生で自然に起きちゃうことって、批判のしようがないでしょ？

CB　今日の児童文学作家全般についてうかがいたいのですが……作家たちは、本を書くことばかりでなく、ブログを書くこと、ユーチューブに本の宣伝映像をアップすること、そのほかにも山ほど宣伝活動をすることを基本的に期待されているようですね。

DWJ　そういうのは、出版社がすることじゃないかと思うけど。どうしてしないのかしら。

CB　ダイアナさんも、長年にわたって学校訪問の活動をなさっていますが……。

DWJ　ええ、いっぱいね。一時期は、最低でも月に一回は行ってた。でも、一度だけ輝かしい出来事があったのを除くと、学校訪問が自分のためになったことは、なかった気がする。訪問を受けるはめになった気の毒な子どもたちには、何かの役に立っていればいいと思うけれど。例外の出来事というのは……わたしには、遠出をすると必ず不運に見舞われるというジンクスがあるのだけど、そのときも、二時間遅れて学校に着くことになったの。というのもその日、ブリストルパークウェイ駅から列車が走り出したとき、奥さんを見送りにきていた六十代くらいの人が（奥さんはヨークに住む女きょうだいを訪ねにいくところだったらしいの）、動き出した列車の中に、自分もまだ乗っていることに気づいたわけ。幸い、ブリストルパークウェイ駅から出る列車は、すぐには速度を上げないの。あなたも覚えてるかもしれないけど、線路が大きくカーブしているから、出だしはかなりゆっくりと走るのね。それでも、曲がり切れる最高の速度まで上がるっていうときに、その人はドアに駆け寄って、開けようとしたの。わたしはもう、その場に釘づけ。なんて馬鹿な真似をしてるのこの人、信じられない！　って思った。今思えば、ドアにいちばん近いところにいたわたしが何かすべきだったのかもしれないけれど、なにしろ起きていることが信じられなくて。その人はドアを開けて、飛び下りてしまった。

あとになって列車が停止したとき、全員が降りたけれど、その人の奥さんだけは車内に残ってた。降りたら列車が走り出して、置いてけぼりにされるんじゃないかと心配だったみたい。夫婦ともに、神経がおかしくなってたことは間違いないわね。

それはともかく、何が起きたかっていうと、その人の体は列車の巻き起こす風にとらえられて、まず、高く浮き上がって――すごく不思議なながめだった――それから車輪の下へと吸いこまれていったの。だれかが緊急通報コードを引いて、ガラゴロ、ギギーってすさまじい音がして、ああ、あの人をひき殺してしまったんだわ、恐ろしい……と思ったんだけど、ちがっていた。線路脇の砂利の上に倒れてた。血を流していたけれど、深刻な怪我は負ってなかったみたい。もちろん、列車は動けなくなって、救急車が呼ばれて。その人が救急車に乗りたくないってごねて、すごい口論になって。その人は、降りてきた車掌と運転士と言い合いをしたし、駅からやってきた人たちとも激しく言い争ってた。

CB　まだ迷惑をかけ足りないとでも、思っているように？

DWJ　まさにそう！　それでだれもが列車の外を、少なくとも一時間はうろうろしてたものだから、列車は遅れの調整がきく時間内に発車できなかったのね。だから、ダイヤの次の発車時刻まで待たされるはめになったの。それはつまり、北上する列車がすべて遅れるってこと。わたしがその日まさに行こうとしていた方角よ。イングランド中部のどこかへ行く予定だったの。帰りの列車も、さらにひどく遅れたっけ。まあ、それで、二時間遅れて到着したのだけど、幸い、子どもたちは全員待っててくれたわ。会場が市庁舎で、待つあいだ、ほかにすることがあったらしいの。そしてそこで、一人の男の子が、『魔法使いハウルと火の悪魔』を書くヒントをくれたのよ。だから、行ったかいがあったわ。

CB　その学校訪問は、いらしてよかったということですね？

DWJ　お粗末な騒動が帳消しになるくらいにね。ああ、それから、この馬鹿な男の人が列車を脱出した話には、まだ続きがあってね。それから二週間くらいして、わたしは前とはまるで反対方向の、チップナム（訳注　イングランド南西部の町）の学校を訪問したの。その町ではまた案の定、迷子になったけれど、どうにか学校を見つけて、まず話し出したのが、遠出すると必ず不運に見舞われるジンクスがあることについてだった。もはや、どう見ても明らかだったから。そしたら、あとで質問の時間になったとき、後ろのほうにいた男の子が手を挙げて言ったの、「さっき、あなたが大馬鹿者だと言ったのは、ぼくの祖父です！」って。

CB　それは実に運が悪い！　その子は怒っていましたか？

DWJ　いいえ、あんまり。わたしがおじいさんを大馬鹿者呼ばわりしたことについては少し気を悪くしていたけれど、おじいさんがひどく馬鹿げた真似をしたことは、認めざるを得なかったんじゃないかしら。

CB　この十五年ほど、ファンタジーの復興が起こっていることは、あちこちで報じられている通りです。が、ダイアナさんは、それより前からファンタジーを書いていらっしゃいました。荒野でたった一人、というほどではないにしても、出版社がファンタジーをさほど高く買っていなかった時代にです。ところがどうでしょう、ここ数年は、出版社の刊行リストがにわかにファンタジーであふれ返った中で、作品をお書きになっています。

DWJ　ええ、すてきでしょ？

CB　ただ純粋にすてきなのでしょうか？　マイナス面はありませんか？　それと、ダイアナさんの物語の書き方がどこかちがっている感じがするのは、本を手にとる読者が期待するものについて、ちがう感覚をお持ちだからでしょうか？

DWJ　別にマイナス面はないと思うけど……。確かにわたしは、一冊ごとにちがったふうに書こうとしているわ。だけど、ファンタジーであればなんでもいいみたいになってしまうのは、よくないわね。ふわふわの毛の狼男が出てきちゃったり……ちがう、狼男じゃなくて……。

CB　血色のいいヴァンパイアですか？　ふわふわの毛の狼男も、きっといますよ。

DWJ　そうね、いるわね。ピンクの毛の。そんなふうに、ほんとにどうしようもなく馬鹿げたものになりかねないの。それから、わたしが『ダイアナ・ウィン・ジョーンズのファンタジーランド観光ガイド』で文句を言った、トールキンの模倣作がある。十五年よりもっと前から大量に出ていて、今ならどうかわからないけれど、昔はまともな作品として認められることなんてほとんどなかったの。だって、どれも似通った話ばっかり！　多くの人が、ほかの人と同じように書かなくちゃいけないと思ってるみたい。わたしにはさっぱり理解できない。模倣作がどっさり出て蔓延するのは、ちょっと頭にくるわ。読みはしないけれど、どんなものかを知っている身としては、そういうのはみんなないらないし、俗悪だと思う。

CB　ファンタジーはほかのジャンルの小説よりも、詩に近いでしょうか？　それとも戯曲に近いでしょうか？

DWJ　どっちにも近いんじゃないかしら。詩は比喩とか省略とかをよく使うでしょ、ファンタジーもそう。ファンタジーのすてきなところは、韻を踏まなくていいところ。きちんとしたプロットがありさえすればいいの。ていねいに取り組んだら、設計図が書けちゃうわよ。もう一つは何だったかしら？

CB　戯曲に近いでしょうか？　ファンタジーにはほかのジャンルにはない、何らかの自由があるのでしょうか？

DWJ　あるわね、ええ。思いっきり楽しむ自由がある。心底怖がったり喜んだり、不可解な謎に包まれたり恐れおののいたりできるところが、戯曲とファンタジーのすばらしいところなの。

CB　ファンタジーには、ほかの小説にはないそのような自由が、どの程度まであるとお考えですか？　つまるところファンタジーだって、決まりごとがまったくないわけではありませんし、ほかのジャンルの小説に、空想の物事を書くことが許されないわけでもありませんよね、もちろん。ファンタジーは、ほかの小説にはない何らかの特殊な自由を、作家に与えるものでしょうか？

DWJ　ファンタジーは、人が真剣になりがちな、平凡でつまらない人生にとらわれなくていいからじゃない？　主流の小説のどれかをグラフに表してみたら、きっと湖面のさざ波みたいに、穏やかに小さく上下しているだけになるでしょうね。ところがファンタジーは、高い山あり、深い谷ありで、ほぼずっとぴょんぴょん跳ねてるような波形になる――ところによっては、地震計の記録のように、山や谷が密集したものになるはずよ。

CB　お書きになったファンタジーで多くとりあげてこられた題材は、比較的最近出された『銀のらせんをたどれば』に顕著に見られるように、今日《こんにち》あるさまざまな民話や神話です。実際、かなり多様に使っておいでですね。たとえば北欧神話は『ぼくとルークの一週間と一日』で、ギリシャ神話は『銀のらせんをたどれば』で、またケルト神話もあちこちでお使いで――。

DWJ　グリム童話や、その他もろもろもね。基本的にはヨーロッパのあらゆる伝承を。

CB　そうですね。もちろん、ファンタジー以外の小説で、神話を使ってはいけない理由はありません。ジョイスの『ユリシーズ』もあることですしね。しかしファンタジーとは特に相性がいいように思えますが、いかがでしょう？　その点もファンタジーに惹かれる理由でしょうか？

DWJ　どうかしら。神話そのものも、ある意味ファンタジーよね？　ただ、神話ははるか昔にできて、長い年月のうちに磨きをかけられたから、だれの心も惹きつけるものになっているの。人を惹きつけて、共鳴させるのよ、そうじゃない？　まるまる一冊を、一つの神話にのっとって書いたことはないと思うけど、ちがってたら教えてちょうだい。

CB　一つだけというのは、ないですねえ。でもある意味、『九年目の魔法』は「タム・リン」のバラッドをもとにしていると言えます――。

DWJ　そうね……。

CB　ですが、その「タム・リン」も、物語にたくさん織りこまれた神話の一つにすぎません。ダイアナさんの作品に、再話の類いは一つもありません（訳注　実際には、英国スコラスティック社が出した、著名な児童文学作家たちによるおとぎ話の再話のシリーズにおいて、『長靴をはいた猫〔*puss in Boots*〕』〔一九九九年〕を書いている）。

DWJ　再話はやりたくないわね。ひどく退屈しそうだもの。バトンを受け取って走るだけでしょ、基本的に。

CB　どういう展開になるかあらかじめはっきりとわかっていたら、興味がそがれるということですか？

DWJ　まあそうね。ときにはそれで、とてもうまくいくこともあるんだけど。何が起こるかわかっていても、とても上手に語れる人もいるのよ。たとえばトールキンの場合、あらかじめ何が起きるか教えてくれて、そのとおりの展開になるのだけど、それでもはらはらさせられる。本当にそうなるかわからなくなって、不安で、気になって、むさぼるように読み続けてしまうの。

CB　ダイアナさんは長いこと、日本において、たいへんな人気を得ておいでです。宮崎駿氏の映画『ハウルの動く城』（原注2）はもちろんのこと、翻訳も多数出ていますが、日本の人たちは、神話の引き出しがダイアナさんとは異なっているのではないでしょうか。少なくとも、同じくらいやすやすとは、同じ神話を引き出せないように思いますが。

DWJ　ええ。

CB　となると、日本の読者はどのようにダイアナさんの本を読んでいるのでしょうね？

DWJ　わたしには見当もつかないけれど、楽しんでくれているようよ。それはたぶん、さっきも言ったけれど、神話や伝説やおとぎ話といったものはすべて、たとえ外国生まれのものであったとしても、だれにでも理解できる、いい形に磨きあげられているせいじゃないかしら。そうとしか考えられないわ。日本では、とても幸せなことに、わたしの本を出している何社かの出版社が、わたしが書くものなら何でも出版したいと思ってくれているみたいなのよ、本当にありがたいわ。

『銀のらせんをたどれば』にはちょっと手こずったみたい。それは、星やそれにまつわる神話が、日本とこっちではまるっきり異なっているせい。どれほどちがうかを思い知ったのは、電子メールが次々届いて、「木星《ジュピター》は自分たちにはこういう意味はなく、まったく別の意味があるのですが、いったいどうすればいいでしょう？　また、陽と陰の二人の青年は、ならず者でしょうか、それとも高貴な生まれでしょうか？（訳注　日本語ではそれによって話し方を変えないといけないため）」などと訊かれてからだった。高貴な生まれ？　それは日本人的な発想よ。だからわたしは、こう返事するしかなかった、「どうしても決めないといけないのなら、高貴な生まれにしてください」って。まあ、そんな話がどっさりあって。もちろん、プレアデス星団も、日本では別のいわれがあるらしいの。

CB　星占いも、日本独特のものがあるのでしょうか？

DWJ　ええ、そう！　そうなのよ。でも、わたしにはその片鱗しか、うかがい知れなかった。出版社の担当の女性が、大まかにまとめて送ってくれたけど、こちらのものとはまるでちがっていたから、とても理解しきれなかった。だからわたしの本が日本で人気があるわけがほんとにわからないんだけど——とにかくうまくいっているみたい！

CB　神話の物語あるいは登場人物で、手を出したくないものはおありですか？　ガース・ニクスが作品のひとつの序文（原注3）で書いたことを念頭に、お尋ねするのですが。彼は、最初の原稿では、オーストラリア先住民の何かの神話を素材にしていたそうなのですが、文化的財産ないしはアイデンティティの侵害だと警告されたと——。

DWJ　オーストラリア先住民が警告してきたの？

CB　出版社がです。

DWJ　そうね、オーストラリア人は、そういうことにとても神経質になっているのよ。わたしはオーストラリア先住民の神話を使うのはやめておくわ、だって、よく知らないんだもの。でもオーストラリア大陸に先住民の神話が深く浸透していることは、よくわかる。以前、パースに行ったときの話だけど、ある川沿いの道路が全面通行止めになっていて、その川をよけるために、ものすごく遠まわりをしなければならなかったの。それというのもその川には精霊が、それもとても大きなのがいて、先住民たちが言うには、車がうるさい音を立てて川岸を走ると、精霊がお怒りになるからだって。だから毎日、迂回路がひどく渋滞してた。

CB　川の精霊は、以前からそこにいたわけではなかったんですね？

DWJ　突然現れて、居着いたらしいの。川を一エーカー（訳注　約四千平方メートル）ほど占拠したみたいで——けっこう広い範囲よね、それよりもっと先まで広がってたのかもしれない、よくわからないけど。ともかく、オーストラリア先住民たちがキャンピングカーで集まってきて寝泊まりを始めて、その付近に立ち入るなと警告したわけ。で、市議会は、「ええ、もちろん、先住民の皆様のお望み通りにいたします」という反応をした。無理もないわね、先住民たちに対する過去の仕打ちへの自責の念が大いにあったせいよ。

CB　影響というものについて、少しお話しいただいてもかまいませんか？　たとえばですが、本書で、トールキンから受けた影響について語っておられますが、具体的に、だれかに影響を受けるとは、どういうことだとお考えですか？　着想を得ることとは異なりますよね？

DWJ　そうね、着想を得るというよりも、書き方を学ぶことだと思う。この本で言ったように、トールキンのおかげで、「わあ、まるまる三巻にわたるファンタジーを書いてもいいんだ――すばらしい、わたしもやろう」って思えたわ。ほかの作家から受けた影響で言うと、たとえばC・S・ルイスの書き方でわたしの心をとらえたのは、いつも、起きていることがきわめてはっきりしていること。だれがどこにいて、何をしているかがわからなくなることは、決してない。すごく複雑な内容であっても、そうなのよ。

CB　ルイスの思考は、非常に理路整然としていたんでしょうね。

DWJ　そう、見かけによらず。それから――ほかの作家の影響についても考えてみましょうか……。

CB　以前にも一度、インタビューさせていただいたとき、ジョージ・メレディスにも影響を受けたとおっしゃっていました。それについて、詳しくお話しいただけますか？

DWJ　そうねえ、メレディスの本は心情描写がとことんまじめで、まじめすぎると言っていいくらいなのだけど、ところどころがいきなり――ファンタジーというわけではないのに、あまりに幻想的になるものだから、ファンタジーに思えてしまうことがあるの。そのうえ、とても滑稽でね。笑える部分ときわめてまじめな部分を、違和感なく混ぜ合わせるのが、抜群に上手よ。『エゴイスト』がいい例だけど、ほかにもあるわ。『エヴァン・ハリントン（*Evan Harrington*）』とかね。読んだことがある人は、まずいないと思うけれど。その本では、ある男がなりゆき上、週末のカントリーハウスでのパーティーに貴族のふりをして参加することになるのね。抱腹絶倒ってわけではないけど、クスクス笑いが止まらないおかしさがある。しかも、その男の気持ちが実に細やかに描かれているわけ。それから、『十字路邸のダイアナ』という作品。これも大筋はひどくまじめなもので、主人公の女性がしたことを思うと、わたし自身が罪の意識にはっとしてしまうのだけど、同時に途方もなく滑稽な場面もあって、まじめな場面から浮くことなく続いているの。そしてこれこそが、わたしがいいなと思い、自分でもやってみたいと思った書き方なのよ。まじめ一辺倒の物語を書きたいのでも、滑稽なだけの笑い話を書きたいのでもないわけ。

CB　つまり、単に「さあ、まじめな場面のあとで軽く息抜きをしたいから、滑稽な場面を入れよう」というのではなく、両者をもっと密に編み合わせるのですね？

DWJ　そう、ずっと密接に。交互に次々現れるように。

CB　ラングランドの『農夫ピアズの幻想』の書き方を、海岸でじわじわと潮が満ちる様子に似ているとおっしゃったことも覚えています。波が寄せるごとに少しずつ満ちてくるようだ、と。そしてこの手法が、何らかの形で、『九年目の魔法』の構成に潜んでいるともおっしゃいました。
DWJ　その通りよ。でも、どこがどうだからと説明するのは、とても難しい。
CB　わたしの今の説明も、かなり曖昧でした。しかしどこかのくだりを指して、「ほら、このページでそうなってるでしょう！」とは言えないものです。
DWJ　『九年目の魔法』でじわじわと這い寄る感じといえば、恐れが恐れ以上のものになっていくところかしら。
CB　ただのぼんやりした影だったものが、黒々としてくるんですね。
DWJ　そう、そう。それは実際、思春期に起こりがちないやなことの一つよ。突然何もかもがくすんで見えるようになって、わけがわからないうえ、複雑すぎて手に負えなくなるの。だけど、何とか自力で打開しないといけないのよ。ああ、でも、わたしの本のどれかが、大人になることをテーマにしているだなんて、決して言わないで！
CB　申しませんとも！
DWJ　言ったらやっつけてやる！
CB　困難を受け入れろ、なんていうテーマのものも、ないですよね！
DWJ　当然よ！　だいたい、そんなことができる人なんている？
CB　ダイアナさんが失読症で、左利きでいらっしゃることは存じています。その二つによって、普通の人とはややちがった角度からの視点をお持ちのように思いますが、ダイアナさんはそのことと、ご自分の考え方、ひいては世界の描写のしかたとに、何らかの関連性があると思われますか？
DWJ　おそらくはあるんでしょうね。でも困ったことに、わたしにとってはこれがあたりまえなのよ。たぶん右利きのやり方になんとかついていこうとがんばっているんでしょうけど、自分ではそうなのかわからない。だってわたしには、自分の考え方が普通なんだもの。だけどたぶん、あなたの言う通りで、きっと関連があるんだわ。
CB　『花の魔法、白のドラゴン』で、グランドの魔法が、住む世界の魔法に対し、角度が九十度傾いているとわかる場面がありましたね。
DWJ　そう、あの子は何もかもさかさまにやってしまうの。そうね、あそこは、失読症の人ってけっこういっぱいいるから、その人たちに、いわばチャンピオンを作ってあげようと思って書いたの。
　失読症であるおかげで得意になれることが一つあって、それはアナグラムを解くこと。それならスクラブルの名人になってもよさそうなものだけど、あれはだめなのよね――でも、クロスワードパズルのアナグラムを解くのは得意よ。たぶんわたしが、普通の人とちがって、情報をごちゃごちゃに脳に保管しているからじゃないかしら。

CB　ごちゃごちゃを解く力が、すばらしく発達してらっしゃいそうですよね。

DWJ　そうね、ええ。だけど、紛れもなくこの失読症のせいで、運転免許の試験には落ちちゃった。なにせ、右に曲がれと指示されるたびに、左に曲がっちゃったんだもの。それで迷子になってね。試験官がもう、かんかんになって、その場で不合格。当然だわね。いったいどこまで行ってしまったものやら。オックスフォードの田舎の、わたしがまったく知らない場所だったし、明らかに試験官も知らない様子だった。どうにかこうにか町まで戻ってきたときには、その人、一刻も早く車から降りたがってたわよ。

CB　次はたぶん、いっぺんにお答えいただくには大きすぎる質問でしょうけれど、物語をお書きになる過程を初めから終わりまでお話しいただけたら、たいへん興味深いと思います。何か一定のパターンがくり返されることが多いのでしょうか、それとも、本によってまったくちがう形で進むのでしょうか？

DWJ　同じことのくり返しになったら、わたしはひどくつまらなく感じてしまうわ。パターンとしてくり返す点は一つだけ。最初は手書きで、物語を最後まで書くことに集中するの。それから念入りに練り直して、出版社に渡せるものにする。うまくいってないところをすべて直すなどして、仕上げるわけ。

CB　そこまでの段階で、ほかのだれかが目を通すことはありますか？　編集者とか、ご家族のどなたかに見せていらっしゃいますか？

DWJ　いいえ、書き直しができあがるまでは、だれにも。初めのは手書きだし、わたしの字をすらすら読める人なんていないから。

CB　お書きになっている最中、進み具合をお話しになることは？　プロットについて話し合ったりはなさいますか？

DWJ　いいえ、めったに。話してしまったら、物語が死んでしまうと思うから。早い時期にエージェントにプロットを話してみたこともあったけど、「だめ、だめ、だめ」って感じになるばかりだとわかって、徐々にやらなくなった。いちばんいいのは、完全に沈黙を守って物語に任せることだと悟ったわけ。いろんな意味で、まるで自動筆記をしているみたいな感じなの。書き直しまで済んで初めて、話してもよくなる。でも自分のやってることは、ちゃんとわかってるわよ。

本は、あらゆることがきっかけで生まれるの。二冊は、写真から始まった。一つは「内的風景写真」と言われるもので、うっそうとした森林の手前に、セイヨウハナズオウの木が一本写ってた。それを見て、『魔空の森　ヘックスウッド』が生まれたの。

CB　そうなんですか？

DWJ　写真の森は、果てしがないように見えた。どこまでも続いていた。それをじいっと、まじまじと見つめていたら、そこからきっと何かが生まれるって感じたの。『九年目の魔法』は別の写真から生まれたわ。その写真のタイトルがまさに「火と毒人参（訳注 Fire and Hemlock『九年目の魔法』の原題）」で。毒人参の頭花がずらりと並ぶ背後で干し草俵がいくつも燃えているという、夜の風景を撮った、すばらしい写真でね。年月がたって少し色あせてしまったけれど。奇妙なことに、その写真の風景の中に人がいる気がするときと、いや、だれもいない、と思うときがあるの。ほんとに、見るたびに印象が変わるのよ。本を書き終わったらもう、写真からだれもいなくなるかもしれないと思ったのに、そうはならなかった。

CB　その人たちは炎の中にいるんですか、それとも……。

DWJ　いいえ、まわりの暗いところよ。四、五人いるように思えるときもある。『魔空の森　ヘックスウッド』の写真には、人はまったくいないわ。『魔空の森　ヘックスウッド』がなぜ、あと先がめちゃくちゃに書かれなくちゃならなかったかはわからないけれど、そうなることは初めからわかってた。物語がね、すでに決まった形で頭にすとんと入ってきて、「自分はこうなるから」って言うの。だけど、その通りにはまずならないから、がっかりしちゃうことが多い。もう、慣れたけどね。なるべく近いものにしようとはしてるわ。

音楽から着想を得た本も、何冊かあるわよ。『トニーノの歌う魔法』もその一つ。

CB　なんという音楽ですか？

DWJ　スメタナの『ヴルタヴァ（モルダウ）』（訳注 交響詩『我が祖国』の第二曲）よ。川を描写したあのすてきな曲。詩をつけてくれと声高に訴えているようなメロディーなのに、歌詞はないのよね。それから、『バウンダーズ　この世で最も邪悪なゲーム』は、夜の列車の旅から思いついたの。いやな思いをした学校訪問からの帰りだった。車窓に目をやったら、重なった窓ガラスに像が何重にも映っていて、光が織りなす像の向こうにまた光、その向こうにまた像、ってふうに見えて。これっていくつもの世界を透かして見られる箱みたい、と思って、あの本でその通りに書いたの。

CB　それは存じませんでした。

DWJ　今話したことはどれも、物語を作ることについてではないのよ——基本的なアイディアを得るところまでの話だから。物語にまとめるのはまた別の問題で、それこそが苦労するところなの。

CB　ようやくできあがったものを出版社や編集者に送ってからはいかがでしょう、うまい具合に進みますか？　編集の手が入ることは、お好きですか？

DWJ　編集の手が入るのは大嫌い。草稿の練り直しには、最大限の注意を払っているんだもの。ミスが一つもないように努力するし、物語がこうあるべきだと感じた通りに仕上げているの。それなのにどこかの編集者がやってきて、「第八章を第五章に変え、第九章の大部分をけずって、第一章はまるまるとっちゃいましょう」なんて言う。いやだ、このままじゃ怒りで爆発しちゃう……って思って、その人の首をしめてしまう前に、エージェントに電話するのよ。

わたしが作家になりたてのころは、編集者がひどく強い立場にあったの。『うちの一階には鬼がいる！』を担当した女性編集者は、終わりのところを、自作の麗々しい文章と差し替えようとした。わたしが書いたのとまるっきりちがってたものだから、出版社を変えることを考えた。ところが、「だめ、だめ、だめ」ってエージェントが言った。「それはだめ。出版社はこのままで、編集者を説得できないかやってみて」だって。もちろん、説得なんてできなかった。

その後、『魔女と暮らせば』のときはね……草稿の直しができあがったとき、これで完璧だってわかったの。ほんとに、まったく文句なしだって、今現在あるとおりで、ね。ところがまた女性編集者が、同じようなことを、電話や手紙で言ってくるわけ——「この部分とあの部分をごっそりとって、ここを書き直して、そこは変えて」って。もう、腹が立ったのなんの。絶対どうにかしてやるって思った。ありがたいことに、当時はまだパソコンが普及する前だったから、こう言ったの、「タイプ原稿を送り返してください、善処しますので」って。で、返ってきた原稿の、彼女が変えろと言った部分を切り抜いていった。ギザギザに、真四角じゃない形で。それからそれぞれを、元とまったく同じ位置にセロテープで貼ったの、ちょっと角度をつけてね。切り抜いたところに、あたかも新しい文を貼りつけたかのように見せかけたわけ。それをまた送ったら、電話がかかってきて、「変えたらずいぶんよくなりましたねえ」って言われた。それで内心思ったわ、「ふーんだ！　これからはもう、わたしの原稿に手を入れようとする人の話なんか聞かないから」って。で、聞いてない。今じゃ、手を入れようとする人がいたら、うんと文句を言ってやるわ。

CB　ダイアナさんはいくつもの異なる世界や、多元宇宙を創造なさいました。同じ世界観で、何冊も書いていらっしゃるものもありますね。たとえば、〈大魔法使いクレストマンシー〉のシリーズや、〈デイルマーク王国史〉のシリーズがあります。それぞれ、世界の成り立ちがはっきり異なっていると感じられます。世界の成り立ちによって、物語で語れる内容が大きくちがってくるものですか？　また、その世界の住人になれる人々のタイプも、ちがってきますか？

DWJ　ええ、ちがってくるわ。ほんの少しのちがいが、一つの世界とその住人をおそろしく変えてしまうことには、本当に驚かされる。物語がまるっきりちがったものになるの。たとえばデイルマークの世界の中でクレストマンシーの物語を作るとなれば、かなりちがうものになるでしょうね。何よりクレストマンシーの世界は、四角四面なの。なんていうか、よりまっすぐに立ってる感じ。

CB　ええ、わかります。デイルマークは、クレストマンシーの世界に対して、少し斜めになっている感じではありませんか？

DWJ　そう。説明が難しいのだけど、しょっちゅうさざめいて、斜めに流れていく感じ。それだと神の居場所がなくなってしまうけれど、デイルマークにはどうしても神々が必要だった。

CB　おっしゃるとおりです。〈クレストマンシー〉シリーズにも、神々がいますが、ある意味もっと……限定的な存在です。

DWJ　そう。わたしたちになじみのあるタイプの神々ね。

CB　まず、ミリーが女神ですからね！

DWJ　ええ！　だけどクレストマンシーもミリーも、日曜に教会に行ってもいる――グウェンドリンが礼拝をめちゃくちゃにしてしまうけれど。あの場面は実は、わたしの恨みを晴らすためだけに書いたの。寄宿学校に入れられていたとき、毎週日曜に教会に引き立てられていったから――手袋をはめ、帽子をかぶって、コートを着てといった、よそゆきの格好をさせられて、二列でぞろぞろ歩かされて、とてつもなく退屈な礼拝のあいだじゅう座ってなくちゃならなかった。ずっと歯ぎしりしてたっけ。十字架像を見るのが大嫌いだったの、見るとぞっとしちゃうから――だって、人をあんな目に遭わせるなんて！――だからステンドグラスの窓のほうばかり見ていた。たくさんあって、本当によかったわよ。見ながら、「ああ、この人たちが命を吹きこまれて、そこらじゅう走りまわったらいいのに」と考えてた。それがようやく、『魔女と暮らせば』で実現できたってわけ。ある意味それは復讐だった。セラピーとは言わないけど、長時間、極度の退屈を強いられた恨みを晴らしたの。寒さの恨みもね。そのころの教会の中はとても寒かったのよ。

CB この家の上の階の部屋に、手書きの原稿がいっぱい詰まって、開かなくなっている引き出しがありますね。そこにどれだけのお宝が眠っていることでしょうね？ 書き始められたのに、何らかの理由で結末まで至らなかったお話が相当数あるとうかがっています。そのときはまだ物語のほうが書かれたくなかったとか、物語の勢いがなくなってしまったとかいった理由によるのでしょうか。書き始められた話のうち、どのくらいの割合がゴールまでたどり着き、どのくらいがしまいこまれたり、のちに再利用されたり、ほかの物語にとりこまれたりするのでしょうか？

DWJ ほかの話にとりこまれるものもあるけれど、だいたいは、タラの産卵みたいな感じ。ほら、精子も卵も大量に放出されるでしょ、でも成魚まで育つのはほんのひと握りだけ。あなたが言う大きな引き出しの中はたぶん、うまく書きあげられた作品の、最初の草稿がほとんどだと思う。でも書斎には別の、普通の二倍の深さの引き出しもあって、そこには出だしばかりがどっさり入ってるわ。書いたもの全部があるわけじゃないわよ、だいぶ捨てちゃったはずだから。中には、かなり先まで書き進めたものの、ふいに、これじゃうまくいかない、泥沼にはまっちゃう、物語が崩壊していく、聖書くらいのページ数にしないとまとまらない、などと気づいたものもある。あるいは、初めはものすごくうまくいきそう、傑作になりそう、って思ったのに、ほんの二ページでさっそく行きづまってしまったものもある。そうなるともう、先を書けなくなってしまうんだけど、たいていの場合は、どうして書けないのかわからないのよ。ときどき取り出して読んでみては、いったいわたしはこの話をどうしようとしてたのかしら？ どういう展開にするつもりだったのかしら？ と考えるのだけど――だってもちろん、気になるでしょ――まずわからない。『メルストーン館の不思議な窓』は、その書きかけの原稿の引き出しにあったものから生まれたのだけど、引き出しから取り出して、第一章の途中で止まっていたところから続きを書き始めたときには、もともとはこういう話にするつもりじゃなかったって、わかってた。でも、途中で止まってしまう理由はわからないわ、本当に。

CB ともかく、多くの物語が終わりまでたどり着いてくれて、うれしく思います。

二〇一一年二月十五日、ブリストルにて

（原注1）聖フリデスウィデはオックスフォードの町の守護聖人。七世紀末または八世紀初めに建てたとされる小修道院は、現在クライスト・チャーチ大聖堂がある場所にあった。今も毎年十月十九日は聖フリデスウィデの命日として祭りが行われている。

（原注2）東京にあるスタジオジブリの、宮崎駿監督による二〇〇四年公開のアニメーション映画で、原作は『ハウルの動く城1　魔法使いハウルと火の悪魔』。二〇〇六年のアカデミー賞長編アニメ部門にノミネートされた。

（原注3）短編集『壁の向こう（*Across the Wall*）』の一編「丘（*The Hill*）」の序文。ハーパーコリンズ版一六七ページ（訳注　オーストラリアでは二〇〇五年、英国では二〇〇七年にハーパーコリンズ社より出版、日本では未訳）。

（田中薫子　訳）

家族から見たダイアナとその作品

この二つの文章は、ダイアナの死後、息子のコリンとリチャードが書いたもので、作家としての母親が遺した、消えることのない財産について考察している。

1　子どものためのファンタジー

コリン・バロウ

以下は、BBCラジオ3のシリーズ番組『評論・暗黒の理想郷』において、二〇一一年七月四日に放送された回で、ダイアナの息子コリン・バロウが十五分間にわたって語った内容である。空想の歴史を探るというのがこのシリーズの主題であり、ほかの回の出演者たちは、「大自然」から「ルネッサンス期の貧困描写」に至るまで、多様なテーマを論じている。

母が今年の春、亡くなりました。児童文学作家のダイアナ・ウィン・ジョーンズです。三十を超える物語を書きました。中には架空の世界を舞台にした作品が複数ありますが、それらの世界は、母の完全な創作でありながら不自然なところがまったくない、独自の神話と歴史を持っています。母はまた、われわれのこの世界に魔法を織りこんだ作品も書きました。『星空から来た犬』は一九七五年の作品ですが、母が作家としてやりたかったことを見事に成しとげた本だと思います。この作品では、おおいぬ座の恒星シリウスが天から追放され、地球で子犬として生まれます。そしてきわめて犬らしい犬に育ちます。盛りのついたメス犬や、ゴミ箱の誘惑に勝てないのです。モデルはまちがいなく、当時、わが家で飼っていた犬です。次から次へとメス犬を追っかけていましたし、ゴミ箱あさりも大好きでしたから。犬のシリウスはしかし、星々との関係を修復するため、とある道具を取り戻すという使命を帯びた、天界のヒーローでもあります。

このような、まったく日常的な出来事と、まったく魔法的なことの融合が、まさに母の作風の特徴でした。それは母の現実のとらえ方でもありました。普通の人にとってあたりまえのことが、母には決して、あたりまえではありませんでした。ですからたとえば、M25（訳注　ロンドンを大きく周回する高速道路）で渋滞にひっかかるとします。母にしてみれば、それはM25がヨーロッパの中でもとりわけ交通量の多い道路であるせいではなく、自分についてまわる旅のジンクスが原因だ、ということになるのです。

追悼記事は一様に、母の功績を好意的にとりあげてくれましたが、どうも、母のことがきちんと理解されていないように思います。多くの記事が、ダイアナ・ウィン・ジョーンズこそがハリー・ポッターの出現を可能にした、と書いていました。たぶん事実なのでしょうが、そんなふうに記憶されることを、母はきっといやがるでしょう。母はJ・K・ローリングを決して高く評価してはいませんでした。また、母が、トールキンやC・S・ルイスがオックスフォード大で講義をしていたころに、そこで英文学を学んだせいでしょうか、母の作風に主な影響を与えたのはこの二人だ、と書かれた記事も多く見られました。

確かにルイスやトールキンから影響を受けた部分もあるでしょうが、ダイアナ・ウィン・ジョーンズが文学的にもっとも影響を受けたのは、女性作家のE・ネズビットだったと思います。母はネズビットの本を、わたしたち子どもがかなり小さいころから、読み聞かせてくれました。ネズビットはバーナード・ショーに「大胆で型破りな女性」と評された人物です。煙草を吸い、髪を短く切っていました（訳注　当時成人女性のショートヘアはまだ一般的ではなかった）。フェビアン協会（訳注　一八八四年に設立され、バーナード・ショーも加入していた、英国の知識人による社会主義団体）の会員で、社会主義者でしたし、かなり風変わりな結婚生活を送りました。彼女が書いた子ども向けの本は、砂の妖精とジンジャービール、魔法と自身の生活で経験したことが、織り混ぜられたものでした。現代の児童文学の多くに見られる、魔法と現実を混ぜ合わせる手法のさきがけです。

彼女がダイアナ・ウィン・ジョーンズの創作の手本となったのです。母の作品に、『九年目の魔法』という傑作がありますが、これはスコットランドのバラッドである「タム・リン」を下敷きにして書かれたものであると同時に、母自身の、わたしの父への愛情を表現したものになっています。ヒロインのポーリィのもとに、崇拝者のトーマス・リンから、だれもこれを読まずして大人になってはいけない、という児童文学が次々に届きます。その中には、ネズビットの『砂の妖精』と『宝さがしの子どもたち』も含まれています。のちにトーマスが、〈指輪物語〉を送ってきた（訳注　実際にはポーリィが別の人に勧められ図書館から借りた）ときには、いささかまずいことになります。ポーリィがトールキンの真似をした物語を書き、トーマスに叱られてしまうのです。

子ども向けの本を書くことはしばしば、現実逃避と見なされます。また、一般にファンタジーは、もっとも容易な類いのユートピア小説であると冷笑されがちです。何もかもが魔法のように解決する世界を創ってしまえば、はい、おしまい。邪悪さも死もない理想郷というわけです。ところが、E・ネズビットの流れを汲む児童文学やファンタジーは、そういうものとはまったく異なっています。

ネズビットは、幸せとは言えない子ども時代を過ごしました。作品の中にはしばしば、彼女が知る人々にそっくりな人物が登場します。とりわけユートピア的な世界を描いた作品——特に、後期に書かれた『魔法の町（*The Magic City*）』——は、単なる現実逃避ではありませんでした。現実の世界の悪い点をふまえて、新たなよりよい世界を空想しているのです。ネズビットは常に、逃避したい対象である「悪いこと」がはっきりわかるような児童文学を生み出しました。悪いこととはつまり、父親が刑務所に入っているとか、両親が不在だとか、世界がおかしくなっている、などです。その結果、ダイアナ・ウィン・ジョーンズも含め、ネズビットに続いた作家たちは、ただ単に理想郷や魔法の世界へ逃げこむのではなく、その理想的な世界を使って、現実の世界での問題を解決する、というファンタジーを書くようになりました。そうなると、描写される世界は深刻で暗いものになり得ます。

ダイアナ・ウィン・ジョーンズの物語に対して「暗い」という表現は、合わないかもしれません。なにしろ、非常に楽しく書かれているからです。ほかのだれの作品で、グリフィンが獣医に診てもらうだの、卵の殻を割って孵《かえ》るだのといったさまが、描かれているでしょう？　しかしながら、笑えるところが多いにもかかわらず、物語そのものはしごくまじめなのです。物語の根底に一貫してあるのは、不当なことに対する怒りです。母の作品の多くで、登場人物たちは、自分がいわれもなくだれかに操られている、もしくは支配されていることに気づき、叫ぶのです。母自身がかなり頻繁に、声高に言っていたように——「そんなの、ずるい！」。

ダイアナ・ウィン・ジョーンズは、悪を表現するのに、ある特定のずるさを持った人間をくり返し描きました。人を食いものにする者、つまり、人から魔力や活力を吸い取ろうとする人間を憎んでいたのです。『魔女と暮らせば』の主人公エリックには、彼の魔力を盗み、自信をなくさせる姉がいます。『ダークホルムの闇の君』では、魔法に満ちた世界が、それと並行して存在するわれわれの世界の冷酷な企業家によって、その魔法を盗まれています。企業家は、魔法世界をめぐるファンタジーツアーを運営し、金の力によって世界をまるまる支配しているのです。そのためにドラゴンは精彩をなくし、魔術師大学は危機に陥り、理想郷たる魔法世界全体が、商業的な搾取によって崩壊しかけています。

まるで今のわれわれのご時世を写し取っているかのようですが、この本は一九九八年に書かれたものです。このことはまた、異世界を描く児童文学が、政治についても語れることを示唆しています。とはいえ、ダイアナ・ウィン・ジョーンズの魔法的な世界は、政府の政策だの税率だのといった現実の政治の問題から生まれたわけではなく、むしろ概念的な意味での政治が基になっています。母の作品には、豊かな想像力を持って生き生きとしていられたはずの人々を平凡で退屈にしてしまったものや人に対し、何らかの反抗が起こる様子が、くり返し描かれています。これはネズビットによる影響が大きいのでしょうが、母が敬愛した詩人シェリーの影響も、少なからずあると思われます。

しかし、母の書く物語の根底には、母自身が抱えていた深い悲しみが流れています。ダイアナ・ウィン・ジョーンズの作品の主人公の多くは、男でも女でも、日記や物語を書いており、たいていは困難に直面します。悪い魔術師たちに言葉を盗まれ、悪い魔法に利用されてしまう者もいれば（これは『七人の魔法使い』でも、『九年目の魔法』でも起きたことです）、世界をよくするために愛するものをなげうつことになる者もいます。『バウンダーズ　この世で最も邪悪なゲーム』の語り手はジェイミーといいますが、彼は、悪魔の一団が、あまたある世界すべてとその住人全員の命運をかけた、手のこんだ戦争ゲームをしていることを知ってしまいます。そして知ってしまったがために自分の世界から追い出され、そこへ帰るために、世界を次々に移動する運命を与えられます。ついに家に帰り着く望みを失ったとき、彼はみずからリーダーとなって、世界という世界を破壊し利用している悪魔たちに対し、反乱を起こすのです。が、勝利の代償として、一人だけで世界から世界へと永遠にさまよい続けなければならなくなります。彼はこの深い喪失を味わった立場に立って、この物語を語っているのです。

『九年目の魔法』のヒロインのポーリィも、自分の物語を書いていて、最後のほうで、氷のように冷たい妖精の女王から真に愛する人を取り戻すには、その人をあきらめるしかないのだ、と悟ります。ダイアナ・ウィン・ジョーンズの作品ではしばしば、ものを書く登場人物が、ほかの人々を自由にするために、何もかもを捨てて絶望することを経験させられます。

これはまことに変わった発想です。ダイアナ・ウィン・

ジョーンズが実際に物語を書いているところを見たことがある人は特に、驚くでしょう。書いているときの母は、幸せを絵に描いたようだからです。片手に煙草、もう片手にペンを持ち、足元には犬か猫、かたわらにはコーヒー。母は、自分が生み出した世界や人物に深い愛着を持っていました。『魔法使いハウルと火の悪魔』の映像化の契約書に署名したときも、宮崎駿氏がすばらしいアニメーションを作ってくれるとわかってはいても、自分のキャラクターたちを奴隷として売り渡したような気持ちになった、と言っていました。一方で、母が、新しい魔法的な世界を作り出すことを、自らの身をけずるような、ひどく孤独な作業である、ととらえていたのは確かです。

ダイアナ・ウィン・ジョーンズを追悼する記事の多くは、幼少時代のことを詳しく紹介しています――それも、公認のウェブサイトに本人が提供した自伝（原注1）に書かれているとおりにです。自伝から、母がエセックスのサックステッドという村で育ったようすを知ることができます。一九二〇年代以降、サックステッドは共産主義とモリス・ダンス（訳注　英国の伝統的なフォークダンス）、ろくろによる陶器作りの中心地で、変わり者が多く集まっていました。母はつねづね、その村をどれほど嫌っていたかを話していましたが、母ならではのユートピア的小説を、そのとっぴな社会・政治的背景を抜きにして考えることは、まずできないのです。自伝にはまた、ダイアナ・ウィン・ジョーンズと二人の妹が、子ども時代のほとんどを、コンクリートの床の離れで自分たちだけで暮らし、両親には本も与えてもらえず、育児放棄されていた、と書かれています。母は母親からいつも、頭はいいが顔がよくない、ろくでもない娘だと言われていたそうです。母の妹たちの子どものころの思い出はしかし、母とは異なるようです。わたしはその場で見ていたわけではないので、母は子ども時代をそのように記憶する必要があったのだろう、と言うよりほかありません。たとえそれが現実の通りではなかったとしてもです。

この記憶が母の作品に独特な暗さを与えているのは、疑いないことです。老女やだめな母親は、物語の中でよく書かれていません。『マライアおばさん』の中心人物は、郊外の町で非常に尊敬されている年配の女性ですが、実は魔女で、魔法によって、まるでゾンビのような従順な男たちだらけの町全体を、思い通りにしているとわかります。この魔女のモデルはまさしく、わたしの祖母たちです。あまりに容赦ない書かれ方をしているので、ダイアナ・ウィン・ジョーンズ自身が生んだキャラクターのだれかが読んだら、「こんなの、ずるい！」と叫びそうです。

母の母もまた、おそろしく強い女性でした。シェフィールドのきわめて質素な家庭に育ち、奨学生としてオックスフォード大学に入り、ＢＢＣ放送でも通用する完璧に洗練された英語を身につけました。おそらく、母親になることはあまり望んでいなかったのでしょう。確かに冷たいところがあり、異性にちやほやされるのが大好きでした。祖母は、低く暗い調子の音が常に流れているように、母の作品の中に絶えず姿を現しています。『魔法使いハウルと火の悪魔』では荒れ地の魔女となり、うら若きソフィーを老婆に変え、自分は魔法の力で美貌を保っていました。ダイアナ・ウィン・ジョーンズの描く世界があれほどに暗いのは、また、物語に登場する空想好きな子どもたちがたびたび悲しみに沈んだり、孤独な反抗をしたりするのはきっと、おおかた祖母のせいなのです。

言うまでもないことですが、小説は、物事をありのままに描いたものではまったくありません。そのために、小説はしばしば公正さを欠きます。人が空想世界――理想郷、またはユートピア――を作り出すのは、自分が不当な目に遭ったか、自分を取り巻く世界のどこかが間違っていると感じた場合が多いのです。小説の書き手は独自の価値観による世界を作ることができます。現実の法律に縛られず、想像や感情の赴くままに罰を与えることができるのです。ダンテが現実に嫌っていた人々を『神曲』の中の地獄に放りこんだことを知ったダンテの知人はおそらく、わたしが母の本のうちの何冊かを読むときと、まったく同じ気持ちになったでしょう。ダイアナ・ウィン・ジョーンズは、われわれの世界よりも幸せで公平な世界を作りあげるために小説を書いた一方で、自分を傷つけた相手や、不快な思いをさせられた相手に復讐するためにも、小説を利用しました。

わたしは祖母が好きでした。そのために、母のいくつかの作品の中で罰を受けました。十代のころ、わたしはドアーズというバンドの曲をよく聴いていました。写真を撮ることにも凝っていました。母の目には、不気味な子に見えたにちがいありません。『九年目の魔法』に、パブリックスクールの不気味な学生が登場します。セバスチャンという名前のその子はドアーズのファンで、写真も好きなのです。そしてその子は、永遠の若さを保つ魅力的な妖精の女王と結託しており、女王を手伝ってヒロインの記憶を消したり、人を生贄にしようとしたりします。

まったく、ありがたいことをしてくれるね、母さん。

とはいえ、小説は、公平でなければならないものではありません。母は、書くために、もっともいやな経験を記憶から引っぱり出す必要がありました。そして、母ならではの主観にのっとって、さまざまなキャラクターにそれぞれの善悪の基準を与えました。母は目にした世界をそのまま写し取るのではなく、自分で感じたように世界を創作しました。人に対して思ったことは、相手に直接言うよりも、物語の中で語るほうがたやすかったようです。

　わたしの職業は文芸評論家でありまして、論じる対象は、ミルトンにスペンサー、シドニー（訳注　サー・フィリップ・シドニーは、『アーケイディア』を書いた十六世紀英国の詩人）、シェイクスピアといった、四世紀も前の人々です。ですから、母の小説を読んだとき、そのエピソードや人物のほとんどの由来がすぐにわかることが、とりわけ奇妙に感じられます。たとえば『チャーメインと魔法の家』では、わが家の老犬リリーが大活躍しています。おかげで、本業で扱う詩や戯曲に対しても、まったくちがう見方ができるようになりました。

　わたしが研究している作家たちの多くは、それぞれにある種の暗い理想郷《アーケイディア》――牧歌的、あるいは幻想的な世界が、何らかの問題を抱えているというもの――を作りあげました。文芸評論家はしばしば、シェイクスピアもシドニーも、スペンサーもミルトンも、現実世界を映すために、牧歌的な理想郷の物語を書いたのだと言います。その理想郷が暗く描かれているならば――王が無能だったり、女王が邪悪だったり、森の暮らしが不穏なものになったりしていたなら、批評家たちは通常、これはサー・フィリップ・シドニー（あるいはほかのどの作家でも）が、エリザベス一世の外交政策に不満があった証拠だ、というように結論づけます。これは、われわれがエリザベス一世の外交政策についてよく知っているから言えることです。しかし、その時代を生きた作者たちの私的な生活や、嫌悪の対象については、われわれはあまりよく知りません。わたしは母と、母が書いた本から、たくさんのことを教えられましたが、特によかったと思うのは、暗い理想郷というものは、ほかのすべてのジャンルの小説と同じように、たいていがきわめて私的な空想の領域から生まれるのだ、と学べたことです。小説はその作り手の生活や情動と、それは密接に結びついているので、読者は――たとえ作者自身の子どもであっても――物語のアイディアが生まれてくるところを、わずかにかいま見ることしかできないのです。

（原注1）「わたしの半生」を参照のこと。

（田中薫子　訳）

２　ダイアナの葬儀での挨拶

リチャード・バロウ

母には長所がたくさんありました。特に、ユーモアのセンスは抜群でしたし、気前のよさも並外れていました。でもわたしは、このご挨拶の草稿を作ろうとして気づいたのですが、こういう話よりも、母が書いた本のことと、本に表れた母の人間性について話したいのです。母のいちばん芯の部分は、作品の中にもっともはっきりと認められるからです。その理由をこれから明らかにしたいと思います。文芸批評をしようというのではありません。本の中に、母の人となりを見つけるのがねらいです。

　わたしは子どものころ、母を猛烈に愛していました。いちばん懐かしい思い出は、寝る前にわたしたち兄弟が三人そろって母に寄りそい、お話を読んでもらったことです。母はとても上手に読んでくれました。わたしは、母が自分の本を書くようになったときも、読みあげることを念頭に置いていたのではないかと、思うことがよくあります。声に出して読むと、実にきれいに聞こえるからです。これについてはニール・ゲイマンも、インターネットに掲載した追悼文（原注１）で触れています。わたしは大人になってから、自分の子どもたちに、母の本を全部読んでやることになり、その文章がときに、まるで詩のように美しいことを発見しました。特に〈デイルマーク王国史〉のシリーズを読むときにはいつも、一人の吟遊詩人が、さまざまな言い伝えを寄せ集め、語っているかのように感じます。

　この〈デイルマーク王国史〉のシリーズと、『バウンダーズ　この世で最も邪悪なゲーム』や『魔空の森　ヘックスウッド』、『九年目の魔法』といった作品の中に、ひどく内気で用心深い作者の核心を見出すことができます。母が好きだったチャールズ・ディケンズとジョージェット・ヘイヤーの小説のように、母の物語も大きな愛、つまり、人を心から満足させる世界を作りたい、と無邪気に願う気持ちに支えられています。ディケンズ同様、この願いが強いあまり、ありふれた世界を一変させるような詩的な言葉やリズムが生み出されるのです。（ディケンズは常に、無韻詩に陥ることがないよう、注意を払っていたと言われますが、『聖なる島々へ』（訳注〈デイルマーク王国史２〉）を読むと、やはり歌に近い美しさを感じます。文学が音楽というもっともじかに感情に訴える芸術に、取って代わられそうな印象を絶えず受けるのです。）

　このような切なる願いや哀調が、母の優れた作品の多くに見受けられるのは、子ども時代の育ち方から受けた、深い心の傷の表れとも言えます。作品の核には、喪失感があるのです。この点から見ると、『バウンダーズ　この世で最も邪悪なゲーム』は、母の作品の中でもっとも悲劇的であると同時に、母の心がもっとも正直に表れた物語であると言えます。主人公はほかの人々のために文字通り世界を作り続けなければならず、自分は決して故郷の世界へ帰れないのです。しかし、この本はどちらかというと例外です。たいていの物語は詩的に美しく、ユーモラスで、感性に生き生きと訴えかけてくるファンタジーで、読者をこの不完全な世界から連れ出してくれます。

　母が亡くなってから大量に飛び交ったツイートで多く見かけたのは、母の本のどれかが、ツイートの主の愛読書で、つらいときに読み返すと元気づけられる、という内容のものです。生い立ちによる心の傷は、母が「現実世界」で人に慰められたり、人を慰めたりすることが、めったになかったことを表しているのかもしれませんが、作品を通して母がわれわれに与えてくれるものは、ある意味、普通の慰めよりも深く、真に迫っていると言えます。母の本は、われわれがだれしも意識していようといまいと切望する、完全なる世界へと、まっすぐに導いてくれるのですから。

　先に申しあげたように、わたしは特に娘のルースに、母の本をすべて読み聞かせてやりました。ルースは失読症で、かなり大きくなるまで自分で読めるようにならなかったのです。うちには母の本がどれも二冊ずつありました。わたしが読みあげるあいだ、娘が目で字を追うことができるようにです。厳粛な顔をして、決して自分で先を読んではいけないよ、と娘に言ったことを覚えています。というのも、娘はけっこうあまのじゃくだったので、励ましでもしたら逆効果だと思ったからです。次の晩、娘が一章先まで読み進めていたことに気づいたときは、密かに喜びましたが、同時に、読み聞かせをしてやる楽しみがなくなってしまうと思ってがっかりしました。声を出して娘に読んでやるという、この心地よいひとときにこそ、『呪文の織り手』（訳注〈デイルマーク王国史3〉）に出てくる霊的な母親のごとく、母が生き返ってこちらに語りかけ、わたしやほかの読者に慰めを与えてくれるように思うのです。

（原注1）ニール・ゲイマンのブログ http://journal.neilgaiman.com/2011/03/being-alive.html　参照。

（田中薫子　訳）

訳者あとがき

ダイアナ・ウィン・ジョーンズの評論・エッセイ集『ファンタジーを書く――ダイアナ・ウィン・ジョーンズの回想』（原題　*Reflections on the Magic of Writing*）をお届けします。

著者ジョーンズの経歴は、すでにいろいろなところで語られていますが、本書の内容についてお話しする前に、ここで改めて簡単にご紹介しておきたいと思います。

ダイアナ・ウィン・ジョーンズは一九三四年八月十六日、ロンドン生まれ。五歳のときに第二次世界大戦が始まり、疎開先を転々としたのち、エセックス州のサックステッドという村に家族ともども落ち着きました。その後、オックスフォード大学セントアンズ・カレッジに進学して英語学を専攻。在学中はJ・R・R・トールキンやC・S・ルイスの講義も聴講したとのことです。

卒業後は結婚して三人の息子をもうけ、息子たちにおもしろい本を読ませたい一心で児童文学の執筆を始めました。一九七三年に『ウィルキンズの歯と呪いの魔法』で児童文学作家としてデビューしてからは、独創的な作品を次々に発表し、七八年には『魔女と暮らせば』でガーディアン賞を受賞するなど、次第に優れた作家として評価されるようになっていきます。日本でも、『ハウルの動く城1　魔法使いハウルと火の悪魔』を原作とする、スタジオジブリの映画『ハウルの動く城』をきっかけに人気が高まり、今では彼女が生前に発表した長篇は、ほぼすべて日本語で読める状態になっています。

九〇年代後半、〈ハリー・ポッター〉シリーズの登場により、英国にも日本にもファンタジーの大ブームが訪れましたが、彼女はファンタジーが「子どものもの」として軽視されていた七〇年代前半から、一貫して児童向けのユニークなファンタジーを書き続けてきました（本書では、昨今のファンタジーの隆盛を歓迎する一方、粗製濫造を憎む気持ちも率直に表明しています）。二〇〇七年にはその功績が認められ、世界幻想文学大賞の生涯功労賞を受賞しましたが、二〇〇九年にガンと診断され、二〇一一年三月二十六日に、七十六歳で亡くなりました。

本書『ファンタジーを書く――ダイアナ・ウィン・ジョーンズの回想』は、そんなジョーンズが一九七八年から二〇〇八年までに発表した、児童文学や創作に関するエッセイ、論文、スピーチ原稿を集めた一冊です。「著者前書き」にもあるとおり、死を前にしたジョーンズの発案によって編まれたもので、一読すれば彼女の作品や人柄について、さまざまなことを知ることができます。

ジョーンズ作品の魅力の一つは、個性豊かな主人公たちが、次第に複雑になっていく状況に翻弄され、最後の最後でそれが一気に解決する点にありますが、そうした魅力を知っている方々なら、「あんなややこしい話、どうやって思いついたり、書いたりしているんだろう」と一度は思ったことがあるのではないでしょうか？　本書に収録された「質問に答えて」、「ヒーローの理想――個人的オデュッセイア」、「作家はどうやって書いているか」といった文章は、彼女の執筆方法を詳しく語っており、その疑問にずばり答えてくれます。

加えて、慣習による束縛を嫌い、読者に読む価値のある作品を届けたいと願う、反骨心と誠実さが一体となったジョーンズの姿勢がうかがえるエッセイも、本書には多数収められています。彼女はファンタジーを人が生きていくうえできわめて大切なものととらえ、子どもに「経験」を与えるために空想的な作品を書き続けるのだと述べています。反面、ファンタジーによって安易に「成長」を描くことは断固として拒否しています。子どもは放っておいても成長するのだから、わざわざ成長のしかたを教えることはない、というのがその理由です。こうしたジョーンズの姿勢は、ファンタジーに対する、また、子どもに対する確かな信頼にあふれていて、訳者にとっては、本書で語られた内容の中でも、とりわけ印象に残った部分でした。

ジョーンズが大学でトールキンやルイスの教えを受けたというのは、英国ファンタジーのファンにとって、たいへん興味深い点だと思いますが、「〈指輪物語〉の物語の形」と「C・S・ルイスの〈ナルニア国ものがたり〉を読む」の二篇は、学生のころの思い出にも触れながら、トールキンとルイスの代表作について考察しています。特に前者は読みごたえのある本格的な論考で、ジョーンズのファンのみならず、〈指輪物語〉のファンにも一読をお勧めしたい内容です。

小学生から大人まで、幅広い読者に読まれているジョーンズのことですから、この本を手にとってくださった皆さんの中には、まだ小学生や中学生で、ジョーンズが学会で行ったスピーチや、雑誌に発表した評論はちょっと難しすぎる、と感じる方もいらっしゃるかもしれません。そんな方にも、「ガーディアン賞をもらったころ」、「ハロウィーンのミミズ」、「学校訪問日」といったコミカルなエッセイや、「わたしの半生」、「ジョーンズって娘《こ》」などの自伝的な文章は無理なく読んでいただけると思います。自伝的な文章からは、ジョーンズの生い立ちを詳しく知ることができますが、とりわけ彼女が子ども時代を過ごしたサックステッド村のありさまと、幼い彼女に対する両親の仕打ちには驚かされ、なるほどジョーンズの作品の根底には、この幼時体験があったのかと思わされます。

この本に収められた文章は、およそ三十年間にわたって書かれたり語られたりしたもので、ジョーンズの記憶にぶれがあったせいか、同じエピソードでも細部が微妙にちがっていたりします。翻訳の際は、原文の明らかな誤りには訂正や訳注を入れましたが、エピソード間の食いちがいについてはそのままにしておきました。読んでいて、あれ？　と思われる箇所もあるかもしれませんが、ジョーンズの三男コリン・バロウがラジオ番組で「母は子ども時代をそのように記憶する必要があったのだろう」と語っているように、エッセイを執筆したり、スピーチを行ったりした時点では、その記憶がジョーンズにとっての真実だったのではないでしょうか？

本書の中にはさまざまな本のタイトルが登場しますが、未訳の作品には仮題を付し、初出時に原題を付記するようにしました。また、他の書籍からの引用に関しては、邦訳がある作品は原則として既訳を使用しました。（引用した書籍の版元については、巻末の一覧をごらんください。）訳文を使わせていただいた翻訳者の皆様には、ここで厚くお礼を申しあげます。

そして、本書は原書とは構成を少々変えています。版権者の許諾を得たうえで、「わたしの半生」と「チェンジオーバーが生まれたきっかけ」の位置を原書とは逆にし、読みやすさを考えて二部構成にしたことをお断りしておきます。

英国では、ダイアナ・ウィン・ジョーンズが生前に手がけていた最後の作品『*The Islands of Chaldea*』を妹のアーシュラが完成させたものが、二〇一四年二月に出版されました。この先もう彼女の新作は読めないかと思うと寂しいかぎりですが、これからもたくさんの人々が彼女のファンタジーと出会い、読み継いでいってくれることを、一ファンとして願っています。また、この『ファンタジーを書く――ダイアナ・ウィン・ジョーンズの回想』が、ジョーンズについてもっと深く知りたいと感じている方々のお役に立てば、訳者の一人としてたいへん幸せに思います。

二〇一五年二月　市田 泉

of the Raven）2〉〉James Barclay, Gollancz
『失楽園』
『アンナ・カレーニナ』
〈ナルニア国ものがたり〉
『“機関銃要塞”の少年たち』ロバート・ウェストール　越智道雄訳　評論社

キャラクター作り——作家の卵へのアドバイス2
『不思議の国のアリス』

わたしの半生
『千一夜物語』
『アーサー王の死』
『プークが丘の妖精パック』
『緑のマント』ジョン・バカン　菊池光訳　創元推理文庫
『夢判断』（上中下）ジークムント・フロイト　高橋義孝訳　新潮文庫
〈指輪物語〉

ダイアナ・ウィン・ジョーンズとの対話
『ユリシーズ』
「タム・リン」
『エゴイスト』（上下）ジョージ・メレディス　朱牟田夏雄訳　岩波文庫
『エヴァン・ハリントン』未訳　*Evan Harrington* George Meredith, Createspace Independent Publishing Platform
『十字路邸のダイアナ』
『農夫ピアズの幻想』
「丘」未訳“The Hill”『壁の向こう』*Across the Wall* 所収　Garth Nix, HarperCollins Children's Books

家族から見たダイアナとその作品　1子どものためのファンタジー
「タム・リン」
『砂の妖精』イーディス・ネズビット　石井桃子訳　福音館書店
『宝さがしの子どもたち』イーディス・ネズビット　吉田新一訳　福音館書店
〈指輪物語〉
『魔法の町』未訳　*The Magic City* Edith Nesbit, SMK Books
『神曲』

初出雑誌等一覧

〈指輪物語〉の物語の形
Robert Giddings（ed.），*J. R. R. Tolkien: This Far Land*（Vision Press）1983年

大人の文学、子どもの文学？
The Medusa: The Journal of the Pre-Joycean Fellowship 第1号（同人誌）1990年
Nexus 第1号（SF Nexus）1991年4月

「経験」を差し出す
The Times Literary Supplement（Times Newspapers Ltd.）1975年7月11日

子ども向けのファンタジー
The Good Book Guide（Braithwaite & Taylor Ltd.）

学校訪問日
The Horn Book Magazine（The Horn Book, Inc.）2008年9/10月

ヒーローの理想——個人的オデュッセイア
The Lion and the Unicorn 第13巻　第1号（Johns Hopkins University Press）1989年6月

質問に答えて
Foundation: The International Review of Science Fiction　第70号（Science Fiction Foundation）1997年夏

オーストラリア駆け足旅行　講演その2　児童文学の長所と短所
Focus 第25号（British Science Fiction Association）1993年12月/1994年1月

オーストラリア駆け足旅行　講演その3　なぜ「リアルな」本を書かないのか
Vector 第140号（British Science Fiction Association）1987年10月/11月

マーヴィン・ピーク「闇の中の少年」評
Books for Keeps　第102号（Books for Keeps）1997年1月

ジョーンズって娘
Miriam Hodgson（ed.），*Sisters*（Mammoth/Egmont Books）1998年

わたしの半生
Something about the Author　第7巻（Gale）1988年

「ラインの黄金」『ラインの黄金　ニーベルングの指環』リヒャルト・ワーグナー　高橋康也・高橋宣也訳　新書館
「タム・リン」
〈指輪物語〉
「赦罪状売りの話」
『帰ってきたメアリー・ポピンズ』P.L.トラヴァース　林容吉訳　岩波書店

書くためのヒント――作家の卵へのアドバイス1
『ツバメ号とアマゾン号』アーサー・ランサム　神宮輝夫訳　岩波書店

オーストラリア駆け足旅行　講演その1　ヒーローについて
「勇ましいちびの仕立て屋」
『キューピッドとプシケー』ウォルター・ペーター文　エロール・ル・カイン絵　柴鉄也訳　ほるぷ出版
「タム・リン」
「白雪姫」『白雪姫　グリム童話集Ⅰ』所収　グリム　植田敏郎訳　新潮文庫
「詩人トーマス」
「青ひげ」『完訳ペロー童話集』所収　シャルル・ペロー　新倉朗子訳　岩波文庫
「シンデレラ」「サンドリヨンまたは小さなガラスの靴」のタイトルで『完訳ペロー童話集』所収　シャルル・ペロー　新倉朗子訳　岩波文庫
「眠れる森の美女」『完訳ペロー童話集』所収　シャルル・ペロー　新倉朗子訳　岩波文庫
「太陽の東　月の西」
『月世界最初の人間』ハーバード.G.ウェルズ　塩谷太郎訳　岩崎書店
「熊の息子」不明

オーストラリア駆け足旅行　講演その2　児童文学の長所と短所
『たのしい川べ』
〈ナルニア国ものがたり〉
『喜びの箱』
「石に刺さった剣」

オーストラリア駆け足旅行　講演その3　なぜ「リアルな」本を書かないのか
『トラッカーズ〈遠い星からきたノーム〉』テリー・プラチェット　鴻巣友季子訳　講談社
「人魚姫」『完訳アンデルセン童話集1』所収　ハンス・クリスチャン・アンデルセン　大畑末吉訳　岩波文庫
『中世の叙事詩とロマンス』
「カレワラ」『フィンランド叙事詩　カレワラ』（上下）　リョンロット編　小泉保訳　岩波文庫
『すてきなケティ』スーザン・クーリッジ　山主敏子訳　ポプラ社
『まぼろしの白馬』エリザベス・グージ　石井桃子訳　岩波少年文庫
『少年キム』ラドヤード・キプリング　斎藤兆史訳　ちくま文庫
〈指輪物語〉
『去勢された女』ジャーメン・グリア　日向秋子・戸田奈津子訳　ダイヤモンド社
『秘密の花園』

中世の創造
『農夫ピアズの幻想』ウィリアム・ラングランド　池上忠弘訳　中公文庫
『プークが丘の妖精パック』
『少年キム』
『アーサー王の死』
「石に刺さった剣」
『カンタベリ物語』
「サー・トーパス物語」
『トロイルスとクリセイデ　付・アネリダとアルシーテ』ジェフリー・チョーサー　笹本長敬訳　英宝社
「親分の話」『カンタベリ物語』（上）所収　ちくま文庫
「タム・リン」
『四つの四重奏』
『サー・ガウェインと緑の騎士　トールキンのアーサー王物語』
『高慢と偏見』ジェイン・オースティン　阿部知二訳　河出文庫
『サー・オルフェオ』アンシア・デイビス再話　エロール・ル・カイン絵　灰島かり訳　ほるぷ出版
『神曲』ダンテ・アリギエーリ　寿岳文章訳　集英社ほか

作家はどうやって書いているか
『四つの四重奏』
「タム・リン」
「詩人トーマス」
『十字路邸のダイアナ』未訳　*Diana of the Crossways* George Meredith, Createspace Independent Publishing Platform

マーヴィン・ピーク「闇の中の少年」評
「闇の中の少年」

流行に縛られずに書く自由
『琥珀の望遠鏡』フィリップ・プルマン　大久保寛訳　新潮社
〈ハリー・ポッター〉シリーズ　松岡佑子訳　静山社
『魔教の黙示』〈真実の剣〉シリーズ　テリー・グッドカインド　佐田千織訳　ハヤカワ文庫
『ヌーンシェイド』未訳　*Noonshade*（〈鴉の年代記（*Chronicles*

C・S・ルイスの〈ナルニア国ものがたり〉を読む
〈ナルニア国ものがたり〉(『ライオンと魔女』『カスピアン王子のつのぶえ』『朝びらき丸　東の海へ』『銀のいす』『馬と少年』『魔術師のおい』『さいごの戦い』) C.S.ルイス　瀬田貞二訳　岩波書店
『悪魔の手紙』C.S.ルイス　中村妙子訳　平凡社ライブラリー

「経験」を差し出す
〈ビグルス〉未訳　*Biggles* W.E.Johns, Doubleday Childrens

古英語を学ぶ意義
『ベーオウルフ』
「十字架の夢」"Dream of the Rood"
「ウィドシース」"Widsith"
「女の嘆き」"The Wife's Lament"
「さすらい人」"Wanderer"
「海ゆく人」"Seafarer"
「モールドンの戦い」"The Battle of Maldon"
『トリストラム・シャンディ』ロレンス・スターン　朱牟田夏雄訳　岩波書店

子どもの本を書く――責任ある仕事
『たのしい川べ』
『喜びの箱』ジョン・メイスフィールド　石井桃子訳　評論社
〈ナルニア国ものがたり〉

ヒーローの理想――個人的オデュッセイア
『タングルウッド物語』ナサニエル・ホーソン　松山信直訳　東洋文化社
『アーサー王の死』
『天路歴程』(第一部・第二部) ジョン・バニヤン　竹友藻風訳　岩波文庫
『オデュッセイア』(上下) ホメロス　松平千秋訳　岩波文庫
『イリアス』(上下) ホメロス　松平千秋訳　岩波文庫
『千一夜物語』　佐藤正彰訳　ちくま文庫
『失楽園』(上下) ジョン・ミルトン　平井正穂訳　岩波書店
「勇ましいちびの仕立て屋」『完訳グリム童話集1』所収　野村泫訳　ちくま文庫
『中世の叙事詩とロマンス』未訳　*Epics and Romances of the Middle Ages* W.Wägner, Kessinger Publishing, LLC
『カンタベリ物語』
「学僧の話」『カンタベリ物語』(上) 所収　ちくま文庫
「サー・トーパス物語」『カンタベリ物語』(下) 所収　ちくま文庫
『トム・ジョウンズ』(1～4) フィールディング　朱牟田夏雄訳　岩波文庫
『ユリシーズ』(1～3) ジェイムズ・ジョイス　丸谷才一・永川玲二・高松雄一訳　集英社
『妖精の女王』(1～4) エドマンド・スペンサー　和田勇一・福田昇八訳　ちくま文庫
「ヴィーナスとアドゥニス」『世界古典文学全集46　シェイクスピア6』所収　シェイクスピア　本堂正夫訳　筑摩書房
〈指輪物語〉
「タム・リン」『全訳チャイルド・バラッド』第2巻所収　バラッド研究会編訳　中島久代・藪下卓郎・山中光義監修　音羽書房鶴見書店
「詩人トーマス」「うたびとトマス」のタイトルで『全訳チャイルド・バラッド』第1巻所収　バラッド研究会編訳　藪下卓郎・山中光義監修　音羽書房鶴見書店
「雪の女王」『雪の女王　アンデルセンの童話3』所収　ハンス・クリスチャン・アンデルセン　大塚勇三訳　福音館書店
『四つの四重奏』T.S.エリオット　岩崎宗治訳　岩波文庫
「太陽の東　月の西」『太陽の東　月の西』所収　アスビョルンセン編　佐藤俊彦訳　岩波少年文庫

ルールは必要か？
『ファンタジー百科事典』未訳　*The Encyclopaedia of Fantasy* John Clute/John Grant (ed.), Orbit Books/St Martin's Press
〈指輪物語〉
『クマのプーさん』A.A.ミルン　石井桃子訳　岩波書店
『プー横丁にたった家』A.A.ミルン　石井桃子訳　岩波書店
『たのしい川べ』
〈ナルニア国ものがたり〉
『アンナ・カレーニナ』(1～4) トルストイ　望月哲男訳　光文社文庫
『ウォーターシップ・ダウンのウサギたち』(上下) リチャード・アダムズ　神宮輝夫訳　評論社

質問に答えて
『シロクマ号となぞの鳥』アーサー・ランサム　神宮輝夫訳　岩波書店
『不思議の国のアリス』
『鏡の国のアリス』
『クマのプーさん』
『たのしい川べ』
『プークが丘の妖精パック』キプリング　金原瑞人・三辺律子訳　光文社文庫
『アーサー王の死』
『中世の叙事詩とロマンス』
『イギリス児童大百科』未訳　*The Children's Encyclopaedia* Arthur Mee, Educational Book Company Ltd.
『秘密の花園』フランシス・ホジソン・バーネット　瀧口直太郎訳　新潮文庫
「長靴をはいた猫」「ねこ先生または長靴をはいた猫」のタイトルで『完訳ペロー童話集』所収　シャルル・ペロー　新倉朗子訳　岩波文庫